풀이

MOLLOY
Samuel Beckett

Copyright ⓒ 1951 by Les Éditions de Minuit
Korean Translation Copyright ⓒ 2008 by Moonji Publishing Co., Ltd.
All Rights Reserved.

This Korean edition was published by arrangement with
Les Éditions de Minuit through Guy Hong Agency.

이 책의 한국어판 저작권은 Guy Hong Agency를 통해 Les Éditions de Minuit와
독점 계약한 ㈜문학과지성사에 있습니다.
저작권법에 의해 보호받는 저작물이므로 무단 전재 및 복제를 금합니다.

대산세계문학총서 075

몰로이

사뮈엘 베케트 지음
김경의 옮김

문학과지성사
2008

대산세계문학총서 075_소설
몰로이

지은이 사뮈엘 베케트
옮긴이 김경의
펴낸이 이광호
펴낸곳 ㈜문학과지성사
등록번호 제1993-000098호
주소 04034 서울 마포구 잔다리로7길 18(서교동 377-20)
전화 02) 338-7224
팩스 02) 323-4180(편집) 02) 338-7221(영업)
전자우편 moonji@moonji.com
홈페이지 www.moonji.com

제1판 1쇄 2008년 10월 31일
제1판 7쇄 2024년 2월 6일

ISBN 978-89-320-1904-8
ISBN 978-89-320-1246-9(세트)

이 책은 대산문화재단의 외국문학 번역지원사업을 통해 발간되었습니다.
대산문화재단은 大山 愼鏞虎 선생의 뜻에 따라 교보생명의 출연으로 창립되어
우리 문학의 창달과 세계화를 위해 다양한 공익문화사업을 펼치고 있습니다.

차례

제1부　　7
제2부　　135
옮긴이 해설·베케트와 실패의 문학　264
작가 연보　277
기획의 말　280

✻ 제1부 ✻

일러두기

1. 이 책의 맞춤법 및 외래어 표기는 문교부 고시 「한글 맞춤법」 및 「외래어 표기법」을 원칙으로 삼았다.
2. 본문 중의 주는 모두 옮긴이 주이다.

나는 어머니의 방에 있다. 이젠 내가 여기서 산다. 내가 어떻게 여기에 오게 되었는지는 모른다. 아마 앰뷸런스에 실려 왔거나, 어떤 차에 실려 온 것은 확실하다. 누군가가 날 도와주었다. 나 혼자서는 올 수 없었을 것이다. 매주마다 오는 그 사람, 아마도 내가 여기 있게 된 것이 그 사람 덕분일지도 모른다. 본인은 아니라지만. 그는 나에게 돈을 좀 주고는 원고를 가져간다. 원고지 매수가 많으면, 돈도 많이 준다. 그렇다, 나는 요즘, 약간은 예전처럼 일을 하고 있다. 그렇지만 더 이상은 일을 할 수가 없다. 그런 건 중요하지 않다, 아마도 그런 것 같다. 나, 나는 이제 내게 남아 있는 것들에 대해 말하고, 작별을 고하고, 죽어버리고 싶다. 그 사람들은 그걸 원치 않는다. 그렇다, 그들은 여럿이다, 아마도 그런 것 같다. 그러나 항상 같은 사람이 온다. 나중에 그걸 하실 수 있을 겁니다, 그 사람은 그렇게 말한다. 좋다. 나에겐 더 이상 의욕이란 게 별로 없으니까, 알겠는가. 그 사람은 새로 쓴 원고를 가지러 올 때마다 지난주에 가져간 원고를 가져온다. 거기엔 이해할 수 없는 기호들이 표시되어 있다. 그런데 나는 두 번 다시 그것을 읽지 않는다. 내가 한 자도 안 썼을 때 그 사람은 돈을 하나도 안 주고 나를 나무란다. 하지만 나는 돈을 위해 일하지 않는다. 그럼 뭘 위해? 모르겠다. 솔직히, 나는 아는 게 별로 없다. 예를 들어 어머니의 죽음에 대해서만 해도 그렇다. 내가 도착했을 때 이미 돌아가셨나? 아니면 좀 나중에서야 돌아가셨나? 돌아가셨다는 것은 땅에 묻혔다는 말이다. 모르겠다. 어쩌면 아직 묻히지 않았을지도 모른다. 어찌 됐든, 내가 어머니의 방을 쓰고 있다. 어머니의 침대에서 자고, 어머니의 변기에서 일을 본다. 내가 어머니의 자리를 차지했다. 갈수록 나는 어머니를 닮아가고 있는 게 분명하다. 내게 없는 건 아들뿐이다. 아들 하나가 어딘가에 있을지도 모른다. 하지만 그럴 리가 없다. 지금쯤이면 거의 나만큼이나 늙었을 것이다. 미천한 하녀였다. 그것은 진짜 사랑은 아니었다. 진짜 사랑은 다른 여자에게 있었다. 곧 알게 될 것이다. 그 여자의 이름을 또 잊어버렸다. 때론 내가 내 아들을 알았던 것 같기도 하고, 내가 그를 돌봐준 것 같기도 하다. 그러다가 나는 그럴 리가 없다고 생각한다. 내가 다른 사람을 돌봐줄 수 있었다는 것은 불가능하다. 나는 철자법도 잊어버렸고, 말도 절반은 잊어버렸다. 그런 건 중요하지 않다, 아마도 그런 것 같다. 좋다. 참 이상한 사람이다, 나를 보러 오는 사람 말이다. 그가 오는 것은 매주 일요일이다, 아마도 그런 것 같다. 다른 날엔 올 수 없다. 그는 항상 목말라 한다. 내가 시작을 잘 못했으며, 다르게 시작했어야 한다고 말한 것도 그 사람이다. 나, 나도 동감이다. 생각해보라, 바보 멍청이처럼 나는 처음부터 무턱대고 시작했으니까. 여기 내가 쓴 서두가 있다. 내가 이해한 것이 맞는다면, 그래도 그들은 이걸 간직할 것이다. 나도 애를 많이 썼다. 이게 그것이다. 이것을 쓰느라 무척 힘들었다. 첫 부분이었으니까, 이해하겠는가. 반면 지금은 거의 끝 부분이다. 지금 내가 쓰는 것은 좀 나은가? 잘 모르겠다. 문제는 그게 아니다. 이게 내가 쓴 서두다. 그들이 이걸 간직하는 걸 보면, 이것에 뭔가 나름대로 의미가 있는 게 분명하다. 이게 그것이다.

　이번엔, 그리고 내 생각에 한 번은 더 쓸 수 있겠지만, 그러고 나면 내 생각에 이 글쓰기의 세계와도 끝장이 날 듯하다. 지금이 마지막에서 두번째라는 느낌이 든다. 모든 것이 희미해진다. 조금만 더 가면 장님이 될 것 같다. 머릿속이 그렇다. 머리가 더 이상 돌아가지 않아서, 머리가 말한다, 난 더 이상 안 돌아간다고. 또한 벙어리가 되고 소리들은 점점 약해진다. 겨우 문턱을 넘었는데 이 모양이다. 머리가 이제 지겨워하는 것이 분명하다. 그래서 이렇게 혼잣말을 한다, 이번엔 잘 쓸 거야, 그러고 나서 아마도 한 번은 더 가능하겠지만, 그러면 끝일 거야. 이런 생각을 잘 정리하는 것은 쉬운 일이 아니다, 어떤 면에서는 이것도 하나의 생각이니까. 그래서 주의를 기울이려고 하고, 그 희미한 것들을 주의 깊게 살피려고 한다, 잘못은 자신에게 있다고 고통스럽게 되뇌면서. 잘못? 그것이 정확히 사용된 단어이다. 하지만 무슨 잘못인가? 작별이 잘못은 아니다. 그리고 그 희미한 것들 속에 무슨 마력이 있다고 해도, 다음번에 지나가면, 그것들에게 작별을 고해야 할 것이다. 작별을 고해야 하니까, 적절한 때에 작별을 하지 않는다는 것은 어리석은 일일 것이다. 우리가 과거에 비추어진 형상들을 생각할 때 아무런 미련은 없다. 그러나 우린 그런 형상들 따윈 생각하지 않는다. 무얼 가지고 그런 것을 생각하겠는가? 모르겠다. 사람들도 지나간다, 그 사람들과 자신을 뚜렷이 구분하기란 쉽지 않다. 그건 맥 빠지는 일이다. 그래서 나는 A와 B가 자신들이 무엇을 하고 있는지 깨닫지도 못한 채, 서로를 향해 천천히 걸어가는 것을 보았다. 그것은 인상적일 만큼 민둥한, 내 말은 울타리도 담장도 그 어떤 종류의 테두리도 없는, 어느 길에서였는데, 저녁의 침묵 속에, 드넓은 들판에서 암소들이 누워서 그리고 서서 새김질을 하고 있었던 것으로 보아, 시골이었다. 내가 아마도 조금은 지어낼 수도 있고, 아마 미화시킬 수도 있지만, 대체로 그랬었다. 암소들은 씹고, 그다음엔 삼키고, 그다음엔 조금 멈췄다가 힘도 안 들이고 다음에 씹을 한 입을 토해낸다. 목의 힘줄 하나가 움직이고 턱뼈들이 다시 부수기 시작한다. 그런데 그것은 아마 내 기억인지도 모른다. 그 길은 하얗고 단단했는데, 부드러운 초원을 굵게 그으며 기복을 따라 오르락내리락하고 있었다. 읍내는 멀지 않았다. 그들은 두 남자였고, 이것은 틀릴 수가 없다. 한 사람은 키가 크고 한 사람은 작았다. 그들은 읍내에서 나왔다가, 먼저 한 사람이, 그다음엔 다른 사람이, 먼저 나온 사람은, 지쳤는지 혹은 무슨 할 일이 생각나서인지, 다시 돌아오고 있었다. 모두 외투를 입고 있었던 것으로 보아, 공기는 차가웠다. 그들은 서로 비슷하게 보였지만, 다른 사람들에 비해 특별히 더 비슷한 것은 아니었다. 처음에는 넓은 공간이 그들 사이를 떼어놓고 있었다. 머리를 들거나 눈으로 서로 찾아보았다고 해도, 그 넓은 공간 때문에, 그다음엔, 심하지는 않았지만 충분히, 충분히 그 길을 물결치게 했던 땅의 기복 때문에, 그들은 서로를 볼 수 없었을 것이다. 그러나 두 사람이 똑같이 같은 움푹한 곳으로 내려가는 순간이 왔으며, 그들이 드디어 서로 만난 것은 바로 그 움푹한 곳에서였다. 서로가 아는 사이라고, 아니다, 그걸 단정할 것은 아무것도 없다. 하지만 그들은 아마도 서로의 발자국 소리 때문에, 혹은 분명치 않은 어떤 보호본능에 따라 고개를 들었고, 열댓 걸음 남짓 걷는 동안, 서로를 관찰한 후, 마주 서서 멈췄다. 그렇다, 그들은 결코 서로 지나치지 않았고, 흔히 시골에서 저녁 때, 인적 없는 길에서, 낯모르는 두 산책자가 하듯이, 서로에게 바짝 다가서서 멈췄는데, 그것은 이상할 것이 하나도 없었다. 하지만 그들은 서로 아는 사이일 수도 있었다. 어찌 됐든, 그들은 이제 서로를 알고, 내 생각엔 서로 다시 알아보게 될 것이며, 심지어 읍내 한복판에서라도 서로 인사를 나누게 되리라. 그들은 동쪽 멀리, 평원을 넘어서, 옅어지는 하늘로 높이 올라오고 있던 바다를 향해 몸을 돌렸고, 서로 몇 마디의 말을 주고받았다. 그런 다음 그들은 각자 자신의 길을 계속 갔다. A는 읍내 쪽으로, B는 언젠가, 어쩌면, 간 길을 되돌아와야 할지도 모르니까, 누가 알겠는가, 마치 머릿속에 이정표를 박아놓으려는 사람처럼, 불확실한 걸음으로 나아가면서 자주 발길을 멈추고 주변을 둘러본 것으로 보아, 그가 잘 알지 못하는 듯 보이는, 아니 전혀 모르는 듯 보이는 지방들을 가로질러서. 지금 두려움으로 가고 있는 이 위험한 언덕들을 그는 아마도 멀리서, 어쩌면 자신의 방 창문에서, 혹은 어느 우울한 날에, 특별히 할 일이 없어 높은 곳에서 위안을 찾으려고, 서너 펜스를 지불하고 나선형 계단으로 전망대까지 기어 올라갔던 어느 기념탑 꼭대기에서 본 것으로만 알고 있었으리라. 거기서 그는 모든 것을 보았으리라, 평원, 바다 그리고 어떤 사람들은 산이라고 부르는 바로 이 언덕들, 저녁 빛 속에서 군데군데 남빛을 띠고, 아련하게 빼곡히 겹겹을 이루며, 빛깔의 차이로, 그다음엔 말로 표현할 수 없고 생각조차 할 수도 없는 다른 징후들로 인해서, 보이진 않지만 상상할 수 있는 골짜기들이 그 사이사이를 가로지르고 있던 이 언덕들을 보았으리라. 하지만 그런 높이에서도 우리는 모든 골짜기를 상상할 수는 없기에, 흔히 산허리나 산마루가 하나밖에 안 보이는 곳에도, 사실은 두 개, 즉 골짜기 하나로 갈라진 두 개의 산허리나 두 개의 산마루가 있는 것이다. 그런데 이 언덕들을 그는 이제 알고 있고, 말하자면 더 잘 알고 있고, 혹시나 그가 멀리서 다시 한 번 이 언덕들을 바라보게 된다면, 그는 내 생각에 다른 눈으로 바라볼 것이며, 그뿐만 아니라 내면적으로도, 전혀 보이지 않는 그의 모든 내적 공간, 즉 머리와 마음, 그리고 감정과 생각이 야연(夜宴)을 벌이는 다른 동굴들, 그런 모든 것까지도 아주 달라진 상태로 바라볼 것이다. 그는 늙어 보이고 그래서 그가 혼자 가는 것을 보니 연민이 인다. 그렇게나 많은 세월, 많은 낮과 밤을 아낌없이 그 소리에 귀를 기울였는데, 태어날 때부터 그리고 그 이전부터도 일어났던, 만족을 모르는 그 소리, **어떻게 하지? 어떻게 하나?** 때로는 속삭임처럼 낮고, 때로는 호텔 지배인의 **음료수는 무엇으로 하시겠습니까?** 처럼 뚜렷하고, 더 나아가 자주 울부짖음으로까지 부풀어 오르는 그 소리. 결국, 결국이나 진배없이, 알지 못하는 길들을 지나, 해질 무렵에, 지팡이를 하나 들고 혼자서 가기 위해. 그것은 큰 지팡이였는데, 그는 앞으로 나아가기 위해, 그리고 필요한 경우, 개나 강도들로부터 자신을 방어하기 위해 그 지팡이를 사용했다. 그렇다, 밤이 다가오고 있었지만, 그 남자는 순수해서, 무척 순수해서, 아무것도 두려워하지 않았다. 아니, 두려워했다. 그러나 아무것도 두려워할 필요는 없었다, 아무도 그에게 무슨 짓을 할 수 없었다, 아주 조금밖에 할 수 없었다. 하지만 그 사실을, 그는 아마도 모르고 있었던 것 같다. 나 자신도, 그것을 생각해보았다면, 나 역시 몰랐을 것이다. 그는 자신이 육체적으로도, 정신적으로도, 위협을 받고 있다고 여겼고, 또 그의 순수함에도 불구하고, 아마 그는 위협을 받고 있었는지도 모른다. 그런데 순수함이 여기서 무슨 상관이람? 셀 수 없이 많은 악당과 무슨 관계가 있단 말인가? 그것은 분명치 않다. 그는 뾰족한 모자를 쓰고 있었다, 나에겐 그렇게 보였다. 내가 그것을 보고 놀랐던 게 기억나는데, 예를 들어 그것이 챙이 달린 모자나 중산모였다고 해도 나는 그렇게 놀라지는 않았을 것이다. 그의 불안에 사로잡혀서, 아니 반드시 그의 불안은 아니더라도, 여하튼 어떤 면에서는 그도 포함된 어떤 불안에 사로잡혀서, 나는 그가 멀어져 가는 것을 바라보았다. 누가 알겠는가, 그 사람, 그를 사로잡고 있던 것이 나 자신의 불안이었는지. 그는 나를 보지 않았다. 나는 길의 가장 높이 올라간 곳에서 쭈그리고 앉아 있었고, 게다가 나와 같은 색깔, 즉 회색의 바위에 기대어 꼼짝 않고 있었다. 그가 바위를 보았는지, 그럴 수도 있다. 이미 말한 대로, 마치 길의 특징을 기억 속에 새겨 넣으려는 듯이, 그는 주변을 두리번거리며 쳐다보았고, 그래서 내가 그 그늘에, 더 이상 기억할 수 없지만, 벨라쿠아인지 소르델로처럼* 웅크리고 앉아 있었던 바위를 분명 보았을 것이다. 그런데 사람은, 하물며 나는, 정확히 길의 특징들 중에 포함되지 않는다. 왜냐하면, 내 말은, 만일 혹시라도 그가 어느 날 시간이 한참 흐른 뒤에, 패자로서, 혹은 잃어버린 어떤 것을 찾아서, 혹은 뭔가를 끝장내려고, 이곳을 다시 지나가게 된다면, 그의 눈으로 찾는 것은 바위이지, 그 그늘 속에 우연히 있었던 것, 움직이며 일시적인, 아직 살아 있는 이 육체가 아니리라는 것이다. 그렇다, 내가 위에 말한 이유 때문에, 그리고 그날 저녁은 그가 그런 것에, 살아 있는 것에 신경을 쓰지 않았고, 오히려 자리를 바꾸지 않는 것, 혹은 바꾼다고 하더라도 그 속도가 너무 느려서, 늙은이는 말할 것도 없고, 어린아이라도 흉볼 만한 것에 신경을 쓰고 있었기 때문에, 그는 나를 보지 않은 것이 확실하다. 어찌 됐든, 말하자면, 그가 나를 보았든 보지 않았든, 내가 반복하거니와, 나는 일어나서 쫓아가고 싶고, 그를 더 잘 알기 위해, 나 자신의 외로움을 덜기 위해, 아마도 언젠가 직접 만나고도 싶은 유혹과 싸우면서 (내가), 그가 멀어져 가는 것을

---

* 단테의 『신곡』에 나오는 인물들. Purgatoire, Chant IV에서 벨라쿠아는 연옥에 들어가기에 앞서 이생의 삶을 다시 살아야 하는 선고를 받고 축 처져서 두 손으로 무릎을 감싸고 무릎 사이에 고개를 숙인 채 부동자세로 앉아 있다. 몰로이는 벨라쿠아처럼 앉아 있었던 것 같다.

지켜보았다. 그러나 그를 향한 내 마음의 그러한 충동에도 불구하고, 그 충동의 탄성이 극도에 이르자, 나는 그를 잘 볼 수가 없었는데, 그것은 어둠과, 그다음은 그가 그 주름 사이로 간혹 사라졌다가 조금 멀리서 다시 나타나곤 했던 지형 때문이기도 했지만, 무엇보다도 나의 관심을 불러대던 다른 것들 때문이었다고 생각하는데, 그래서 이번에는 그것들을 향해 똑같이 내 마음이 두서없이, 그리고 미친 듯이 내달았다. 내가 말하고 있는 것은 당연히 이슬 아래 하얗게 변해가고 있던 들판과, 거기서 떠돌아다니길 멈추고 밤을 맞을 자세를 취하고 있던 동물들, 내가 아무 말도 하지 않으려는 바다, 점점 날렵해지는 산등성이들의 선, 보이진 않았지만 처음 나타난 별들의 떨림이 느껴진 하늘, 무릎 위에 놓인 내 손, 그리고 무엇보다도, A인지 B인지 더 이상 기억할 수 없는데, 지혜롭게 자기 집으로 돌아간 또 다른 산책자에 대해서이다. 그렇다, 내 손, 내 무릎으로 그 떨림을 느꼈으나 눈으로는 손목과 힘줄이 굵은 손등, 그리고 하얀 첫째 마디들밖엔 보이지 않았던 내 손을 향해서도 내 마음이 내달음질쳤다. 하지만 지금 내가 말하고자 하는 것은 이 손이 아니라, 모든 게 다 때가 있는 법이니까, 방금 떠나온 읍내를 향해 가고 있는 그 A인지 B에 대해서이다. 하지만 요컨대, 그의 태도 속에 특별히 읍내 사람다운 그 무엇이 있었던가? 그는 모자를 쓰지 않았고, 운동화를 신었고, 시가를 피고 있었다. 그는 약간 한가롭게 느린 걸음으로 거닐고 있었는데, 맞는지 틀리는지는 모르지만 내게는 그것이 분명해 보였다. 하지만 그 모든 것이 증명하거나 부정하는 것은 아무것도 없었다. 그는 혹시 멀리서, 심지어 섬의 반대쪽 끝에서 왔을지도 모르며, 아마 처음으로 읍내에 가고 있었거나, 오랫동안 떠나 있다가 거기로 돌아오는 중이었을지도 모른다. 작은 개 한 마리가 그의 뒤를 따라가고 있었는데, 포메라니안이었다고 생각한다. 아니, 그렇게 생각하지 않는다. 비록 그것에 대해 거의 생각해본 적은 없지만, 나는 그 당시에도 확신할 수 없었고 오늘도 그렇다. 그 작은 개는 잘 따라가지 못했는데, 포메라니안이 보통 하는 식으로, 그것은 멈춰서, 천천히 빙빙 돌다가 그만두고, 내 말은 내팽개치고, 좀 멀리 가다가 또 반복했다. 포메라니안에게 변비는 건강이 좋다는 표시이다. 어떤 주어진 순간에, 여러분이 좋다면 미리 설정된 순간이라고 하자, 나, 나도 좋다. 그 신사는 다시 되돌아와서, 개를 팔에 안고, 입에서 시가를 빼고, 양털 같은 오렌지색 털 속에 얼굴을 묻었다. 그 사람은 신사였다, 그것은 분명했다. 그렇다, 그것은 오렌지색 포메라니안이었다. 생각해보면 볼수록 그렇다는 확신이 든다. 그렇다손 치자. 그런데 그 신사, 그는 멀리서 오는 길이었을까, 모자를 쓰지 않고, 운동화를 신고, 입에 시가를 물고, 포메라니안 한 마리를 뒤따르게 하고서? 그는 오히려 성벽 쪽에서 나오는 것 같지 않았던가, 저녁을 잘 먹은 후에, 산책하면서 개도 산책시키려고, 날씨가 좋을 때, 많은 읍내 사람이 하는 것처럼, 몽상에 잠겨 방귀를 뀌면서? 하지만 그 시가, 그것은 사실은 아마도 곰방대가 아니었을까, 그 운동화는 먼지로 하얗게 된 징 박은 구두가 아니었을까, 그리고 그 개는 길을 잃은 개였는데 주워 팔에 안았다고 해도 누가 아니라고 말할 수 있겠는가, 동정심에서, 혹은 끝없는 이 길들과 이 모래, 자갈, 늪지, 히스 외에, 관할 법정이 다른 이 자연 외에, 다가가서 껴안고, 젖을 짜주고, 젖을 먹여주고 싶지만, 감히 추행을 하지 않을까 두려워서 의심의 눈초리로 지나치고 마는, 드문드문 만나는 같은 처지의 죄수 외에, 오랫동안 다른 동반자 없이 혼자서 헤매었기 때문에. 드디어 어느 날, 그대에게 뻗쳐줄 팔이 없는 이 세상에서 지칠 대로 지친 나머지, 옴투성이의 개들을 붙잡아 그대의 팔에 안고, 그대를 좋아하게 될 때까지, 그대가 좋아하게 될 때까지 안고 다니다가, 마침

내 그것을 내팽개치는 그날까지. 아마도 그는 겉보기와는 달리, 그 지경에까지 이르렀는지도 모른다. 그는 연기 나는 것을 손에 들고, 머리를 가슴에 묻은 채 사라져버렸다. 설명을 하자면 이렇다. 사라지고 있는 물체들로부터 내가 시선을 떼는 것은 훨씬 먼저이다. 마지막 순간까지 내 시선을 고정시키는 것, 아니, 그것은 못한다. 그가 사라졌다는 것은 그런 의미이다. 나는 눈을 다른 데로 향하고 그에 대해 생각하면서, 그가 작아진다, 점점 작아진다, 하면서 혼잣말을 했다. 나는 내 심정을 잘 알고 있었다. 비록 엉망이 돼버린 불구였으나, 내가 그를 따라잡을 수 있다는 것을 난 알고 있었다. 나는 그것을 원하기만 하면 되었다. 그런데 그럼에도 불구하고 그렇게 하지 않았다. 왜냐하면 내가 그것을 정말 원했기 때문에. 몸을 일으켜 길을 따라가서, 절뚝거리며 그를 추적하고, 소리쳐 그를 부르는 것, 그보다 더 쉬운 일이 어디 있겠는가. 그는 내가 외치는 소리를 듣고, 돌아서서 나를 기다린다. 나는 두 목발 사이로 헐떡거리며, 그와 개의 곁에 바짝 다가선다. 그는 좀 겁을 먹고, 나를 좀 동정한다. 나는 그에게 웬만큼 혐오감을 준다. 내 꼴은 보기에 좋지 않고, 내 냄새도 좋지 않다. 내가 원하는 게 뭐냐고? 아, 두려움과 동정심, 역겨움이 섞인 그 목소리의 어조를 나는 안다. 나는 가까이에서 개를 보고 싶고, 그 남자도 보고 싶고, 연기 나는 것이 무엇인지 알고 싶고, 신발도 잘 살펴보고, 다른 사항들도 알아내고 싶다. 그는 친절하며, 나에게 이것저것을 말해주고, 그가 어디서 와서 어디로 가는지, 여러 가지를 알려준다. 나는 그의 말을 믿고, 그것이 내가 유일하게—유일한 기회라는 것을 안다. 나는 사람들이 나에게 하는 모든 말을 믿는다. 긴 인생을 살아오는 동안 나는 그것을 너무 거부만 해왔는데, 지금은 게걸스럽게 모두 삼켜버린다. 내가 필요로 하는 것은 이야기들이고, 내가 이것을 알아차리는 데 너무 오래 걸렸다.

한편 그것도 확신할 수는 없다. 자 그래서, 몇몇 사항이 해결된다, 나는 그에 대해 몇 가지 것들을 알게 된다, 내가 알지 못했던 것들, 나를 근심시켰던 것들, 또 내가 별로 고민하지 않았던 것들까지. 무슨 말이 그렇담. 나는 그의 직업까지도 거뜬히 알아낼 수 있다, 직업에 대해 무척 관심이 많은 나니까. 나는 내 이야기를 하지 않으려고 최선을 다한다고 치자. 잠시 후 나는, 가능하면, 암소에 대해, 하늘에 대해 말하리라. 그러면 자, 그는 나를 떠난다, 급해진다. 그는 급해 보이진 않았다, 천천히 걷고 있었다, 난 이미 그것을 말한 바 있다. 그러나 3분 동안 나와 대화를 나눈 후 그는 급해진다, 서둘러 가야 한다. 나는 그를 믿는다. 나는 또다시 외로워졌다고는 말하지 않겠다, 아니, 그것은 나와 어울리지 않는다, 하지만 뭐랄까, 잘 모르겠다, 내게 되돌려졌다, 아니다, 난 나를 떠난 적이 결코 없다. 자유로워졌다, 바로 그거다, 그것이 무슨 뜻인지는 잘 모르겠지만 그게 바로 내가 사용하려는 말이다. 무엇을 할 자유인가, 아무것도 하지 않을 자유, 알 자유, 하지만 무엇을, 아마도 양심의 법칙들을 알 자유, 내 양심의 법칙들, 예를 들어 몸이 물속에 잠길수록 물이 올라온다는 법칙, 또 여백들을 까맣게 채우는 것보다는, 즉 그것들을 모두 메워 내용 없이 매끈하게 만들어서, 그 허튼 짓의 참모습인, 어리석고 결과도 없는 무의미가 드러나게 하기보다는, 차라리 본문을 지워버리는 편이 더 낫거나 적어도 더 나쁘진 않다는 법칙. 따라서 내 관찰 지점에서 내가 일어나지 않은 것은 분명 잘한 일이다, 여하튼 잘못한 일은 아니다. 하지만 관찰하는 대신 연약함에 빠져 내 마음은 다른 이, 즉 지팡이를 든 남자에게로 향했다. 그때 다시 속삭임이 들려왔다. 침묵을 다시 가져오는 것, 그것은 사물들의 역할이다. 나는 혼잣말을 했다. 그가 단지 바람을 쐬러 나온 건 아닌지, 긴장을 풀고, 무감각한 몸을 풀고, 피를 발끝까지 흐르게 해서 충혈

된 두뇌를 완화시켜, 편안한 밤, 상쾌한 기상, 매혹적인 다음 날을 확보하려고 나온 건 아닌지 누가 알겠는가. 그는 바랑 하나를 메고 있었던가? 그런데 그 발걸음, 그 근심스런 시선, 그 곤봉, 그것들은 우리가 생각하는 잠깐 한 바퀴 돌고 온다는 개념과 어울릴 수 있을까? 하지만 그 모자, 그것은 읍내 모자였다. 구식이었지만 읍내 모자였고, 바람이 조금만 불어도 저 멀리 날아갔을 것이다. 끈이나 고무줄로 턱밑에 묶여 있지 않는 한 말이다. 나는 내 모자를 벗어 쳐다보았다. 긴 끈 하나가 그것을, 지금까지 항상, 내 단춧구멍으로, 계절에 상관없이, 항상 같은 단춧구멍으로 연결시켜주고 있다. 그러므로 난 여전히 살아 있다. 그것을 알고 있는 편이 좋을 것이다. 모자를 잡았던 손, 여전히 그것을 잡고 있던 그 손을 나는 될 수 있는 한 내게서 멀리 떼어 왔다 갔다 하며 활 모양을 그리게 했다. 이렇게 하면서 내 외투 깃을 쳐다보니 그것이 열리고 닫히는 것이 보였다. 왜 나는 꽃 한 다발을 꽂아도 될 만큼 큰 단춧구멍에 꽃을 한 번도 꽂지 않았는지 이제야 알았다. 내 단춧구멍은 내 모자를 위해 마련된 것이었다. 내가 꽃을 꽂던 곳은 내 모자였다. 하지만 지금 내가 말하려고 하는 것은 내 모자도, 내 외투도 아니다. 그것은 아직 너무 이를 것이다. 그것들에 대해선 분명 나중에 내 재산과 소유물의 목록을 작성할 때 말할 것이다. 그때까지 잃어버리지만 않는다면. 하지만 잃어버린다고 해도 그것들은 내 재산 목록 안에 제자리를 차지할 것이다. 그런데 내 정신은 평온하니 그것들을 잃어버릴 염려는 없다. 내 목발도 역시, 난 그것을 잃어버리지 않을 것이다. 하지만 언젠가 그것을 내던져버릴 수도 있다. 나는 꽤 높은 언덕 꼭대기나 비탈에 있었던 게 분명하다. 그렇지 않았다면 내가 어떻게 멀고 가까이에 있는, 정지해 있거나 움직이는 것들을 그렇게 많이 내려다볼 수 있었겠는가. 그런데 거의 굴곡이 없는 그 풍경에 높은 언덕이 어떻게 있었을까? 그리고 나, 나는 뭘 하려고 그곳에 갔을까? 이것이 앞으로 우리가 알아보려는 것이다. 그런데 이것들을 너무 심각하게 생각하지 말자. 자연 속에는 모든 것이 다 있는 듯하고, 거기엔 이상한 것들도 수두룩하니까. 게다가 아마도 내가 다른 여러 경우를 혼동하며, 밑바닥에선, 시간을 혼동하고 있는지도 모른다. 밑바닥, 그것은 나의 거처다. 오, 맨 밑바닥은 아니고, 거품과 진흙탕 사이의 어떤 곳이다. 그래서 아마 이러했을지도 모른다. 어느 날은 A가 어느 장소에, 다른 날은 B가 다른 장소에, 그다음에 또 세번째 날은 바위와 내가, 그리고 다른 구성 요소들, 암소, 하늘, 바다, 산들도 마찬가지 방식으로. 난 그것을 믿을 수 없다. 아니, 거짓말은 안 하겠다. 나는 그것을 쉽게 생각할 수 있다. 그런 것은 아무래도 좋으니, 계속하자, 마치 모든 것이 한결같은 권태에서 솟아난 것처럼 해보자, 채워보자, 계속 채워보자, 완전히 까맣게 될 때까지. 분명한 사실은, 지팡이를 든 남자가 그날 밤 거기를 다시 지나가지 않았다는 것이다. 지나갔다면 내가 그의 소리를 들었을 테니까. 나는 그를 보았을 거라고 말하지 않고, 들었을 거라고 말한다. 나는 잠을 별로 자지 않는데, 조금 자는 것도 낮에 잔다. 오, 규칙적으로 그런 것은 아니고, 지나치게 오래 사는 동안에 나는 모든 잠을 경험해보았는데, 지금 내가 떠올리고 있는 그 시기엔 낮에 잠을 잤고, 게다가, 아침에 잤다. 아무도 내게 와서 달에 대해 이야기하지 말라. 내 밤엔 달이 없다. 그리고 만약에 내가 별을 이야기하게 된다면 그것은 부주의로 인한 것이다. 그런데 그날 밤 모든 소리 중에 그 불확실한 무거운 걸음 소리나, 그가 때때로 땅을 쳐서 울리게 하던 곤봉 소리는 하나도 없었다. 다소 긴 망설임의 기간을 보낸 후에, 첫 인상들을 확고히 하는 것은 얼마나 즐거운 일인가. 그것은 아마도 죽음의 공포를 진정시켜주는 것이리라. 내가 결정적으로 그랬던 것은 아니다, 내 말은——가만있어 보라——B에 대해 첫인상을 확고히 했다는 것은 아니다. 왜냐하면 동트기 조금 전에 우당탕거리며 시장으로 과일과 버터, 치즈를 싣고 지나가던 짐수레들과 짐마차들이 있었는데, 그중 하나에 어쩌면 그 사람이, 피로나 낙심에 빠져서, 혹은 심지어 다 죽은 채로, 타고 있었는지도 모르기 때문이다. 혹은 무엇이 지나가는지 내가 듣지 못할 만큼 아주 먼 다른 길을 통해 그가 읍내로 돌아갔을 수도 있고, 아니면 풀을 조용히 짓밟고 잠잠한 땅을 다지면서, 평원을 가로질러 좁은 오솔길을 통해 돌아갔을 수도 있다. 이렇게 나는 얌전하게 당황한 내 존재의 속삭임들과, 그와는 판이하게 다른 (그렇게도 다른가?), 두 태양 사이에서 머물고 지나가는 모든 속삭임들 사이에 나뉘어서, 그 까마득한 긴 밤을 보냈다. 나는 단 한 번도 사람의 목소리를 듣지 못했다. 다만 농부들이 지나갈 때, 와서 젖을 짜달라고 헛되이 불러대던 암소들 소리만 들었다. A와 B, 나는 그들을 결코 다시 보지 않았다. 그러나 다시 보게 될 수도 있다. 하지만 내가 그들을 알아볼 수 있을까? 그리고 내가 그들을 한 번도 다시 보지 않았다는 것은 확실한가? 그런데 나는 무슨 뜻으로 본다, 다시 본다고 말하는가? 어려운 질문들로 시끄럽기 전에, 잠시 침묵해보자, 마치 오케스트라의 지휘자가 악보대를 탁 치고, 두 팔을 올릴 때처럼. 저녁, 멀리서, 벗에 대한 욕망 주위로 흩뿌려진 연기, 지팡이들, 육체, 머리털. 이 누더기들, 나의 수치심을 가리기 위해서, 나는 이것들을 잘도 불러낼 수 있다. 이 말이 무슨 의미인지는 모르겠다. 하지만 난 항상 궁핍하진 않을 것이다. 그런데 벗에 대한 욕망에 대해서는, 나는 11시와 정오 사이에 잠에서 깨어나 (얼마 안 되어, 예수의 강생을 기념하는 삼종기도의 종소리를 들었다) 어머니를 보러 가기로 작정했다고 말해야 할 것 같다. 이 여자를 보러 가려고 작정하려면, 급박한 성격의 이유들이 필요했기에, 그 이유들로,

왜냐하면 난 무엇을 해야 할지, 어디로 가야 할지 몰랐기 때문에, 그 이유들로 머릿속을 가득 채워서, 다른 생각들은 모조리 머릿속에서 사라지고, 당장 거기에, 내 말은 어머니의 집에, 못 갈지도 모른다는 단 하나의 생각만으로 전율하기까지 이르는 것은 내게는 어린애의 장난, 독자 아이의 장난처럼 쉬웠다. 결과적으로, 나는 일어나 목발을 조절한 다음 길로 내려갔고, 거기에서 내 자전거를 (어라 그것은 뜻밖이었다) 내가 놓아두었던 게 분명한 바로 그 자리에서 발견했다. 말이 나온 김에 이야기하는데, 나는 심한 불구자였으나, 그 시기엔, 어떤 행복감에 젖어서 자전거를 탔다. 어떻게 탔는지 보라. 나는 핸들 양쪽에 목발을 하나씩 묶고, 뻣뻣한 다리(어느 쪽인지 잊었다. 지금은 양쪽 모두가 뻣뻣하다) 쪽의 발을 앞바퀴 축의 튀어나온 곳에 걸고, 다른 발로 페달을 밟았다. 그것은 자유륜(輪)이 달린, 체인이 없는 자전거였다, 그런 자전거가 있다면 말이다. 사랑하는 자전거여, 난 너를 벨로*라고 부르지 않겠다. 이유는 모르겠지만, 네 세대의 많은 자전거처럼, 넌 녹색으로 칠해졌지. 난 그것을 기쁘게 떠올릴 수 있다. 그것을 자세히 묘사하는 일은 즐거울 것이다. 요즘 시대에 유행하는 벨 대신에 그것에는 작은 나팔 경적이 붙어 있었다. 그 경적을 울리는 것은 나로서는 정말 재미있었으며, 쾌감에 가까웠다. 한 걸음 더 나아가, 만일 내가 끝이 없는 내 존재의 과정에서 나를 그다지 지겹게 하지 않은 몇 가지의 영예의 명부를 작성해야 한다면, 나팔 경적을 울리는 행위가 명예로운 자리 하나를 차지할 것이라고 나는 말하고 싶다. 그런데 내 몸이 자전거와 떨어져야 할 때는 나는 그 경적을 떼어서 내 옆에 보관했다. 난 그것을 아직도 어딘가에 갖고 있다고 생각하는데, 이제 더 이상 사

---

* 벨로vélo는 뒷바퀴가 작은 자전거이지만 일반적으로 모든 자전거를 통틀어 부르는 이름이다.

용하지 않는 이유는, 그것이 벙어리가 되었기 때문이다. 내가 이해하기로는, 오늘날엔 자동차 운전자들도 내가 말하는 것과 같은 나팔 경적을 갖고 있지 않거나, 드물게 갖고 있다. 길거리에 세워진 자동차의 창문이 내려진 사이로 그것을 하나 보게 되면, 난 흔히 멈춰서 그것을 울려보곤 한다. 이 모든 것을 대과거시제로 바꿔 써야 할 것이다. 자전거와 나팔 경적에 대해 말한다는 것은 얼마나 좋은 휴식인가. 불행히도 내가 말하려는 것은 이것에 대해서가 아니라, 내 기억이 맞는다면, 자신의 밑구멍을 통해서 내게 세상의 빛을 보게 해준 그 여자에 대해서이다. 최초의 귀찮은 짓거리였다. 그런고로 다만 나는 약 100미터마다 다리를 쉬게 하려고 멈췄다는 것만 덧붙이겠는데, 다리만이 아니었다. 나는 정식으로 안장에서 내리지 않고, 말을 타듯 걸터앉아서, 두 발을 땅에 딛고, 두 팔은 핸들을 잡고, 머리를 두 팔 위에 올려놓은 채, 몸이 좀 괜찮아질 때까지 기다렸다. 그런데 매혹적인 이 장소들, 산과 바다 사이에 걸려 있어서, 어떤 바람들은 닿지 않는 반면에 저주받은 이 땅에 남풍이 불어다 주는 온갖 냄새와 훈훈함에는 사방으로 맞닿아 있는 이 장소들을 떠나기 전에, 여름 내내, 목청을 울려대며, 평원과 밀밭을 밤새 달리던 뜸부기의 끔찍한 울음소리를 말하지 않으면 후회가 될 것 같다. 더욱이 이것으로 미루어보건대, 여러 희미해져 가는 형상 중의 하나로서 마지막에서 두번째인 그 비현실적인 여행이 언제 시작되었는가를 알 수 있는데, 그것은 다른 말을 할 것도 없이 6월 둘째 주나 셋째 주, 즉 우리의 반구라고 불리는 곳에서는 태양의 강렬함이 최고에 이르고 북극의 광명이 와서 우리들의 한밤중 위에 오줌을 싸대는 가장 고통스런 순간에 시작되었다고 나는 선언할 수 있다. 뜸부기 소리가 들리는 것은 바로 이때다. 어머니는 꽤 오랫동안 아무것도 더 이상 보지 못했기 때문에, 나를 기꺼이 보았다, 즉 기꺼이 맞이했다.

나는 어머니에 대해 침착하게 말하려고 노력하겠다. 어머니와 나, 우리는 아주 늙었었고, 어머니가 나를 아주 일찍 낳아서, 우리는 마치 성(性)도 없고, 혈연관계도 없는, 같은 추억, 같은 원한, 같은 기대를 가진 한 쌍의 오랜 친구 같았다. 어머니는 한 번도 나를 아들이라고 부른 적이 없었는데, 그랬더라면 나는 참지 못했을 것이다. 대신에, 이유는 모르겠지만, 단Dan이라고 불렀다, 내 이름은 단이 아닌데. 단은 아마도 내 아버지의 이름이었을지도 모른다. 그렇다, 어머니는 아마도 나를 아버지로 착각했을지도 모른다. 나, 나는 어머니를 어머니로 생각했는데, 어머니는, 어머니는 나를 내 아버지로 생각했다. 단, 내가 제비를 구해줬던 날 기억하지. 단, 반지를 땅에 묻었던 날 기억하지. 바로 이런 식으로 어머니는 내게 말을 했다. 나는 물론 기억했다, 기억했지, 내 말은 어머니가 뭘 말하고 있는지 어느 정도는 알고 있었다는 뜻이다. 그리고 비록 어머니가 말하는 사건에 내가 항상 직접 참석하진 않았었더라도, 그것은 마찬가지였다. 나, 나는 어머니의 이름을 불러야 할 때는 막Mag이라고 불렀다. 내가 어머니를 막이라고 불렀던 것은 내 생각에, 이유는 말할 수 없지만, 쥐g자가 마Ma라는 음절을 없애버렸기 때문에, 말하자면 다른 어떤 글자보다도 확실하게 그 음절에 침을 뱉었기 때문이다. 그리고 동시에 나는 마ma, 즉 엄마를 갖고 싶고, 큰 목소리로 엄마를 부르고 싶은, 아마도 고백되지 않은 깊은 욕구를 충족시켰다. 왜냐하면 막이라고 부르기 전에, 어쩔 수 없이 마라고 발음해야 하기 때문이다. 그리고 다da는, 우리 지방에선 아빠를 의미한다. 그런데 내가 지금 슬금슬금 들어가려고 하는 그 시기에는, 어머니를 마, 막, 혹은 카카Caca* 백작부인이라고 부르든, 나로서는 문제

---

* 유아들의 말로 '똥'을 뜻한다.

가 되지 않았다. 어머니는 아주 오래전부터 완전히 귀가 먹었기 때문이다. 어머니는 옷에 실례도 했던 것으로 생각된다. 큰 것도, 작은 것도, 하지만 일종의 조심성 때문에 우리는 대화 중에 그 점에 대해 말하는 걸 피했고, 그래서 나는 결코 그 점에 대해 확신할 수는 없었다. 게다가 그것은 분명 사소한 것으로서, 이틀이나 사흘마다 누는 물기가 인색하게 묻어 있는 염소 똥 같은 것이었다. 방에선 암모니아 냄새가 났다. 오, 암모니아 냄새만 난 것은 아니지만, 암모니아, 암모니아 냄새였다. 어머니는 내 냄새를 맡고 나를 알아보았다. 누르퉁퉁하고 주름진 털 많은 어머니의 얼굴이 환하게 빛났고, 어머니는 내 냄새를 맡고 기뻐했다. 어머니는 틀니가 달각거려 발음을 잘 못했고, 대부분의 경우 자신이 무슨 말을 하고 있는지 깨닫지 못했다. 나를 제외한 다른 모든 사람은 무의식의 순간에만 잠시 잠잠할 뿐인, 그 덜걱거리는 지절거림 속에 정신을 빼앗겼을 것이다. 그런데 나는 어머니의 말을 들으려고 오는 것은 아니었다. 나는 어머니의 머리통을 톡톡 치며 어머니와 의사소통을 했다. 한 번 치면 그렇다, 두 번은 아니다, 세 번은 모르겠다, 네 번은 돈, 다섯 번은 작별 인사. 망가지고 정신착란 증세가 있는 어머니의 이해력을 이 신호로 훈련시키는 데 꽤 애를 먹었지만, 난 그것을 성공했었다. 어머니가 그렇다, 아니다, 모르겠다, 잘 있으라는 말을 혼동해도 나에겐 상관없었다, 나 자신도 혼동했으니까. 하지만 네 번 치는 것을 돈 외에 다른 것과 연결짓는 것, 바로 그것만큼은 무슨 수를 써서라도 막아야 했다. 그래서 훈련 기간에, 나는 어머니의 머리통을 네 번 톡톡 치는 동시에, 종이돈을 어머니의 코밑에나 입속에 후려 넣었다. 내 얼마나 순진했던가! 어머니는 측정 개념 전부는 아니더라도, 최소한 둘 이상 셀 능력을 상실한 것 같았으니까. 어머니에겐 하나에서 넷까지가 너무 멀었다, 이해하겠는가. 네번째에 이르러서는 겨우 두번째로 생각하고, 처음 두 번은 한 번도 느껴보지 못했던 것처럼 깜깜하게 잊어버렸다. 한 번도 느껴보지 못한 것이 어떻게 기억에서 사라질 수 있는지는 잘 모르겠지만, 여하튼 이런 일은 자주 일어난다. 내 의도는 전혀 그렇지 않은데도, 어머니는 내가 항상 아니라고만 말하는 것으로 믿고 있는 듯했다. 이 논리로 깨달은 바가 있어서, 나는 어머니의 머릿속에 돈의 개념을 집어넣기 위한 더 효과적인 방법을 모색하다가 하나를 발견했다. 그것은 내 집게손가락으로 네 번을 치는 대신 주먹으로 한 번이나 여러 번 (내 필요에 따라) 어머니의 머리통을 치는 것이었다. 그랬더니, 어머니가 그것을 이해했다. 그런데 나는 돈 때문에 오는 것은 아니었다. 어머니에게서 돈을 가져갔지만, 그것 때문에 오는 것은 아니었다. 나는 그녀를, 어머니를 그리 원망하지는 않는다. 어머니가 나를 갖지 않기 위해 모든 수를 다 썼다는 것을 난 알고 있고, 물론 가장 중요한 것만 빼고, 그런데도 결코 나를 떼는 데 성공하지 못했다면, 그것은 운명이 나에게 수월한 배설 구멍이 아닌 다른 구멍을 예정해두었기 때문이다. 하지만 의도는 좋았고 그것으로 내게 족하다. 아니, 족하진 않지만, 나를 위해 어머니가 한 많은 노력, 난 그 점을 어머니를 위해 참작해줄 수 있다. 그래서 나는 어머니가 처음 몇 달 동안 나를 좀 흔들어댄 것과, 내 거대한 역사 중에서 거의 그만하면 괜찮은 유일한 기간을 망친 것에 대해 어머니를 용서한다. 또한 나의 경우로 깨달아서, 어머니가 다시는 그런 짓을 시작하지 않았거나, 제때에 그만뒀다는 사실도 참작해줄 수 있다. 그리고 내가 언젠가 내 인생의 의미를 찾아야 한다면, 혹시 알 수 없으니까, 나는 먼저 이쪽, 즉 자식새끼 하나밖에 없는 가련한 이 매춘부 쪽과, 어떤 족속인지도 모르는, 내 족속의 마지막인 내 쪽을 파헤쳐볼 작정이다. 그 먼 여름 오후에 대해, 본론에 이르기 전에 덧붙여야겠는데, 왜냐하면 그것은 정말 본론 같았으니까, 귀먹고, 눈멀고, 신체불구의 이 미친 노파, 나를 단이라고 부르고 내가 막이라고 부르는 이 노파와 함께, 단지 이 여자와 함께 나는—아니다, 나는 말할 수 없다. 즉, 말할 수는 있지만 말하지 않겠다, 그렇다, 그것을 말하기는 쉬울 것이다, 그것은 사실이 아닐 테니까. 나는 이 여자에게서 무엇을 보았는가? 항상 얼굴 하나를 보았다, 때때로 두 손, 아주 가끔 두 팔. 항상 얼굴 하나였다. 털, 주름, 때, 침으로 가려져 있었다. 공기를 어둡게 하던 얼굴 하나. 보는 것이 중요한 건 아니지만, 그것은 하나의 작은 시작이다. 베개 밑에서 열쇠를 꺼내고, 서랍에서 돈을 꺼내며, 베개 밑에 다시 열쇠를 놓는 것은 모두 나였다. 하지만 나는 돈 때문에 오는 것은 아니었다. 매주 오는 한 여자가 있었다고 생각된다. 한번은 잿빛의 쪼글쪼글 오그라든 그 조그만 얼굴에, 어렴풋이, 엉겁결에 내 입술을 갖다 대었다. 푸우. 그 행위가 그녀를 기쁘게 했을까? 모르겠다. 그녀의 수다가 잠시 멈췄다가 계속되었다. 자신에게 무슨 일이 일어났는지 의아하게 생각했을 것이다. 그녀도 아마 푸우 했을 것이다. 난 고약한 냄새를 맡았다. 창자 속에서 나는 냄새인 게 분명했다. 케케묵은 냄새. 오, 그 여자를 비판하는 것은 아니다, 나도 아라비아 향기를 풍기지는 않는다. 방을 묘사해볼까? 아니다. 나중에 아마 그럴 기회가 올 것이다. 더 이상 궁여지책이 없어서, 모든 모욕을 꾹 참고, 꼬리를 항문에 감추고서, 내가 그곳에서 피난처를 찾게 될 때에, 누가 알겠는가. 좋다. 지금은 우리가 어디로 가는지 알고 있으니, 어서 가기로 하자. 처음에 어디로 가는지 안다는 것은 너무 좋다. 그것은 그곳에 가고 싶은 욕구를 거의 없애버릴 정도이다. 나는 마음이 산란했다. 그런 경우가 거의 없는 내가, 왜냐하면 내가 무엇 때문에 그러겠는가, 그리고 평소보다 더 불확실했던 내 움직임에 대해서는. 밤 때문에 내가 지쳤던 게, 여하튼 기운이 없었던 게 틀림없고, 태양은 동쪽에서 점점 높이 올라오면서 잠자는 동안 나를 중독시켰다. 그것과 나 사이에, 눈을 감기 전, 나는 바위 더미를 두었어야 했다. 나는 동쪽과 서쪽을, 또한 북극과 남극을 혼동해서, 그것들을 쉽게 뒤바꾼다. 나는 내 접시 안에 있지 않았다. 내 접시, 그것은 깊다, 수프 접시이다. 그래서 내가 내 접시 밖으로 나오는 경우는 극히 드물다.* 그래서 그걸 짚고 넘어가는 거다. 난 별 탈 없이 몇 킬로미터를 갔고, 그렇게 성벽 밑에까지 도착했다. 거기서 나는 법규에 맞게 안장에서 내렸다. 그렇다, 읍내로 들어가고 나오려면, 자전거 이용자들은 안장에서 내리고, 자동차들은 1단 기어로 가고, 우마차들은 걷는 속도로 나아가도록 경찰은 요청한다. 이 법규에 대한 이유는 다음과 같이 생각된다. 즉 이 읍의 진입로들이, 그리고 물론 나가는 길들도, 좁은데다가, 예외 없이, 거대한 아치들로 인해 어둠침침하다는 것. 그것은 좋은 규칙이기에, 목발을 짚고 동시에 자전거를 밀며 나가느라고 겪는 어려움에도 불구하고, 난 조심해서 그것을 지킨다. 난 적당히 조처를 취했다. 그것을 생각해야만 했다. 이렇게 해서 내 자전거와 나, 우리 둘은 동시에 이 어려운 관문을 통과했다. 그러나 조금 더 갔을 때 나를 부르는 소리를 들었다. 고개를 들었더니 경찰이 보였다. 이것은 생략체로 말하는 것이다. 왜냐하면 내가 일의 정황을 알게 된 것은 나중에 귀납적으로, 혹은 연역적으로, 더 이상 모르겠다. 추리를 해본 후였기 때문이다. 여기서 뭘 하십니까? 그가 말했다. 나는 그런 질문을 흔히 받았기 때문에 즉시 그것을 이해했다. 쉬고 있소. 내가 말했다. 쉬고 있다고요? 그가 말했다. 쉬고 있소. 내가 대답했다. 제 질문에 대답해주

---

* '접시'를 가리키는 assiette라는 단어는 '침착성, 안정감'이란 뜻도 있다. '접시 안에 있지 않았다'는 말은 여느 때와는 달리 불편하고 기분이 어색했다는 뜻인데, 작가는 여기서 assiette 라는 단어를 가지고 말장난을 하고 있다.

시겠습니까? 그가 소리쳤다. 내가 허물없는 대화에 꼼짝없이 붙잡힐 때는 꼭 이런 식이다. 난 받은 질문에 대답했다고 정말 믿고 있는데 사실은 그렇지 않다. 그 대화에 있었던 우여곡절을 모두 말하지는 않겠다. 나는 결국 내가 쉬는 방법, 즉 쉬는 동안, 자전거에 말을 타듯 걸터앉아, 두 팔로 핸들을 잡고, 머리를 두 팔에 올려놓은 내 자세가, 난 더 이상 모르겠다, 질서인가 풍기인가를 문란시켰다는 것을 이해하게 되었다. 나는 겸손히 내 목발을 가리키면서, 의무적으로 취해야 할 자세 대신에, 내가 취할 수 있는 자세로 쉴 수밖에 없게 했던 내 불구 상태에 대해 감히 몇 마디 떠들어댔다. 그때 나는 정상인을 위한 법과 불구자를 위한 법, 두 개의 법이 있는 것이 아니라, 부자든 가난뱅이든, 젊은이든 늙은이든, 기쁜 자든 슬픈 자든, 모두가 복종해야 하는 오직 하나의 법만이 존재한다는 점을 이해할 것 같았다. 그 경찰은 구변이 좋은 사람이었다. 나는 내가 슬프지 않다는 것을 그에게 지적해주었다. 내가 왜 그런 말을 한 것인가! 신분증 좀 보여주십시오. 그가 말했다. 그 사실을 나는 잠시 후에 알게 되었다. 없어요, 없다구요. 내가 말했다. 신분증요! 그가 소리쳤다. 아, 내 신분증. 그런데 내가 지니고 다니는 서류라고는, 변소에 갈 때 닦기 위한, 여러분도 이해하리라, 약간의 신문지 조각뿐이다. 오, 변소에 갈 때마다 닦는다는 게 아니라, 그건 아니고, 만일의 경우, 닦을 수 있도록 준비하고 싶다는 말이다. 이건 당연하다, 그런 것 같다. 나는 당황해서 주머니에서 그 종이를 꺼내 그의 코밑에 바짝 들이댔다. 날씨는 아주 좋았다. 우리는 햇빛이 잘 들고 사람들의 왕래가 별로 없는 좁은 길들을 따라, 나는 목발 사이로 깡충거리면서, 그는 흰 장갑을 낀 손으로 내 자전거를 살며시 밀면서 갔다. 나는—내가 불행하다는 느낌이 들지 않았다. 나는 잠시 멈추고, 이 동작은 내가 감히 내 멋대로 한 것이다, 손을 들어 둥근 내 모자

꼭대기를 만져보았다. 그것은 몹시 뜨거웠다. 우리가 지나가는 길에 즐겁고 침착한 얼굴들이, 남자들의 얼굴, 여자들의 얼굴, 아이들의 얼굴이 뒤를 돌아다보는 것을 느꼈다. 어느 순간, 난 희미한 음악 소리를 들은 것 같다. 난 그것을 더 잘 들어보려고 멈췄다. 가세요. 그가 말했다. 들어보시오. 내가 말했다. 앞으로 가세요. 그가 말했다. 음악 소리를 듣는 것도 내겐 허락되지 않았다. 그 일로 사람들이 모여들 뻔했다. 그가 내 등을 툭 쳤다. 내게 손을 댔다. 오, 살갗에 직접 댄 것은 아니지만, 그래도, 내 살갗이 옷 사이로, 남자의 그 거친 주먹을 느꼈다. 나는 가장 최선의 걸음걸이로 앞을 향해 가면서, 마치 내가 다른 사람인 양, 그 황금의 순간에 푹 빠져들었다. 때는 오전의 일과와 오후의 일과 사이 휴식 시간이었다. 아마도 가장 현명한 듯한 사람들은, 광장에 눕거나 자기 집 문 앞에 앉아서, 최근의 근심거리를 잊고, 다가올 근심에 무관심한 채로, 끝나가는 휴식의 나른함을 즐기고 있었다. 반대로 다른 사람들은 그 시간을 이용해서, 머리를 손에 묻고 계획들을 세우고 있었다. 그중 하나라도 내 입장이 되어서, 그 시간에, 얼마나 내가 겉으로 보이는 것과는 다른 사람이었는지, 그리고 그렇게 다른 가운데에서, 마치 끊어질 듯 팽팽한 닻줄처럼, 얼마나 막강한 힘이 작용하고 있었는지 느껴볼 사람이 있었을까? 있을 수 있다. 그렇다, 나는 겉으로는 안정되고 평온해 보이는 그 거짓의 심연을 향해, 오래 묵은 내 온갖 독기를 품고, 전혀 위험할 것이 없다는 것을 알면서, 그쪽으로 돌진했다. 파란 하늘 아래, 감시인이 지켜보는 가운데. 어머니를 잊은 채, 행위에서 해방되어, 다른 사람들의 시간 속에 녹아들어가, 휴식, 휴식을 혼자 되뇌면서. 경찰서에 도착해서, 나는 놀라운 한 공직자에게 소개되었다. 그는 평복 차림에 셔츠 바람으로, 책상 위에 다리를 올려놓고 의자에 빈둥거리며 앉아 있었는데, 머리에는 밀짚모자를 썼고, 잘 분간할 수 없는 가늘고 유연한 무언가를 입속에서 꺼내곤 했다. 그가 나를 내보내기 전, 이 자세한 것들을 기억해둘 시간이 내게 있었다. 그는 부하의 보고를 들은 다음, 내 생각으로는, 예의적 차원에서, 점점 유감스러운 어조로 나에게 질문을 시작했다. 그의 질문들과 내 대답들 사이사이, 나는 고려할 가치가 있는 것들을 말하는 것이다, 다소 길고 소란했던 간격들이 있었다. 나는 어떤 것에 대해 질문을 받는 데 별로 익숙하지 않기 때문에, 누가 내게 질문을 하면 무엇에 관한 것인지 파악하기 위해 시간이 걸린다. 내가 저지르는 잘못은 무엇인가 하면, 내가 방금 들은 것, 그것도, 내 귀가 노후하지만 충분히 밝아서, 분명히 잘 들은 것을 잘 숙고해보기보다는, 혹시 나의 침묵이 내게 질문하는 사람의 화를 치밀어 오르게 하지나 않을까 두려워서, 즉시 아무렇게나 서둘러 대답해버린다는 것이다. 나는 두려움이 많은 사람이라서, 평생을 두려움 속에, 두들겨 맞는 두려움 속에 살아왔다. 모욕, 욕설, 난 그런 것들은 쉽게 참을 수 있지만, 맞는 것에는 결코 익숙해질 수가 없었다. 우습다. 침 뱉는 것조차도 아직 내게는 고통스럽다. 사람들이 나에게 좀 부드럽게 대해주길, 내 말은 나를 폭력으로 대하는 걸 자제해주길 바란다. 그리고 따지고 보면, 내가 사람들에게 만족을 주지 못하는 경우는 드물다. 그런데 그 경찰서장은 원통형의 잣대로 나를 위협하는 데 그쳤고, 그 결과 그는, 나에겐 그가 생각하는 식의 서류 종이가 없다는 것과, 직업도 거처도 없다는 것, 내 성(姓)도 당분간 떠오르지 않는다는 것, 또 나는 어머니의 집에 가던 중이었고, 어머니에게서 돈을 받아 겨우 연명하고 있었다는 것을 조금씩 알게 되는 이득을 보게 되었다. 어머니의 주소에 대해서는, 나는 그것을 모르고 있었지만, 어둠 속에서도 그곳을 잘 찾아갈 수 있었다. 구역이요? 도살장들이 있는 구역이죠, 서장님. 왜냐하면 나는 어머니의 방에서, 닫힌 창문들 사이로, 어머니의 수다보다도 더 큰, 소들의 울부짖는 소리를 들었었으니까, 그 울부짖는 소리, 거칠고, 쉬고, 떨리는, 목장이 아니라 읍내 도살장들과 가축시장들에서 나는 소리. 그래, 잘 생각해보니까, 어머니가 도살장들 근처에 산다고 말한 것은 좀 지나쳤던 것 같다, 그게 어머니가 근처에 살았던 가축시장이었을 수도 있었으니까. 걱정 마세요, 같은 구역이오. 경찰서장이 말했다. 이 친절한 말들 뒤에 따른 침묵, 난 그것을 이용하여 창문 쪽으로 몸을 돌렸으나, 눈을 감고서 푸른색과 황금색의 그 부드러움에 얼굴과 목만을 드리우고 있었기 때문에, 실제로는 아무것도 보지 않고 있었고, 머리도 텅 빈, 혹은 거의 텅 빈 상태였다, 왜냐하면 나는 그렇게 오랫동안 서 있었기 때문에, 앉고 싶은 생각이 없는지 자문하며, 그 앉는 문제에 대해 깨달은바, 즉 내 짧고 뻣뻣한 다리 때문에, 앉는 자세는 내게 해당사항이 없으며, 내겐 두 자세만이 가능한데, 목발 사이로 기진맥진하여 서서 자는 수직적 자세와, 바닥에 눕는 수평적 자세라는 것을 상기하고 있었을 테니까. 그럼에도 불구하고 앉고 싶은 욕구가 가끔씩 내게 찾아왔고, 난데없이 다시 찾아오곤 했다. 그래서 모두 알고 있으면서도 나는 그 욕구를 항상 물리치지는 못했다. 그렇다, 그 앙금, 멋진 하늘과 여름 공기가 내 얼굴과 큼직한 목젖 위로 짓누르고 있는 동안, 뭐랄까, 마치 웅덩이 밑바닥에서 작은 자갈들처럼 움직이고 있던 그 앙금을 내 머릿속에서 분명 느꼈다. 그러던 중 갑자기 나는 내 이름 몰로이를 생각해냈다. 내 이름은 몰로이오. 난 불쑥 소리쳤다. 몰로이, 방금 생각났어요. 아무도 이 정보를 대도록 내게 강요하지 않았는데도, 난 그것을 댔다, 아마도 호감을 사려는 바람에서. 이유는 모르겠지만, 내가 모자를 쓰는 것은 허락되었다. 그것은 당신 엄마 이름이군요. 경찰서장이 말했다. 그 사람은 분명 경찰서장이었을 것이다. 몰로이, 내 이름은 몰로이오. 내가 말했다. 그게 당신 엄마의 이름인가요? 경찰서장이 말했다. 뭐라고요? 내가 말했다. 당신 이름은 몰로이죠. 경찰서장이 말했다. 그래요, 방금 생각났어요. 내가 말했다. 그럼 당신 엄마는? 경찰서장이 말했다. 나는 잘 못 알아들었다. 당신 엄마 이름도 몰로이요? 경찰서장이 말했다. 엄마 이름이 몰로이냐구요? 내가 말했다. 그렇소. 경찰서장이 말했다. 나는 잠시 생각했다. 당신 이름은 몰로이요. 경찰서장이 말했다. 그래요. 내가 말했다. 그럼 당신 엄마는, 역시 몰로이요? 경찰서장이 말했다. 난 곰곰이 생각했다. 당신 엄마요. 경찰서장이 말했다. 당신 엄마 이름도—. 생각 좀 하게 해주시오! 내가 소리쳤다. 여하튼 이런 식이었다고 생각한다. 잘 생각해보시오. 경찰서장이 말했다. 엄마 이름이 몰로이였던가? 아마 그럴 것이다. 엄마 이름도 몰로이가 맞을 거요. 내가 말했다. 나는 보호소라고 생각되는 곳으로 인도되어 갔고, 거기서 나보고 앉으라고 했다. 그리고 설명해주었다. 간략히 말하겠다. 나는 벤치에 눕든가, 최소한 벽에 기대고 서 있도록 허락을 받았다. 그 방은 어두웠고 사방으로 사람들이 바쁘게 다녔다. 범죄자들, 경찰관들, 법조인들, 신부들, 그리고 짐작컨대 신문 기자들. 어두운 형체들이 어두운 공간 안에 몰려오니, 이 모든 게 어두워 보였다. 그들은 나에게 주의를 기울이지 않았고, 나, 나는 그들에게 잘 답례했다. 그런데 그들이 나에게 주의를 기울이지 않았다는 걸 내가 어떻게 알았으며, 그들이 나에게 주의를 기울이지 않았는데 내가 어떻게 그들에게 답례할 수 있었을까? 모르겠다. 나는 알고 있었고, 그들에게 답례했다. 이상 끝, 그게 전부다. 그런데 별안간 검은색, 아니, 더 정확히 말하면 연보라색 옷을 입은 크고 뚱뚱한 여자 하나가 내 앞에 나타났다. 나는 지금까지도 그 여자가 사회복지사가 아니었나 궁금하다. 그녀는 사카린을 넣고 가루우유를 탄 녹차가 틀림없는, 희끄무레한 음료가 가득 담긴 컵 하나를 짝이 맞지 않는 컵받침에 받쳐 내게 내밀었다. 그게 전부가 아니었다. 컵과 컵받침 사이에 큼직한 마른 빵 한 조각이 아슬아슬하게 놓여 있었기 때문인데, 나는 그것을 보고 좀 고통스럽게 속으로 말하기 시작했다. 떨어진다, 떨어질 것 같다, 마치 그것이 떨어지고 안 떨어지는 게 중요하기라도 한 것처럼. 잠시 후 나 자신은, 그게 어떻게 내 손으로 옮겨졌는지 알지 못한 채, 고체, 액체, 물렁한 것, 여러 가지가 모여서 뒤죽박죽 흔들리는 그 조그만 물체 덩이를 떨리는 손으로 직접 들었다. 한 가지를 말하겠는데, 사회복지사들이 여러분에게 무료로, 그것은 그들에게는 하나의 강박관념이니까, 졸도 방지용으로 먹을 것을 제공하면, 아무리 뒷걸음질을 쳐도, 그들은 손에 구토제를 들고 땅끝까지 여러분을 따라올 것이다. 구세군들도 결코 그보다 낫지 않다. 아니다, 자선 행위에 대해선, 내가 알기로는, 막을 방도가 없다. 머리를 숙이고, 떨리고 뒤죽박죽인 손을 내밀면서, 감사합니다, 감사합니다 부인, 감사합니다 친절하신 부인, 이렇게 말해야 한다. 아무것도 없는 사람에게는 똥이라도 좋아하지 않을 권리가 없다. 액체는 넘쳤고, 컵은 덜거덕거리는 이빨 소리를 내며 흔들거렸고, 그것은 내 이빨 소리가 아니었다. 나는 이빨이 없었다. 빵은 물이 줄줄 흐르며 점점 더 기울어졌다. 드디어 어느 순간, 불안으로 가득 찬 나머지, 난 그 모든 걸 내게서 멀리 던져버렸다. 난 그것을 떨어뜨린 게 아니다, 그게 아니라, 두 손의 발작적인 충동으로 힘이 닿는 한 멀리 그것을 던져 바닥인지 벽인지에 박살을 냈다. 그다음은 말하지 않겠다. 난 이곳이 지긋지긋해서 다른 곳으로 가고 싶기 때문이다. 내가 가도 좋다는 말을 들었을 때는 오후가 이미 한참 지나서였다. 앞으로는 행동을 잘하라고 충고를 받았다. 내가 내 잘못을 인식했고, 무슨 이유로 내가 붙잡혀갔는지 이제 알았고, 신문 과정에서 드러난 내 불법적 상황을 깨닫고 있었는데, 만일 그것이 정말 자유였다면, 이토록 빨리, 게다가 최소한의 처벌의 문제도 없이, 자유를 되찾게 되어 난 놀랐다. 나도 모르게, 상부에 내 보호자가 있었던 건가? 나도 모르게, 내가 경찰서장을 위압했단 말인가? 누군가 어머니를 찾아가서, 어머니나 그 구역 사람들을 통해, 내가 진술한 내용의 일부를 확인이라도 했단 말인가? 나를 경범죄로 넘길 필요가 없다고 생각했나? 나 같은 사람을 규칙대로 징계하는 것, 그것은 번거로운 일이다. 그럴 수도 있지만, 지혜는 그렇게 하는 것을 만류한다. 그 문제는 경찰관들에게 맡기는 게 낫다. 나는 모르겠다. 만일 신분증 소지가 엄격한 규칙이라면, 왜 그것을 소지하도록 내게 강요하지 않았을까? 그렇게 하려면 돈이 드는데, 내겐 돈이 없어서? 그런 경우라면 내 자전거를 압수할 수도 있지 않았을까? 법정의 판결 없이, 아마 그럴 수는 없었을 것이다. 이 모든 것이 이해할 수 없다. 분명한 것은, 내가 결코 다시는 외설스럽게 발을 땅에 딛고, 팔로 핸들을 잡고, 그 팔 위에 머리를 얹은 채, 내팽개치듯 흔들거리는 자세로 휴식을 취하지 않았다는 것이다. 그것은 사실 읍내 사람들에게는 슬픈 광경이었고, 슬픈 사례였는데, 그들은 정말 고된 노동 가운데에서 격려받아야 하고, 주변에서 오로지 패기와 기쁨과 담력의 증거들만을 목격할 필요가 있는데, 만일 그런 것이 없다면, 하루가 끝나갈 때, 그들은 쓰러져 땅바닥으로 구를 수도 있다. 단지 사람들은 내 몸이 허락하는 범위 내에서, 내가 몸가짐을 잘할 수 있도록, 단정한 행동거지가 무엇인지 내게 가르쳐만 주면 되는 것이다. 나 또한 이런 관점에서 내 행동을 개선하는 일을 멈추지 않았다. 왜냐하면 나는—나는 머리가 좋았고 이해가 빨랐기 때문이다. 그리고 선의에 대한 것이라면, 난 그것이, 불안에 사로잡힌 자들의 격분에 찬 선의가 넘쳐흘렀다. 그래서 용납될 만한 내 자세 목록은, 내 첫걸음부터 지난해까지 행한 마지막 걸음까지, 끊임없이 풍부해졌다. 그런데 만일 내가 여전히 돼지처럼 행동했다면, 그것은 내 잘못이 아니라 내 윗사람들의 잘못으로, 그들은 나에게 지엽적인 것들만을 고쳐주고, 대신에 행동방침의 본질을 보여주거나, 앵글로·색슨족들의 명문학교에서 하는 것처럼, 좋은 예법들이 나오게 된 원칙들과, 오류 없이, 원칙에서 예법으로 가는 방법, 또 주어진 한 행동으로부터 그 근원으로 거슬러 올라가는 방법을 보여주지는 않았다. 그렇게 했더라면, 오로지 몸이 편한 대로만 하게 되는 몇 가지 행위, 가령, 손가락으로 코를 후빈다든지, 손으로 불알을 긁는다든지, 손수건 없이 코를 푼다든지, 돌아다니며 오줌을 싸는 행위들을 공공장소에서 마구 해대기 전에, 나는 그 행위들을 합리적인 한 이론의 기본 원칙들에 비춰볼 수 있었을 것이다. 그렇다, 나는 이 문제에 대해서 부정적이고 경험 위주의 지식만을 갖고 있었으며, 그것은 다시 말하면, 대부분, 나는 무지 속에 있었다는 뜻인데, 지난 세기에 걸쳐 내가 수집한 관찰들이 나로 하여금, 제한된 공간에서마저도, 처세술의 토대가 있는지조차 의심을 갖게 했기 때문에, 나는 더욱 더 깊은 무지 속에 있었다. 하지만 사는 것을 중지한 이후라야 나는 이런 것들과 또 다른 것들에 대해 생각하게 된다. 바로 분해의 평온함 속에서 나는 내 삶을 일관했던 이 길고 혼란한 감정을 기억하고, 마치 하느님이 우리를 심판하실 거라고 기록되었듯이, 그리고 그에 못지않게 주제를 넘어서 내 삶을 심판한다. 분해하는 것도 역시 사는 것이다, 안다, 나도 그것을 안다, 날 피곤하게 하지 말라. 하지만 우리는 항상 전적으로 그 일을 하지는 못한다. 그런데 그 분해의 삶에 대해서도 언젠가 여러분에게 말해 줄 친절함이 내게 있을지도 모르겠다. 안다고 생각하면서 나는 생존하는 일 외에 아무것도 하지 않았다는 것과, 형태도 머무름도 없는 열정은 썩어가고 있는 육신까지 나를 먹어버릴 거라는 것을 알게 되는 그날에, 또 이것을 알면서도 나는 아무것도 모르고, 내가 그동안 소리만 질러 왔던 것처럼, 다소 크게, 다소 공공연히, 여전히 소리만 지르고 있다는 것을 내가 알게 되는 그날에. 그러니 소리를 지르자. 그것은 좋은 일이라고 여겨진다. 그렇다, 소리를 지르자, 이번엔, 그리고 아마도 한 번은 더 가능하겠지만. 기울어가는 태양이 경찰서의 하얀 앞면에 가득히 비치고 있다고 소리 지르자. 마치 중국에 온 것 같았다. 합쳐진 그림자 하나가 그 위에 그려졌다. 그것은 나와 내 자전거였다. 나는 몸동작을 하면서, 모자를 흔들면서, 또 자전거를 내 앞에서 앞으로, 뒤로 굴리면서, 나팔 경적을 울려대면서, 그림자로 장난을 하기 시작했다. 나는 벽을 쳐다보고 있었다. 유리창 창살 너머 사람들이 나를 쳐다보았고, 나는 내게 향한 그들의 시선을 느꼈다. 문 앞의 보초관이 나더러 그만 가라고 말했다. 나 스스로 얌전해질 수 있었을 텐데. 결국 그림자란 실체보다 결코 재미있는 것이 아니다. 나는 보초관에게 나를 불쌍히 여겨달라고, 나를 도와달라고 부탁했다. 그는 알아듣지 못했다. 사회복지사가 주었던 그 간단한 음식이 그리워졌다. 나는 주머니에서 조약돌 하나를 꺼내 빨았다. 그것은 내가 하도 빨아서, 그리고 폭풍우에 뒹굴려져서 매끄러웠다. 동그랗고 매끄러운 작은 조약돌 하나를 입에 넣으면, 평온해지고 기분전환이 되며, 배고픔도 달래고 갈증도 잊을 수 있다. 보초관이 내 쪽으로 왔는데, 내가 느린 것이 자기 맘에 들지 않았던 모양이다. 그도 역시 사람들이 창문들을 통해 쳐다보았다. 어디선가 웃음 소리가 들렸다. 내 안에서도 누군가가 웃고 있었다. 나는 두 손으로 아픈 다리를 처들어 자전거 대(臺) 반대편으로 넘겼다. 그리고 출발했다. 내가 어디로 가고 있었는지 난 잊고 있었다. 난 그것에 대해 생각해보려고 멈췄다. 자전거를 타고 가면서 생각하는 것이 나로서는 어렵다. 타고 가면서 생각하려면, 난 균형을 잃고 넘어진다. 난 지금 현재시제로 말하고 있는데, 과거에 관계될 때 현재시제로 말하기가 참 쉽다. 그것은 신화적 현재형이므로, 너무 신경 쓰지 말도록 하라. 이렇게 하면 안 된다는 것을 기억했을 때는 이미 난 누더기 같은 내 정체 상태에 빠져들고 있었다. 나는 다시 내 길을 가기 시작했다. 길 자체로서는 전혀 몰랐던 그 길, 그저 밝거나 어두운, 판판하거나 우툴두툴한 표면에 불과했지만, 잘 생각해보면, 언제나 정다운 그 길, 게다가 이 정다운 소리, 날씨가 건조할 때 짧게 이는 먼지가 인사하는, 이 흘러가는 것의 정다운 소리. 읍내에서 나왔다는 사실도 기억나지 않는데, 난 어느덧 여기 운하 둑에 와 있다. 운하는 읍내를 통과한다는 것, 그것은 내가 안다, 내가 알고 있고, 운하는 두 개나 있다. 그런데 이 울타리들과 평원은 어떻게 된 거지? 고민하지 마, 몰로이. 난 지금 갑자기, 그 시기에 뻣뻣했던 다리가 오른쪽이었다는 것을 알게 되었다. 나는 한 무리의 작은 잿빛 당나귀들이 맞은편 연안에서 예선도(曳船道)를 따라 힘겹게 내 쪽으로 오고 있는 것을 보았고, 분노의 외침과 희미한 채찍 소리를 들었다. 나는 물결이 일지도 않을 정도로 가만히 다가오고 있던 짐배를 더 자세히 보려고 발을 땅에 디뎠다. 그 짐은 목재와 연장이었는데, 아마도 어떤 목수에게 도착할 것이었다. 내 시선이 당나귀 한 마리의 시선과 마주쳤고, 난 그 당나귀의 섬세하고 충직한 작은 발걸음을 향해 눈을 내리떴다. 뱃사공은 팔꿈치를 무릎에 받치고, 머리는 손에 괴고 있었다. 그는 담배 연기를 서너 번 내뿜을 때마다, 입에서 파이프를 빼지 않은 채 물속에 침을 뱉었다. 태양은 유황빛과 인광의 색깔들로 지평선을 색칠하고 있었는데, 나는 바로 이 노을을 향해 가고 있었다. 나는 마침내 안장에서 내려 깡충거리며 도랑으로 내려갔고, 그곳에서 내 자전거 옆에 누웠다. 나는 팔을 크게 벌리고 길게 누웠다. 하얀 산사나무가 내 쪽으로 기울어졌는데, 유감스럽게도 나는 산사나무 향을 싫어한다. 도랑 안에는 키가 큰 풀이 빽빽했고, 나는 모자를 벗어 긴 풀잎 줄기들을 얼굴 주위로 끌어당겼다. 그랬더니 흙냄새가 났는데, 그 흙냄새는 내가 손으로 엮어서 얼굴에 올려놓아, 그것 때문에 눈앞이 보이지 않았던 그 풀잎 속에서 났다. 그것을 조금 먹어도 보았다. 아까 내 이름처럼 알 수 없는 방식으로, 이미 저물어가고 있던 그날 아침에 내가 어머니를 찾으러 떠났었다는 사실이 기억났다. 그 이유는 뭐였더라? 난 그것을 잊고 있었다. 하지만 나는 그 이유를 알고 있었다, 알고 있다고 생각했고, 그곳으로, 어머니의 집으로, 필요라는 암탉의 날개를 타고 날아가기 위해, 난 그것을 다시 생각해내기만 하면 되었다. 그렇다, 이유만 알면 모든 것이 쉬워진다, 그것은 단순히 마술 같은 것이다. 어떤 성인(聖人)에게 빌어야 할지를 아는 것,* 그것이 문제의 핵심이다. 그 어떤 바보라도 성인에게 빌 줄은 아니까. 세부적인 것에 대해서는, 만일 세부사항에 관심이 있다면, 실망할 필요가 없다, 결국 맞는 성인을 정확히 찾아가게 될 테니까. 전체를 위한 주문(呪文)은 존재하지 않는 듯하다. 어쩌면, 우리가 죽은 후가 아니라면, 전체라는 것은 없는지도 모른다. 영리한 사람이 아니라도 죽은 자들의 생을 위한 진정제를 쉽게 찾을 수 있다. 그렇다면, 나는 내 생을 쫓아내기 위해 무엇을 기다리고 있는가? 온다, 그것이 오고 있다, 내가 지르는 것은 아니지만, 모든 것을 가라앉힐 호통 소리가 여기서도 들린다. 기다리는 동안, 자신이 죽었는지 알 필요가 없다, 우린 죽지 않았다, 우린 아직 꿈틀거리고, 머리카락이 자라나고, 손톱이 길어지고, 내장은 비워지고, 모든 장의사는 죽었다. 누군가가 커튼을 내렸다. 아마 자신이 내렸는지도 모른다. 아주 작은 소리 하나도 없다. 우리가

---

* 어떻게 해야 좋을지를 안다는 뜻이다.

그렇게도 이야기를 많이 들어왔던 그 파리들은 어디에 있는가? 우린 명백한 사실에 굴복하게 되는데, 죽은 것은 자신이 아니라 다른 모든 사람이라는 것. 그래서 우린 일어나서 자신이 살아 있다고 믿는 어머니의 집으로 간다. 이것이 내가 갖는 느낌이다. 하지만 이제 나는 이 도랑에서 나와야만 할 것이다. 나도 비 때문에 점점 더 가라앉아서 기꺼이 그 속으로 사라지고 싶다. 아마도 언젠가 난 이곳에, 혹은 이와 비슷하게 생긴 움푹한 곳으로, 다시 오게 될 것이며, 이 점에서 난 내 다리를 믿는다. 마치 언젠가 내가 경찰서장과 그의 부하들도 어쩌면 다시 만나게 될 것처럼. 그런데 그들이 알아볼 수 없을 만큼 너무 변해서, 내가 그들을 같은 사람들이라고 명시하지 않을지라도, 착각하지 말라, 아무리 변했다고 하더라도, 그들은 같은 사람들일 것이다. 왜냐하면 어떤 사람이나 어떤 장소를, 이를테면 한 시간 동안 자세히 묘사해놓고서, 난 아무도 기분을 상하게 하고 싶지는 않다. 그것을 사용하지 않는다는 것, 그것은 뭐랄까, 잘 모르겠다. 말하길 원치 않는 것, 무슨 말을 하고 싶은지 알지 못하는 것, 말하고자 하는 바라고 믿는 바를 말할 수 없는 것, 그리고 항상 말하는 것, 혹은 거의 항상 말하는 것. 그것을 작문의 열기 속에서 잊지 않는 게 중요하다. 그날 밤은 다른 밤들과는 달랐다. 만일 같았다면 내가 알았을 것이다. 왜냐하면 내가 운하 옆에서 보낸 그날 밤, 그날 밤에 대해 생각하려고 하면, 내겐 아무것도 떠오르지 않기 때문인데, 정확히 밤이라고는 말할 수 없고, 다만 도랑 속의 몰로이, 그리고 완전한 침묵, 그리고 내 감은 눈꺼풀 속으로 보이는 짧은 밤, 마치 성인들의 쓰레기로 타오르는 화염처럼, 때론 텅 비고, 때론 가득 차서, 군데군데 밝은 곳들이 생겨나, 활활 타오르다가 꺼지는 그 짧은 밤만 떠오를 뿐이다. 나는 그날 밤이라고 말하지만, 아마 그런 밤들이 여러 번 있었는지도 모른다. 반역하자, 반역적인 생각에 반역

해버리자. 그러나 그 아침은, 어느 날 아침이었다. 그 아침, 이미 한참 지난 그 아침과, 그 당시 내 습관대로 가졌던 짧은 수면과, 다시 소리로 가득 찬 그 공간과, 그리고 내가 자는 것을 지켜보고 있었고 내가 눈을 뜰 때 나를 내려다보고 있었던 그 목동이 떠오른다. 그 옆에는 숨을 헐떡이는 개 한 마리가 있었는데, 그 개도 역시 나를 쳐다보고 있었지만, 주인처럼 뚫어지게 바라보는 것은 아니었다. 왜냐하면 때때로 나를 쳐다보기를 멈추고, 아마도 진드기들이 들러붙어 있었을 자리에 제 살갗을 격렬하게 깨물곤 했기 때문이다. 그 개는 나를 가시덤불 속에 빠져서 허우적거리는 검은 양으로 생각하고서, 나를 꺼내주려고 주인의 명령을 기다리고 있었나? 그렇게 생각되진 않는다. 나는 양 냄새가 안 난다, 양이나 숫염소 냄새가 나면 좋으련만. 잠에서 깨어날 때, 내가 처음 마주하는 것들, 난 그것들을 꽤 선명하게 볼 수 있고, 너무 어렵지 않으면, 이해도 할 수 있다. 그다음엔 마치 물뿌리개 주둥이에서처럼, 내 눈에서 그리고 내 머릿속에서 가랑비가 내리기 시작한다. 그것이 중요하다. 그래서 나는 내 앞에 있는 것이, 아니, 내 위에 있는 것이, 왜냐하면 그들은 길에서 벗어나지 않았기 때문에, 목동과 그의 개라는 것을 곧 알아차렸다. 또한 뒤에서 더 이상 몰아주지 않아서 불안해하는 양떼의 울음소리, 난 그것도 쉽게 분별했다. 나에게 말의 의미가 가장 선명하게 들릴 때도 역시 이 순간이어서, 나는 평온한 확신으로 이렇게 말했다. 이것들을 어디로 데려가시오, 들판이요 아니면 도살장이요? 마치 질문과 방향이 무슨 관계라도 있었던 것처럼, 난 방향 감각을 완전히 잃어버린 게 분명했다. 왜냐하면 비록 그 사람이 읍내로 향한들 읍내에서 다시 돌아오거나, 다른 문을 통해 읍내를 빠져나와 평화로운 목장으로 가지 말라는 법이 있는가, 또한 비록 그가 읍내로부터 멀어져 간다고 해도, 그것도 역시 아무런 의미가 없다. 도살장들은 읍내에만 있는 것이 아니라 어느 곳에나 있고, 시골에도 있으며, 정육점마다 도살장이 있고, 원하는 대로 도살할 권리가 있기 때문이다. 하지만 못 알아들었는지, 대답하고 싶지 않았는지, 그는 대답을 하지 않고 한 마디도 없이 가버렸다. 내 말은 나에게 한 마디도 안 했다는 뜻이다. 귀를 쫑긋 세우고 주의 깊게 듣고 있던 자신의 개에게는 말을 했으니까. 난 무릎을 꿇고, 아니다, 그건 말이 안 된다, 난 일어서서 조그만 양 무리가 멀어져 가는 것을 쳐다보았다. 목동의 휘파람 소리가 들렸고, 그가 가축 떼 주변을 분주히 돌아다니는 것도 보였는데, 그가 없으면 양떼는 아마도 운하 속으로 빠졌을 것이다. 이 모든 것이 반짝이는 먼지 사이로, 곧이어 가랑비 사이로 보였다, 날마다 나를 내 자신에게로 인도해주었고, 내게서 다른 모든 것을 가려주었으며, 나를 나 자신으로부터 가려주었던 그 가랑비 사이로. 양떼의 울음소리가 누그러진다. 그것은 양떼의 불안감이 좀 가셨거나, 혹은 양떼가 점점 멀어져 간 결과이거나, 아니면 아마도 내 귀가 아까보다 희미하게 들렸기 때문일 텐데, 이것은 믿기 어려운 일이다. 왜냐하면 동틀 무렵에 겨우 약간 좀 무뎌지긴 하지만, 난 아직도 제법 예민한 청각을 지니고 있으니까. 그래서 만일 내가 몇 시간 동안 아무것도 듣지 못하게 된다면, 그것은 내가 전혀 알 수 없는 이유 때문이거나, 때때로, 내 주변이 정말로 조용해져서인데, 반면 의인들에게는 세상의 소리가 결코 멈추지 않는다. 바로 이렇게 두번째 날이 시작되었고, 그것이 세번째나 네번째가 아니라면 말이다. 그 시작은 좋지 않았다, 왜냐하면 양들의 목적지에 관해서 오래 지속될 의구심을 내 안에 남겼기 때문인데, 그중엔 어린 양들도 있었으며, 나는 그것들이 어떤 한가한 목장까지 잘 도착했는지, 아니면 쇠망치 아래, 두개골이 박살나고, 가느다란 다리가 와지끈거리며, 먼저 무릎으로 주저앉고, 그다음엔 털이 많은 옆구리로 쓰러졌는지 종종 궁금했다. 하지만 작은 의구심들은 좋은 점도 있다. 세상에, 정말로 시골 고장이다. 사방에 네 발 달린 짐승들이 보인다. 그런데 그것으로 끝이 아니라, 다른 것은 언급하지 않더라도, 말들과 염소들도 있고, 그것들이 내 길을 가로지르기 위해, 내 동정을 살피는 게 느껴진다. 이런 것은 내게 필요 없다. 하지만 난 즉각적인 내 노력의 목표, 어떻게 하면 가장 빨리 어머니를 만날 수 있는가를 알아내는 목표를 잊지 않았다. 그래서 한 순간이라도 놓칠세라, 난 도랑에서 일어나 내가 어머니의 집에 가고 있었던 정당한 이유들을 불러 도움을 청했다. 비록 내가 별 생각 없이 많은 일을 하고서도, 그 일을 한 후에서야 내가 무엇을 하려고 했었던가를 알게 되는 경우가 많았지만, 그랬다고 하더라도, 어머니의 집에 가는 것은 그런 경우에 포함되지 않았다. 내 발은, 보다시피, 그렇게 하라는 확실한 명령 없이는 어머니의 집으로 날 결코 데려가지 않았다. 감미로운 날씨, 정말 감미로운 날씨, 나를 제외한 다른 모든 사람은 그 날씨를 기뻐했을 것이다. 하지만 나, 난 태양이 뜬 것을 기뻐할 일이 없고, 또 그렇게 하지 않으려고 한다. 열기와 태양빛에 목말라하던 에게 해 사람, 나는 그를 죽였다, 그는 자살했다, 일찍이 내 안에서. 여러 날 동안 내린 비로 드리워진 엷은 응달이 내 취향에 더 잘 맞았다, 아니, 잘못 말했다, 내 기분에라는 말도 맞지 않는다, 내겐 취향도, 기분도 없었다, 난 그것들을 일찌감치 잃어버렸다. 내 말은 아마도, 옅은 응달 등등이 나를 더 잘 숨겨주었다는 뜻일 것이다. 그렇다고 그것이 내게 특별히 쾌적하게 느껴진 것은 아니었지만 말이다. 어쩔 수 없는 카멜레온, 이것이 바로, 어떤 각도에서 바라본 몰로이다. 그런데 겨울 동안에 난 코트 안에 신문지로 만든 작은 띠를 몸에 둘렀다가, 진짜로 대지가 깨어나는 4월이 되어서야 풀었다. 이런 용도로는 『타임스』지의 문예 부록이 아주 안성맞춤으로, 아무리 해도 견고하고 구멍이 뚫리지 않았다. 방귀를 뀌어도 찢어지지 않았다. 어쩌란 말인가, 가스는 아무 까닭 없이 내 궁둥이에서 나오는데, 그래서 난 때때로 좀 혐오감을 느끼지만, 방귀에 대해 말할 수밖에 없다. 어느 날은 방귀를 한번 세어보았다. 열아홉 시간 동안 삼백열다섯 번, 혹은 시간당 평균 열여섯 번 이상이었다. 결국 엄청난 건 아니다. 15분마다 네 번. 그것은 아무것도 아니다. 심지어 4분에 한 번꼴도 못 된다. 믿기 어려운 일이다. 자, 자, 난 방귀를 조금밖에 안 뀌는 사람이다, 고로 내가 그것에 대해 말한 것은 틀렸다. 수학적 계산이 자신을 아는 데 보탬이 되다니 얼마나 놀라운 일인가. 그런데 날씨에 관한 모든 문제는 내겐 관심사가 아니었다, 나는 모든 소스에 적응할 수 있었다. 그래서 나는 단지 이 지방에서는, 흔히 아침 10시나 10시 반까지는 날씨가 맑았다는 것과, 이 시간쯤 되면 하늘에 구름이 끼고 비가 오기 시작해서, 저녁때까지 비가 내렸다는 것만 덧붙여 말하겠다. 그러면 해가 나와 지곤 했으며, 젖은 땅은 잠깐 반짝이다가 빛이 없이 꺼져 갔다. 나는 그래서, 극도의 불안감에 마음이 멍한 상태로, 다시 안장에 올랐다, 마치 치과의사에게 진료를 받아야 하는 암 환자의 불안감으로. 왜냐하면 내가 옳은 길로 가고 있었는지 알 수 없었기 때문이다. 모든 길이 내게 옳은 길이 아니었던 적은 드물었다. 하지만 어머니의 집에 갈 때에는, 옳은 길은 오직 하나, 그곳에 이르던 그 길, 혹은 모든 길이 그곳까지 가는 것은 아니었으므로, 그곳에 이르던 여러 길 중의 하나였던 그 길밖에 없었다. 나는 내가 옳은 길들 중 하나로 접어들었는지 알 수 없었고, 마치 모든 삶으로의 귀환 요청이 그렇듯이, 그것이 나를 불안하게 만들었다. 그러니 백 보쯤 앞에서 낯익은 성벽이 나타나는 것을 보았을 때의 내 안도감을 생각해보라. 성벽을 지나서, 난 어느 모르는 구역으로 오게 되었다. 이 읍내를 그래도 잘 알고 있었던 내가 말이다.

내가 태어났고, 한 번도 25 내지 30킬로 이상 떨어져본 적이 없었던 이 읍내, 이유는 모르겠지만, 그 정도로 이 읍내는 나에게 매력을 발휘하고 있었다. 그래서 내가 맞는 읍내로, 내게 밤을 보게 해주었고, 아직도 어딘가에 내 어머니를 가두고 있던 이 읍내로 정말 잘 왔는지, 아니면 길을 잘못 들어서, 이름도 알지 못하는 다른 읍내에 오게 되었는지, 난 거의 의심할 뻔했다. 왜냐하면 나는 다른 읍내엔 한 번도 발을 들여놓은 적이 없어서, 내가 태어난 읍내만 유일하게 알고 있었으니까. 하지만 내가 글을 읽을 줄 알았던 시절엔, 나보다 행복한 여행자들의 여행담을 나도 주의 깊게 읽었는데, 거기엔 우리 읍만큼이나 아름답고 또, 다른 차원이긴 하지만, 더 아름다운 읍들에 관한 이야기가 있었다. 그런데 이 읍내, 유일하게 알도록 내게 주어졌던 이 읍내, 난 기억 속에서 그 이름을 찾고 있었으며, 이름을 찾아내는 대로 멈춰서, 지나가는 사람에게 모자를 벗고서, 이렇게 말하기로 결심했다. 실례합니다, 선생님, X가 우리 읍내의 이름이라면, 여기가 정말 X 맞습니까. 내가 찾고 있던 그 이름, 그것은 틀림없이 B나 P로 시작하는 것 같았으나, 이런 실마리에도 불구하고, 혹은 아마도 이 실마리가 틀렸기 때문에, 계속해서 다른 글자들은 떠오르지 않았다. 난 너무 오랫동안 말과 멀리 떨어져 살아왔기 때문에, 이해하겠는가, 가령 우리 읍내를, 지금 우리 읍내에 대해 이야기하고 있으니까, 우리 읍내를 보는 것만으로도 충분했다, 어쩔 수 없다, 이해하겠는가. 나로서는 말하기 너무 어렵다. 마찬가지로 나 자신에 대한 의식도 대개는 좀처럼 꿰뚫기 어려운 익명(匿名)으로 감싸여 있었는데, 우리는 방금 그 점을 보았다고 믿는다. 그리고 내 의식을 놀려대던 다른 사물들도 마찬가지였다. 그렇다, 입자들과 파장들, 그 모든 것이 이미 희미해져 가던 그 시기에조차도, 사물의 조건은 이름이 없다는 것이었고, 반대로 이름의 조건은 사물이 없다는 것이었다. 나는 이것을 지금 말하고 있지만, 사실상 그 시기에 대해서 내가 지금 알고 있는 게 무엇인가, 의미가 얼어붙은 단어들이 내게로 마구 쏟아지는 지금에, 그리고 세상도 역시 느슨하고 서투르게 이름 붙여져서 죽어가고 있는 지금에? 그 시기에 대해서 단어들과 죽은 사물들이 아는 것을 나도 알며, 그것만으로도, 마치 잘 씌어진 글에서처럼 그리고 시체들의 긴 소나타에서처럼, 서두, 중반, 끝이 있는 상당한 작은 전서(全書) 하나가 된다. 그래서 내가 이것이나 저것 혹은 다른 것을 말한다고 해도, 사실은 별로 중요하지 않다. 말하는 것은 새롭게 지어내는 것이다. 이 말은 당연히 틀리다. 우리는 아무것도 지어내지 않는다. 지어낸다고, 탈출한다고 믿지만, 우리는 오직 배운 학습, 배웠다가 잊혀진 벌과(罰課)의 토막들, 우리가 탄식하는, 그런 눈물 없는 삶을 더듬더듬 말하는 것뿐이다. 빌어먹을. 자, 어디 보자. 나는 우리 읍의 이름을 기억할 수 없어서 보도 가장자리에서 멈추어, 친절하고 학식 있어 보이는 행인을 기다렸다가, 모자를 벗고 미소를 지으며 이렇게 말하기로 마음먹었다. 실례합니다, 선생님, 죄송합니다만 선생님, 이 읍의 이름이 뭔지 좀 가르쳐주시겠습니까? 왜냐하면 이름이 일단 발음되어 나오면, 그 이름이 기억 속에서 내가 찾고 있던 이름인지, 아니면 다른 이름인지 알게 될 테니까. 이렇게 하면 문제가 해결될 것이었다. 이 결단, 내가 자전거를 타고 달리면서 내리는 데 성공했던 이 결단은 어떤 터무니없이 재수 없는 일 때문에 실행되지 못했다. 사실 내 결단들은 이런 독특함을 지녔는데, 그것은 결단들이 내려지자마자 그 실행과 양립할 수 없는 하나의 사건이 생기곤 했다는 것. 내가 말하고 있는 그 시기보다는 현재의 내가 훨씬 결단성이 부족하고, 그 시기의 나는 그 전에 비해서 상대적으로 결단성이 훨씬 부족했던 것은 분명 이런 이유에서이다. 하지만 사실을 말한다면 (사실을 말한다면!) 나는 한 번도 특별히 단호한 결단을 내린 적이 없었으며, 내 말은 쉽게 결단들을 내리는 편이 아니라는 뜻이다. 그보다는 머리를 처박고 똥구덩이로 뛰어 들어가는 편이었다. 누가 누구에게 똥을 싸대는지, 어느 쪽으로 내 몸을 박아야 승산이 있는지도 모르면서. 하지만 이런 성질로도 난 전혀 만족하지 못했고, 또 내가 이런 성질을 완전히 떨쳐버리지 못한 것은 그것을 원치 않아서가 아니다. 사실, 그런 것 같다, 우리가 최대로 바랄 수 있는 것이란, 우리의 존재가, 끝에 가서, 처음과 중반보다 약간만 못하게 되는 것이다. 왜냐하면 머릿속으로 계획을 세우자마자 난 난폭하게 개 한 마리를 들이받았고, 나는 그 사실을 나중에 알게 되었다, 그러고서 땅바닥에 넘어졌기 때문인데, 개가 끈에 묶여, 차도가 아닌 보도 위에서, 얌전히 여주인 곁에 따라가고 있었기 때문에, 그것은 더더욱 용서할 수 없는 과실이었다. 조심은, 결단들과 마찬가지로, 신중하게 취해야 한다. 그 부인은 자신의 개의 안전에 관한 한, 분명 만전을 기했다고 생각하고 있었겠지만, 사실상 그녀는, 마치 뭔가를 밝혀달라는 터무니없는 요구로 내가 그랬던 것과 똑같이, 자연의 섭리를 통째로 무시하고 있었을 뿐이다. 그런데 난 내 입장에서, 지긋한 나이와 불편한 몸을 강조하면서 굽실거리기보다는, 도망을 시도하다가 나의 상황을 더욱 악화시켰다. 나는, 허연 수염들과 순진무구한 얼굴들이 보였던 것으로 보아, 남녀노소로 이루어진 한 무리의 심판자들에게 즉시 따라잡혔고, 그들은 이미 나를 박살낼 참이었는데, 그때 그 부인이 끼어들었다. 그녀가 말한 요점은 이렇다. 그녀가 내게 그것을 나중에 말해주었고, 난 그 말을 믿었다. 이 불쌍한 노인네를 내버려두세요. 이 양반이 테디를 죽였지요, 그것은 알고 있는 일이에요, 내가 자식처럼 사랑했던 테디를요, 하지만 그것은 보기보다 심각한 것은 아니에요, 난 개를 마침 수의사에게 데려가고 있었거든요, 개의 고통을 끝내주려고 했지요. 테디는 늙고, 눈멀고, 귀머거리에다, 류머티즘으로 다리를 못 썼고, 낮이나 밤이나 시도 때도 없이, 집 안에서든 정원에서든, 오줌똥을 쌌거든요. 따라서 이 가엾은 영감님이 내가 고통스런 걸음을 하지 않게 해주었지요, 내게 감당하기 어려운 비용을 절약해준 것은 말할 것도 없고요. 내 유일한 수입은 고인이 된 내 남편, 소위 자신의 조국을 위해 죽었지만, 살아생전엔 조국으로부터 최소한의 혜택도 받아보지 못하고, 길거리에서 모욕과 훼방만 받았던 내 남편의 참전 연금뿐이니까요. 무리는 이미 흩어지고 있었고, 위험은 지나갔지만, 그 부인은 이야기를 늘어놓기 시작했다. 그녀가 말했다. 여러분은 말하겠지요, 이분이 도망친 것은 잘못했다, 나에게 사과를 해야 한다, 설명을 해야 한다. 좋아요. 하지만 이분은 온전한 정신이 아니고, 평정심을 잃었잖아요. 그 이유는 우리가 모르지요. 또 만약 안다고 해도, 우리들 모두를 부끄럽게 만들지도 모르죠. 자신이 저지른 일을 알고 있는지조차도 궁금해요. 이 천편일률적인 목소리로부터 지독한 지루함이 발산되기 시작해서 나는 막 내 길을 다시 가려던 참이었는데, 그때 내 앞에 피할 수 없는 읍내 경찰관이 나타났다. 그는 내 자전거 핸들 위에 짐승의 발가락처럼 큼직한 털투성이의 붉은 손을 덥석 내려놓았고, 난 그것을 직접 봤다. 그런 다음에 그 아주머니와 다음의 대화를 나눈 것 같다. 이 양반이 아주머니의 개를 치어 죽인 것 같은데요. 맞아요, 경찰관님, 그래서요? 아니다. 바보 같은 이 대화를 그대로 옮길 수는 없다. 그래서 경찰관도 역시 결국은, 투덜거리면서, 해산하고 말았다는 것만 말하겠는데, 이 말이 너무 심한 것은 아니다. 내게 불리한 결말이 나기를 더 이상 바랄 수 없게 되자, 남아 있던 구경꾼들도 그 뒤를 이었다. 하지만 경찰관은 돌아서서, 아주머니의 개를 당장 치우세요, 라고 말했다. 마침내 떠날 자유가 주어지자 난 그렇게 할 자세를 취했다. 하지만 그 부인은, 루아 부인이었는데, 즉시 말하는 게 좋겠다, 혹은 루스 부인, 더 이상 모르겠다, 소피인가 하는 이름이었다, 만일 그녀가 처음 한 말과 내가 들은 말이 같다고 가정한다면, 영감님, 전 영감님이 필요해요, 라고 말하면서 내 옷자락을 붙들었다. 아마도 내 표정을 보면서, 내 표정은 쉽게 드러나니까, 내가 이해했다는 것을 알아차리고, 만일 이분이 이것을 이해했다면 나머지도 이해할 수 있으리라고 그녀는 생각했을 것이다. 그리고 그녀의 생각은 틀리지 않았는데, 왜냐하면 얼마쯤 지나자 나도 그녀로부터밖에는 올 수가 없었던 몇 가지 생각이나 견해를 갖게 되었으니까, 즉 그녀의 개를 죽였으므로 나는 그녀의 집으로 개를 데려가서 땅에 묻는 것을 도와주어야 하며, 그녀는 내가 저지른 일에 관하여 고소할 의사가 없으나, 사람이 원치 않는다고 해서 항상 안 할 수만은 없는 것이며, 내 끔찍한 외관에도 불구하고 그녀는 나에게 호감을 갖고 있고, 나를 구조하는 일에 기쁨을 누릴 것이며, 그 외에 무엇이 있었는지 더 이상 모르겠다. 아 그렇지, 나 역시 그녀가 필요했던 것 같다. 그녀는 내가 필요했고, 그녀의 개를 치우는 데 돕기 위해서, 나는, 무슨 이유에선지는 모르겠지만, 나도 그녀가 필요했다. 그녀가 그 이유들을 내게 틀림없이 말했을 것인데, 왜냐하면 그것은 하나의 암시적인 비난으로서, 내가 다른 것은 묵과할 수 있었지만 그것만큼은 점잖게 묵과할 수 없었기 때문이고, 그래서 나는 그녀도 필요 없고 그 누구도 필요하지 않다고 솔직하게 말을 했는데, 그것은 어쩌면 조금은 과장된 말일 수도 있었다. 난 어머니가 필요했을 테니까. 그렇지 않았다면 내가 무엇 때문에 그렇게 기를 쓰고 어머니의 집에 가려고 했겠는가? 이것이 내가 가능한 한 말을 안 하려고 하는 이유들 중의 하나이다. 왜냐하면 나는 항상 말을 너무 지나치게 하거나 너무 부족하게 하니까, 이 점이 나에겐 고통스럽다. 정말로 나는 진실에 대한 열정을 갖고 있는데 말이다. 그래서 난 이 주제를 떠나기 전에, 어쩌면 다시는 돌아올 기회가 오지 않을 것 같아서, 먹구름이 잔뜩 몰려오고 있으니까, 다음과 같은 이상한 지적을 해야겠는데, 그것은 내가 아직 말을 하던 시절에, 나는 말을 너무 지나치게 했다고 생각했지만 실은 너무 부족하게 했고, 말을 너무 부족하게 했다고 생각했지만 실은 너무 지나치게 했던 경우가 흔히 있었다는 것이다. 내 말은, 곰곰이 생각해보건대, 아니 더 정확히 말하면 시간이 경과함에 따라, 내 말의 과잉이 빈곤을 드러냈고, 반대로도 그러했다는 뜻이다. 단순한 시간의 경과로 이루어진 이상스런 도치이다, 안 그런가. 다시 말하면, 내가 무슨 말을 했든, 그것은 결코 충분하지도 충분히 부족하지도 않았다. 난 침묵하지 않았다, 그렇다, 내가 무슨 말을 했든 나는 침묵하지 않았다. 기막힌 분석인데, 이것이 여러분 자신을 알고, 그러므로, 여러분의 동료들이 있다면, 그들을 아는 데 도움이 되기를 바란다. 왜냐하면 내가 그 누구도 필요치 않다고 말했을 때, 내가 말한 것은 지나쳤던 것이 아니라, 내가 말했어야 할 것, 내가 말하지 못했을 것, 내가 말하지 않았어야 할 것의 극히 작은 일부분이었기 때문이다. 내 어머니에 대한 필요! 그렇다, 적절히 말로 표현할 수 없는, 필요의 부재, 그 속에서 나는 소멸하고 있었다. 그래서 그녀가, 나는 지금 다시 소피에 대해 말하고 있다, 왜 나한테 그녀가 필요한지 그 이유들을 내게 말했음에 틀림없다, 왜냐하면 나는 감히 이 문제와 관련하여 그녀를 반박했기 때문이다. 수고를 거쳐서 난 아마도 그 이유들을 찾아내겠지만, 수고란, 고맙게도, 내가 할 것이 아니다. 그런데 난 그 큰길이 지겹고, 그것은 분명 큰길이었을 것이다, 지나가는 그 의로운 자들, 길목을 지키는 경찰관들, 짓밟고, 치고, 때리지 못해 좌절한 그 모든 손과 발들, 잘 알아야만 감히 고함을 지를 수 있는 그 입들, 물이 새기 시작하는 그 하늘이 지겹고, 밖에서 포위되어 남의 눈에 띄는 것이 지겹다. 어떤 신사가 단장 끝으로 개를 찔러보았다. 그 개는 온통 누런색이었고, 아마도 잡종이었을 것인데, 난 잡종견과 순종견을 잘 구분하지 못한다. 내가 넘어진 고통보다도 개가 죽는 고통이 더 가벼웠을 것이다. 게다가 개는 죽어 있었다. 우리는 개를 안장에 눕히고 출발했는데, 어떻게 출발했는지는 모르고, 추측컨대, 우리는 서로 도와서, 시체를 잡고, 자전거를 앞으로 밀고, 야유하는 군중을 뚫고서 우리 자신도 앞으로 나아갔다. 소피의 집은—아니, 그녀를 더 이상 이렇게 부를 수 없다. 그냥 루스라고 부르겠다, 그냥 루스라고— 루스의 집은 멀지 않았다. 아, 그렇다고 가깝지도 않았다, 난 그곳에 도착하느라 톡톡히 혼났다. 즉 실제로 혼난 것은 아니었다. 우리는 톡톡히 혼났다고 생각하지만, 실제로 혼나는 것은 드물다. 내가 혼났다는 것은 도착한 것을 알았기 때문이며, 만일 1킬로를 더 가야 했다면, 나는 한 시간 후에서야 혼났을 것이다. 이게 인간의 본성이다. 그 집을 묘사해야 하나? 그렇게 생각하지 않는다. 그것에 대해 아무것도 묘사하지 않겠다는 것, 그것이 현재 내가 알고 있는 전부다. 아마도 나중에 그 집에 들어가면서 차츰 하게 될지도 모른다. 그럼 루스는? 그 집과 분리시키기 어렵다. 우선 빨리 개부터 땅에 묻자. 어떤 나무 밑에 구멍을 판 건 그녀였다. 사람들은 항상 개를 나무 밑에 묻는데, 왜 그런지 모르겠다. 즉 내 나름대로 생각은 갖고 있다. 구멍을 판 것은 그녀였다, 왜냐하면 나는, 비록 신사이긴 했지만, 내 다리 때문에 할 수 없었을 테니까. 즉 난 모종삽으로는 구멍을 팔 수 있었겠지만, 삽으로는 못한다. 왜냐하면 삽질할 때 한쪽 다리는 몸의 무게를 지탱하고, 반면 다른 쪽 다리는 굽혔다 폈다 하면서 삽을 땅속에 박기 때문이다. 그런데 내 아픈 다리는, 어느 쪽인지 더 이상 모르겠는데, 이 경우에는 별로 중요하지 않다, 뻣뻣했기 때문에 삽질을 할 수도 없었고, 그쪽 다리 하나만으로는 주저앉을 것이기 때문에 내 몸을 지탱해줄 수도 없었다. 말하자면 나는 한쪽 다리만 쓸 수 있었기에 실질적으로 외다리였고, 만일 사타구니에서 잘렸더라면 나는 더 행복하고 몸이 가벼웠을 것이다. 그리고 만일 그들이 차제에 내 고환들도 약간 잘랐다고 한들, 나는 그들에게 아무 말도 안 했을 것이다. 왜냐하면 내 고환들은 가느다란 줄 끝에 매달려 허벅지 중간에서 대롱거릴 뿐, 거기서 아무것도 뽑아낼 게 없었기 때문인데, 그래서 내게는 거기서 뭔가 뽑아내고 싶은 욕구가 더 이상 없었고, 난 오히려 그것들이 없어지길 바랐다. 오랜 세월 동안 나를 비난하면서, 내게 유리한 혹은 불리한 증인이 되어왔던 그것들이. 왜냐하면 내 고환들은 자기들을 개판으로 만들어놓았다고 나를 비난하는가 하면, 또 그렇게 한 것을 치하해주었으니까, 마치 서커스 형제들같이, 오른쪽이 왼쪽보다 더 처진, 혹은 그 반대인, 더 이상 모르겠다. 그 썩어빠진 주머니 깊은 곳에서 말이다. 설상가상으로, 아픈 다리만으론 부족한 듯, 그것들은 내가 걷거나 앉을 때 방해가 되었고, 자전거를 타고 가려면 사방으로 서로 부딪쳤다. 그래서 없어졌으면 좋을 성 싶었고, 직접 칼이나 전지가위로 잘라버릴 수도 있었다. 육체적 고통과 곪은 상처로 떠는 게 두렵지만 않았다면 말이다. 그렇다, 난 평생 곪은 상처를 무서워하며 살았다, 한 번도 곪아본 적이 없는 내가 말이다, 난 그렇게 독했다. 나의 생애, 나의 삶에 대하여 나는 끝이 난 어떤 것처럼 말하기도 하고, 아직도 끝나지 않고 지속되는 하나의 농담처럼 말하기도 하는데, 내가 틀렸다, 내 삶은 끝났고 동시에 지속되고 있으니까. 하지만 이것을 표현하기 위해 어떤 동사의 시제를 써야 할까? 시계공이 죽기 전에 태엽을 감아 땅에 묻은 시계, 그 휘어진 톱니바퀴 장치는 언젠가 하느님에 대해 이야기하리라, 구더기들에게. 그러나 실제로는, 마치 다른 사람들이

상흔이나 할머니의 사진첩을 소중히 간직하듯, 내가 이 고환들에게 애착을 가졌던 것 같다. 어쨌거나 내가 삽질을 못하게 막은 건 그것들이 아니고 내 다리였다. 구멍을 판 것은 루스였고 나는, 그동안 나는 개를 팔에 안고 있었다. 개는 이미 무거웠고 차가웠지만 아직 악취를 풍기지는 않았다. 굳이 말하면, 냄새는 좋지 않았지만, 죽은 개처럼 나쁜 냄새가 난 것이 아니고 늙은 개처럼 그랬다. 그 개도 역시 구멍들을 팠었을 텐데, 아마도 바로 이 장소에서 팠을 것이다. 우리는 개를 그대로 묻었고, 마치 샤르트뢰즈회 수도승처럼, 상자도 그 어떤 종류의 포장도 없이, 개 줄과 목걸이만 함께 묻었다. 개를 구멍에 넣은 것은 그녀였는데, 나, 나는 불구라서, 몸을 굽힐 수도 무릎을 꿇을 수도 없으니, 만일 내가 나의 됨됨이를 잊고서 몸을 굽히거나 무릎을 꿇게 되거든, 하나도 믿지 말라, 그것은 내가 아니라 다른 사람일 것이다. 개를 구멍 속에 던지는 것, 그 일이 내가 할 수 있는 전부였을 것이다. 그리고 그것이라면 기꺼이 난 그렇게 했을 것이다. 그런데 난 그것을 하지 않았다. 우리가 기꺼이, 오, 열정적으로는 아니지만 기꺼이 할 수 있는 모든 것, 겉으로 봐서는 안 할 이유가 전혀 없는 것들, 그것들을 우린 하지 않다니! 우리가 자유롭지 않아서일까? 그것은 검토해봐야 할 사항이다. 그런데 이 매장에 내가 기여한 바는 무엇이었나? 구멍을 파고, 개를 구멍에 넣고, 구멍을 메운 것은 그녀였다. 결국 내가 한 일은 그걸 지켜본 것뿐이었다. 참석한 것으로 기여한 셈이었다. 마치 그것이 내 자신의 장례식인 것처럼. 그런데 그것은 내 장례식이었다. 낙엽송이었다. 그것은 내가 확실하게 알아볼 수 있는 유일한 나무다. 그녀가 자신의 개를 그 밑에 묻기 위해, 내가 확실하게 알아볼 수 있는 유일한 나무를 선택했다는 것이 신기했다. 그 바닷빛 초록 바늘잎들은 마치 비단 같고, 좁쌀만 한 붉은 점들이 박혀 있는 듯하다. 개의 양쪽

귀에 진드기가 붙어 있었는데, 나는 이런 것들을 잘 본다. 진드기들도 개와 함께 묻혔다. 구멍을 다 파고 나서 그녀는 내게 삽을 건네주고 명상에 잠겼다. 나는 그녀가 울 거라고 생각했으나, 울 순간이었기 때문에, 그녀는 반대로 웃었다. 그것은 아마도 그녀가 우는 방식이었는지도 모른다. 혹은 내가 잘못 보았고, 그녀는 실제로 웃는 소리를 내면서 울었을지도 모른다. 울음과 웃음, 난 이것들을 전혀 알지 못한다. 그녀는 자식처럼 사랑했었던 그녀의 테디를 더 이상 못 볼 것이다. 이유는 모르겠지만, 분명 그녀는 개를 자기 집에 묻으려는 확고한 의도를 가졌으면서도, 왜 수의사를 오게 해서 당장 개를 죽이지 않았는지 궁금하다. 길에서 나와 부딪쳤을 때 그녀는 정말 수의사에게 가고 있었던 것일까? 혹은 내 죄책감을 덜어주기 위한 유일한 목적으로 그렇게 말한 것일까? 왕진료는 물론 더 비쌌다. 그녀는 나를 거실로 데려가서 마실 것과 먹을 것, 분명 맛있는 것들을 주었다. 애석하게도, 난 맛있는 먹을거리를 그다지 좋아하지 않았다. 하지만 기꺼이 술에 취했다. 그녀가 궁색한 생활을 했다고 해도, 그런 표시는 겉으로 드러나지 않았다. 그런 궁색함은 내가 금방 느낄 수 있다. 그녀는 내가 앉기가 어려운 것을 보고서 내 뻣뻣한 다리를 위해 의자 하나를 내밀었다. 내게 음식을 주는 동안에도 그녀는 여러 말을 했으나 나는 100분의 1도 알아들을 수가 없었다. 그녀는 자신의 손으로 직접 내 모자를 벗겨서 아마도 어딘가 모자걸이에 걸으려고 가져갔는데, 성큼성큼 가다가 모자 끈에 걸려 멈추면서 놀라는 것 같았다. 그녀에겐 무척 예쁜 앵무새 하나가 있었는데, 그것은 가장 예쁜 색깔들을 다 지니고 있었다. 난 그 주인보다 앵무새를 더 잘 이해했다. 주인이 앵무새를 이해하는 것보다 내가 앵무새를 더 잘 이해했다는 말이 아니라, 내가 그 주인 자신을 이해하는 것보다 앵무새를 더 잘 이해했다는 뜻이다. 앵무새는 가끔씩 이렇게 말했다. 젠장, 빌어먹을. 그것은 루스의 것이 되기 전에 어느 프랑스 사람의 것이었던 게 분명하다. 동물들은 흔히 주인을 잘 바꾼다. 다른 말은 별로 안 했다. 그렇지, 이런 말도 했다. 퍽Fuck! 하지만 퍽! 이 말을 가르쳐준 건 프랑스 사람이 아니었다. 아마 혼자 배웠는지도 모르는데, 그것은 놀라운 일은 아니다. 루스는 앵무새에게 프리티 폴리!라고 말하는 것을 가르쳐주려고 했다. 그런데 너무 늦었던 것 같다. 앵무새는 머리를 기울여 듣고 생각하다가 이렇게 말하곤 했다, 젠장, 빌어먹을. 앵무새가 노력하는 것은 보였다. 그 앵무새도 역시, 그녀는 언젠가 그것도 묻으리라. 아마도 그 새장 안에. 나 역시, 만약 내가 계속 머물렀다면, 그녀는 나까지도 묻었을 것이다. 그녀의 주소를 안다면, 와서 나를 묻어달라고 편지를 쓰겠다. 나는 잠이 들었다. 깨어 보니 옷을 벗은 채로 어느 침대 위에 있었다. 내게서 나는 냄새로 보건대, 아니, 내게서 더 이상 냄새가 나지 않는 것으로 보건대, 누군가 안면몰수하고 내 몸을 씻기기까지 했다. 나는 방문으로 갔다. 열쇠로 잠겨 있었다. 창문으로 갔다. 창살이 쳐 있었다. 아직 완전히 밤은 아니었다. 방문과 창문을 시도해본 다음에는 무엇을 시도해볼 수 있을까? 아마도 굴뚝이겠지. 난 내 옷을 찾아보았다. 스위치 하나를 발견하고 그것을 돌려보았다. 소용없었다. 기가 막힐 노릇이다! 이 모든 것은 그런대로 아무래도 좋았다. 나는 안락의자에 기대어 있던 내 목발을 발견했다. 사람들의 도움 없이, 위에서 언급한 동작들을 내가 할 수 있었다는 것은 이상하게 생각될 수 있다. 나에겐 그 점이 이상하게 여겨진다. 우리는 깨어나는 순간에는 우리가 어떤 사람인지 즉시 기억하지 못한다. 난 의자 위에 놓인, 두루마리 화장지 하나가 들어 있는 하얀색 요강 하나를 발견했다. 만반의 준비가 되어 있었다. 나는 이 순간들을 약간 상세하게 이야기하고 있는데, 이것은 앞으로 다가올 일, 난 그것을 느낀다, 그것으로부터 나에게 부담을 덜어준다. 난 작은 의자 가까이에 안락의자를 당겨 놓고, 거기 앉아서 뻣뻣한 다리를 그 작은 의자 위에 올려놓았다. 방에는 안락의자와 작은 의자들이 터질 듯이 가득 차 있었는데, 그것들이 어슴푸레한 빛 속에서 내 주위로 우글거렸다. 거기엔 또한 조그만 원탁들, 발받침들, 서랍장들 등등 많이 있었다. 가득 찬 그 이상한 느낌은 날이 밝아지면서 사라졌고, 그러자 샹들리에도 켜졌다, 내가 스위치를 켜 놓았었으니까. 내 얼굴에는 수염이 없었는데, 몹시 불안한 손으로 얼굴을 더듬어보고서 그것을 알게 되었다. 누군가가 나를 면도시켰고, 내 성긴 턱수염을 깎아버렸다. 어떻게 나는 이렇게 많은 추행을 견디며 잘 수가 있었을까? 평소엔 잠이 그렇게도 얕은데 말이다. 이 질문에 대하여 나는 몇 가지 답을 찾아냈다. 하지만 어떤 것이 맞는 답인지는 몰랐다. 모두 틀린 답이었는지도 모른다. 내 수염은 턱과 목에만 제대로 났다. 다른 사람들에게선 수염이 많이 자라나는 부위에, 내게선 수염이 나지 않는다. 그런 상태로 내 턱수염은 깎여 있었다. 그것을 염색도 했을지도 모른다, 그렇지 않다는 증거가 하나도 없다. 난 안락의자에 벗은 채로 앉아 있었다고 생각했는데, 알고 보니 무척 가벼운 잠옷을 입고 있었다. 만일 누군가 와서 내가 새벽 제물로 바쳐질 것이라고 말했다고 하더라도, 나에겐 그것이 자연스러운 듯했다. 우린 어느 정도로 바보가 될 수 있는가. 내 몸에 향수를 뿌린 것도 같았다, 아마도 라벤더 향으로. 난 향수에 대해 잘 모른다. 난 이렇게 혼잣말을 했다. 가엾은 네 어머니가 너를 볼 수 있었다면. 난 상투적인 말들을 꽤 좋아한다. 어머니는 멀리, 내게서 멀리 있는 것처럼 보였지만, 그래도 전날 밤보다는 난 약간 더 어머니와 가까워졌다, 만일 내 계산이 맞았다면 말이다. 그러나 내 계산이 맞았을까? 만일 내가 맞는 읍내에 있었다면, 나는 가까워졌다. 그러나 내가 거기에 있었을까?

만일 그와는 반대로 내가 다른 읍내에 있었다면, 당연히 그곳엔 어머니가 없었을 것이므로, 나는 멀어졌다. 커다란 달이 창틀 안으로 들어와 있었던 것으로 보아, 내가 잠을 잤던 게 분명하다. 창살 두 개가 달을 세 부분으로 나누고 있었는데, 가운데는 그대로 있었고 왼쪽이 작아지면서 오른쪽이 점점 커졌다. 달이 왼쪽에서 오른쪽으로 가고 있었거나 방이 오른쪽에서 왼쪽으로 가고 있었으니까, 혹은 아마도 둘이 동시에 갔을 수도 있고, 아니면 둘 다 왼쪽에서 오른쪽으로 가고, 다만 방이 달보다 천천히 갔을 수도 있고, 혹은 둘 다 오른쪽에서 왼쪽으로 가고, 다만 달이 방보다 천천히 갔을 수도 있다. 하지만 이런 상황에서 오른쪽과 왼쪽을 말할 수 있을까? 아주 복잡한 움직임들이 진행 중이라는 것, 그것은 분명해 보였지만, 반면 내 창살 뒤에서 천천히 항해하다가, 두꺼운 벽이 조금씩 먹어 들어가서 완전히 가리고 마는 저 커다란 노란색 광명은 얼마나 단순해 보였는가? 이제 달의 조용한 여정은 위에서 아래로 줄이 쳐진 환한 빛의 형태로 벽에 새겨져 갔고, 그 빛은 잠깐 동안 나뭇잎 때문에 흔들렸다가, 그것이 나뭇잎이었다면 말이다. 이번에는 나를 어둠 속에 내버려두고 사라져버렸다. 달에 대해 절제하면서 말하는 것은 얼마나 어려운가! 바보 같은 달. 달이 항상 우리에게 보여주는 것은 그 꽁무니인 듯하다. 내가 천문학에 관심이 있었다는 것이 드러난다, 옛날에 말이다. 그것을 부인하진 않겠다. 그리고 나서 내 시간의 작은 일부를 빼앗은 것은 지리학이었다. 그다음으로 내 골치를 잠깐 썩인 것은 인류학과, 다른 학문들, 정신분석학처럼, 인류학과 밀접했다가 멀어지는가 하면, 최신의 발견 지식에 따라 다시 밀접해지는 그런 학문들이었다. 내가 인류학에서 좋아했던 것, 그것은 그 부정의 힘, 하느님과 비슷하게, 인간을 인간 자체가 아닌 다른 관점에서 정의하려는 그 집요함이었다. 하지만 이 점에 관한 내 생각들은 무척 혼란스러울 뿐이었는데, 그것은 내가 인간들을 잘 알지 못했고, 존재한다는 것이 무엇을 의미하는지 잘 몰랐기 때문이다. 아, 난 모든 걸 시도해보았다. 결국 나의 폐허 속에 안주하는 영광을 차지한 것은 마술이었고, 난 오늘도 여전히, 그 속에서 거닐다가, 그 잔해들을 발견한다. 하지만 대부분의 경우, 그것은 지도도 없고 경계도 없는 장소인데, 그곳에 대해서 난, 그 구조는 말할 것도 없고, 그 만들어진 재료들조차도 알 수 없다. 그리고 폐허가 된 것, 그것이 무엇인지, 그것이 무엇이었는지 난 모르며, 따라서 그것이 폐허라기보다는, 만일 표현이 정확하다면, 영원한 사물들의 요지부동의 혼란이 아니었는지도 난 모른다. 어쨌거나 그것은 신비로울 게 없는 장소이며, 신비로울 게 없다고 생각하고서 마술은 그곳을 버렸다. 그런데 나는 그곳에 기꺼이 가지는 않을지라도, 다른 곳에 비하면 좀 더 기꺼이, 놀라움과 평온함으로 가는 편이다. 난 꿈속에서처럼이라고 말하려고 했는데, 천만에, 결코 그렇지 않다. 그 장소는 우리가 찾아가는 그런 곳이 아니라, 때때로 어떻게 왔는지도 모르게 와 있으며, 원하는 대로 떠날 수도 없는 그런 곳이며, 또 우리가 아무런 기쁨은 느끼지 못하지만, 어쩌면 노력하면 떠날 수 있는 장소들, 잘 알려진 신비들로 가득 찬 신비로운 장소들에서보다는 불만을 덜 느끼는 곳이다. 가만히 들어보면, 희미하고 고요한 빛, 볼 수 있을 만큼은 충분하지만, 이해하겠는가, 그 자체도 역시 굳어져 있는 어느 빛 아래서, 균형을 잃고 굳어져버린 한 세계가 나에게 들려주는 소리가 들린다. 그리고 나는, 이곳엔 짐이 없지만, 마치 무거운 짐을 진 것처럼, 모든 것이 휘어 구부러진다는 속삭임을 듣는다. 짐을 지기엔 부적합한 땅도 역시, 그리고 빛도 역시, 결코 존재하지 않는 듯이 보이는 어떤 종말을 향하여. 왜냐하면 이 쓸쓸한 곳들, 진정한 빛도, 균형도, 단순한 토대도 없었고, 아침에 대한 기억도 저녁에 대한 희망도 없는 하늘 아래에서, 항상 끝없는 붕괴 속에 기울어져서 미끄러져 내리는 것들밖에 없는 이곳에 무슨 종말이 있겠는가. 이것들은 무엇인가, 어디서 왔고, 무엇으로 만들어졌는가? 그런데 여기서는 아무것도 움직이지 않는 것 같고, 과거에도 움직이지 않았고, 앞으로도 움직이지 않을 것 같다, 나를 제외하고는 말이다. 나도 여기에 있을 땐 움직이지 않는다, 다만 보고 보일 뿐이다. 그렇다, 겉보기와는 달리, 그것은 끝난 세계이고, 그 세계를 다시 태어나게 한 것은 그 종말이며, 그 세계가 시작된 것은 그것이 끝나면서이다. 확실히 이해되는가? 그리고 나 또한 끝이 난다. 내가 여기 있을 때, 내 눈은 감기고, 내 고통은 그치며, 산 자들은 그럴 수 없을 만큼 구부러져서, 나도 끝이 난다. 만일 내가 오랫동안 잠잠했었다가 드디어 다시 들리는, 멀리서 들리는 그 속삭임에 더욱 귀를 기울인다면, 이 주제에 관하여 다른 것들을 또 배울 수 있을 것이다. 하지만 지금은 더 이상 듣지 않겠다. 그 머나먼 속삭임, 난 그것을 좋아하지 않으니까, 오히려 두렵기조차 하다. 하지만 그 소리는 다른 소리들, 우리가 원할 때 들을 수도 있고, 멀리 가버리거나 귀를 틀어막아서 잠잠케 할 수도 있는 다른 소리들과는 다르다. 그 소리는 어떻게, 왜 그런지는 모르겠지만, 머릿속에서 우리에게 윙윙거리기 시작한다. 우린 그 소리를 머리로 듣는 것이지, 귀는 아무 소용이 없으며, 우린 그것을 멈추게 할 수 없고, 다만 그것이 멈추고 싶을 때 스스로 멈춘다. 내가 그 소리에 귀를 기울이든 안 기울이든, 그것은 따라서 별로 중요하지 않다. 난 항상 그 소리를 들을 것이며, 그것이 멈출 때까지는, 천둥 소리라도 나를 그 소리에서 벗어나게 해줄 수 없다. 그런데 난 그 소리에 대해 말해야 할 의무는 전혀 없다, 그렇게 하는 것이 내게 적합하지 않을 때는 말이다. 그리고 지금은 그렇게 하는 것이 내게 적합하지 않다. 그렇다, 지금 내게 적합한 것은 미완성으로 남은 달에 관한 이야기를 끝내는 것이고, 나, 난 그것을 알고 있다. 정신이 맑을 때보다는 못하겠지만, 그래도 난 최선을 다해 그것을 끝내려고 하고, 적어도 그러리라고 믿는다. 그러니까 그 달, 생각해보니, 그 달은 갑자기 나를 아연함으로, 원한다면, 놀라움으로 가득 채웠다. 그렇다, 난 내 나름대로 그것을 곰곰이, 별 관심 없이, 생각해보고 있었고, 어떤 면에서 그 달을 머릿속으로 다시 그려보고 있었는데, 바로 그때 커다란 공포가 나를 사로잡았다. 그래도 난 그것을 좀 더 살펴볼 가치가 있다고 판단하고 살펴보았는데, 곧 다음과 같은 점을 발견했다, 그 밖에 다른 것들도 있지만, 다음의 한 가지만 말하겠다. 즉 방금 내 창문 앞으로 위풍당당하게 가득 차서 지나간 그 보름달은, 전날 밤인가 그 전날 밤에, 그 전날 밤에, 그때 내가 보았을 때는 대팻밥처럼 뒤로 젖혀진, 새로 나온 가느다란 초승달이었다는 것. 그때 나는 혼잣말로 이렇게 말했었다. 아하, 그가 남쪽으로 가는 미지의 길들로 출발하기 위해서 초승달을 기다렸구나. 그리고 조금 있다가 말했다. 내일 엄마를 보러 가면 어떨까. 이 모든 것이 앞뒤가 잘 맞는 것으로 보아 그렇다, 속담에도 있듯이, 성령의 역사하심으로 말이다. 내가 이 상황을 그에 맞는 적절한 곳에서 언급하지 않은 것은 모든 것을 적절한 장소에서 언급할 수가 없고, 대신 언급될 필요가 없는 것들과 그보다도 더 언급될 필요가 없는 것들 사이에서 선택할 필요가 있기 때문이다. 모든 걸 다 언급하려면 우린 결코 끝내지 못할 테니까. 그런데 그것이 가장 중요하다, 끝나는 것, 끝내는 것. 아 난 안다, 현재 있는 몇몇 상황만 언급한다고 해도 우리는 역시 끝내지는 못한다는 것, 안다, 아다마다. 다만 똥 같은 소리를 바꾸는 것이다. 모든 똥이 비슷하게 생겼지만, 이 말은 사실이 아니다. 상관없다. 똥더미를 바꿔보는 것도 좋은 일이다, 때때로 좀 더 멀리 있는 똥더미로 가보는 것, 뭐 훨훨 날아서, 마치 하루살이처럼. 그리고 만일 우리가 실수를 한다면, 우린 실수를 한다, 가령 말하지 않았으면 좋았을 상황들을 이야기하고 다른 것들에 대해서는 말하지 않는다면, 말하자면 정당하지만, 뭐랄까, 이유 없이, 정당하지만 이유 없이, 그 새로 나온 달에 대해서처럼, 그것은 대개는 선의로, 지극히 선의로 한 실수이다. 그러니까 산 위에서 보낸 밤, 두 명의 강도를 보았고 어머니를 찾아가기로 결정한 그 밤과 현재의 밤 사이에, 내가 추측했던 것보다 더 많은 시간, 즉 꽉 찬 보름이나 거의 보름에 가까운 시간이 지났다는 말인가. 그럴 경우, 이 꽉 찬 보름 혹은 거의 보름에 가까운 날들은 어떻게 되었나, 어디로 흘러갔나? 그리고 내가 막 겪어왔던 그토록 엄격한 사건들의 연계 속에서, 그 내용이야 어찌 됐든, 그날들이 들어설 자리를 마련할 가능성을 어떻게 모색할 수 있을까? 오히려 이렇게 추측하는 편이 더 승산이 있지 않았을까? 즉 그 전날 밤에 본 그 달은, 내가 생각했던 것처럼 새로 나온 달이기는커녕 보름달 바로 직전의 달이었다고, 혹은 루스의 집에서 본 달은, 내게 보였던 대로 보름달이기는커녕 실제로는 그 첫 4분의 1을 겨우 시작한 것이었다고, 아니면 마지막으로 초승달과도 보름달과도 거리가 먼 두 개의 달이었는데, 곡선 모양이 서로 너무나 비슷해서 육안으로는 잘 구분할 수 없었다고. 그리고 이 가정들과 모순되는 모든 것은 연기와 환상에 불과했던 것이라고. 어쨌거나 이런 생각들과 함께 나는 마음이 진정되었고, 자연의 변덕 앞에서도, 그 나름대로 가치가 있는 이 평정심을 되찾게 되었다. 또한 이런 것도 다시 생각났다. 즉 잠이 다시 몰려왔다는 것, 내 밤에는 달이 없었다는 것, 달은 내 밤과는 아무 관계가 없었다는 것, 따라서 내가 방금 보았던 그 달, 창문을 가로질러가면서, 다른 달이 뜬 다른 밤들을 생각하게 했던 그 달을 난 결코 본 적이 없으며, 난 내가 누구인지를 잊어버리고 (이유는 있었다), 마치 다른 사람에 관해 말하는 것처럼 나 자신에 대해 말했다는 것, 만일 내가 다른 사람에 관해 꼭 말을 해야 했었다면 말이다. 그렇다, 그런 일은 내게 일어나며, 내가 누구인지를 잊어버리고서 어떤 낯선 사람처럼 내 앞에서 움직이는 그런 일은 여전히 일어날 것이다. 바로 그럴 때면 내가 보는 하늘은 실제의 하늘과는 달리 보이고, 땅도 거짓 색깔들로 옷을 입는다. 이런 일은 휴식처럼 보이겠지만, 결코 그렇지 않다. 나는 옛날에 나의 것이었을, 그것에 이의를 달진 않겠다. 다른 사람들의 빛 속으로 만족스럽게 미끄러져 들어가지만, 그다음은 귀환의 불안이다. 어디로인지는 말을 안 하겠다, 말할 수가 없다, 아마도 부재(不在)로의 귀환, 거기로 돌아가야 한다. 그것이 내가 알고 있는 전부이다. 거기에 머무르는 것은 좋지 않고, 거기를 떠나는 것도 좋지 않다. 다음 날 나는 내 옷을 달라고 요청했다. 하인이 알아보려고 나갔다. 그것을 태웠다는 소식을 가지고 하인이 다시 왔다. 난 계속해서 방을 조사했다. 방은 대략 정육면체였다. 높은 창문을 통해 나뭇가지들이 보였다. 그것들은 가볍게 흔들리고 있었지만, 항상 그런 건 아니었고, 때때로 갑작스런 흔들림으로 움직였다. 나는 샹들리에가 켜져 있었다는 것을 깨달았다. 내 옷을 주시오, 내 목발도. 내가 말했다. 난 목발이 안락의자에 기대어 있었다는 것을 잊고 있었다. 하인은 방문을 열어놓은 채 다시 나갔다. 방문을 통해 커다란 창문 하나가 보였는데, 그것은 방문보다 커서 사면이 방문보다 넓었고 불투명했다. 하인이 다시 와서, 내 옷들은 반들반들한 것을 없애기 위해 세탁소에 보내졌다고 말했다. 그는 내 목발도 가져왔는데, 이 점은 내게 이상하게 보여야 했을 텐데, 반대로 자연스러워 보였다. 난 목발 하나를 집어서 가구들을 치기 시작했다, 아주 세게 친 것은 아니고, 부러지지 않고 뒤집힐 정도로만 세게 쳤다. 가구들의 숫자가 밤보다는 적었다. 사실 나는 가구들을 쳤다기보다는 밀었다. 검으로 찌르듯 일격을 가했는데, 그것도 미는 것은 아니지만, 치는 것보다는 미는 것에 가깝다. 하지만 내가 누구라는 것을 기억하고서는, 얼른 목발을 던져버리고 방 한가운데 꼼짝 않고 서서, 더 이상 아무런 요구도 안 하고 화난 척도 안 하기로 마음먹었다. 내가 내 옷들을 원한다고 해서, 난 원한다고 믿었다. 그것이 옷들을 안 준다고 화난 척할 이유는 못 되었기 때문이다. 다시 혼자 있게 되자, 나는 계속해서 방을 살펴보았는데, 방의 다른 특성들을 발견하려는 순간 하인이 다시 와서, 내 옷들을 찾으러 사람을 보냈으며 조만간에 내게 갖다줄 것이라고 말했다. 그리고 그는 내가 넘어뜨려놓은 가구들을 다시 일으켜 세워 제자리에 놓기 시작했다. 그렇게 하면서 별안간 손에 쥔 깃털 먼지떨이로 먼지도 털었다. 내가 아무에게도 화가 나지 않았다는 걸 보여주기 위해서, 곧장 나도 최선을 다해 그를 돕기 시작했다. 뻣뻣한 다리 때문에, 내가 할 수 있는 일은 별로 없었지만, 그래도 나는 할 수 있는 것을 했다, 즉 하인이 가구들을 일으켜 놓을 때마다 나는 그것을 가로채서 광기 어린 섬세함으로 제자리에 알맞게 놓았고, 그 효과를 더 잘 판단하기 위해 팔을 허공에 뻗치고 뒤로 물러섰다가, 거기에 눈에 띄지 않을 만큼 작은 변형을 주기 위해 달려가곤 했다. 난 잠옷 자락을 주워 모으면서 극성스럽게 손으로 털었다. 하지만 이런 몸짓 속에 나를 더 이상 유지할 수 없어서 난 방 한가운데 갑작스럽게 멈췄다. 그런데 하인이 나가려는 걸 보고서, 그에게 한 발짝 다가가서, 내 자전거요, 라고 말했다. 난 그가 알아차린 듯 보일 때까지 이 말을 반복했다. 자그맣고 나이를 알 수 없는 그 하인, 나는 그가 어떤 인종인지 잘 모르는데, 확실히 백인은 아니다. 아마도 동양인 같았는데, 동양인은 너무 막연하고, 동방의 해 뜨는 나라 태생 같았다. 그는 하얀 바지와 하얀 셔츠, 금색 단추가 달린, 마치 사슴 색깔 같은 노란색 조끼를 입었고, 샌들을 신고 있었다. 사람들이 무엇을 입고 있는지에 대해 내가 이렇게 선명하게 알아내는 것은 드문 일인데, 여러분에게 그 혜택을 줄 수 있어서 기쁘다. 그것은 아마도 그날 아침 내내 문제가 되었던 것이 이를테면 옷, 내 옷뿐이었다는 사실로 설명될 수 있을 것이다. 그리고 난 요약컨대 아마 이렇게 혼잣말을 한 것 같다. 자신의 옷을 입고 평안한 이자를 봐, 반면에 난 여자 옷 같은 이상한 잠옷을 입고 둥둥 떠다니고 있어. 왜냐하면 그것은 환히 비치는 분홍색이었고, 리본, 주름, 레이스로 장식되어 있었으니까. 반면 방은 잘 볼 수 없었는데, 내가 방을 다시 살펴보려고 하면 매번 바뀐 것처럼 보였다. 이것은 현재 우리의 지식 상황에서 인지(認知) 장애라고 불리는 것이다. 나뭇가지들조차도, 마치 제 고유의 궤도 속도를 지닌 듯, 자리를 바꾼 것처럼 보였고, 방문도 크고 두꺼운 그 창문 안에 더 이상 들어와 있지 않고, 오른쪽인지 왼쪽으로, 더 이상 모르겠다, 약간 이동해 있었고, 그 결과 방문 틀 안으로 하얀 벽면이 들어와서, 나는 그 위에 몇몇 동작으로 희미한 그림자를 만들 수 있었다. 이 모든 것에는 자연스런 설명들이 있었다는 것, 그것에 대해 난 동의하고 싶다, 자연의 자원은 무한한 것처럼 보이니까. 다만 쉽게 이 사물들의 질서 속에 끼어들어서 그 정교함을 감상할 수 있기에는 내가 충분히 자연스럽지 못했다. 난 습관적으로, 태양이 남쪽에서 뜨는 것을 보았고, 내가 어디로 가는지 더 이상 몰랐으며, 정말로 모든 것이 무분별하게 임의로 돌아갔기 때문에, 내가 무엇을 떠나가는지, 무엇을 동반하는지도 몰랐다. 이런 상황에서 자기 어머니의 집에 간다는 것, 그것은 쉽지 않다는 것, 그것은 원치 않으면서 루스의 집에 가는 것보다, 혹은 유치장에 가는 것보다, 혹은 나를 기다리고 있는 다른 장소들로 가는 것보다 쉽지 않다는 것을 여러분도 인정할 것이다. 난 그것을 느낀다. 그러나 하인이 포장지에 싼 내 옷들을 가져와서 내 앞에서 풀었을 때, 거기에 내 모자가 없다는 걸 확인하고 나는, 내 모자요, 라고 말했다. 그는 내가 원하는 게 뭔지 이해했을 때, 나갔다가 잠시 후에 내 모자를 가지고 다시 왔다. 이젠 모자를 단춧구멍에 묶기 위해 필요한 끈을 빼고는 아무것도 빠진 것이 없었는데, 그것을 하인에게 이해시킬 가망이 없어서, 결과적으로 난 그것에 대해 한 마디도 하지 않았다. 그것은 낡은 끈이었는데 어디서나 구할 수 있고, 정식으로 말하는 옷과는 달리, 끈은 영구적인 게 아니다. 자전거에 관해서는, 아래층 어딘가, 어쩌면 현관 입구 층계 앞에서라도, 이 끔찍한 곳으로부터 나를 멀리 데려가기 위해 대기하고 있으리라는 희망을 가졌다. 게다가 그것을 다시 얘기해서 하인과 나 우리 둘에게 이 새로운 시련을 부과시켜서 무슨 득이 있으랴 생각했다, 그렇게 하지 않아도 될 방법이 있는데 말이다. 이런 생각이 재빨리 내 머릿속을 스쳐갔다. 내 옷의 주머니는 모두 네 개였는데, 나는 하인이 보는 앞에서 그것들을 뒤져보고 그 내용물이 뭔가 빠졌다는 것을 확인했다. 특히 빨아 먹는 돌이 거기에 없었다. 하지만 빨아 먹는 돌들, 그것은 어딜 가야 구할 수 있는지 알기만 한다면, 우리 해변에서 제법 쉽게 발견될 수 있고, 게다가 한 시간이나 설명을 들은 뒤에 그는 정원에 가서 전혀 빨 수도 없는 돌 하나를 내게 가져다줄지도 모를 일이었기에 더더욱, 그 문제에 대해선 아무 말을 안 하는 게 좋다고 판단했다. 그 결정도 이를테면 나는 순간적으로 내렸다. 없어진 다른 물건들에 대해선 말해봤자 소용이 없었다. 어느 것인지 정확히 나도 몰랐으니까. 내가 모르는 사이에 경찰서에서 압수당했거나, 내가 넘어질 때, 혹은 다른 경우에, 아마도 던져서 잃어버렸을지도 모른다. 난 홧김에 내가 지니고 있던 모든 것을 던져버리기도 했으니까. 그러니 그것에 대해 말하는 게 무슨 소용이 있겠는가. 하지만 나는 칼 하나, 좋은 칼 하나가 없어졌다는 것을 강력하게 주장하려고 마음먹고, 어찌나 큰소리로 집요하게 말했는지, 대신에 좋은 야채 칼 하나를 받았는데, 그것은 소위 녹슬지 않는 것이었고, 그러나 얼마 안 가서 녹이 슬었다, 내가 알았던 모든 야채 칼과는 달리, 게다가 열리고 닫히기까지 했으며, 안전장치가 하나 달려 있었는데, 그것은 그 무엇이 됐든 저지시킬 능력이 없음이 금방 드러났고, 그래서 소위 아일랜드의 진짜 뿔로 된 손잡이와 녹이 슬어 빨간 칼날 사이에 내 손가락들이 끼어서, 사방에 셀 수 없이 많은 상처를 입었는데, 칼날이 너무나 무뎌서 사실은 상처라기보다는 타박상에 가까웠다. 내가 이 칼에 대해 길게 이야기하는 것은 내 소유물들 중 어딘가에 내가 아직도 그것을 지니고 있기 때문에, 이 지점에서 길게 말함으로써 내 소유물 목록을 작성할 순간이 올 때, 그 순간이 행어 온다면, 더 이상 그것에 대해 말할 필요가 없을 것이기 때문이며, 그러면 나는 부담을 덜 필요가 있을 때, 그만큼 부담을 덜게 될 것인데, 나는 그것을 느낀다. 내가 잃어버린 것에 대해서는 잃어버릴 수 없었던 것에 대해서보다 더 자세히 논하지 않는 것이 당연하니까. 그것은 자명하다. 그런데 내가 항상 그 원칙을 준수하지 않는 듯 보이는 것은, 때때로 그것이 생각나지 않고, 마치 내가 그것을 도출해본 적이 전혀 없었던 것처럼 사라져버리기 때문이다. 마치 미친 문장 같다, 상관없다. 난 더 이상 내가 뭘 하는지, 왜 하는지도 잘 모르니까. 그것은 내가 점점 더 이해하지 못하는 것들인데, 난 그걸 숨기지 않는다, 왜 숨기겠는가, 그리고 누구에게 숨기겠는가, 여러분에게? 여러분에겐 아무것도 숨기지 않는다. 그리고 행위라는 것은 나를 그 어떤 것으로 꽉 채워버리는데, 그 어떤 것, 모르겠다, 나로서는 표현 불가능하다, 그렇게나 오랜 시간이 지난 지금에 와서 말이다, 이해하겠는가, 그래서 나는 어떤 원칙에 의거해서 행해야 할지 알아보려고 발길을 멈추지 않는다. 또한 내가 무엇을 하든, 즉 내가 무엇을 말하든, 그것은 어떤 면에서는 항상 같을 것이기 때문에 더욱 그렇게 하지 않는다. 그렇다, 어떤 면에서는. 그런데도 내가 원칙들에 대해 말한다면, 그것들이 없는데도 말이다. 할 수 없다. 어딘가에 분명 있을 것이다. 그리고 어떤 면에서 항상 같은 일을 한다는 것과 같은 원칙에 따른다는 것이 동일하지 않다면, 그것도 할 수 없다. 그런데 우리가 그 원칙에 따르는지 따르지 않는지를 어떻게 알 수 있겠는가? 그리고 그것을 알고 싶은 욕구는 어떻게 가질 수 있겠는가? 아니, 이 모든 것은 신경을 쓸 만한 가치가 없지만, 그런데도 우리는 가치에 대한 분별력을 잃고서 그것에 신경을 쓴다. 그리고 신경을 쓸 만한 가치가 있는 것들, 우리는 그것에는 신경을 쓰지 않고 내버려둔다. 같은 이유로, 혹은 지혜롭게도, 이 가치들에 관한 문제는, 더 이상 뭘 하는지, 왜 하는지도 잘 모르며, 형벌이 주어진다고 해도, 계속 몰라야 할 운명인 우리와는 상관이 없다는 것을 알고서, 무슨 형벌인가, 그렇다, 난 그게 궁금하다. 왜냐하면 뭘 하는지, 왜 하는지도 모르면서 내가 하고 있는 것, 그보다 더 혹독한 형벌이 무엇인지, 그것이야말로 나로서는 전혀 알 수 없었던 문제니까. 그런데 그것은 내게 놀라운 일이 아니다. 난 결코 알려고 노력한 적이 없으니까. 왜냐하면 만일 내게 주어진 것보다 더 혹독한 것을 생각해낼 수 있었다면, 나는 그것을 취하기 위해 다급히 갔을 테니까, 내가 아는 나라면 말이다. 그런데 내가 가진 것, 내가 누구인 것, 그것은 내게 충분하고, 항상 충분했으며, 나의 작은 사랑 미래에 대해서도 난 염려 없다. 난 아직 권태를 느끼지 않는다. 그래서 나는 먼저 내 옷의 상태에 아무런 변화가 없었다는 것을 확인한 다음 옷을 입었다. 즉 바지와 코트를 입고, 모자를 쓰고 신발을 신었다. 내 신발. 내 신발은, 내게도 장딴지가 있었다면 장딴지가 있을 위치까지 올라왔으며, 절반은 단추가 끼워졌고, 혹은 단추가 달려 있었다면 단추를 끼우게 되어 있었고, 절반은 끈으로 매어졌는데, 난 어딘가에 아직도 그 신발을 소지하고 있다고 생각한다. 그런 다음 난 다시 목발을 집어서 방을 나갔다. 온종일을 그런 하찮은 일들로 보냈고, 다시 해질 녘이 되었다. 나는 계단을 내려가면서, 방문을 통해 보았던 그 창문을 자세히 살펴보았다. 그것은 계단에 황갈색의 강렬한 빛을 주고 있었다. 루스는 정원에서 개의 무덤을 만지작거리고 있었다. 마치 거기에 풀씨가 저절로 뿌려지지 않는 양, 그곳에 풀씨를 뿌리고 있었던 것이다. 그녀는 더위가 누그러진 것을 이용하고 있었다. 그녀는 나를 보고서 충직하게 내게로 다가와서 마실 것과 먹을 것을 주었다. 나는 선 채로 요기를 하면서 눈으로는 내 자전거를 찾아보았다. 그녀가 말을 하고 있었다. 나는 얼른 포식한 뒤 자전거를 찾아 나섰다. 그녀가 나를 따라왔다. 결국 나는 자전거를 찾아냈는데, 아주 폭신폭신한 나무 덤불에 기대어 있었고, 그 속에 반쯤 가려 있었다. 난 목발을 던지고 두 손으로 자전거의 안장과 핸들을 잡았다. 올라타고서 이 몹쓸 장소로부터 영원히 가버리기 전에, 자전거를 앞으로 뒤로 몇 바퀴 굴려볼 생각이었다. 하지만 아무리 밀고 당겨봐도 바퀴는 돌지 않았다. 마치 브레이크가 꽉 조여진 것 같았으나, 그런 것은 아니었다, 내 자전거엔 브레이크가 없었으니까. 비록 때는 내 활력이 최고에 달했던 시간이었지만, 난 갑자기 커다란 피로가 덮쳐오는 것을 느끼면서, 자전거를 덤불 속에 내던지고, 땅바닥 잔디 위에 이슬도 아랑곳하지 않고서 누웠다. 난 이슬을 두려워해본 적이 없다. 바로 그때 루스가 내 쇠약함을 이용하여 내 옆에 쭈그리고 앉아서 몇 가지 제안을 하기 시작했는데, 난 거기에 별로 귀를 기울이지 않았다는 것을 고백한다. 나는 달리 아무 할 일이 없었고, 참으로 다른 일은 할 수도 없었는데, 틀림없이 그녀가 내 맥주 속에 나를 나약하게 만들, 몰로이를 나약하게 만들 그 어떤 약을 탄 것 같았고, 그 결과 난 말하자면 녹아들어가는 상태의 왁스 덩어리에 불과하게 된 것 같았다. 그녀가 각 항목마다 여러 번 반복하면서 천천히 말한 제안들 중에서, 나는 아마도 그 핵심 내용이었을 다음 사항을 발췌할 수 있었다. 그녀가 나에 대해 호감을 갖는 것을 나도 그녀도 막을 수 없다는 것. 나는 그녀의 집에 머물면서 내 집처럼 할 수 있다는 것. 나는 마실 것과 먹을 것, 담배를 피운다면 피울 것을 공짜로 누릴 것이며, 내 삶은 걱정 없이 흘러갈 것이라는 것. 어떤 면에서 나는, 내가 죽였고, 그녀에게 자식 역할을 했던 개를 대신할 것. 내가 원한다면 내가 원할 때 정원일과 집안일을 도울 것. 나는 일단 길에 나가면 돌아올 수 없기 때문에, 길에 나가지 말 것. 나는 내게 가장 알맞은 생활 리듬을 선택하여 일어나고, 자고, 내가 원하는 시간에 식사할 것. 만일 깔끔한 것, 반듯한 옷을 입는 것, 씻는 것 등등을 원치 않는다면 그 누구도 나를 강요하지 않으리라는 것. 그녀는 그것 때문에 근심하게 될 터였으나, 내 근심에 비하면 그녀의 근심은 무엇이었단 말인가? 그녀가 내게 바라는 것은 그녀의 집에서 그녀와 함께 있을 때 나를 느끼고, 때때로 가만히 있을 때나 왔다 갔다 할 때, 이 놀라운 내 육체를 지켜보는 것이 전부였다. 나는 이따금씩 그녀의 말을 막고, 내가 있는 곳이 어떤 읍이었는지 물어보았다. 나를 이해할 수가 없었던지, 나를 모르는 상태로 놔두길 원했던지, 그녀는 그 질문에 대답하지 않고, 다만 방금 말한 것을 무한한 인내심을 가지고 반복하면서, 더 나아가 내가 그녀의 집에 거처를 정하면 나와 그녀가 누리게 될 이점들을 천천히, 부드럽게 설명하면서 자신의 취지를 계속해서 말했다. 짙어가는 밤에 그 단조로운 목소리와 축축한 땅 냄새, 그리고 향이 진한 어떤 꽃 냄새밖에 남지 않을 때까지. 그 순간에는 그 꽃이 무엇인지 알 수 없었지만, 나중에 라벤더 꽃이라는 것을 알게 되었다. 그 정원에는 사방에 라벤더 화단이 있었다, 루스가 라벤더를 좋아했기 때문이다. 그녀가 그걸 내게 말한 게 틀림없다. 그렇지 않았다면 나는 몰랐을 것이다. 그녀는 그 향기 때문에, 그다음엔 이삭과 색깔 때문에, 다른 모든 풀과 꽃보다도 라벤더를 좋아했다. 만일 내가 후각을 보존할 수 있었다면, 라벤더 향기는 그 유명한 연상 작용을 통해 루스를 생각나게 했을 것이다. 이 라벤더, 그녀는 이 라벤더를 내 짐작으로는 꽃이 피면 거둬들였다가, 그것을 말려서 주머니들을 만들어 옷장 속에 넣고 손수건과 속옷, 가정용 린네르천들에 그 향기가 스며들게 했다. 그런데 이따금씩 종탑과 괘종시계에서 시간을 알리는 종소리가 들렸으며, 그것은 점점 길어지다가, 갑자기 무척 짧았다가, 다시 점점 길어졌다. 이것은 나를 갖기 위해 그녀가 쏟아 부은 시간과 인내심, 육체적 끈기를 말하기 위함인데, 왜냐하면 그 모든 시간 동안 그녀는 쭈그리거나 무릎을 꿇고서 내 옆에 있었기 때문이며, 반면 나는 잔디 위에 등을 대고 누웠다가, 배를 대고 누웠다가, 한쪽 옆으로 누웠다가, 다른 쪽 옆으로 누웠다가 하면서 조용히 누워 있었다. 그리고 그녀는 끊임없이 말을 했으며, 반면 나는 단지 우리가 있던 읍이 어떤 읍이었는지를 묻기 위해서만, 점점 드물게, 그리고 점점 작은 소리로 입을 열었다. 드디어 자신의 일에 확신이 섰는지, 혹은 단순히 자신의 능력 안에서 모든 일을 했고 더 계속해봤자 아무 소용이 없다는 걸 깨달았는지, 그녀는 일어나서 가버렸는데, 그녀가 어디로 갔는지는 모른다, 나는 내가 있었던 곳에 그대로 남았으니까, 후회를 하면서, 그러나 심하진 않게. 왜냐하면 내 안엔 항상 여러 어릿광대 중 두 놈이 있는데, 한 놈은 자신이 있는 곳에 그대로 남기만을 주장하고, 다른 한 놈은 좀 더 멀리 가면 덜 나쁠 거라고 상상하기 때문이다. 그래서 어떤 면에서, 나는 무엇을 하든 간에, 이 분야에서는 항상 만족했다. 그리고 난 불쌍한 그 친구들에게 그들의 잘못을 이해시키려고 번갈아 양보했다. 그날 밤엔 달이나 다른 광명이 문제된 것이 아니라, 그것은 청취의 밤으로서, 밤에 조그만 정원들을 흔드는 작은 바스락거리는 소리들과 탄식 소리들에게 바쳐진 밤이었으며, 그 소리들은 나뭇잎들과, 꽃잎들과, 그곳에선 막힘이 적어서 다른 곳과는 다르게, 그리고 감시와 탄압을 허용하는 낮 동안과는 다르게 순환하던 공기와, 또한 공기도 아니고 공기가 움직이게 하는 것도 아닌, 분명하지 않은 다른 것이 벌이는 수줍은 향연의 소리들이었다. 그것은 아마도 대지가 내는 항상 변함없는 그 희미한 소리, 다른 소리들에 의해 가려지지만 그리 오래지 않아 다시 들리는 그 소리였는지도 모른다. 왜냐하면 모든 것이 잠잠해 보일 때 정말 귀를 기울이면 들리는 그 소리를 다른 소리들은 포함하지 않기 때문이다. 그리고 또 다른 소리가 하나 있었는데, 그것은 그 정원의 삶이 되어버린 내 삶의 소리로서, 심연들과 사막들의 땅을 타고 가는 내 삶의 소리였다. 그렇다, 나는 내가 누구인지뿐만 아니라 내가 있다는 것, 존재한다는 것조차 잊어버릴 때가 있었다. 그럴 때면 더 이상 나는 고맙게도 나를 그렇게 잘 보관해주었던 그 닫힌 상자가 아니라 한쪽 벽면이 무너져 내리면서, 나는, 예를 들면 뿌리들과 얌전한 줄기들로, 오래전에 죽어서 곧 태워질 버팀대들로, 밤의 휴식과 태양의 기다림으로, 그다음엔 겨울을 향해 굴러가느라 온 짐을 홀로 지고 가던 지구의 삐걱임으로 가득 채워졌다. 겨울은 지구에게서 그 하찮은 거죽을 제거해줄 것이었다. 혹은 그 겨울 가운데 나는 일시적인 고요였고, 아무것도 변화시키지 않는 눈들의 녹음이었으며, 다시 시작함의 공포였다. 하지만 그런 일은 내게 자주 생기지 않았고, 대부분 나는 계절도 정원들도 모르는 내 상자 안에 머물러 있었다. 그리고 그런 편이 훨씬 가치 있었다. 하지만 그 안에서는 조심을 해야 하며, 예를 들어 우리가 여전히 존재하는지, 존재하지 않는다면 언제 끝났는지, 그리고 존재한다면 아직도 얼마나 지속될지 등, 그 무엇이 됐든 우리로 하여금 꿈을 잃지 않게 해줄 질문들을 제기해야 한다. 나의 경우, 나는 질문들을 하나씩 기꺼이 던졌는데, 그것은 오로지 그 질문들에 관해 명상하기 위해서였다. 아니, 기꺼이 한 것은 아니었고, 이유가 있었다, 그것은 내가 여전히 거기 있다는 것을 믿기 위해서였다. 하지만 여전히 거기 있다는 것은 내게 아무런 의미가 없었다. 난 그것을 '사색한다'라고 불렀다. 나는 거의 멈추지 않고 사색했는데, 감히 멈출 수가 없었다. 아마도 내 순수함은 그 덕택이었는지도 모른다. 약간 시들었고 가장자리가 먹혀들어간 것 같았지만, 나는 내 순수함을 갖게 된 것이 기뻤다, 그렇다, 꽤 기뻤다. 꽤 고마워요, 마치 언젠가 어느 꼬마에게 구슬을 주워주었더니 그 꼬마가 내게 말한 것처럼, 내가 왜 그랬는지는 모르겠다, 그렇게 할 의무는 내게 전혀 없었고, 아마도 그 꼬마는 자신이 직접 구슬을 줍고 싶어 했을 수도 있다. 혹은 주워서는 안 되는 것이었는지도 모른다. 게다가 내 뻣뻣한 다리 때문에 그것을 줍기 위해 내가 들인 노력이란! 말들은 내 기억 속에 영원히 새겨지는데, 아마도 그 이유는 내가 그것들을 대번에 파악하기 때문이겠지만, 그런 일은 내게 자주 일어나지 않는다. 그것은 내 귀가 둔해서가 아니다. 난 제법 예민한 귀를 갖고 있으니까. 그리고 아주 분명한 뜻을 담지 않은 소리들을 난 아마 그 누구보다도 더 잘 인식했던 것 같다. 그렇다면 무슨 이유에서였나? 아마도 이해력의 부족 때문이었나, 여러 번 충격을 받아야만 그때서야 울리기 시작했거나, 굳이 원한다면, 울렸다고 해도, 추리의 수준보다는 낮게 울린 이해력의 부족으로, 만일 그런 것을 생각할 수 있다면 말이다. 그런데 그런 것을 생각할 수 있다, 왜냐하면 내가 그것을 생각할 수 있으니까. 그렇다, 내게 들렸던 말들, 청각이 제법 예민했기 때문에 내게 분명히 들렸던 그 말들은 첫번째엔, 그리고 두번째에도, 또한 종종 세번째까지도, 내겐 모든 의미에서 벗어난 순수한 소리들처럼 들렸는데, 그것은 아마도 내게 대화가 뭐라 말할 수 없이 고통스러웠던 이유 중의 하나였던 것 같다. 그리고 내 자신이 직접 발음하는 단어들은, 거의 언제나 지적인 노력과 결부되었을 텐데도, 흔히 내게는 곤충들이 윙윙대는 소리처럼 들렸다. 그것은 내가 왜 별로 말을 안 했는지 설명해주고, 다른 사람들이 내게 하는 말뿐만 아니라 나 자신이 그들에게 하는 말조차도 이해하기가 어려웠던 나의 그 고통을 설명해준다. 많은 인내심으로 우린 결국 서로를 이해하게 된 것은 사실이나, 무슨 문제에 대하여 이해한다는 것인가, 그것을 여러분에게 묻고 싶다, 그리고 무슨 결과를 위해서? 그리고 자연의 소음들에 대해서도, 또한 인간들의 작업하는 소음들에 대해서도, 나는 내 방식으로 반응했다고 생각하는데, 거기서 어떤 교훈들을 얻어보려는 생각은 하지 않았다. 내 눈도 역시, 잘 보이는 쪽 말이다, 갈고리에 잘 연결되지 않았던 게 분명하다. 흔히 선명하게 눈에 비춰진 것도 이름을 대기가 어려웠으니까. 나는 세상을 거꾸로 보고 있었다고까지는 말을 안 하더라도 (그렇다면 너무 단순했을 것이다) 과장될 정도로 형식적인 측면에서 보았던 것만은 확실한데, 그렇다고 결코 탐미주의자나 예술가는 아니었다. 그리고 두 눈 중에 한쪽만 그런대로 불편 없이 볼 수 있었기 때문에, 나와 다른 세계 사이의 거리를 파악하기가 어려워서, 흔히 확실히 닿을 수 없는 범위에 있는 것을 향해서 손을 내밀다가 시야에 거의 보이지 않는 딱딱한 것들에 자주 부딪히곤 했다. 하지만 두 눈이 보였을 때에도 나는 이랬었다, 그런 것 같다, 그런데 아마 아닌 것도 같다, 그때는 내 인생에서 아주 오래전이어서, 난 그때에 대하여 불완전한 것보다도 더 못한 기억을 갖고 있기 때문이다. 그리고 잘 생각해보면, 내 미각이나 후각의 시도들인들 더 나을 것이 없었는데, 난 정확히 뭔지도 모르고, 좋은 건지 나쁜 건지조차도 모른 채, 냄새를 맡고 맛을 보았으며, 같은 것을 두 번 연속해서 시도하는 것은 드물었다. 나는 배우자에게 싫증을 느낄 수 없고, 실수로밖에는 바람을 피울 수 없는 훌륭한 남편이 되었을 거라고 생각한다. 지금은 내가 왜 루스와 함께 꽤 오랫동안을 지냈는지에 대해 말한다는 것은 불가능하다. 다시 말해서, 힘을 들이면 아마도 가능할 것이다. 하지만 내가 왜 그런 수고를 하겠는가? 내가 달리 할 수 없었다는 것을 명백히 확증하기 위해서? 그것이 내가 불가피하게 도달할 결론일 테니까. 나, 나는 젊어서 죽은 그리운 그 휠링크스의 이미지를 좋아했었는데, 그가 내게 율리시스의 검은 배 갑판 위에서 동방으로 기어들어갈 수 있는 자유를 허용해주었다. 그것은 개척자의 정신이 없는 사람으로서는 하나의 커다란 자유였다. 고물 위에서 바다에 몸을 기울인 채, 슬프게도 즐거워하는 노예가 되어 난 오만하고 덧없는 뱃자국을 바라본다. 그 뱃자국은 그 어떤 고국 땅에서도 나를 떼어놓지 않기 때문에, 그 어떤 난파를 향해 나를 데려가지 않는다. 그런고로 꽤 오랫동안 나는 루스의 집에 머물렀다. 꽤 오랫동안이라면 막연하다, 아마도 몇 달, 혹은 1년 동안. 내가 떠나는 날 날씨가 다시 더웠다는 것을 알지만 그것은 아무런 의미가 없었다. 우리 고장에서는 1년 중 어떤 때라도 덥거나 춥거나 혹은 단순히 온화했고, 날들은 완만한 기복으로 흘러가지 않았던 것 같다. 그렇다, 완만한 기복은 아니었다. 그 이후로 아마 바뀌었는지는 모른다. 그러니까 내가 아는 것은 단지 내가 출발할 때의 날씨가 도착할 때의 날씨와 거의 비슷했다는 점이다. 그때의 날씨가 어땠는지 내가 알 수 있었다면 말이다. 그런데 난 온갖 날씨 속에서 아주 오랫동안 바깥에 있었기 때문에 서로 다른 날씨들을 제법 잘 분간했고, 내 몸도 날씨들을 분간했는데, 심지어 내 몸이 선호하는 날씨들도 있는 것 같았다. 나는 여러 개의 방을 썼던 것으로 생각된다, 하나씩 차례로, 혹은 번갈아가면서, 잘 모르겠다. 내 머릿속에서는 여러 개의 창문이 있다, 그것은 확실하다, 하지만 그것은 행진하는 우주를 향해 다양하게 열려진, 모두 같은 창문인지도 모른다. 집은 움직이지 않았다. 아마도 바로 그런 뜻에서 내가 여러 개의 방을 말한 것 같다. 어떤 보상의 작용 때문이었는지는 모르겠지만, 정원과 집은 움직이지 않았고, 나는, 나도 가만히 있을 때는, 대부분 그렇게 했는데, 역시 움직이지 않았으며, 돌아다닐 때는 극히 느린 동작으로, 학생들의 은어에서 말하듯, 마치 시간 밖의 새장 속에서처럼 움직였다. 그리고 물론 공간 밖이기도 하다. 왜냐하면 시간 밖에 있으면서 공간 안에 있는 것은 나보다 똑똑한 사람들에게나 해당되었으니까, 난 똑똑하기는커녕 오히려 바보였다. 하지만 내가 완전히 틀릴 수도 있다. 내가 그 시기를 더듬어볼 때 내 머릿속에서 열리는 그 다양한 창문들은 아마도 실제로 존재했는지도 모르고, 비록 내가 거기에 더 이상 있지 않지만, 즉 창문들을 쳐다보고, 열고, 닫고, 혹은 방구석에 쭈그려 앉아 창문 안으로 들어오는 사물들에 놀라워하고 있지는 않지만, 어쩌면 아직도 존재하고 있는지도 모른다. 그런데 난 한마디로 가소롭고 그리도 보잘것없는 그 짧은 기간의 일화에 대해 결코 장황하게 이야기하지 않겠다. 왜냐하면 나는 집 안에서도 정원에서도 일을 거들지 않았고, 밤낮 그곳에서 진행되었던 공사에 대해서도 아는 바가 없었기 때문이고, 그 공사하는 소리는 내게도 들려왔는데, 희미하고 또한 바짝 마른 소리였고, 흔히 공기를 세게 휘저어 돌리는 소리처럼 내겐 들렸지만 단순히 불에 타는 소리였는지도 모른다. 내가 정원에서 보낸 긴 시간들로 보건대, 왜냐하면 날씨가 좋든 나쁘든, 낮과 밤의 대부분을 정원에서 보냈으니까, 나는 집 안보다는 정원을 좋아했다. 인부들은 계속 분주히 왔다 갔다 했지만, 그들이 어떤 공사를 맡았는지는 모르겠다. 왜냐하면 나고, 살고, 죽는 주기적인 순환으로 인한 사소한 변화들을 제외하고는, 날이 가도 정원은 거의 똑같았기 때문이다. 그 인부들 가운데서 나는 용수철이 달린 낙엽처럼 이리저리 굴러다녔거나 땅바닥에 누워 있었고, 그러면 인부들은 마치 소중한 꽃을 심은 화단인 양 조심해서 나를 건너다녔다. 그렇다, 인부들이 그렇게도 악착같이 거기 매달렸던 목적은 아마도 정원의 모양이 바뀌지 않게 하기 위해서였던 것 같다. 내 자전거는 또다시 사라졌다.. 때때로 잘 살펴보고 그 상태를 정확히 알아보거나, 정원의 여러 화단을 이어주는 좁다란 오솔길들을 달려보기 위해 자전거를 찾아보고 싶은 욕구가 생겼다. 하지만 그 욕구를 만족시키려고 노력하는 대신에, 나는 그 욕구를 물끄러미 바라보았다, 감히 말한다면, 그 욕구가 조금씩 쪼글쪼글 오므라들다가 결국은 사라져버리는 것을 바라보았다. 마치 저 유명한 도톨가죽*처럼, 그렇지만 훨씬 빠른 속도로. 이유인즉, 욕구 앞에서 취할 행동은 두 가지인 것 같은데, 적극적인 것과 명상적인 것, 비록 이 두 가지가 모두 같은 결과를 줄지라도 나는 두번째를 선호했고, 그것은 아마도 성격 때문이었을 것이다. 정원은 높은 벽으로 둘러싸여 있었고, 그 꼭대기엔 유리 조각이 지느러미 모양으로 삐죽삐죽 박혀 있었다. 그런데 의심할 바 없이 전혀 예기치 않았던 것으로, 쪽문 하나가 벽에 붙어 있어서 길로 자유롭게 나갈 수 있게 해주었다. 왜냐하면 그 문이 열쇠로 잠겨 있지 않았기 때문이었는데, 나는 낮에도 밤에도 조금도 어려움 없이 그것을 여러 번 열고 닫아보았고, 나 이외의 다른 사람들이 양쪽 방향으로 넘나드는 것을 보았기 때문에, 그 점에 대해선 나는 거의 확신할 수 있었다. 나는 코를 밖으로

---

* 도톨가죽 la peau de chagrin, 발자크의 소설에 나오는 점점 줄어드는 신비의 가죽에서 유래했다.

내밀었다가 재빨리 들어왔다. 몇 마디만 더 하겠다. 그 울타리 안에서 나는 결코 여자를 본 적이 없었는데, 내가 말하는 울타리란 정원뿐만 아니라, 당연히 그래야겠지만, 집 안도 의미한다. 유일하게 남자들만 보았다. 당연히 루스는 제외하고 말이다. 내가 무엇을 본 것과 안 본 것은 분명 별 의미는 없었지만, 그래도 나는 그것을 지적한다. 루스는, 나는 그녀를 거의 보지 않았는데, 나를 당황케 할까 봐 아마도 조심하느라 그랬는지 내게 모습을 한 번도 보이지 않았다. 하지만 난 그녀가 나무 덤불이나 커튼 뒤에 숨어서, 혹은 2층 어느 방구석에 쪼그리고 앉아, 아마도 망원경을 이용하여 나를 자주 엿보고 있었다고 생각한다. 왜냐하면 그녀는 그 무엇보다도 나를, 내가 오가는 것과 휴식 속에 꼼짝하지 않는 것을 보고 싶다고 말하지 않았던가? 그런데 잘 보기 위해서는 열쇠 구멍이나 나뭇잎들 사이의 작은 구멍 등, 보이지 않게 가려주지만 동시에 사물을 부분적으로밖에는 볼 수 없게 하는 모든 것이 필요하다. 안 그런가? 그렇다, 그녀는 나를 감시하고 있었다, 조각조각, 어쩌면 내가 눕고, 자고, 일어나는 은밀함 속에서까지도, 내가 잠을 자던 아침에 말이다. 이 점에 관해서 나는, 잠을 잘 때는 아침에 잔다는 내 습관에 충실했으니까. 왜냐하면 나는 조금도 불편을 느끼지 않고 며칠 동안 전혀 잠을 안 잤던 적도 있었기 때문이다. 내가 깨어 있는 것은 일종의 잠이었으니까. 그리고 나는 항상 같은 장소에서 잠을 자지 않고, 커다란 정원에서 잠을 자기도 하고, 역시 커다랗고 지극히 넓은 집 안에서 잠을 자기도 했다. 내 잠자는 시간과 장소에 대한 불확실함이 루스를 편하게 해주었고, 그녀의 시간을 아주 기분 좋게 보내도록 해주었으리라고 생각한다. 하지만 내 인생의 그 시기에 대해서 자꾸 강조해봤자 소용없다. 그것을 내 인생이라고 하도 부르다 보니 끝내는 그렇게 믿게 될 것 같다. 그것이 바로 광고의 원칙이다. 내 인생의 그 시절. 그 시절에 대해 생각하면 배수관 안에 있는 공기를 생각나게 한다. 그러므로 나는 그 여자가, 내가 모르는 유독물질을 내게 주는 마실 것이나 먹을 것 속에 넣어서, 혹은 아마도 그 두 가지 속에 모두 넣어서, 아니면 하루는 마실 것에 하루는 먹을 것에 넣어서, 계속해서 조금씩 나를 중독시켰다는 것만 덧붙이겠다. 내가 여기서 발언하는 것은 중대한 고발이므로 나는 그것을 경솔하게 하지 않는다. 그리고 원한을 품지 않고서, 그렇다, 나는 음식에 맛이 나지 않고 유독한 가루약이나 물약을 탄 것에 대해 원한 없이 그녀를 고발한다. 그런데 어떤 맛이 났다고 한들 일이 조금도 달라지지는 않았을 것이며, 나는 똑같이 우직하게 전부 삼켜버렸을 것이다. 예를 들어 그 지독한 아몬드의 악취가 내 식욕을 가시게 하지는 않았을 것이다. 내 식욕이라! 그것에 대해 조금만 이야기하자. 내 식욕은 얼마나 이상한 것이었던가. 난 식욕이 아주 적어서 새처럼 먹었고, 먹는 그 조금이나마 오히려 대식가들의 특성으로 간주되는 어떤 열광으로 게걸스럽게 먹었는데, 이것은 틀린 것이다. 왜냐하면 대식가들은 일반적으로 천천히 질서 있게 먹기 때문이며, 이 점은 대식가라는 개념 자체에서 추론된 것이다. 반면에 나는 단 하나뿐인 접시 하나에 달려들어, 그 절반이나 4분의 1을 사나운 물고기처럼 두 번에 걸쳐 입에 넣어 삼켜버리고, 내 말은 씹지 않고 (무엇으로 씹겠는가?), 그다음엔 싫증이 나서 접시를 멀리 밀어버렸다. 나는 살기 위해 먹는 것 같았을 것이다! 마찬가지로 나는 맥주 대여섯 병을 연달아 삼키고 나서 일주일 동안은 아무것도 마시지 않았다. 뭘 원하는가, 우린 생긴 대로 산다, 적어도 어느 부분에서는 말이다. 달리 해볼 방도가 없거나, 거의 없다. 내 다양한 조직 속에 그녀가 이렇게 주입한 유해물질에 관해서는, 그것이 흥분제였는지 아니면 오히려 진정제가 아니었는지 알 길이 없을 것이다. 사실은, 물론 체감(體感)이라는 건지에서 보면, 난 거의 여느 때와 같이 느껴졌다. 즉——주의하시라, 내 모든 것을 자백하리라——너무나 부들부들 떨리는 불안감을 느낀 나머지, 나는 어떤 면에서, 그것에 대한 의식까지는 아니더라도, 감각을 잃어버려서, 가증스런 섬광들이 잠깐씩 꿰뚫고 지나가는 자비로운 무감각 상태의 밑바닥에 떠다녔다. 이것은 내 명예를 걸고 말하는 것이다. 즐거움을 지속시키기 위해서 아마도 극소량으로 복용된 루스의 보잘것없는 영초(靈草)가 이러한 안정을 깨기 위해서 무엇을 할 수 있었겠는가. 그것이 전혀 효과가 없었다고, 아니다, 난 그렇게까지 말하진 않겠다. 왜냐하면 난 이따금씩 적어도, 적어도다, 60~90센티미터씩이나 공중으로 껑충 뛰기를 하고 놀랐으니까, 한 번도 뛰어보지 않았던 내가 말이다. 그것은 공중부양의 현상과 흡사했다. 조금 덜 놀라운 일이지만, 내겐 이런 일도 있었는데, 내가 걸어갈 때, 혹은 그 무엇이 되었든 어떤 지침대를 짚고 있을 때에도, 마치 실을 늦췄을 때의 꼭두각시처럼 갑자기 쓰러져서, 문자 그대로 뼈대 없이 흐물거리며 꽤 오랫동안 땅바닥에 누워 있기도 했다. 그렇다, 이것은 내게 그렇게 이상하게 보이진 않았는데, 왜냐하면 나는 이런 식으로는 아니었지만 쓰러지는 데 익숙해 있었으니까, 그래서 쓰러지려는 느낌이 오면, 마치 간질 환자가 발작이 다가오는 것을 알고서 조처를 취하듯이, 그렇게 조처를 취했다. 내 말은, 내가 넘어지려는 걸 알면, 나는 누워버리거나 선 채로 아주 능란하게 안정된 자세를 취하고 기다렸다는 뜻인데, 너무도 능란해서 지진이라도 나를 그 자세에서 움직이게 할 수 없었을 것이다. 그러나 나는 항상 이런 대비를 한 것은 아니었고, 눕거나 안정된 자세를 취하는 고역보다는 쓰러지는 편을 더 선호했다. 반면에 내가 루스의 집에서 쓰러질 때는 그것을 막을 시간이 없었다. 그래도 쓰러지는 것이 내겐 덜 놀라운 일이었는데, 껑충 뛰는 것보다는 그것이 좀 더 내 영역에 속했기 때문이다. 왜냐하면 어렸을 때조차도 나는 껑충 뛰어본 기억이 없고, 분노나 고통도 나를 껑충 뛰게 만들지는 못했으니까. 심지어 아이 때에도, 비록 그 시절에 대해 말할 자격이 내겐 없지만 말이다. 내 식사는 내게 가장 편리한 방법과 때, 장소에 따라서 먹었던 것 같다. 결코 그것을 달라고 할 필요가 없었다. 누군가 쟁반 위에다 내가 있는 곳으로 갖다주었다. 그 쟁반이 아직도 눈에 선해서 거의 마음대로 그것을 다시 떠올릴 수 있는데, 그것은 둥그렇고, 물건이 떨어지는 것을 방지하기 위해 낮은 테두리가 있었고, 빨간 칠로 입혀졌고, 군데군데 금이 가 있었다. 그것은 단 하나의 접시와 빵 한 조각을 올려놓을 수 있는 쟁반에 알맞게 크기도 작았다. 왜냐하면 내가 조금 먹는 양이나마 그것을 나는 손으로 입속에 후려 넣었고, 입에 대지도 않고 그냥 입에 부어 비우던 병들은 바구니에 따로 가져왔기 때문이다. 그런데 그 바구니는 좋든 나쁘든 내게 아무런 인상을 남기지 않았기 때문에 어떻게 생겼는지 말할 수 없을 것이다. 그리고 흔히, 내가 어떤 이유에서든 그 음식들을 날라다 준 장소에서 떠났다가 마시고 싶은 생각이 들면, 나는 그것들을 다시는 발견할 수 없었다. 그러면 나는 사방을 다 찾아보았는데, 나를 맞이했었을 만한 장소들을 내가 잘 알고 있었으므로, 운이 좋을 때가 많았으나, 찾지 못할 때도 역시 많았다. 아니면, 무엇을 찾아야 할지 미리 알지도 못하면서 찾는 수고나. 다른 쟁반과 바구니 혹은 같은 쟁반과 바구니를 내가 있던 곳으로 갖다 달라고 요청하는 수고보다, 배고프고 목마른 편을 선호했기 때문에, 아예 찾아보지 않았다. 그럴 때면 빨아 먹는 돌이 아쉬웠다. 그런데 내가 가령 선호한다 혹은 아쉽다고 말할 때, 내가 가장 작은 수고를 선택해서 그것을 채택했다고 추측해서는 안 된다, 그것은 잘못일 테니까. 반면 내가 무엇을 행하거나 피하는지 정확히 모른 채 그렇게 행하고 피했던 것은,

언젠가 아주 한참 후에, 세월이 흘러 퇴색되고 미화된 그 모든 행위와 태만함을 행복주의의 구정물로 끌어들이기 위해서 재검토를 해야 하리라는 것을 내가 짐작하지 못했기 때문이다. 그런데 루스의 집에서 내 건강은 그런대로 유지된 상태였다는 것을 말해야겠다. 즉 이미 나빠진 부분은, 그렇게 예상할 수밖에 없었듯이, 점점 더 서서히 나빠졌다. 하지만 이미 자리 잡고 있던 과다증과 결핍증이 퍼짐으로 인해서 당연히 생긴 것 외에는, 그 어떤 고통과 감염의 불씨가 새로 살아나진 않았다. 사실은 이 문제에 대해서 확실하게 단정한다는 것은 어렵다. 왜냐하면 앞으로 올 장애들, 예를 들면 내 왼쪽 발가락들, 아니, 틀렸다. 오른쪽 발가락들이 빠지는 것에 대하여, 정확히 어떤 순간에 내가, 오, 물론 나의 본의는 아니지만, 그 치명적인 씨앗을 받았는지 누가 알 수 있겠는가? 결과적으로 내가 유일하게 말할 수 있는 것은, 그리고 난 더 이상의 것을 말하지 않으려고 애쓰고 있다. 내가 루스의 집에 머무는 동안 질병의 차원에서 충격적이거나 예상치 않았던, 만일 예측 가능한 경우 내가 예측할 수 없었던, 아무 질병도 나타나지 않았으며, 발가락의 절반이 갑자기 빠지는 것과 비교할 만한 아무것도 나타나지 않았다는 것이다. 그것이야말로 내가 결코 예측할 수 없었던 일이고, 아마도 의학적 지식이 없어서, 나는 그 의미, 즉 내 다른 질병들과의 관계를 결코 알아낼 수가 없었다. 왜냐하면 육체의 오랜 광기 속에서, 난 그것을 느낀다, 모든 것이 서로 맞물려 있기 때문이다. 하지만 나의, 내, 내 생애의 그 토막에 관한 이야기를 길게 늘릴 필요가 없다. 왜냐하면, 내가 느끼기엔, 그것은 아무 의미가 없기 때문이다. 그것은 아무리 빨아봐도 거품과 침밖에 안 나오는 젖통이나 다름없다. 그래서 난 다음의 몇 마디만 덧붙이겠는데, 그중 첫번째는, 루스는 굉장히 편편한 여자였다는 것, 물론 육체적으로 말이다. 너무나 편편해서 오늘 밤 내 마지막 거처의 상대적인 침묵 속에서도 여전히, 난 그녀가 오히려 남자였거나 적어도 남녀 양성이 아니었는지 의아해하고 있다. 그녀의 얼굴은 약간 털이 복슬복슬했다, 아니면 이야기를 쉽게 쓰기 위해서 내가 그렇게 상상하는 건가? 나는 비운의 그녀를 너무나 조금밖에 보지 않았고 또 너무나 조금밖에 쳐다보지 않았다. 그녀의 목소리 또한 의심스러울 정도로 낮지 않았던가? 현재 그녀가 내게 나타나는 것은 이런 모습으로이다. 고민하지마, 몰로이. 남자든 여자든 무슨 상관이 있겠어? 하지만 난 이런 질문을 하지 않을 수 없다. 한 여자가 어머니에게로 내달음질치던 나를 멈추게 할 수 있었을까? 아마 그럴 수도 있다. 그보다도, 그런 만남이 가능했을까? 나와 한 여자 사이에 말이다. 남자들이라면 몇 명을 스쳐 지나갔지만, 여자들은? 좋다, 난 더 이상 숨기지 않겠다. 그랬다, 내가 스쳐 지나간 여자가 하나 있다. 우리 어머니 얘기가 아니다. 어머니라면, 스쳐 지난 것 이상이다. 그런데 괜찮다면 우리 어머니는 이 이야기들에서 제외시키자. 다른 여자 얘기인데, 만일 운명이란 것이 다르게 결정을 내리지 않았더라면, 그 여자는 내 엄마가 될 수도 있었고 심지어 내 생각엔 내 할머니가 될 수도 있었던 여자다. 지금 운명에 대해 말하고 있는 그를 보라.* 나에게 사랑을 알게 해준 것은 그녀였다. 그녀의 이름은 뤼트라는 편안한 이름이었다고 생각하는데, 확실한 건 아니다. 그녀의 이름이 에디트였는지도 모른다. 그녀의 다리 사이로 구멍이 하나 있었는데, 그것은 내가 항상 생각해왔던 배수구가 아니라 갈라진 틈이었고, 나는, 아니 더 정확히 말해서 그녀가, 소위 내 남성기를 그 안에 넣었는데, 쉽지만은 않았다. 나는 계속 밀어붙여서 사정하거나, 그걸 포기하거나, 혹은 그녀가 멈추라고

---

* '그'는 몰로이를 가리킨다. 몰로이를 관찰 대상으로서 바라보고 있는 다른 시선이 있음을 상기시켜주는 대목이다.

애원할 때까지 몹시 애를 썼다. 내 생각엔 그것은 바보 같은 장난이었고, 결국 그렇게 하면 피곤했다. 하지만 난 그것이 사랑이라는 걸 알고서, 그녀가 그렇게 말해주었으니까, 아주 기꺼이 거기에 탐닉했다. 그녀는 류머티즘 때문에 긴 의자 위에 몸을 굽혔고, 나는 뒤에서 그녀에게 들어갔다. 그것이 요통 때문에 그녀가 견딜 수 있는 유일한 자세였다. 내겐 그것이 자연스럽게 보였다, 왜냐하면 개들을 본 적이 있었기 때문에, 그래서 다른 자세로도 그것을 할 수 있다고 그녀가 털어놓았을 때 나는 놀랐다. 그녀가 의미했던 게 정확히 무엇인지 궁금하다. 아마도 결국 그녀는 나를 자기 항문 속에 넣었는지도 모른다. 그것도 말할 필요 없이 내게는 지극히 마찬가지였다. 그런데 항문 속에 넣는 것이 진정한 사랑인가? 그것이 내 마음에 걸린다. 나는 결국 진정한 사랑을 해본 적이 없는 것인가? 그 여자 역시 매우 편편했고 흑단 지팡이를 짚고 뻗정걸음으로 천천히 나아갔다. 아마도 남자였는지도 모른다, 또 다른 남자. 하지만 그럴 경우, 우리가 팔딱거리는 동안 고환들이 서로 부딪히지 않았을까? 아마도 그것을 방지하기 위해 그녀는 자기 것을 손에 꼭 쥐고 있었는지도 모른다. 그녀는 풍성하고 소란스러운 속치마와 주름진 슬립, 그리고 내가 이름을 댈 수 없는 다른 속옷들을 입고 있었다. 그 모든 것이 하얀 물결처럼 살랑살랑 소리 내며 들어올려졌다가, 관계가 끝이 나면, 느린 폭포수처럼 무너져 내렸다. 그래서 내게 보이는 것은 끊어질 정도로 길게 뻗친 그 노란 목덜미밖에 없었는데, 때때로 난 그 목덜미를 깨물곤 했다. 본능의 힘이란 그렇다. 우리가 친분을 맺은 것은 어느 공터에서였는데, 나는 수천 개의 공터 중에서도 그 공터를 알아볼 수 있지만, 사실상 공터들은 서로 비슷하다. 그녀가 무엇을 하러 그곳에 왔는지는 모른다. 나, 나는 쓰레기를 힘없이 끄적이면서, 그 나이 때까지도 나는 아직 일반적인 생각들을 갖고 있었을 테니까, 이것이 내 인생이야, 라고 아마도 혼잣말을 하고 있었을 것이다. 그녀는 잃어버릴 시간이 없었고, 난, 나는 아무것도 잃을 게 없었기에, 사랑을 알기 위해서 암염소하고라도 사랑할 참이었다. 그녀는 아담한 아파트를 하나 갖고 있었다, 아니, 아담하진 않았다, 한쪽에 자리 잡고 더 이상 일어나고 싶지 않을 정도였다. 그것은 내 맘에 들었다. 작은 가구들이 가득 찼었는데, 우리의 필사적인 부딪침 속에서 긴 의자는 바퀴가 굴러서 앞으로 나갔고, 모든 것이 우리들 주변에 떨어졌는데, 그것은 지옥이었다. 우리 사이는 애정 없는 관계는 아니었다. 그녀는 떨리는 손으로 내 발톱을 깎아주었고, 나는 뱅게크림으로 그녀의 엉덩이를 문질러주었다. 우리의 순진한 사랑은 짧게 끝났다. 가엾은 에디트, 아마도 내가 그녀의 끝을 앞당겼는지도 모른다. 여하튼 공터에서 내 바지 지퍼에 손을 대고 선수를 친 것은 그녀였다. 더 정확히 말해서, 난, 나는 배고픈 생각을 내게서 없애줄 만한 뭔가를 찾느라고 쓰레기 더미 위에 몸을 굽힌 상태였고, 그녀는 뒤에서 내게 다가와 자기 지팡이를 내 다리 사이에 넣어 내 음부를 그것으로 어루만지기 시작했다. 그녀는 한 판이 끝날 때마다 내게 돈을 주었다. 사랑을 알고 더 깊이 연구하기 위해 자원해서 응낙할 수도 있었던 나에게 말이다. 그녀는 실리적인 여자는 아니었다. 구멍이 좀 덜 마르고 덜 컸더라면 더 좋았을 것 같다, 그러면 나는 사랑에 대해 더 고상한 생각을 갖게 되었을 텐데. 하여간. 엄지와 검지 사이라면 기분은 훨씬 낫다. 하지만 사랑은 아마도 그러한 우발적인 사태들을 개의치 않는 것 같다. 그런데 결코 우리가 기분이 좋을 때가 아니라, 자기의 음경이 비벼댈 내막과 약간의 미끄러운 점액질을 미친 듯이 찾다가, 그것이 없다고 후퇴하지 않고 종창(腫脹)을 간직할 때, 그때가 바로 진정한 사랑이 태어나서 하찮은 크기의 문제들 위로 높이 날아갈 때이다. 거기에다 약간의 발톱 손질과 마사지를 더하면, 엄밀한 의미에서 엑스타시와는 직접적인 관계는 없지만, 그러면 그 문제에 관해서는 더 이상 그 어떤 의심도 허용되지 않는 것 같다. 그 문제에 대해 유일하게 마음이 쓰이는 것은, 어느 날 밤 내가 그녀의 집으로 가다가 그녀의 죽음을 알게 되었을 때 가졌던 무관심인데, 그것은 내 수입의 원천이 끊어지는 걸 보는 근심 때문에 약간 누그러졌던 게 사실이다. 그녀는 나를 맞이하기 전에 하던 습관대로, 미지근한 물로 목욕을 하다가 죽었다. 그것이 그녀의 힘을 쭉 빠지게 했다. 그녀가 조금만 기다렸더라면 내 품에서 죽을 뻔했다는 생각을 하면! 욕조가 엎어지고 더러운 물이 사방으로 퍼져 이웃인 아래 층 여자의 집까지 흘러서, 그 여자가 신고를 했다. 어라, 내가 그 사건을 그렇게까지 잘 알고 있다는 생각은 안 했었는데. 그래도 그녀가 여자였던 게 분명했다, 그 반대였더라면 그 구역에 알려졌을 것이다. 우리 지역에서는 성 문제에 관한 모든 것에서 굉장히 폐쇄적이었던 것이 사실이다. 지금은 어떤지 잘 모르겠다. 그런데 여자가 발견되어야 할 곳에 남자가 발견되었다는 사실이, 불행히도 그것을 알게 된 몇몇 사람에 의해 곧 쉬쉬되어 잊혀졌을 가능성도 무척 크다. 마찬가지로 나 혼자만 제외한 모든 사람이 다 알고 그것에 대해 얘기했었을 가능성도 있다. 하지만 그 문제에 대해 생각해볼 때 마음에 걸리는 게 하나 있는데, 그것은 나의 한평생이 사랑 없이 흘러갔는지 혹은 뤼트와 진정한 사랑을 경험했는지 알고자 하는 것이다. 내가 확신할 수 있는 점은 난 그 경험을 결코 다시 반복하려고 한 적이 없었다는 것으로, 그 이유는 아마도 그 경험은 그 종류로서는 완전하고 유일한, 모방할 수 없는 완성품이었으며, 그것에 대해 내 마음속에 다른 것과 섞이지 않은 순수한 추억을 간직하는 게 중요하다는 직감을 갖고 있었기 때문일 것이다. 때때로 소위 자위라고 일컬어지는 것의 원조에 의존할 각오로 말이다. 하녀에 대해서는 말하지 말라, 내가 그걸 말한 게 잘못이었다, 그 일은 훨씬 이전이었고, 난 내 정신이 아니었다. 아마도 내 인생에 하녀가 전혀 없었을 수도 있다. 몰로이, 즉 하녀가 없는 인생. 이 모든 것은 루스를 만나 어떤 면에서 그녀와 교제까지 했다는 사실이 그녀의 성(性)에 관해 아무것도 입증해주지 않는다는 것을 지적하기 위함이다. 그런데 나는 그녀가 초췌한 늙은 과부였으며, 뤼트는 또 다른 그런 여자였다고 계속 믿고 싶다. 왜냐하면 그녀 역시 죽은 남편에 대해 그리고 그녀의 정당한 욕구를 만족시켜줄 수 없었던 그의 무능력에 대해 말했기 때문이다. 그리고 오늘 밤처럼 내 기억 속에서 두 여자가 혼합되어, 나는 거기서 오로지 삶에 의해 편편해지고 열광적이 된 한 사람의 동일한 노파만을 보려는 유혹을 받는 경우가 꽤 여러 날 있다. 그리고 하느님 나를 용서하소서, 내 깊은 공포를 털어놓는다면, 내 어머니의 영상도 떠올라 때때로 그녀들의 영상과 합류하는데, 그것은 정말로 견디기 어려운 일로서, 십자가의 형벌을 받는 것과 같다. 그 이유는 모르겠고, 알려고 하지도 않는다. 그런데 난 마침내 루스를 떠났다. 덥고 바람 한 점 없는 어느 날 밤에 작별 인사도 없이, 최소한 그것은 할 수 있었을 텐데, 그리고 그녀도, 아마 마술을 통해서 말고는, 나를 잡으려고 노력하지 않았다. 하지만 그녀는 틀림없이 내가 떠나는 것을, 일어나서 목발을 집어 들고, 그 끝에 의지하여 공기를 가로질러 몸을 내두르면서 가버리는 것을 보았을 것이다. 그리고 쪽문이 내 뒤에서 닫히는 것을 보았을 테고, 왜냐하면 그것을 끌어당기는 용수철 때문에 저절로 닫혔으니까, 그리고 내가 가버렸다는 것을 알았으리라, 영원히. 왜냐하면 그녀는 내가 쪽문으로 갈 때 어떻게 했는지, 즉 코를 밖으로 내놓고 1초 만에 다시 들여놓는 것밖에 안 했다는 것을 알고 있었기 때문이다. 그래서 그녀는 나를 잡으려고 하지 않고 대신에 아마도 자기 개의 무덤 옆에 가서 앉았을 것이다. 그것은 어떤 의미에서 내 무덤이기도 했으며, 그리고 지나가면서 하는 말인데, 그 위에 그녀는 내가 생각했던 것처럼 풀씨를 심었던 게 아니라, 하나가 지면 다른 꽃들이 만발할 수 있도록 선별된, 난 그것을 느낀다, 가지각색의 작은 꽃들과 허브 종류의 씨를 심었던 것이다. 나는 자전거를 그녀에게 두고 왔는데, 난 그것을 어떤 불길한 세력의 매개체요, 아마도 나에게 새롭게 닥쳤던 불행들의 원인이라고 의심하면서 더 이상 좋아하지 않게 되었다. 그래도 그것이 어디에 있었는지 그리고 굴러갈 수 있는 상태였는지를 알았더라면 가져왔을 것이다. 하지만 난 그런 것을 알지 못했다. 그리고 그런 것에 신경을 쓰느라, 도망쳐, 몰로이, 네 목발을 집어 들고 도망쳐, 라고 말하는 그 작은 목소리를 지치게 만들까 봐 두려웠는데, 내가 그 목소리를 들은 지 아주 오래되었기 때문에, 그것을 이해하는 데는 무척이나 오래 걸렸다. 아마도 그것을 곡해해서 이해했는지도 모르지만, 어쨌든 난 이해했고, 그것은 새로운 것이었다. 또한 그 떠남이 반드시 마지막은 아니며, 복잡하고 형태 없는 굽이들을 거쳐, 언젠가 나를 그 출발지로 다시 데려올 것처럼 보이기도 했다. 아마도 내 여정은 아직도 완전히 끝나지 않았는지도 모른다. 거리엔 바람이 불었고, 그것은 다른 세상이었다. 내가 어디에 있었는지도 모르고, 따라서 어느 방향으로 가야 승산이 있을지도 몰랐기 때문에 난 바람의 방향을 따라갔다. 그래서 목발 사이에 꽉 매달려서 앞으로 몸을 내던질 때 바람이 나를 도와주는 것을 느꼈는데, 난 그 약한 바람이 어느 구역에서 불어오는지는 몰랐다. 그런데 별들에 관해서라면, 내게 말하지 말라, 난 천문학 공부를 했는데도 그것들을 잘 구별하지 못하고 해독할 줄도 모른다. 하지만 나는 첫번째로 만나게 된 은신처로 들어가 거기에서 새벽까지 머물렀다, 왜냐하면 처음 만나는 경찰관이 틀림없이 내 길을 막고 거기서 뭘 하느냐고 내게 물을 것을 알았기 때문인데, 그 질문에 대한 정답을 난 결코 지금까지 찾아낼 수가 없었다. 그런데 그것은 진짜 은신처였을 리가 없고, 난 결코 새벽까지 거기에 머무르지도 않았다, 왜냐하면 내 뒤에 얼마 안 되어 어떤 남자가 그 안에 들어와서 나를 쫓아냈기 때문이다. 그렇지만 거기엔 두 사람이 있을 자리가 있었다. 그는 일종의 야간 경비원이었던 것 같은데, 분명 남자였고, 어떤 채굴 공사인지는 잘 모르겠지만, 그 경비를 맡고 있었을 것이다. 화롯불 하나가 보인다. 흔히들 말하듯이, 공기 속에 쌀쌀한 기운이 있었던 것 같다. 따라서 난 좀 더 멀리 가서 어느 초라한 여관의 계단 층계 위에 자리를 잡았다. 그곳은 대문이 없었거나 대문이 잠겨 있지 않았기 때문인데, 잘 모르겠다. 새벽이 되기 훨씬 전에 그 초라한 여관은 비워지기 시작했다. 사람들이 계단을 내려왔다. 난 벽에 바짝 붙었다. 그들은 내게 주의를 기울이지 않았고, 아무도 나를 해치지 않았다. 나오는 것이 신중하다고 판단했을 때, 나 역시 결국 거기서 나와, 결국 내가 우리 읍내에 있었고 지금까지 줄곧 거기에 있었구나, 라고 생각하게 해줄 잘 알려진 기념물 하나를 찾으려고 읍내에서 여기저기 떠돌아다녔다. 읍내는 깨어나기 시작했고, 문지방들이 활기를 되찾기 시작했으며, 소음은 벌써 상당한 수준에 이르고 있었다. 하지만 높은 두 개의 건물 사이에 있는 어느 좁은 골목길을 겨냥하면서, 나는 주변을 둘러본 다음 그곳으로 쏙 들어갔다. 조그만 창문들만이 양쪽 모두 각 층마다 하나씩 그곳으로 나 있었다. 창문들은 대칭으로 배열되어서 서로를 향하고 있었다. 물론 틀림없이 화장실 창문들이었다. 왜 그런지 이유는 알 수 없지만, 우리가 이해하는 데 공리(公理)처럼 자명한 힘을 가진 것들이 그래도 가끔은 있다. 그 골목길은 출구가 없었기 때문에, 진정한 의미의 골목길이라기보다는 하나의 막다른 골목이었다. 그 끝에는 움푹 들어간 곳, 아니, 그 단어가 아니다, 그런 곳이 두 군데 있었는데, 서로 마주 보며 두 곳 모두 온갖 쓰레기와 똥으로, 개와 주인이 싼, 한쪽은 마르고 냄새가 안 났으나 한쪽은 아직 축축한 똥으로 덮여 있었다. 아, 더 이상 아무도 읽지 않을, 아마도 한 번도 읽혀지지 않았을 이 신문지들. 사람들이 밤에 그곳에서 짝을 짓고 사랑을 맹세했으리라. 난 그 깊숙한 구석, 그 단어도 역시 아니다, 그중 한 곳으로 들어가 벽에 기댔다. 난 눕고 싶었고, 아무도 그렇게 하지 말라고 말하지 않았다. 하지만 당분간은 벽에 기대어 있는 걸로 만족했는데, 발을 벽에서 멀리 떼어놓고 미끄러지는 자세였으나, 내겐 또 다른 지침목이 있었는데, 그것은 내 목발 끝이었다. 하지만 몇 분 후에 나는 그 막다른 골목을 가로질러서, 좀 더 편안할 것 같아 보였던, 맞은편의 다른 작은 제단, 바로 그 단어다, 그 안으로 들어갔고, 거기에서 같은 빗변의 자세를 취했다. 처음에는 정말로 그곳이 좀 편한 것처럼 보였다. 그런데 차츰 그렇지 않다는 확신이 생겼다. 가랑비가 떨어져서, 주름살투성이에다 피부가 트고 몹시 뜨거운, 몹시 뜨거운 내 머리를 적시려고 모자를 벗었다. 또 모자를 벗은 이유는 벽에 밀려서 그것이 자꾸 목덜미 안으로 들어왔기 때문이다. 그래서 나에겐 모자를 벗을 두 가지 합당한 이유가 있었고, 그것은 많은 게 아니었는데, 한 가지 이유만 있었다면 난 결코 벗으려고 결정하지 않았을 것이라고 생각한다. 난 걱정 없이 마음껏 그것을 던져버렸는데, 그 끝의 줄인지 끈 때문에 그것이 내 쪽으로 다시 왔다가 몇 번 튀더니 내 옆구리에서 멈췄다. 드디어 나는 사색하기 시작했다, 즉 더 열심히 귀를 기울이기 시작했다. 사람들에게 발견될 가능성이 거의 없었기 때문에, 나는 그 평온함을 누릴 수 있을 만큼 오랫동안 평온하게 있었다. 잠깐 동안 거기에서 자리를 잡고 내 거처, 내 은신처로 삼을까 생각했다, 잠깐 동안. 나는 주머니에서 야채 칼을 꺼내 손목을 자르기 시작했다. 그런데 통증이 순식간에 나를 사로잡았다. 난 먼저 소리를 질렀고, 그러고 나서 멈추고 칼을 닫아 주머니에 다시 넣었다. 나는 크게 실망하지 않았는데, 내심 다른 결말을 기대하지 않고 있었다. 그런 거다. 본래로 돌아간다는 것은 나를 항상 슬프게 했지만, 삶이란 본래로 돌아감의 연속인 것 같고, 죽음 또한 일종의 본래로 돌아가는 것임이 분명한 듯하다. 그렇다고 한들 내겐 놀랍지 않다. 바람이 그쳤다고 내가 말했던가? 가랑비가 내린다는 것은 어떤 면에서 바람에 관한 모든 생각을 제외시킨다. 내 무릎은 굉장히 크다, 방금 일어나면서 그것을 쳐다보았다. 내 두 다리는 정의처럼 곧지만 그럼에도 불구하고 난 가끔 일어난다. 뭘 원하는가. 이런 식으로 난 내가 지금 이야기하고 있는 그 시기의 내 존재만으로는 거의 알 수 없는 현재의 내 존재에 대해서 가끔씩 상기시켜줄 것이다. 하지만 사람들이, 경우에 따라서, 그 녀석 아직도 살아 있는 건가? 혹은, 이건 하나의 일기야, 곧 끝날 거야, 이렇게 생각하도록, 단지 아주 가끔씩만 그렇게 할 것이다. 내 무릎이 굉장히 크다는 것, 가끔씩 내가 일어난다는 것, 그것이 무슨 의미가 있는지 처음에는 잘 모른다. 그래서 더더욱 기꺼이 그렇게 할 생각이다. 마침내 그 막다른 골목, 나는 그곳에서 절반은 서서 절반은 누워서 아마도 잠깐 잤었던 것 같다, 그때가 내 잘 시간이었으니까. 그 골목에서 나온 후, 바람도 잤기 때문에 부득이 나는, 가만히 있어 보라, 태양 쪽을 향해 갔다. 아니 그보다도, 천정(天頂)에서 지평선까지 넓게 구름이 덮인 하늘 중에서 가장 덜 어두운 쪽을 향해 갔다. 내가 말했던 비는 바로 그 구름에서 떨어지고 있었다. 모든 것이 얼마나 앞뒤가 잘 맞는지 보라. 어느 쪽의 하늘이 가장 덜 어두운가를 결정하는 것은 쉬운 일이 아니었다. 언뜻 보기에는 하늘이 일률적으로 어둡게 보였기 때문이다. 하지만 나는 애를 써서, 왜냐하면 나는 살면서 가끔씩 그렇게 애를 써왔으니까, 하나의 결론에 도달했다. 즉 그 문제에 관해 결정을 내렸다. 그래서 나는, 태양 쪽으로 가야지, 이렇게 혼잣말을 하면서 길을 계속 갈 수 있었다. 즉 원칙적으로 동쪽이나 혹은 아마도 남동쪽이었을 것이다. 왜냐하면 난 더 이상 루스의 집에 있지 않았고, 다시 예정된 조화, 지극히 부드러운 음악 소리를 내며, 그것을 들을 줄 아는 사람에게는 지극히 부드러운 음악인, 예정된 조화 속 한복판에 나와 있었기 때문이다. 사람들이 대부분 짜증나고 조급한 발걸음으로 오갔는데, 그들은 우산을 쓰고 비를 피하거나, 어쩌면 그보다 보호 효과가 떨어질 것 같은 우비를 입기도 했다. 나무 밑이나 둥근 지붕 밑에 피한 사람들도 보였다. 더 용감하고 튼튼해서 오가는 사람들과, 덜 젖으려고 멈췄던 사람들 가운데는, 저 사람들처럼 하는 게 더 낫겠는걸, 이렇게 생각하는 사람들이 많았다. 저 사람들이란 자신이 속하지 않은 축에 끼는 사람들이었다, 적어도 나는 그렇게 추측한다. 마찬가지로 수완을 발휘할 수밖에 없게 만든 궂은 날씨를 탓하면서도, 자신이 잘했다고 자축하는 사람도 많이 있었을 것이다. 그런데 어느 작은 처마 밑에서 혼자 떨고 있는 허름한 중늙은이 쪽을 보면서, 나는 루스와 그녀의 개를 만났던 날 구상을 했으나 그 만남으로 인해서 실행되지 못했던 계획이 갑자기 생각났다. 그래서, 저 사람은 영특해. 나도 저 사람처럼 해야지, 라고 생각하는 태도를 취하면서, 또 그렇게 보이기를 바라면서, 그 늙은이 옆에 자리 잡으려고 갔다. 그런데 내가 말을 건네기도 전에, 그 늙은이는 빗속으로 나가서 가버렸다. 나는 자연스럽게 보이고 싶어서 즉시 그 말을 안 했던 것인데, 그런 말은 내용상 기분을 나쁘게 만들거나 아니면 적어도 놀라게 만들기 쉬운 것이었기 때문이다. 그렇기 때문에 적절한 순간에 잘 조절된 어조로 그것을 말하는 게 중요했다. 이런 세세한 말을 용서하라, 잠시 후에는 더 빨리 갈 것이다. 훨씬 빨리. 그러나 세세하고 구린내 나는 대목들에 다시 떨어지지 않을 가능성을 속단하지는 않고서. 하지만 그것들은 차례로 혐오감이라는 화필로 그려진 거대한 벽화들을 탄생시키리라. 측정인(測定人)에게는 점경(點景)인물*이 필요하다. 그래서 이번에는 내가 홀로 처마 밑에 서 있다. 사람들이 거기로 와서 내 옆에 서리라고는 기대하지 않았지만, 나는 그 가능성도 배제하지 않았다. 그것은 그 순간의 내 정신 상태를 꽤 잘 묘사한 캐리커처이다. 그 결과, 난 내가 있던 곳에 계속 남았다. 난 루스의 집에서 약간의 은제품을 가져왔는데, 오, 별것은 아니었고, 대부분 순 은제 찻숟가락들과 다른 작은 물건들로서, 그 용도는 모르겠으나 값이 꽤 나가는 것들처럼 보였다. 그중에는 아직도 가끔 내게 떠오르는 것이 있었다. 그것은 두 개의 X자가 교차점에서 막대 모양으로 이어진 것으로, 나무꾼의 미니 톱질 작업대와 비슷했는데, 그래도 차이점은, 진짜 톱질 작업대는 완전한 X자들이 아니라 윗부분 끝이 절단된 반면, 내가 말한 그 작은 물건의 X자들은 완벽했다, 다시 말하면 각각 두 개의 동일한 V자로 이루어져서, 위에 있는 하나는 위쪽으로 열렸고, 모든 V자가 그렇듯이, 밑에 있는 하나는 아래쪽으로 열렸다. 혹은 더 정확히 말한다면, 엄밀하게 동일한 네 개의 V자로, 즉 내가 방금 말한 두 개와 다른 두 개, 즉 하나는 오른쪽, 하나는 왼쪽, 각각 오른쪽과 왼쪽이 열려 있는 V자들로 이루어져 있었다. 그러나 혹시 여기서 왼쪽과 오른쪽, 아래쪽과 위쪽을 말한다는 것은 적합하지 않을 수도 있다. 왜냐하면 그 작은 물건은 엄밀한 의미의 밑받침이 없는 것처럼 보인 반면, 그 네 개의 받침 중 어느 것으로 세워도 똑같은 안정감으로 지탱했고 모양도 바뀌지 않았기 때

---

* 풍경화에서 점처럼 아주 작게 그린 인물이다.

문인데, 진짜 톱질 작업대는 그렇지 않다. 그 이상한 물건, 난 아직도 어딘가에 그것을 갖고 있다고 생각한다. 그것이 도대체 무슨 용도에 쓰였을지 이해가 안 됐고, 그 문제에 대해 단 하나의 가설조차도 떠오르지 않았기 때문에, 가장 필요한 상황에서도 난 그것을 돈으로 바꿀 결심을 결코 할 수 없었다. 난 가끔씩 주머니에서 그것을 꺼내 놀라운 시선으로 물끄러미 바라보았다, 애정의 시선이라고는 말하지 않겠다, 나에게 애정은 불가능했으니까. 하지만 얼마 동안은 그것이 내게 일종의 존경심을 불러일으켰다고 생각한다. 그것이 미덕의 대상이어서가 아니라, 나에겐 영원히 감추어져 있을지도 모르는 어떤 아주 구체적인 기능을 갖고 있다고 확신했기 때문이다. 그래서 나는 그게 무엇일까 끝없이 그리고 걱정 없이 질문을 할 수 있었다. 왜냐하면 아무것도 모른다는 것, 그것은 아무것도 아니며, 아무것도 알고 싶지 않다는 것, 그것 또한 마찬가지인데, 아무것도 알 수 없다는 것, 아무것도 알 수 없다는 것을 안다는 것, 바로 그때 호기심 없는 탐구자의 영혼에 평화가 깃들기 때문이다. 바로 그때 진정한 나눗셈이 시작되고, 예를 들면 스물둘 나누기 일곱 같은 것 말이다, 공책들이 드디어 진짜 숫자들로 가득 채워진다. 하지만 나는 이 문제에 관하여 아무것도 단언하고 싶지는 않다. 반대로 내게 부인할 수 없는 것처럼 보이는 것, 증거에 굴복해서, 아니, 더 정확히 말한다면 매우 높은 개연성에 굴복해서, 그것은 내가 처마 밑에서 나와, 공기를 가르며 앞뒤로 몸을 흔들면서 앞으로 천천히 나아가기 시작했다는 것이다. 목발로 걷는 사람의 걸음걸이는 흥분하게 만드는 그 어떤 것이 있다, 분명 있다. 왜냐하면 그것은 땅을 스치면서 이뤄지는 일련의 작은 비상이니까. 그들은 건장한 다리를 가진 사람들 사이로 이륙과 착륙을 하는데, 건장한 다리를 가진 사람들은 땅에 한 발을 딛기 전에는 감히 다른 발을 떼지 못한다. 그리고 그들이 아무리 신나게 뛰어간다고 하더라도 내가 절뚝거리는 것만큼 공중으로 높이 올라가지는 못한다. 그런데 이것은 분석에 기초한 추리이다. 어머니에 대한 염려가 여전히 내 머릿속에 있었고, 내가 어머니 근처에 있었는지 알고 싶은 욕망도 여전히 있었지만, 그것들이 줄어들기 시작했는데, 그것은 아마도 주머니 속에 있던 은제품 때문이었거나, 난 그렇게 생각하지는 않는다. 혹은 그것은 이미 옛날의 염려들이 되었고, 머리도 항상 같은 염려만을 검토할 수는 없으며, 적절한 때에 옛날의 염려들을 더욱 힘차게 대할 수 있도록, 가끔씩 다른 염려들로 바꿀 필요가 있기 때문일 수도 있었다. 그런데 여기서 과연 옛날의 염려와 새로운 염려에 대해 이야기하고자 하는 걸까? 그렇게 생각하지 않는다. 하지만 그것에 대한 증거를 대는 일은 어려울 것이다. 내가 뭔가를 걱정하지 않고서, 아니, 내가 걱정 없이 단언할 수 있는 것은, 특히 내가 어떤 읍에 있었는지, 또 우리들의 관심 사안을 해결하기 위해 어머니를 곧 만날 수 있을는지 알고자 하는 문제에 대해 내 관심이 없어졌다는 것이다. 그 관심 사안의 본질조차도 내게 희미해졌는데, 그렇다고 완전히 사라진 것은 아니었다. 왜냐하면 그것은 작은 문제가 아니라서, 난 그것에 집착했기 때문이다. 내 일생 동안 난 그것에 집착했었다고 생각한다. 그렇다, 이런 삶이 지속되는 동안 내내, 내가 뭔가를 집착할 수 있었던 한에서, 난 어머니와 나 사이의 그 문제를 꼭 해결하려고 했었는데, 그렇게 하지 못했다. 문제의 그 해결을 시행하기에는 시간이 촉박했고, 곧 너무 늦어버리게 되거나 이미 늦었다고 생각하면서, 나는 다른 염려들, 다른 망령들을 향해 방향을 바꾸는 나 자신을 느꼈다. 그러자 내가 어떤 읍에 있었는지 알고 싶은 것 이상으로 이제는, 비록 그것이 맞는 읍, 어머니가 그렇게도 나를 기다렸었고 어쩌면 그때까지도 항상 기다리고 있었을 읍이었다고 하더라도, 그곳에서 빨리 나오고 싶었다. 그리고 일직선으로 가면 끝내는 그 읍을 분명 빠져나갈 수 있을 것처럼 보였다. 그래서 나는 나를 인도해주던 그 희미한 빛이 오른쪽으로 이동하는 것을 고려하면서, 내 모든 지식을 다해서 그렇게 하려고 애썼다. 너무나도 악착같이 했기 때문에 그 결과 해질 무렵에 결국 성곽에 도착했는데, 길을 몰라서 아마 적어도 4분의 1은 됨 직한 원을 그렸던 것 같다. 그런데 나는 쉬기 위해서 주저 없이 자주 멈췄다는 것도 말해야겠는데, 아마 내가 잘못 생각했을 수도 있지만, 나는 바짝 추격당하고 있다는 느낌이 들어서 잠깐씩만 멈췄다. 하지만 시골로 나오면 우선, 다른 정의, 다른 재판관들이 있다. 성곽을 통과한 뒤 하늘이 다른 수의(壽衣), 즉 밤의 수의를 걸치기 전에 맑아지고 있었다는 것을 나는 인정해야 했다. 그렇다, 큰 구름의 올이 풀리면서 창백하게 죽어가는 하늘이 여기저기 드러났다. 그리고 태양은 정확히 원반처럼 보이지는 않았으나 노랗고 불그스름한 불꽃들로 이채를 띠고 있었고, 그 불꽃들은 천정점을 향해 우뚝 솟았다가 다시 떨어지고 또다시 솟아오르면서, 갈수록 약해지고 옅어져서, 밝아지자마자 곧 꺼질 운명에 있었다. 이 현상은, 만일 내가 관찰한 것들의 기억을 믿을 수 있다면, 우리 지방의 특징이었다. 아마도 지금은 달라졌는지도 모른다. 난 우리 지방을 떠나본 적이 없기 때문에 우리 지방의 특징들에 대해 말할 자격이 없지만 말이다. 그렇다, 난 한 번도 떠나본 적이 없고, 우리 지방의 경계조차도 몰랐다. 하지만 그 경계들이 아주 멀리 있었다고 믿었다. 그러나 그 믿음은 무슨 충분한 근거에 기초를 둔 것이 아니라 그냥 단순한 믿음이었다. 만일 우리 지방이 내 발길이 닿을 수 있는 범위 내에서 끝났다면, 점차적인 변화를 통해서 내가 그것을 예측할 수 있었을 것이다. 왜냐하면 내가 알기에는, 지방들은 갑자기 뚝 끝나는 게 아니라 눈에 띄지 않게 서로 섞여 있기 때문이다. 그런데 그런 것이라고는 전혀 눈에 띄지 않았다. 이쪽으로든 저쪽으로든 내가 아무리 멀리 간다고 해도 항상 같은 하늘, 같은 땅이었다. 정확히, 날이면 날마다, 밤이면 밤마다. 다른 한편으로, 만일 지방들이 눈에 띄지 않게 서로 섞여 있다면, 그것은 입증해봐야겠지만, 난 우리 지방에 있다고 생각하면서 여러 번 우리 지방을 벗어났을 가능성이 있다. 하지만 난 그 점에 대해서 나의 단순한 믿음, 즉 몰로이, 네 지방은 아주 넓어, 넌 한 번도 거기서 떠난 적이 없고 앞으로도 떠나지 않을 거야. 그리고 그 먼 경계 안에서 네가 어디로 떠돌아다니든, 그것은 아주 정확히 항상 마찬가지일 거야, 이렇게 말해주는 그 믿음을 간직하고 싶다. 그것은, 내가 이동하는 것이 결코 내 이동으로 인해 사라지는 장소들 덕택이 아니라, 다른 것, 즉 예측할 수 없이 단속적으로 나를, 가령, 피곤에서 휴식으로, 휴식에서 피곤으로 실어다 주는 그 뒤틀어진 수레바퀴 덕택이라고 믿게 하리라. 하지만 현재 난 더 이상 아무 곳도 떠돌아다니지 않고, 거의 움직이지도 않는다. 그런데도 아무것도 변한 것은 없다. 그리고 내 방의, 내 침대의, 내 몸의 경계는 내 화려했던 시절 우리 지방의 경계만큼이나 나로부터 멀리 떨어져 있다. 그리고 도주와 야영의 순환은 끝없는 이집트 땅에서, 자식도 어머니도 없이, 흔들거리며 계속되고 있다. 또한 침대 시트 위에서 시트를 구기며 즐거워하고 있는 내 두 손을 쳐다보면, 그 어느 때보다도 더욱, 그것은 내 손이 아니다. 내 팔은 없고, 손은 한 쌍의 부부처럼, 시트와 장난을, 아마도 사랑의 장난을 하면서, 서로가 위에 올라가려는 것 같다. 하지만 그것은 오래 지속되지 않고, 나는 그것들을 천천히 내 쪽으로 가져온다, 이제 휴식이다. 가끔씩, 침대 발치에 있는 내 발들을 보면, 그것들도 마찬가지인데, 한쪽은 발가락이 있고, 한쪽은 없다. 그 점은 훨씬 더 지적할 만한 가치가 있다. 왜냐하면 여기서 내 다리는 조금 전의 내 팔을 대신

하는 것으로서, 현재 양쪽 모두 아주 심하게 뻣뻣해져서, 이를테면 손상되지 않은 내 팔을 잊어버릴 수 있듯이 그렇게 잊어버릴 수는 없을 것 같기 때문이다. 그럼에도 불구하고 난 내 다리를 잊어버리고, 내 멀리에서, 서로를 관찰하고 있는 한 쌍의 부부를 쳐다본다. 그런데 내 발들, 그것들이 다시 내 발로 돌아오면, 나는 그것들을 내 쪽으로 가까이 가져오지 않는다. 그렇게 할 수 없기 때문에, 대신 그것들은 그 자리에 그냥 있다, 내게서 멀리, 아까보다는 가깝지만. 이것으로 현재에 대한 상기는 끝. 그런데 일단 읍을 완전히 빠져나온 뒤, 돌아서서 그 전체의 일부를 바라보았을 때, 그것이 우리 읍이었는지 아닌지 내가 깨달았을 거라고 사람들은 생각할 수도 있다. 그러나 조금도 그렇지 않았다, 바라보았지만 허사였고, 나는 아마도 전혀 그런 의문 없이, 그냥 운명을 유혹해보려고 돌아보았는지도 모른다. 어쩌면 그냥 단순히 바라보는 척만 했을 수도 있다. 내 자전거를 아쉬워하는 마음도 없었다, 그렇다, 정말로 없었다. 내가 말한 것처럼, 저공비행으로 흔들거리며, 어둠 속에서, 시골 한적한 좁은 길들을 따라서 나아가는 것은 그다지 싫지 않았다. 그리고 나는 내가 두려워할 일은 별로 없었으며, 오히려 다른 사람들이 나를 쳐다보면, 내가 그들을 두렵게 할 것이라고 생각했다. 숨어야 하는 때는 아침이다. 사람들은 싱싱하고 가뿐하게 잠에서 깨어나서, 질서, 아름다움, 정의에 목이 말라 대상물을 강력히 요구한다. 그렇다, 8시나 9시부터 정오까지는 위험한 기간이다. 하지만 정오쯤엔 이것이 누그러들어, 가장 가혹한 사람들도 포만감을 느끼며 집으로 돌아가는데, 모든 것이 완벽하진 않지만 일을 잘 해냈고, 살아남은 것들이 있지만 그렇게 위험하진 않기에, 각자는 자신이 잡은 쥐를 센다. 오후 일찍, 연회, 기념, 축하, 연설들이 끝난 후에, 이것은 다시 시작될 수도 있지만, 오전에 비하면 스포츠에 불과할 뿐 아무것도 아니다. 물론 4~5시경에는 밤을 새는 야간 팀이 돌아다니기 시작한다. 하지만 그때는 이미 하루가 끝나는 시간이라, 그림자가 길어지고 장애물이 증가하면, 우리는 얌전히 몸을 굽혀, 아첨할 태세로 벽에 바짝 붙어 지나가는데, 아무것도 숨길 게 없고, 다만 두려워서 숨을 뿐이며, 좌우도 돌아보지 않고, 숨지만 분노를 자극할 정도는 아니며, 언제라도 나와서 미소를 지으며, 말을 잘 듣고, 기어갈 준비가 되어 있어, 구역질이 나긴 하지만 전염병을 옮기지는 않는, 이제 쥐보다는 두꺼비이다. 그다음엔 진짜 밤이 오는데, 밤도 역시 위험하지만, 밤을 잘 아는 사람에게, 해바라기 꽃처럼 밤을 향해 열릴 줄 아는 사람에게, 그리고 밤낮으로 밤 그 자체인 사람에게, 밤은 유리하다. 아니, 밤도 매우 좋은 것은 아니지만, 낮에 비하면 좋고, 특히 아침에 비하면 이론의 여지가 없이 매우 좋다. 왜냐하면 밤에 진행되는 정화 작업은 대부분 전문 기술자들이 맡아서 하기 때문이다. 그들은 그 일만 하고, 대부분의 주민은, 모든 일을 고려해볼 때 집에서 잠자는 편이 더 낫다고 생각하며 그 일에 참여하지 않는다. 잠은 신성한 것이니까. 사람들은 낮에 린치를 가하는데, 특히 오전, 아침식사와 점심식사 사이이다. 따라서 인적 없는 새벽에 몇 킬로미터를 간 끝에, 내가 제일 먼저 살펴야 했던 것은 잠잘 장소를 찾는 것이었는데, 모순처럼 들릴 수 있겠지만, 잠은 일종의 보호 수단이기 때문이다. 왜냐하면 잠은 포획의 본능을 부추기는가 하면, 즉각적이고 피투성이의 죽임의 본능은 완화시키는 것 같기 때문인데, 그 어떤 사냥꾼이라도 그렇게 말할 것이다. 사람들은 이리저리 돌아다니거나 소굴에 웅크리고 앉아 동정을 살피는 괴물에겐 인정사정없는 반면, 불시에 붙잡힐 수도 있는 상태로 잠자고 있는 괴물에겐, 총대를 내리고 단검을 칼집에 도로 넣게 하는, 다른 감정들의 혜택을 받을 수 있는 기회가 있다. 왜냐하면 사냥꾼도 내면에서는 단지 연약하고 감정적인 존재일 뿐이며, 오로지 넘쳐날 뿐인 부드러움과 동정의 창고를 갖고 있기 때문이다. 그리고 기진맥진해서, 혹은 공포에 젖어 떨어진 온화한 잠 덕분에, 해롭고 종식시켜 마땅한 많은 악한 짐승들이, 흔히 일요일이나 휴일이면, 순진한 아이들의 희열과 철이 든 어른들의 희열이 터지는 동물원에서 평온하게 죽을 날을 기다릴 수 있는 것이다. 내 개인적으로는, 나는 항상 죽음보다는, 혹은 더 정확히 말해서 죽임을 당하는 것보다는, 노예 상태를 더 선호했다. 왜냐하면 죽음은 결코 내가 만족스럽게 상상해볼 수 없었던 상태라서, 화복(禍福)의 대차대조표 속에 합법적인 고려 대상으로 들어오지 못하기 때문이다. 반면 죽임을 당하는 것에 대해서는, 나는 옳건 그르건 간에, 내게 신뢰를 불러일으키는 개념들을 갖고 있었는데, 어떤 상황에서는, 그것들에 의거할 권리가 내게 있는 것처럼 보였다. 오, 그것은 여러분의 개념들과 같은 것이 아니라, 내 자신의 것으로서, 소스라쳐 놀라고, 땀이 뒤범벅되고, 부들부들 떠는 가운데, 냉정함이나 상식이 거기에는 눈곱만큼도 들어올 수 없었다. 그러나 난 그런 개념들로 만족했다. 하지만, 죽음에 대한 내 생각의 혼란이 어느 정도였는지 여러분에게 얼핏 보여주기 위해서인데, 나는 죽음이, 조건으로서는, 삶보다 더 극악하다는 가능성을 배제하지 않았다고 솔직하게 말하겠다. 그래서 나는 죽으려고 빨리 서두르지 않는 게 당연하고, 그것을 잊고서 죽으려고 시도까지 할 때는, 제때에 멈추는 게 당연하다고 생각했다. 그것이 나의 유일한 변명이었다. 그래서 나는 아무 구멍 속으로나 들어가서, 절반은 잠을 자고, 절반은 한숨지으며, 신음하며, 웃으며, 혹은 무슨 변화가 있는지 보려고 손으로 몸을 더듬으며, 아침의 광란이 잠잠해지길 기다렸다. 그리고 나서 나는 나의 소용돌이를 계속했다. 그런데 그 다음 몇 년 후, 아니면 몇 달 후, 내가 어떻게 되었는지, 그리고 어디로 갔는지 말할 의도는 없다. 난 그렇게 지어내는 것에 진절머리가 나기 시작했고, 다른 일들이 나를 부르기 때문이다. 하지만 몇 페이지를 더 까맣게 채우기 위해 내가 바닷가에서, 아무런 사건 없이, 얼마 동안을 보냈다는 것을 말하겠다. 바다가 잘 맞지 않고 산이나 들을 더 좋아하는 사람들이 있다. 개인적으로 나는 바다가 다른 곳보다 더 나쁘지 않다. 내 인생의 많은 부분이 그 전율하는 광활함 앞에서, 크고 작은 물결과 큰 파도가 할퀴는 소리에 출렁거리며 부서졌다. 내가 '앞에서'라고 말했나, 그보다는 그것과 수평으로 나란히, 모래 위나 동굴 속에 번듯이 누운 채로였다. 모래 속은 내 천성에 맞는 영역이었는데, 난 손가락 사이로 그것을 흘러내리게 하고, 거기에 구멍을 파서 금방 메우거나 저절로 메워지게 하며, 손에 듬뿍 담아서 공중에 던지고, 그 위에서 구르기도 했다. 그리고 밤에 등대의 불빛이 들어왔던 동굴에서는, 다른 곳에서보다 더 나쁘지 않게 지내기 위해 어떻게 해야 할지를 난 알았다. 내 땅이, 적어도 한쪽 방면으로, 더 이상 갈 수 없다는 사실이 나에겐 전혀 싫지 않았다. 그리고 먼저 물에 젖지 않고서는, 그다음엔 빠지지 않고서는 갈 수 없는 방향이 적어도 한 곳이 있다는 느낌은 나에게 아늑했다. 왜냐하면 나는 항상, 먼저 걷는 법을 배워라, 그런 다음엔 수영을 배울 수 있을 것이다, 이렇게 나에게 말했기 때문이다. 하지만 우리 지방이 그 연안에서 끝난다고는 생각하지 말라, 그것은 아주 큰 실수일 것이다. 왜냐하면 그 바다도, 그 암초들과 멀리 떨어진 섬들, 그리고 감추어진 심연들도 우리 지방이었으니까. 나 역시도 노가 없는 일종의 쪽배를 타고 그 안으로 소풍을 갔는데, 나는 카누용의 짤막한 노 하나를 만들었다. 그런데 내가 어느 때고 그 소풍에서 돌아오기나 했는지 가끔 의문이 생긴다. 왜냐하면 내가 바다로 나가서, 물결 위에서 오랫동안 떠돌아다니는 모습은 떠오르는데, 돌아오는 것과 암초들

위의 넘실거리는 춤은 떠오르지 않고, 부서지기 쉬운 배 밑바닥이 모래밭 위에서 삐걱거리는 것도 들리지 않기 때문이다. 나는 그 소풍 기간을 이용해서 빨아 먹는 돌들을 장만했다. 그것들은 자갈이었는데, 나는 말이지, 나는 그것을 돌이라고 부른다. 그렇다, 그때 나는 많은 여분의 돌을 주웠다. 나는 그것들을 네 개의 주머니에 똑같이 나눠서 차례로 빨았다. 거기에 문제가 발생해서 나는 우선 다음과 같은 방법으로 해결했다. 난, 이를테면 열여섯 개의 돌을 갖고 있었고, 그것들을 각각 네 개씩 네 개의 주머니에 넣었는데, 그것은 바지에 있는 두 개의 주머니와 외투에 있는 두 개의 주머니였다. 난 외투 오른쪽 주머니에서 돌을 하나 꺼내 입에 넣은 다음, 그 돌은 바지 오른쪽 주머니에서 돌을 하나 꺼내 채워 넣었고, 그 돌은 바지 왼쪽 주머니에서 돌을 하나 꺼내 채워 넣었고, 그 돌은 외투 왼쪽 주머니에서 돌을 하나 꺼내 채워 넣었고, 그 돌은 입속에 있던 돌을 다 빤 다음 그것으로 채워 넣었다. 이렇게 해서 각각 네 개의 주머니에 항상 네 개의 돌이 있었는데, 완전히 같은 돌은 아니었다. 다시 빨고 싶은 욕구가 생기면 나는 다시 외투 오른쪽 주머니를 뒤졌는데, 지난번과 같은 돌을 꺼내지 않는다는 확신을 가졌다. 그리고 그걸 빠는 동안, 나는 다른 돌들을 방금 설명한 방식대로 재배치했다. 그다음도 마찬가지였다. 하지만 이런 해결책은 내게 절반밖에는 만족스럽지 않았다. 그렇게 하면 어떤 기발한 우연을 통해서, 회전하는 것은 항상 똑같은 네 개의 돌이 될 수도 있다는 가능성을 난 간과하지 않았기 때문이다. 그런데 그럴 경우, 나는 열여섯 개의 돌을 차례로 빨기는커녕, 실은 항상 같은 네 개의 돌만 차례로 빠는 셈이었다. 그래서 난 빨기 전에, 주머니 안의 돌들을 잘 휘저어 섞었고, 빨면서는, 돌을 이동하기 전에 그렇게 했는데, 그것은 주머니에서 주머니로 돌의 회전을 고르게 하려는 희망에서였다. 하지만 그것은 나와 같은 사람으로서는 오랫동안 만족할 수 없는 임시변통에 불과했다. 그래서 난 다른 방법을 찾기 시작했다. 우선 먼저, 나는 돌을 하나씩 옮기는 대신에 네 개씩 옮기는 것이 더 좋지 않을까 생각했다, 즉 내가 돌을 빠는 동안, 외투 오른쪽 주머니에 남아 있는 세 개의 돌을 꺼내서 그 자리에 바지 오른쪽 주머니의 돌 네 개로 채우고, 그 자리에 바지 왼쪽 주머니의 돌 네 개로 채우고, 그 자리에 외투 왼쪽 주머니의 돌 네 개로 채우고, 마지막으로 그 자리에 외투 오른쪽 주머니의 세 개와 입속에 있던 돌로 다 빤 다음 채우는 것이었다. 그렇다, 처음에는 이렇게 하는 것이 더 좋은 결과를 가져올 듯했다. 하지만 잘 생각해본 다음에 난 견해를 바꿔야 했고, 네 개씩 그룹을 지어 돌을 회전하는 방법은 하나씩 회전하는 방법과 똑같은 결과라는 것을 인정해야 했다. 왜냐하면 나는 외투 오른쪽 주머니에 매번 바로 이전 것과는 전혀 다른 네 개의 돌을 갖는 확신이 있었던 반면에, 각 그룹 안에서 네 개의 돌 중 항상 똑같은 돌만 빨게 되어서, 그 결과 내가 바라는 열여섯 개의 돌을 차례로 빠는 대신, 결국은 그중에 항상 같은 네 개의 돌만 차례로 빨 수 있다는 가능성이 적지 않게 존재했기 때문이다. 따라서 회전 방법에서 다른 것을 찾아야만 했다. 어떤 방법으로 돌을 회전시키든, 나는 똑같은 우발 사태와 마주쳤기 때문이다. 주머니의 숫자를 늘리면 동시에 내가 원하는 대로, 즉 하나씩 하나씩 그 숫자가 다할 때까지, 돌들을 이용할 수 있는 기회가 늘어난다는 것이 분명했다. 가령 주머니가 내가 갖고 있던 네 개 대신 여덟 개였다면, 가장 최악의 경우라고 할지라도 내가 열여섯 개 중에서 적어도 여덟 개의 돌을 차례로 빠는 것을 막지 못했을 것이다. 사실 완전히 마음을 놓으려면 나는 열여섯 개의 주머니가 필요했을 것이다. 그래서 난 한동안은 이런 결론에 머물렀다, 즉 각자의 돌이 든 열여섯 개의 주머니가 없을 경우, 기발한 요행이 없이는,

내가 설정한 목표에 결코 도달할 수 없을 것이라는 사실. 그런데 내가 주머니의 숫자를 두 배로 늘리는 것이 가능한 생각이었던 반면, 비록 그것이 가령 몇 개의 안전핀을 사용해서, 각 주머니를 둘로 나누는 것에 지나지 않는다고 하더라도 말이다. 주머니를 네 배로 늘리는 일은 내 능력을 초월한 것 같았다. 그래서 난 하나의 미봉책을 위해서 그렇게까지 수고할 생각이 없었다. 왜냐하면 이 문제 속에서 몸부림쳐온 이후로, 나는 척도 감각을 잃어버리기 시작했으며, 어느 쪽이든지 결정을 내려야 한다고 생각하게 되었기 때문이다. 비록 내가 잠깐 동안 돌을 주머니 숫자로 줄여서 돌과 주머니 사이의 좀 더 균등한 균형을 맞출 생각을 했지만, 그것은 잠깐 동안이었을 뿐이다. 그것은 내가 패배했다는 점을 인정하는 셈이 될 것이기 때문이었다. 바다 앞 모래밭에 앉아서 눈앞에 열여섯 개의 돌을 펴놓고, 나는 분노와 당혹감을 가지고 그것들을 바라보았다. 내가 의자나 안락의자에 앉는 것이, 여러분도 알다시피, 뻣뻣한 다리 때문에 어려웠던 만큼, 땅바닥에 앉는 것은 그만큼 쉬웠다. 그것은 뻣뻣한 다리와 뻣뻣해져 가던 다리 때문이었다. 내 멀쩡했던 다리가, 멀쩡하다는 것은 뻣뻣하지 않다는 뜻이다. 뻣뻣해지기 시작한 것은 그때쯤이었으니까. 내겐 오금 밑으로 받침대가 필요했다, 이해하겠는가. 심지어 다리 밑으로 그 길이만큼 전부, 땅이라는 받침대가 필요했다. 그런데 모두가 하나같이 결함이 있었던 내 나름대로의 술책들을 두루 생각하면서, 또한 한 줌 손에 쥔 모래를 으스르뜨려 모래가 손가락 사이로 흘러 해변 위에 다시 떨어지게 하면서, 이렇게 내 돌들을 바라보는 동안, 그렇지, 이렇게 내 머리와 신체의 일부분에게 숨 돌릴 겨를을 주지 않는 동안, 어느 날 갑자기 머릿속에 섬광처럼 떠오른 생각은, 주머니 숫자를 늘리거나 돌의 숫자를 줄이지 않고도, 단지 균형의 원칙만 버리면 내 목표에 도달할 수 있다는 것이었다. 이

제안은 이사야나 예레미야의 시구처럼 갑자기 내 속에서 노래하기 시작했는데, 나는 그 의미를 파악하는 데 한참 걸렸고, 특히 내가 알지 못했던 균형이라는 용어가 오랫동안 모호하게 남아 있었다. 하지만 마침내 균형이라는 용어가, 열여섯 개의 돌을 네 개씩 네 그룹을 만들어, 각 주머니에 한 그룹씩 분배하는 것 외에 그 이상 아무것도 아니라는 사실과, 또 내가 그와 다른 분배 방식을 구상하길 거부했었기 때문에 지금까지의 모든 내 계산에 오류가 있었고 그 문제를 해결할 수 없었다는 것을 짐작해냈다. 옳건 그르건 간에 이러한 해석을 시작으로 드디어 나는 하나의 해결책에 도달하게 되었는데, 그것은 품위 있는 해결책은 분명 아니었지만, 견실한, 견실한 해결책이었다. 지금도 나는 이 문제에 대해서, 내가 설명해보려고 하는 것만큼 견실하면서도 더 품위 있는 다른 해결책들이 존재했으며, 여전히 존재한다는 것을 믿고 싶다. 아니, 굳게 믿는다. 그리고 약간의 이해력, 약간의 끈기만 더 가졌더라면, 나도 그것들을 직접 찾을 수도 있었다고 믿는다. 하지만 난 피곤했고, 무척 피곤했기에, 이 문제에 대한 해결책 중의 하나인 첫번째 해결책으로 느긋하게 만족하기로 했다. 거기에 이르기까지 내가 지나왔던 과정과 고통들을 돌이켜보지 않고, 여기에 그것을, 내 해결책을, 흉한 모습 그대로 소개한다. 예를 들어, 시작하기 위해 외투 오른쪽 주머니에 여섯 개의 돌을 넣고, 돌을 공급하는 것은 항상 이 주머니이니까, 바지 오른쪽 주머니에 다섯 개, 마지막으로 바지 왼쪽 주머니에 다섯 개를 넣기만(넣기만!) 하면, 그러면 계산이 끝났다, 다섯 개씩 두 번 더하기 여섯 개는 열여섯, 그러면 하나도 남지 않는다. 외투 왼쪽 주머니엔 하나도 남아 있지 않고 당분간은 빈 상태였으니까, 물론 돌이 비었다는 뜻이다. 평상시에 있던 내용물과 임시적으로 넣은 물건들은 여전히 거기에 들어 있었으니까. 그렇지 않았다면 야채 칼이나 은제품, 나팔 경적과 나머지, 내가 언급하지 않았고, 앞으로도 결코 언급하지 않을 수도 있는 것들을 어디에 숨겼을 거라고 생각하는가? 좋다. 그러면 이제 난 빨기를 시작할 수 있다. 나를 잘 보라. 나는 외투 오른쪽 주머니에서 돌을 하나 꺼내 빨다가, 그것을 그만 빨고 외투 왼쪽 주머니, 즉 (돌이) 빈 주머니에 넣는다. 두번째 돌을 외투 오른쪽 주머니에서 꺼내 빨고, 그것을 외투 왼쪽 주머니에 넣는다. 같은 방식으로 외투 오른쪽 주머니가 빌 때까지 (평상시에 있던 물건과 임시로 넣은 물건을 제외하고), 그리고 방금 하나씩 빤 여섯 개의 돌이 모두 외투 왼쪽 주머니에 들어 있게 될 때까지 계속한다. 이때 실수를 저지르면 안 되니까, 잠깐 멈추고 생각을 모으면서, 돌이 하나도 없는 외투 오른쪽 주머니에 바지 오른쪽 주머니의 돌 다섯 개를 옮기고, 그 돌들은 바지 왼쪽 주머니의 돌 다섯 개로 채우고, 그 돌들은 외투 왼쪽 주머니의 돌 여섯 개로 채운다. 그렇게 되면 다시 외투 왼쪽 주머니에는 돌이 하나도 없고, 반면에 외투 오른쪽 주머니는 다시 채워지는데, 그것도 올바른 방법으로, 즉 방금 빤 것이 아닌 다른 돌들로, 그리고 차례로 하나씩 빨아서 외투 왼쪽 주머니에 차츰 옮겨놓을 돌들로 채워지며, 이러한 생각의 순서대로라면, 방금 전과 같은 돌들이 아닌, 다른 돌들을 빤다는 확신을 가질 수 있다. 외투 오른쪽 주머니가 다시 비고 (돌이 비고), 방금 빤 다섯 개의 돌이 모두 예외 없이 외투 왼쪽 주머니에 들어 있으면, 이때 방금 전과 같은 방법이나 그와 유사한 방법으로 재배치를 실행한다. 즉 다시 비어 있는 외투 오른쪽 주머니에 바지 오른쪽 주머니의 돌 다섯 개를 옮기고, 그 돌들은 바지 왼쪽 주머니의 돌 여섯 개로 채우고, 그 돌들은 외투 왼쪽 주머니의 돌 다섯 개로 채운다. 그러면 다시 시작할 준비를 갖추는 거다. 내가 계속해야 하는가? 아니다, 다음번 일련의 빨기와 이동이 끝이 나면 처음 상황으로 되돌아가는 것이 분명하니까,

즉 외투 오른쪽 공급 주머니에 다시 처음 여섯 개의 돌이 있고, 그다음 다섯 개는 바지 오른쪽 주머니에 있고, 마침내 마지막 다섯 개는 바지 왼쪽 주머니에 있게 되고, 또한 한 개가 두 번 빨려지거나 한 번도 빨려지지 않은 돌이 없이, 열여섯 개의 돌이 처음으로 완벽한 연속 속에서 모두 빨려진다. 다시 시작할 때는 첫번째와 같은 순서로 돌들을 빤다는 것을 전혀 기대할 수 없다는 것이 사실이며, 또한 가령 첫번째 회전에서 첫째, 일곱째, 열두째 돌이 두번째 회전에서는 각각 여섯째, 열한째, 열여섯째밖에는 될 수 없다는 것도 사실이다, 최악의 경우를 생각해보면 말이다. 하지만 그것은 내가 피할 수 없었던 단점이었다. 그리고 비록 전체적인 회전의 차원에서는 풀 수 없는 혼란이 지배했겠지만, 적어도 각 회전 안에서는 난 평온했다. 여하튼 이런 종류의 행위 속에서 느낄 수 있는 만큼은 평온했다. 왜냐하면 입속에 있는 돌의 순서가 각 회전마다 동일하게 되려면, 내가 그렇게 할 수 있었는지는 하느님만이 아신다. 열여섯 개의 주머니가 필요하거나 돌에 번호를 매겨야 했을 것이기 때문이다. 그런데 나는 열두 개의 주머니를 더 만들거나 돌에 번호를 매기는 것보다는, 각각 분리된 회전 안에서 즐겼던 상대적인 평온함에 만족을 느끼는 편이 더 나았다. 왜냐하면 번호를 매기는 게 전부가 아니라, 입에 돌을 넣을 때마다, 맞는 번호를 기억해서 주머니들 속에서 그것을 찾아야 했기 때문이다. 그랬더라면 겨우 얼마 안 가서 난 돌의 맛을 영영 잃었을 것이다. 돌을 빼는 대로 돌에 표시를 해둘 수 있는 일종의 기록이 없는 한, 내가 틀리지 않으리라는 보장이 하나도 없었을 것이기 때문이다. 그것은 나로서는 불가능한 일로 여겨졌다. 그렇다, 유일의 완전한 해결책은 각자의 돌이 있는, 대칭으로 배치된 열여섯 개의 주머니였을 것이다. 그러면 번호도 필요 없고 생각할 필요도 없이, 다만 주어진 돌 하나를 빼는 동안, 각 주머니에서 한 개씩, 열다섯 개의 돌을 앞으로 옮겨놓고, 그것은 제법 까다로운 일이라고 할 수 있지만 내 능력 안에 있었다. 그런 다음 빨고 싶은 욕구가 있을 때는 같은 주머니에서 꺼내면 되었을 것이다. 이렇게 하면 각각 분리된 회전 안에서뿐만 아니라, 끝없이 계속되긴 하지만, 전체적인 회전 안에서도 나는 평온할 수 있었을 것이다. 아무리 불완전했다고 할지라도, 내 방식의 해결책을 스스로 찾은 데 대해 나는 만족한 편이었다. 그렇다, 꽤 만족했다. 비록 내 해결책이 처음 발견의 열기 속에서 내가 생각했던 만큼은 견실하지 못했지만, 그 품위 없는 점은 그대로였다. 그것은 특히, 내 생각엔, 돌의 불균형적인 분배가 육체적으로 고통스러웠다는 점에서 품위가 없었다. 각 회전의 초기에서, 어떤 주어진 순간에, 즉 세번째 빨고 네번째 바로 전에, 일종의 균형이 잡혔던 것은 사실이지만, 그것은 오래 지속되지 않았다. 그 나머지는 돌의 무게가 나를 오른쪽으로, 왼쪽으로 잡아당기는 것을 느꼈다. 따라서 균형을 포기하면서, 내가 포기했던 것은 하나의 원칙만이 아니라 그 이상의 그 어떤 것이었는데, 그것은 육체적 필요였다. 그런데 내가 말한 대로, 아무렇게나가 아니라 체계적으로 돌을 빼는 것, 그것 역시 하나의 육체적 필요였다고 생각한다. 그러므로 여기엔 서로 대립되고 화해할 수 없는 두 가지의 육체적 필요가 있었다. 그런 일은 일어날 수 있다. 하지만 나는 내가 오른쪽으로, 왼쪽으로, 앞으로, 뒤로, 당겨지며 불균형을 느끼는 것을 내심으로는 미친 듯이 비웃었고, 또한 매번 다른 돌을 빨든 영원토록 항상 같은 돌을 빨든 나에게는 아무런 상관이 없었다. 돌의 맛은 모두가 정확히 똑같았으니까. 그리고 내가 열여섯 개를 주워 모았던 것은, 그것을 가지고 이러저러한 방법으로 내 몸을 안정시키거나, 그것을 차례로 빨기 위해서가 아니라, 단순히 돌이 떨어지지 않도록 조금 비축해두기 위해서였다. 하지만 그것이 떨어진다고 해도 내심으로는 아무 상관이 없었다. 떨어지면 떨어지는 것이었지, 그것 때문에 더 곤란해질 일은 없었을 것이다, 혹은 거의 없었을 것이다. 그래서 내가 끝내 선택한 해결책, 그것은 하나만 빼고, 모든 돌을 공중에 던져버리는 것이었고, 그 하나를 나는 이 주머니, 저 주머니에 넣었다가, 얼마 가지 않아서 자연스럽게 잃어버렸거나, 내던졌거나, 혹은 남에게 주었거나, 삼켜버렸다. 그곳은 해안에서도 꽤 황량한 쪽이었다. 그곳에서 심하게 괴롭힘을 당했던 기억은 없다. 옅은 색의 광활한 모래밭에 까만 점 하나에 불과했던 나를 어떻게 해칠 생각을 할 수 있겠는가? 그렇다, 무엇인지 보려고, 혹시나 난파선에서 흘러나와 폭풍으로 떠밀려온 귀중품이 아닌가 보려고 사람들이 다가왔다. 그런데 허름하긴 하나 단정하게 옷을 입은 그 표류물이 살아 있는 것을 보고는 되돌아갔다. 늙은 여자들이, 또한 젊은 여자들도 역시, 나무토막을 주우려고 거기 왔다가, 나를 보고 처음엔 흥분했다. 그러나 그들은 항상 같은 여자들이었는데, 내가 아무리 장소를 바꾸어도, 모두 내가 무엇인지 알아내고는 그들의 거리를 유지했다. 어느 날 그중 한 여자가 동행들과 떨어져 내게 와서 먹을 것을 건네주었는데, 내가 반응도 없이 그녀를 쳐다보자, 마침내 가버렸던 것으로 생각된다. 그렇다, 그 시기에는 무엇이 됐든 이런 종류의 사건이 일어났던 것 같다. 하지만 난 아마도 그 이전의 체류와 혼동하는지도 모른다. 왜냐하면 이것이 바닷가에서의 내 마지막, 아니 마지막이란 결코 없을 테니까, 마지막에서 두번째의 체류가 될 것이기 때문이다. 어쨌거나, 한 여자가 내게로 오면서, 가끔 멈춰 서서 동행들 쪽을 바라보는 것이 보인다. 동행들은 암양들처럼 바짝 붙어서 그녀가 멀어지는 것을 바라보며, 멀리서 웃음소리가 들리는 것으로 보아, 아마도 깔깔거리면서, 그녀에게 응원의 신호를 보낸다. 그러고 나서 그녀의 등이 보이고, 그녀는 되돌아가고 있다. 이제는 내 쪽으로 그녀가 발길을 멈추지 않고 뒤돌아본다. 그런데 나는 아마도 다른 두 경우의 두 여자를 하나로 섞어 혼동하고 있는 것 같다. 동행들의 외침과 웃음 소리를 동반하고서 내 쪽으로 수줍게 오고 있는 한 여자와, 다소 단호한 걸음으로 내게서 멀어지는 다른 한 여자를. 내 쪽으로 오던 사람들, 대부분 난 그들이 오는 것을 멀리서 볼 수 있었는데, 그것은 해변의 장점들 중 하나이다. 사람들은 멀리서 까만 점처럼 보였고, 나는, 저게 작아진다, 혹은 저게 커진다, 라고 혼잣말을 하면서 그들의 움직임을 감시할 수 있었다. 그렇다, 불시에 기습을 당하는 것은 이를테면 불가능했다, 나 역시 자주 육지 쪽으로 돌아보았으니까. 한 가지 말할 게 있는데, 나는 바닷가에서 더 잘 볼 수 있었다는 것! 그렇다, 아무것도 없고, 서 있는 것도 없는 그 광활한 해변을 사방으로 샅샅이 뒤질 때, 내 좋은 쪽 눈은 기능을 더 잘했고, 나쁜 쪽 눈은, 그 눈도 역시 멀리 시선을 돌려야 했던 날들이 많았다. 그래서 나는 눈이 더 잘 보였을 뿐만 아니라, 가끔씩 보이는 물체들에게 이름으로 괴상하게 옷 입혀주는 것도 덜 어려웠다. 그것은 바닷가의 몇몇 장점이기도 했고 단점이기도 했다. 혹은 바뀌는 것이 나였는지도 모른다, 그럴 수 있지 않은가? 그리고 아침에는, 또 가끔 폭풍이 부는 밤에도, 나는 내 동굴 속에서 자연의 세력과 인간들로부터 그런대로 안전하게 느껴졌다. 하지만 거기서도 지불해야 할 값이 있다. 자신의 상자 안, 동굴 속에서도, 역시 지불해야 할 값이 있는 것이다. 그래서 우린 얼마 동안은 기꺼이 그 값을 지불하지만, 항상 지불할 수는 없다. 얼마 안 되는 종신연금을 가지고 항상 똑같은 것을 살 수는 없기 때문이다. 그리고 유감스럽게도, 평화로이 썩어 지내는 것, 그것은 적절한 표현은 아니지만, 그 필요 외에 다른 필요들이 있다. 당연히 나는 지금 어머니에 대해 말하는 것인데, 어머니의 영상이 얼마 전부터 희미한 빛 속에서 나를 다시 괴롭히기 시작했다. 그래서 나는 다시 내륙으로 돌아왔는데, 우리 읍은, 지금까지 그곳에 대해 어떻게 말할 수 있었든지 간에, 정확히 바닷가에 있지는 않기 때문이다. 거기에 가기 위해선 내륙을 통해야 했고, 적어도 나로서는 다른 길은 알지 못했다. 우리 읍과 바다 사이에는 일종의 늪지가 하나 있었는데, 내가 기억할 수 있는 한 오래전부터, 그리고 내 기억 중 어떤 것들은 가까운 과거에 깊이 뿌리를 두고 있다. 그 늪지를 아마 운하를 파서 배수하거나, 넓은 항만 건축물로 변형시키거나, 혹은 말뚝을 박아 그 위에 노동자 주택 단지들을 세우거나, 여하튼 어떤 방식으로든지 개발하려는 논란이 항상 있었다. 그렇게 되면, 그 거대한 주택단지 문 앞에서, 악취가 나고 김이 모락모락 나는 늪지에 대한 나쁜 소문이 동시에 종식될 수 있었을 것이다. 그 늪지는 매년 사람의 생명을 셀 수 없이 삼켜버렸는데, 그 통계는 현재로선 생각나지 않고, 앞으로도 아마 생각나지 않을 것이다. 정말로 그 문제에 관해서 이런 면은 내겐 관심 밖이다. 그럭저럭 공사가 시작되었다는 것과, 어떤 공사장들은 현재까지도 좌절과 실패, 점차적인 인원 소멸, 공공사업 당국자들의 나태함 등을 잘 견뎌왔다는 것, 난 그것을 결코 부인하지 않겠다. 하지만 그것과, 바닷물이 들어와서 우리 읍내 발치를 씻어주곤 했다고 주장하는 것 사이엔 차이가 있다. 그런데 나로서는, 부득이한 경우나 상황이 그렇게 되어야 할 필요가 있지 않는 한, 이러한 (사실) 왜곡에는 절대로 나서지 않겠다. 그 늪지, 나는 그것을 좀 알고 있었다, 내가 지금 여기서 편집하고 있는 이 시기보다도 더 풍부한 환상을 갖고 있었던, 즉 어떤 면에서는 더 풍부한 환상을 가졌던 반면, 다른 면에서는 더 빈약한 환상을 가졌던 내 인생의 어느 시절에, 여러 번, 거기에서 내 생명을 걸었기 때문이다. 그래서 바다를 통해 직접 우리 읍에 닿을 방법은 없었고, 훨씬 북쪽이나 남쪽에

상륙해서 육로로, 이해하겠는가, 철로는 아직 구상 중이었기 때문에, 이해하겠는가, 육로로 진출해야 했다. 그리고 내 행보의 진척은, 언제나 느리고 고통스러웠지만, 이젠 그 어느 때보다도 더욱 그랬다. 그 이유는 나의 짧고 뻣뻣한 다리, 오래전부터 뻣뻣함의 한계에 도달한 인상을 주었고, 빌어먹을, 불가능하게 생각될 일이지만, 갈수록 전에 없이 더 뻣뻣해져 갔으며, 그런데다가 동시에 날마다 더 짧아졌던 그 다리 때문이었지만, 무엇보다도 다른 쪽 다리, 그때까지는 유연했었는데 역시 급속도로 뻣뻣해져 갔고, 불행히도 아직 짧아지지는 않았던 그 다리 때문에 더욱 그랬다. 왜냐하면 두 다리가 동시에, 같은 속도로 짧아지면 그렇게 나쁜 것은 아니니까, 그렇지는 않다. 그런데 하나는 짧아지는 반면, 다른 하나는 그대로 남아 있게 되면, 그때는 걱정되기 시작한다. 오, 정확하게 내가 걱정했던 것은 아니고, 귀찮았다, 그거다. 왜냐하면 팔락팔락 날아가는 사이에 내가 어떤 발을 짚어야 할지 더 이상 알 수 없었기 때문이다. 이 딜레마를 좀 더 명확하게 검토해보자. 이미 뻣뻣해진 내 다리, 나를 잘 따라오라, 그것이 내게 고통을 주고 있었다. 그것은 잘 아는 일이다. 그래서 보통 내게 축이나 지주 역할을 해준 것은 다른 다리였다. 그런데 이제 바로 그 다리가, 아마 뻣뻣해진 결과로, 매번 갈 때마다 신경과 힘줄 사이에 어떤 소동을 일으키며, 다른 쪽 다리보다 더 내게 고통을 주기 시작했다. 기막힌 얘기 아닌가, 내가 잘못 생각하고 있는 게 아니라면 말이다. 왜냐하면 이전의 고통에는, 이해하겠는가, 어떤 면에서 나는 익숙해져 있었기 때문이다. 그렇다, 어떤 면에서는. 하지만 새로운 고통은, 아무리 똑같은 종류의 고통이라도, 나는 거기에 적응할 시간이 없었다. 또한 한쪽은 아프지만 한쪽은 그런대로 성한 다리가 있을 때는, 목발 덕분에 오직 성한 다리만 사용함으로써, 아픈 다리를 아껴서 고통을 최소로, 최고로, 줄일 수 있었다는 것도 잊지 말자. 하지만 이젠 더 이상 내게 그런 수단도 없었던 것이다! 왜냐하면 내 다리가 한쪽은 아프고 한쪽은 그런대로 성한 것이 아니라, 이제는 두 쪽 모두 아팠기 때문이다. 내가 느끼기에, 더 아픈 다리는 그때까지 성했던, 여하튼 상대적으로 성했던 그 다리였는데, 나는 그 변화를 아직은 견디지 못하는 상태였다. 그래서, 말하자면, 어떤 의미에서, 나는 항상 아픈 다리와 성한 다리, 아니, 덜 아픈 다리를 갖고 있었는데, 다만 이제 둘 중에서 덜 아픈 다리는 과거의 그것과 동일하지 않았을 뿐이다. 그래서 목발질 사이사이에 내가 자주 짚고 싶었던 것은 옛날의 아픈 다리였다. 왜냐하면 그 다리는 여전히 몹시 아팠던 반면, 그래도 다른 쪽보다는 덜 했다, 아니, 뭣하면, 마찬가지였다고 할 수 있지만, 오래된 거라서, 그다지 아프게 느껴지지 않았다. 그런데 나는 할 수 없었다! 뭐? 그 다리를 짚다니. 왜냐하면 그 다리는 짧아지고 있었고, 그것을 잊지 말자, 반면 다른 쪽은 뻣뻣해져 가고는 있었지만 아직 짧아지지는 않았기 때문에, 혹은 자기 짝에 비해 짧아지는 속도가 너무 뒤져서 마치, 마치, 모르겠다, 상관없다. 만일 그 다리를 아직도 무릎이나 엉덩이에서 굽힐 수 있었다면, 나는 진짜 짧은 다리를 땅에 디디는 순간, 다시 펄쩍 앞으로 내딛기 전에, 그 다리를 인위적으로 다른 쪽만큼 짧게 만들 수도 있었을 것이다. 하지만 난 그것을 할 수도 없었다! 뭐? 그 다리를 굽히다니. 뻣뻣한데 어떻게 굽힐 수 있겠는가? 그래서 나는, 비록 두 다리 중에, 적어도 느낌의 차원에서는, 가장 아프게 된 다리였고 가장 아껴야 할 다리였지만, 예전과 같은 다리를 써먹을 수밖에 없었다. 가끔 운이 좋아 적당히 휜 길을 만날 때나, 혹은 그다지 깊지 않은 도랑이나 활용 가능한 다른 모든 땅의 기복을 이용해서, 내가 내 짧은 다리에 일시적인 보족판(補足板)을 대어주어, 다른 쪽 다리를 대신해서, 그것을 사용할 수 있었던 것은 사실이다. 하지만 그 다리는 너무 오랫동안 쓰지 않았기 때문에 그 일을 잘 해내지 못했다. 그래서 그 다리보다는, 내가 꼬마였을 때, 나를 그렇게도 잘 받쳐주었던 그 다리보다는, 쌓아놓은 접시 더미가 내게 더 좋은 지침대가 될 것이라는 생각이 들었다. 그런데 지면의 불규칙한 면을 이런 식으로 이용하다 보니까, 거기에 또 다른 불균형의 요소가 생겼는데, 내 목발을 말하는 것이다, 내가 똑바른 자세에서 비스듬히 기우는 것을 막기 위해서는, 짧은 목발 하나와 긴 목발 하나가 필요했을 것이다. 아닌가? 잘 모르겠다. 그 나머지 내가 간 길들은 대부분 숲 속의 작은 오솔길이었는데, 그건 이해할 수 있는 일이다. 거기에선 높낮이의 다양함은 부족하지 않았던 반면, 너무 뒤죽박죽이었고 노선이 너무 변덕스러워서 내겐 쓸모가 없었다. 하지만 결과적으로 볼 때, 내 다리가 쉴 수 있었든 아니면 일을 해야 했든, 통증에 관해서는, 그리 큰 차이가 있었을까? 난 그렇게 생각하지 않는다. 왜냐하면 아무것도 하지 않던 다리는 그 고통이 지속적이고 한결같았기 때문이다. 반면 일하느라 고통의 가중을 견뎌야만 했던 다리는 잠시나마 일을 정지함으로써 고통의 감소를 경험했다. 하지만 나도 인간이라, 그렇게 생각한다. 나의 전진은 이러한 일의 정황으로 영향을 받아, 내가 지금까지 그것에 대해 무슨 말을 할 수 있었든지 간에, 그때까지 항상 그랬었듯이, 느리고 고통스러운 데서 이제는, 실례가 될지 모르겠지만, 정지의 끝도 없고, 십자가형의 희망도 없고, 내 진정으로 말하건대, 시몬*도 없는, 진짜 갈보리의 고난으로 변했고, 난 빈번하게 멈춰야만 했다. 그렇다, 앞으로 나아가기 위해서 나는 점점 더 자주 멈춰야 했고, 멈추는 것이 앞으로 나아가기 위한 유일한 방법이었다. 그 태고의

---

* 갈보리 언덕까지 예수의 십자가를 대신 지고 간 사람의 이름으로 추정된다.

속죄의 짧은 순간들을 깊이 다루는 것이, 비록 그럴 만한 가치는 있다고 해도, 내 연약한 의도들 가운데는 포함되지 않지만, 그래도 난 그것에 관해 몇 마디를 덧붙이려고 하며, 내가 이러한 선의를 가지려는 것은, 한편으로는 무척 선명한 내 이야기가 어둠 속에서, 이 드넓은 나무숲과 이 거대한 나뭇잎의 어둠 속에서 끝나지 않게 하기 위해서인데, 그 어둠 속에서 나는 절뚝거리고, 귀를 기울이고, 눕고, 다시 일어나고, 귀를 기울이고, 절뚝거린다. 가끔씩, 이것은 말할 필요가 있다, 내가 행여 마지막 그루터기들 사이에 옅게 뻗쳐진 그 미운, 여하튼 별로 좋아하지 않는, 햇빛을 다시 볼 수 있을까, 우리의 사안을 해결하기 위해, 어머니를 다시 볼 수 있을까, 또 리아나 덩굴로 나뭇가지에 나를 매다는 게 더 낫지 않을까, 여하튼 더 나쁘지는 않지 않겠는가 하고 자문하면서. 왜냐하면 햇빛은, 난 솔직히 그것에 대해서 집착이 없었고, 어머니는, 어머니가 나를 처음부터 그때까지 여전히 기다리고 있었다고 희망할 수 있었을까? 게다가 내 다리, 내 다리들을 보라. 아무튼 자살에 대한 생각들은 나를 그렇게 사로잡지 않았는데, 왜 그랬는지는 더 이상 모르겠다, 안다고 생각했었는데, 아니다. 특히 목을 졸라매는 생각은, 아무리 유혹적이라고 해도, 난 잠깐 그것과 씨름을 하다가 항상 이겨내곤 했다. 한 가지 말하겠는데, 내 호흡기들에는 전혀 아무런 문제가 없었다, 물론 이 기관에 내재하는 고통거리들을 제외하고 말이다. 그렇다, 산소를 함유한 듯한 공기가 내 안으로 내려가려고 하지도 않고, 끝내 내려갔다고 해도, 밖으로 배출되려고도 하지 않았던 날들, 그런 날들이 얼마나 되는지 난 셀 수 있을 것이며, 셀 수 있었을 것이다. 아 그렇다, 내 천식도, 경동맥이나 기관지를 끊어서, 그걸 끝내려는 유혹을 내가 몇 번이나 받았던가? 하지만 난 잘 견뎌냈다. 그 소리가 자꾸 내 존재를 폭로했고, 내 얼굴은 보랏빛이 되곤 했다. 그런 일은 특히 밤에 갑자기 일어났는데, 그것에 대해 내가 만족해야 되는지 불만족해야 되는지는 알 수 없었다. 왜냐하면 밤에는 갑작스런 색깔의 변화가 그리 중요하지 않은 반면, 밤의 고요함 때문에, 예사롭지 않은 아주 작은 소리라도 이때는 더욱 두드러지게 표시가 나기 때문이다. 하지만 그것은 발작에 불과했고, 결코 멈추지 않는 모든 것, 밀물도 썰물도 모르고, 그 밑은 지옥에 닿을 만큼 깊고, 그 수면은 납덩이로 된 모든 것에 비하면, 발작은 별것 아니다. 나를 움켜잡고, 비틀고, 제3자의 눈에 띄게 하지 않으면서 마침내 나를 살짝 자비롭게 내던지는 발작에 대하여, 한 마디도, 한 마디도 비난하지 않겠다. 나는 외투를 머리에 둘러 외설스러운 질식 소리를 죽이거나, 혹은 그것을 기침의 발작으로 위장했는데, 기침의 발작은 일반적으로 허용되고 용납되는 것이지만, 동정심을 유발할 수도 있는 유일한 단점을 가졌다. 안 하는 것보다는 늦게라도 하는 것이 낫기 때문에, 지금이 아마도 이 말을 해야 할 순간인 것 같은데, 즉 내 성한 다리가 쇠약해짐에 따라 나의 진전이 느려졌다고 말할 때, 나는 사실의 극히 작은 부분만을 표현할 뿐이라는 것. 왜냐하면 사실은 내 몸 여기저기에 다른 약점들이 있었기 때문인데, 그곳들도 역시, 예상할 수 있었던 대로 점점 더 약해져 갔다. 하지만 예상할 수 없었던 것은, 내가 바닷가에서 출발한 이후 그 약한 상태가 심화되는 속도였다. 왜냐하면 바닷가에 머물렀던 동안은 내 약점들의 약한 상태가, 예상대로 마땅히, 증가하고는 있었지만, 오로지 느낄 수 없을 정도로만 증가했기 때문이다. 그래서 가령 내 똥구멍을 만지면서, 어라, 어제보다 훨씬 나빠졌는데, 다른 구멍 같아, 라고 주장하긴 매우 어려웠을 것이다. 또다시 이 부끄러운 구멍으로 돌아온 것을 용서하라, 그것을 원하는 것은 나의 뮤즈이다. 아마도 그것에 대해서는 그 불려진 이름의 흉측함을 보기보다는, 내가 말하지 않는 흉측함의 상징성을 더 보아야 할 것인데, 그것은 아마도 정 중앙이라는 그 위치 때문에, 그리고 나와 다른 똥 같은 사람 사이의 이음줄을 닮은 그 모양 때문에 얻어진 관록인 것 같다. 내 생각엔, 우린 그 작은 구멍을 무시하고, 그것을 똥구멍이라고 부르며 멸시하는 척한다. 하지만 그것은 오히려 진정한 존재의 입구가 아닐까, 그리고 유명한 입은 단지 그 식당 문에 불과하지 않을까? 그것을 통과하는 것 중에, 즉석에서 거부당하지 않거나, 거부당할 뻔하지 않은 것은 하나도, 혹은 거의 하나도 없다. 그것은 밖으로부터 그것으로 들어오는 거의 모든 것을 혐오하고, 안으로부터 그것에 도달하는 것도 특별히 애를 써서 환영한다고는 말할 수 없다. 이것은 의미심장한 것들 아닌가? 그것에 대해 역사가 판단하리라. 그럼에도 불구하고 난, 앞으로는, 그것에게 자리를 조금 적게 내주려고 노력하겠다. 그렇게 하는 일은 내게 쉬울 것이다. 왜냐하면 미래란, 그것에 대하여는 말하지 말자, 불확실한 게 결코 아니니까. 그리고 본질적인 것을 제쳐두는 일이라면, 그것이 무엇인지 나는 훤히 알고 있다고 생각하며 그래서 그 괴상한 녀석에 대해 본질과 상반되는 정보들만을 갖는 일이 무엇인지도 그만큼 더 잘 안다. 그런데, 내 약점들로 다시 돌아온다면, 바닷가에서는 그것들이 정상적으로 진전되었다는 것을 반복해서 말한다. 그렇다, 비정상적인 그 어떤 것도 난 발견하지 못했다. 내 성한 쪽 다리의 변형에 몰두한 나머지, 내가 거기에 충분한 관심을 기울이지 않았거나, 진짜 그 문제에 대해 특별히 주목할 만한 게 아무것도 없었기 때문이다. 어느 화창한 날, 목발처럼 뻣뻣한 두 다리를 가지고, 어머니로부터 멀리 떨어진 곳에서 잠을 깨면 어쩌나 하는 두려움에 쫓겨 바닷가를 떠나자마자, 내 약점들이 앞으로 껑충 뛰어서, 약한 상태를 지나 문자 그대로 죽어가고 있었으며, 그것들은 생명에 직결되진 않았지만, 이런 상태가 끼칠 수 있는 온갖 불편함을 동반하고 왔다. 나는 가령 초목이 없는 시골 벌판에서, 내 발가락이 와르르 빠져나간 때를 이 시기로 보고 있다. 이것은 내 다리와 관련된 이야기의 일부라고, 어쨌든 문제가 되는 그 다리를 땅에 딛지도 못하니, 그것은 별로 중요하지 않다고 여러분은 말할 수도 있을 것이다. 좋다. 그런데 여러분은 문제의 그 다리가 어느 쪽이라는 것만이라도 아는가? 모를 것이다. 나도 모른다. 잠깐만, 내가 말해주겠다. 그런데 여러분이 맞다, 내 발가락들은 정확히 말해서 약점은 아니었고, 몇 군데의 티눈과 발톱이 살에 파고드는 것, 경련기 등을 제외하고는, 상태가 아주 양호했다고 생각했다. 그렇다, 정말 나의 약점들은 다른 데 있었다. 내가 즉시 그 인상적인 목록을 작성하지 않는 이유는 앞으로도 결코 그렇게 하지 않을 것이기 때문이다. 그리고 진정 나는 결코 그렇게 하지 않을 것이다, 아니, 아마 그렇게 할지도 모른다. 게다가 나는 내 건강에 대해서 잘못된 생각을 심어주기 싫은데, 내 건강 상태는 뛰어나거나 대단한 것은 아니었지만, 요컨대 놀라울 정도로 튼튼한 것이었다. 그렇지 않았다면 어떻게 내가 지금까지 도달한 이 엄청난 연령에 이를 수 있었겠는가? 높은 정신력 때문에? 알맞은 위생 관념 때문에? 공기가 좋아서? 영양실조 때문에? 수면부족 때문에? 고독 때문에? 핍박 때문에? 기나긴 침묵의 함성 (함성을 지르기에는 위험한) 때문에? 땅이 나를 삼켜버렸으면 하는 매일의 욕구 때문에? 설마, 말도 안 돼. 운명은 원한을 품고 있지만, 그 정도까지는 아니다. 엄마를 보라. 엄마는 결국 무엇으로 죽었나? 그것이 궁금하다. 엄마가 산 채로 묻혔다고 해도 놀랄 일은 아닐 것이다. 아, 그 주책없는 여자가 내게 소멸되지 않을 더러운 염색체들을 잘도 물려줬다. 난 어린 시절부터 종기투성이었으니, 꼴좋다! 내 심장은 뛴다, 그런데 어떻게 뛰는가. 내 요관은— 아니다, 그것에 관해선 한 마디도 안 하겠다. 부신도. 방광도. 요도도. 귀두도. 산타 마리아. 한 가지 내 명예를 걸고 말하겠는데, 난 오줌을 싸지 않는다. 하지만 내 음경의 포피에서는, 말 그대로, 밤낮 오줌이 샌다, 어하튼 오줌이라고 생각하는데, 그것은 콩팥 냄새가 난다. 후각을 잃은 지 오래된 내가 그런 말을 하다니. 이런 상황에서 오줌을 쌀 수 있다고 생각하는가? 부질없는 일이다. 내 땀도 역시, 나는 땀밖에 흘리지 않는데, 그것도 이상한 냄새가 난다. 항상 질질 흘리는 내 침도 역시 그 냄새가 나는 것처럼 생각된다. 아 난 배설한다, 노폐물을 배설한다. 요독증으로 내가 죽을 것 같지는 않다. 나도 역시, 만일 공평함이 존재한다면, 할 수 없이, 절망 속에서 나도 산 채로 매장될 것이다. 나를 끝장낼까 봐 두려워서 결코 작성하지 않으려고 하는 내 약점들의 목록, 그것도 어쩌면 난 언젠가 내 소유물과 재산 목록을 작성할 때에 만들지도 모른다. 왜냐하면 그날엔, 행여 그날이 온다면, 난 끝장나는 것에 대해 오늘보다는 덜 두려워하게 될 것이기 때문이다. 왜냐하면 오늘, 비록 내가 정확히 내 달음질의 출발점에 있다고는 느끼지 않지만, 도착점 근처에 와 있다고 건방지게 생각하지도 않으니까. 따라서 스프린트를 하기 위해, 난 힘을 남겨두고 있다. 종이 울렸을 때 스프린트를 할 수 없다면, 안 돼지, 그것은 포기나 마찬가지니까. 하지만 포기도, 잠깐의 멈춤도 허용되지 않는다. 그래서 나는 조심해서 앞으로 가면서도, 종소리가 내게 말할 때까지 기다린다. 몰로이, 더 이상 아끼지 마, 이제 끝이야. 난 이런 방식으로, 내 상황에 별로 적절하지 않은 비유들을 사용하여 추리한다. 게다가 내가 갖게 될 모든 것 중에 내게 남은 것에 대해 말할 수 있는 날이 언젠가 오리라는 느낌이, 왠지 모르겠지만, 나를 더 이상 떠나지 않는다, 아니 거의 떠나지 않는다. 하지만 그렇게 하기 위해서 나는 더 이상 아무것도 획득할 수도, 잃어버릴 수도, 던져버릴 수도, 남에게 줄 수도 없다는 것을 확신할 때까지 기다려야 한다. 그때는 틀릴 염려 없이, 내 소유물 중에, 마침내, 내게 남은 것에 대해 말할 수 있게 되리라. 그것은 모든 계산의 끝일 테니까. 그러면 지금부터 그때까지 나는, 오, 내 상황을 변경시킬 정도로는 아니지만, 내가 갖게 될 모든 것 중에서, 아직까지 모든 걸 가진 것은 아니니까, 내게 남은 것을 지금부터 발표하지 못하게 막을 만큼 충분히, 나를 더욱 빈곤하게 만들거나 풍요하게 만들 수 있을 것이다. 하지만 나는 이 예감에 대해 아무것도 이해할 수 없는데, 우리가 아무것도 이해하지 못하는 것은 흔히 가장 좋은 예감들의 경우라고 생각한다. 따라서 이것은 확증될 수 있는 진짜 예감일 것이다. 그런데 가짜 예감들은 더욱 이해하기 쉬운 것일까? 그렇다고 생각한다. 가짜인 모든 것은 명백하고 구분되는, 다른 모든 개념과는 구분되는 개념들로 더욱 쉽게 축소될 수 있다고 생각한다. 하지만 내가 틀릴 수도 있다. 그런데 나는 예감보다는, 그냥 단순한 느낌, 아니, 감히 말한다면, 위로부터 오는 느낌의 소유자였다. 난 미리 알고 있었기 때문에, 그 점이 내게 예감하는 걸 피하게 했다. 더 나아가서 (내가 손해를 볼 게 뭐가 있는가?), 난 미리밖에는 알지 못했다고까지 말하고 싶은데, 왜냐하면 그 순간이 되면 난 더 이상 모르게 되었거나, 혹시 여러분이 그 점을 주목했는지도 모르겠다. 아니면 초인간적인 노력을 발휘해야만 알 수 있었는데, 일이 지난 뒤에 난 또다시 모르게 되었고, 다시 무지 속에 빠졌다. 그래서 이 모든 것은 종합적으로 고려되어, 만일 그것이 가능하다면, 많은 것에 대해서, 특히 아직 여기저기 파릇파릇함이 남아 있는 나의 놀라운 노년에 대해서 설명해줄 수 있어야 한다. 내 건강 상태만으로는, 내가 그것에 대해 지금까지 말한 모든 것에도 불구하고, 나의 노년을 설명하기에 부족하다는 가정하에서 말이다. 그것은 아무것도 걸지 않은, 단순한 가정이다. 그런데 나는, 내가 다다랐던 단계에서, 내 전진이 점점 느리고 고통스러워졌던 것은 단지 다리 때문만이 아니라, 다리와는 전혀 상관없는, 무수한 소위 약점들 때문이기도 했다고 말하던 중이었다. 물론 전혀 근거도 없이, 그 약점들과 내 다리가 같은 증상에 속한다고 전제하지 않는다면 말인데, 만일 그럴 경우, 그 증상은 어마어마하게 복잡한 성격을 띠었을 것이다. 사실은 유감스럽게도, 이제 와서 그것을 고치기엔 너무 늦었지만, 이번 산보를 하는 동안 내내, 나는 다른 것은 무시하면서, 너무 다리에만 강조를 두었다. 왜냐하면 나는 평범한 불구자였던 것이 아니라, 그러기는커녕, 어떤 때는 다리가 내 신체 중에서 가장 멀쩡했던 날들도 있었기 때문이다. 이런 판단을 내릴 수 있는 두뇌를 제외하고 말이다. 그래서 나는 더욱 빈번하게 멈춰서야 했고, 나는 지치지 않고 그것을 거듭해서 말할 것이다. 규칙을 어기고서, 등을 대고 누웠다가, 엎드려 누웠다가, 한쪽 옆으로 누웠다가, 다른 쪽 옆으로 누웠다가 하면서, 피가 녹아지도록, 가능한 한 자주 다리를 머리보다 높게 해서 누워야 했다. 그런데 양쪽 다리가 뻣뻣할 때는, 다리를 머리보다 높여 눕는다는 것은 결코 쉬운 일이 아니다. 하지만 걱정 말라, 나는 그렇게 해낼 수 있었으니까. 나의 편안함을 위해서라면 나는 노력을 아끼지 않았다. 숲은 나를 사방으로 둘러싸고 있었으며, 나뭇가지들은 내 키에 비해 상당한 높이에서 서로 엉켜서, 햇빛과 악천후로부터 나를 보호해주었다. 어떤 날들은, 맹세하건대, 서른이나 마흔 보밖에 걷지 못했다. 내가 뚫을 수 없는 어둠 속에서 비틀거렸다고, 아니다, 그렇게 말할 수는 없다. 내가 비틀거리긴 했지만, 어둠이 뚫을 수 없을 정도는 아니었다. 왜냐하면 일종의 파란색 음영이 깔려 있어서, 내가 보는 데는 충분하고도 남았기 때문이다. 나는 그 음영이 초록이 아닌 파란색이었다는 게 놀라웠지만, 그것은 파란색으로 보였고, 아마 실제로도 그랬을 것이다. 태양의 붉은빛이 잎사귀들의 초록과 섞여서, 그 결과 파란색을 띠었다고, 나는 이렇게 생각했다. 하지만 이따금씩 그랬다. 이따금씩. 이 짧은 말은 얼마나 부드럽고도 거친가. 그런데 이따금씩 난 일종의 갈림길, 뭐, 별 모양의 길을 만났는데, 사람의 발길이 닿지 않는 깊은 숲에서도 볼 수 있는 그런 것이었다. 그러면 나는 거기로부터 퍼져나가는 오솔길들을 향해, 어떤 희망을 가지고서 그랬는지는 모르지만, 내 자리에서 완전히 한 바퀴를 돌거나, 혹은 한 바퀴가 못 되게, 혹은 한 바퀴가 더 되게 돌았다. 그 오솔길들은 서로 너무나 흡사했다. 그런 곳에서는 어둠이 그다지 짙지 않아서 나는 서둘러 그곳을 빠져나왔다. 난 어둠이 옅어지는 것이 싫다, 그것은 석연치 않다. 나는 물론 그 숲에서 몇몇 사람을 만났는데, 예상치 않은 장소에서였지만, 심각한 것은 아니었다. 특히 어떤 숯장수 하나를 만났다. 내가 그때 일흔 살만 적었다면, 그를 좋아했을 수도 있었다고 생각한다. 하지만 그것은 확실하지 않다. 왜냐하면 그때 그 숯장수도 그만큼 나이가 적었거나, 그만큼은 아니더라도, 보기보다 훨씬 적었을 수도 있으니까. 정확히 나에겐 남아돌 만큼의 충분한 애정이 결코 없었지만, 내가 어렸을 때는 그래도 조금이나마 내 몫의 애정이 있었는데, 그것도, 우선적으로는, 노인들을 향한 것이었다. 난 그 중에 한둘을 사랑한 때도 있었다고 생각하는데, 오, 물론 진정한 사랑은 아니었고, 그 노파와는 아무런 관계도 없다, 그녀의 이름을 또 잊었다, 로즈였나, 아니다, 여하튼 누굴 말하는지 알 것이다, 하지만 그래도, 뭐랄까, 마치 더 좋은 땅을 눈앞에 둔 약혼자들처럼, 다정한 관계였다. 아, 나는 어렸을 때 조숙했고, 커서도 그랬다. 지금은 썩어가는 것들도 퍼런 것들이나 무르익지 않은 것들과 마찬가지로 진저리가 난다. 그 숯장수는 내게 덤벼들어 자신의 오두막집에서 같이 살자고 애원했다. 믿기지 않겠지만 말이다. 전혀 모르는 사람이었다. 아마도 고독에 병든 사람이었던 것 같다. 숯장수라고 말했지만, 사실 난 그에 대해 아무것도 모른다. 어디선가 연기가 보인다. 연기는 결코 나를 피할 수 없는 어떤 것이다. 긴 대화가 이어졌고, 간간이 탄식 소리로 끊겼다. 난 그에게 우리 읍으로 가는 길을 물어볼 수가 없었고, 여전히 그 이름이 생각나지 않았다. 난 그에게 가장 가까운 읍으로 가는 길을 물었고, 적절한 말과 억양을 골랐다. 그는 그것을 알지 못했다. 아마도 그는 숲에서 태어나 평생을 그 속에서 보냈을지도 모른다. 난 어떻게 하면 가장 빨리 그 숲을 빠져나갈 수 있을지 가르쳐달라고 그에게 부탁했다. 난 언변이 좋아졌다. 그의 대답은 더욱 혼란스러웠다. 그가 말하는 것을 내가 하나도 이해하지 못했거나, 아니면 내가 말하는 것을 그가 하나도 이해하지 못했거나, 아니면 그가 실제로 아무것도 몰랐거나, 아니면 그가 나를 자기 옆에 두길 원했던 것 같다. 난 신중하게 이 네번째의 가설에 끌리는데, 왜냐하면 내가 떠나려고 했을 때 그가 내 소매를 잡아당겼기 때문이다. 그래서 난 재빠르게 목발 하나를 빼서 그의 머리통을 한 방 세게 후려쳤다. 그러니까 그가 잠잠해졌다. 역겨운 늙은이. 나는 일어서서 내 길을 다시 갔다. 그런데 몇 발자국 가지 않아서, 그 시기의 몇 발자국은 내게는 큰 것이었다, 나는 그를 살펴보려고 되돌아서 그를 향해 다시 갔다. 아직도 그가 숨을 쉬는 걸 보고서, 나는 구두 뒷굽으로 갈비뼈를 열나게 몇 번 박아주는 것으로 그쳤다. 내가 어떻게 해냈나 보라. 난 그 몸뚱이로부터 몇 발자국 떨어져서, 물론 등을 돌린 상태로, 내 몸의 위치를 조심스럽게 선택했다. 그런 다음, 목발 사이에 잘 괴어서 몸을 흔들기 시작했다, 앞으로, 뒤로, 두 발을 붙이고, 아니 더 정확히 말한다면 두 다리를 조이고서, 왜냐하면 내 다리의 상태를 볼 때, 어떻게 두 발을 붙일 수 있겠는가? 그런데 그 상태를 볼 때, 어떻게 두 다리를 서로 조일 수 있지? 난 다리를 조였고, 내가 말할 수 있는 것은 그게 전부다. 이상 끝. 혹은 조이지 않았다. 그게 무슨 상관이 있겠는가? 나는 몸을 흔들었다. 그게 중요하다. 점점 넓은 폭으로 몸을 흔들다가, 적당한 순간이 왔다고 판단했을 때, 몸을 앞으로 힘껏 내쳤다가 잇따라, 다음 순간 뒤로 내쳤더니, 예상했던 결과가 나왔다. 나에게 그런 맹렬한 발작이 어디서 왔지? 아마도 내 허약함에서 왔을지도 모른다. 물론 그 충격으로 난 거꾸러졌다. 곤두박질했다. 우리는 모든 것을 다 가질 수는 없다는 것, 난 그것을 자주 깨달았다. 난 조금 쉬었다가, 일어나서, 목발을 집어 그 몸뚱이의 반대편으로 가서, 거기서 신중하게 똑같은 운동을 실시했다. 난 항상 대칭을 고수하는 괴벽을 갖고 있었다. 하지만 약간 낮게 겨냥해서 구두 뒷굽 한쪽이 물렁한 곳에 박혔다. 비록 그 구두 뒷굽 때문에 갈비뼈는 빗나갔지만, 여하튼 내가 콩팥을 적중했던 것은 분명했다. 오, 터지게 할 정도의 위력으로 한 것은 아니었다, 아니다, 그렇게 생각하진 않는다. 사람들은, 우리가 늙고, 가난하고, 병약하고, 겁이 많아서 자신을 방어할 능력이 없다고 상상한다. 그리고 그것은 일반적으로 사실이다. 하지만 유리한 상황이 주어지면, 가령 공격자가 허약하고 서툴러서, 뭐, 우리에게 적격이면서 장소가 외딴 곳일 경우, 우리가 어떤 사람인지 보여줄 기회가 때때로 허용된다. 그래서 가르치고 경고를 주는 모든 것이 그렇듯이, 그 자체로는 흥미가 없는 한 사건에 대해 내가 장황하게 이야기한 것은 분명 너무 흔히 잊혀지는 바로 이 가능성을 상기시켜주기 위한 목적에서였다. 그런데 난 적어도 가끔씩은 뭐라도 먹었던가? 당연하지, 당연해, 나무뿌리와 열매들, 가끔씩 조그만 뽕나무 열매 하나를 먹었고, 때로 버섯 한 개를 부들부들 떨면서 먹었다. 왜냐하면 난 버섯에 대해 잘 알지 못했기 때문이다. 또 뭐가 있나, 아 그렇지, 염소들이 그렇게도 좋아하는 야생 콩도 먹었다. 여하튼 내가 발견한 것은 숲에는 맛있는 것들이 풍부하다는 점이다. 그런데 내가 배우거나, 즐기거나, 바보가 되거나, 시간을 죽이는 것이 이롭다고 믿었던 시절에, 숲에서는, 자기 앞으로 똑바로 간다고 생각하지만 사실은 빙 돌아갈 뿐이라고 말하는 것을 들은 적이 있어서, 아니 십중팔구 어디선가 읽은 적이 있어서, 그렇게 하면 내 앞으로 똑바로 가게 될 거라고 희망하면서, 난 빙 돌아가기 위해 최선을 다했다. 왜냐하면 나는 노력을 할 때마다 더 이상 바보가 아니라 영특해지곤 했으니까. 그리고 나는 생활 속에서 내게 유익할 수 있는 모든 정보는 기억해두었다. 그래서 비록 내가 철저하게 똑바른 일직선으로 간 것은 아니지만, 하도 빙 돌아가다 보니, 최소한 빙 돌지는 않았는데, 그것만 해도 어디인가. 나는 날이면 날마다, 밤이면 밤마다, 이렇게 하면서, 언젠가는 숲을 빠져나갈 수 있기를 간절히 바랐다. 우리 지방은 숲만 있는 것은 아니었기 때문이다. 어림도 없다. 평원, 산, 바다도 있고, 크고 작은 길로 서로 연계된, 몇 개의 읍과 마을도 있었다. 그리고 한 번 이상 숲에서 빠져나온 적이 있었기 때문에, 언젠가는 그곳에서 빠져나올 수 있다고 나는 더욱더 확신했고, 이미 해본 것을 또다시 하지 않는 것이 어렵다는 점도 알고 있었다. 하지만 그때는 상황이 약간 달랐다. 그럼에도 불구하고 나는 마치 구리로 만든 것처럼 움직이지 않으며 결코 바람 한 점 일으키지 않던 나뭇잎 사이로, 희미하고 거친 소용돌이 속에 흔들리는 이상한 평원의 빛을 언젠가 보게 되리라는 강한 희망을 가졌다. 그런데 그날을, 나는 그날을 두려워하기도 했다. 그래서 조만간 그날이 오리라는 것을 더 이상 의심하지 않았다. 숲 속에서 그다지 나쁘지 않았기 때문에, 나는 더 나쁜 상황도 생각할 수 있었고, 게다가 별 후회 없이, 햇빛, 평원, 그리고 우리 지방의 다른 쾌적한 환경들을 그다지 그리워하지 않으면서, 숲에서 영원히 머무를 수도 있었다. 왜냐하면 난 그것들, 우리 지방의 쾌적한 것들을 잘 알고 있었고, 숲도 그것들에 비해 손색이 없다고 생각했기 때문이다. 손색이 없을 뿐만 아니라, 내 생각엔, 그것들에 비해 다음과 같은 장점을 갖고 있었다. 즉 내가 그 속에 있었다는 것. 그것은 사물을 바라보는 희한한 방식 아닌가. 아마 보기보다는 그렇지 않을 수도 있다. 왜냐하면 다른 곳들에 비해 더 나쁘지도 더 좋지도 않은 숲에 있으면서, 그리고 거기에 머물 자유가 있는 사람으로서, 내가 거기서 장점들을 보는 것은 당연하지 않았겠는가, 숲 자체 때문이 아니라, 내가 거기에 있었기 때문에. 내가 거기에 있었으니까. 거기에 있었으므로 나는 더 이상 거기에 갈 필요가 없었고, 내 다리와 전반적인 내 몸의 상태를 고려할 때, 그것은 무시할 게 아니었다. 그게 내가 말하고 싶었던 전부인데, 그걸 즉시 말하지 않았던 이유는 무언가 그렇게 하지 못하게 하는 것이 있었기 때문이다. 그런데 나는 그렇게 할 수 없었고, 내 말은 숲 속에 머물 수 없었고, 그것은 내게 허용되지 않았다. 즉 머물 수는 있지만, 육체적으로 내게 그것보다 쉬운 일은 없었을 것이다. 나는 전적으로 육체적인 존재만은 아니었기에, 숲에 머물면, 내가 어떤 절대적 명령을 개의치 않는다는 느낌을 갖게 될 것 같았고, 최소한 나는 그런 인상을 갖고 있었다. 그런데 내가 틀렸을 수도 있고, 숲에 머무는 것이 아마도 더 나았을지도 모르며, 누가 알겠는가, 난 양심의 가책도 없이, 거의 죄에 가까운 잘못을 저지르고 있다는 괴로운 느낌도 없이, 거기에 머물 수도 있었을 것이다. 왜냐하면 나는 나의 프롬프터들로부터 항상 도피해왔고, 상당히 멀리 도피해왔기 때문이다. 내가 그것에 대해 떳떳하게 자축할 입장은 아니지만, 그렇다고 가책을 느낄 만한 그 어떤 이유도 없다. 그런데 절대적 명령들은 약간 다른 것으로, 난 항상 그것들에 복종하는 경향이 있었는데, 그 이유는 모르겠다. 왜냐하면 그 명령들은 나를 결코 그 어떤 곳으로 데려간 것이 아니라, 내가 좋게 느끼지는 않더라도, 다른 곳에 비해 더 나쁘게 느끼지도 않는 장소들로부터 나를 항상 떼어놓고서는, 그런 다음엔 나를 파멸 속에 남겨두고 침묵해버렸기 때문이다. 따라서 나는 내 명령들을 잘 알고 있었으며, 그런데도 불구하고 나는 거기에 복종했다. 그것은 하나의 습관이 되어버렸다. 그 명령들은 거의 모두가 동일한 문제, 즉 어머니와 나와의 관계에 관한 문제와 관련된 것이었고, 그 문제에 대해 가장 빠른 시일 내에 약간의 조명을 부여해야 할 필요성과, 심지어 그렇게 부여하기에 적절한 조명의 종류와, 가장 효과적으로 그것을 성취할 수 있는 방법에 관련된 것이었다는 것을 말할 필요가 있다. 그렇다, 그 명령들은 날 움직이도록 작동시켜놓고서, 횡설수설하기 시작할 때까지는 꽤 명확하고 자세하기까지 하나, 그 후에는 완전히 침묵해버리면서, 나를 그 자리에 쳐박아두고, 마치 어디로, 어떤 목적으로 가는지도 모르는 바보처럼 되게 한다. 그 명령들은, 아마 내가 이미 말했던 것 같은데, 거의 모두가 고통스럽고 가시 같은 하나의 동일한 문제와 관련되어 있었다. 그래서 그중에 다른 내용을 가진 것은 단 하나도 언급할 수 없을 정도라고까지 난 생각한다. 그리고 그때 내게 가장 빨리 숲을 떠나도록 명령한 것도 내게 익숙했던 명령들과 조금도 다르지 않았다, 내용적인 면에서는 말이다. 왜냐하면 그 형식에서 나는 어떤 전혀 새로운 항목을 발견했다고 생각했기 때문이다. 평소의 그 구절 뒤에 이런 엄숙한 경고가 끼어들었으니까, 아마 너무 늦었을지도 모른다. 그것은 라틴어로 니미스 세로nimis sero, 나는 그것이 라틴어에서 왔다고 생각한다. 가언적(假言的) 명령들은 부드럽다. 내가 결코 이 어머니 문제를 처리하지 못했지만, 그 잘못을, 때가 되기도 전에 나를 내팽개친 그 목소리의 탓으로만 돌려서는 안 된다. 그것도 제 몫의 책임은 있다, 그게 그것이 비난받을 전부이다. 왜냐하면 외부적인 요소도, 다양하고 꼬인 방법으로, 그렇게 하지 못하게 저항했기 때문이며, 나는 그에 대한 예를 몇 가지 말한 바 있다. 그래서 비록 그 목소리가 나를 귀찮게 괴롭혀서 행위의 현장까지 몰고 갈 수 있었다고 한들, 내 길을 막고 있던 다른 방해물들 때문에, 그 문제를 더욱 잘 해결할 수는 없었을 것이다. 그리고 머뭇거리다가 죽어버린 그 명령 속에서, 어떻게 이런 암시를 간과할 수 있을까, 몰로이, 그런 일은 하지 마! 그 명령이 끊임없이 내게 그 의무를 상기시켜준 이유는 단지 그 의무의 부조리함을 내게 더 분명히 보여주기 위해서였나? 그럴 수도 있다. 그런데 다행히도 그 명령은, 한마디로 말해서, 내재적이고, 꾸짖지 않아도 스스로 알 수 있는 자신의 변덕스런 성향을 강조하고 있었을 뿐이다. 그런 다음, 말하자면 그것을 더욱 신랄하게 야유하기 위해서 말이다. 그런데 나는 스스로, 그리고 오래전부터, 어머니를 향해 가곤 했는데, 그런 것 같다, 그 목적은 우리의 관계를 좀 더 흔들리지 않는 근거 위에 확립하기 위해서였다. 그런데 내가 어머니의 집에 있을 때는, 난 자주 그곳에 갔는데, 나는 아무것도 하지 않고 어머니를 떠나오곤 했다. 그러고 나서 내가 더 이상 그곳에 있지 않을 때는, 난 또다시 어머니를 향해 길을 떠나는 것이었다. 다음번엔 더 잘하리라는 희망으로. 그런데 내가 그것을 단념하고 다른 일을 하거나 전혀 아무 일도 하지 않는 것처럼 보일 때에도, 사실 나는 내 계획을 갈고닦아서 어머니의 집으로 가는 길을 모색하고 있었을 뿐이다. 이 점은 이상한 국면을 띤다. 그래서, 내가 의문을 제기한 그 소위 절대적 명령이라는 것이 없었더라도, 숲에 머무는 것은, 어머니가 그곳에 없다는 것을 전제해야 했기 때문에, 나로서는 어려웠을 것이다. 하지만 그 어려운 숲속의 체류를 시도해보는 것도 아마 좋았을 뻔했다. 그런데 나는 혼잣말로 또한 이렇게 말했다. 일이 이런 추세로 진척되어가면, 지금부터 얼마 안 가서,

난 더 이상 움직일 수 없게 될 거고, 내가 어느 곳에 있게 되든지, 실려가지 않는 한, 난 그곳에 머무를 수밖에 없을 거야. 오, 난 이런 명쾌한 말은 하지 않았다. 그리고 내가 혼잣말로 말했다 등등을 말할 때, 내가 의미하는 것은 단지 일이 어떻게 돌아가는지 정확하게 모른 채, 상황이 그렇다는 것을 희미하게 알았다는 뜻이다. 그리고 내가 이런저런 것을 혼잣말로 말했다고 할 때마다, 혹은 몰로이, 하면서, 다소 분명하고 단순한 좋은 문장으로 말하는 어떤 내면적인 목소리에 대해 말하거나, 혹은 어떤 제3자를 빌려서 알아들을 수 있는 말들을 해야만 하거나, 혹은 다른 사람을 위하여 내 자신의 입에서 다소 적절하게 발음되어 소리가 나올 때마다, 나는 단지 거짓말을 하거나 입을 다물라는 관례의 요구에 순응하는 것뿐이다. 왜냐하면 일의 진상은 정반대이기 때문이다. 따라서 나는, 일이 이런 추세로 진척되어가면, 지금부터 얼마 가지 않아서…… 등등을 결코 혼잣말로 말한 것이 아니라, 그것은 단지 만약에 내가 그럴 수만 있었다면, 아마도 그렇게 혼잣말로 말했을 법한 것에 흡사했었을 것이다. 사실 내가 혼잣말로 말한 것은 아무것도 없었고, 단지 침묵 속에서 변화한 어떤 것, 어떤 속삭임을 들은 것이었는데, 내가 생각하기에 마치 몸을 부르르 떨며 죽은 듯이 꼼짝 않는 한 마리의 짐승처럼, 나는 거기에 귀를 기울였다. 그러면 그때, 가끔씩, 내 안에서 일종의 의식이 희미하게 생겨났는데, 나는 그것을, 나는 혼잣말을 했다…… 등등, 혹은 몰로이, 그런 일은 하지 마, 혹은 기억을 인용하면, 그게 당신 어머니의 이름이요? 경찰서장이 말했다 등으로 표현한다. 혹은 그렇게 직접화법의 수준까지 낮게 떨어지지는 않지만, 역시 허위적인 다른 형태를 사용하여 표현하는데, 예를 들면 ~처럼 보였다 등등, 혹은 ~라는 인상을 받았다 등등으로, 실은 전혀 아무것도 내게 보인 게 없었고, 나는 그 어떤 종류의 인상도 받지 않았으나, 다만 어딘가에 무언가 변화된 게 있어서 그것이 나도 변하도록 만들었거나, 혹은 세상 자체도 변하도록 만들어서, 결국은 아무것도 변화된 게 없도록 한 것뿐이다. 그리고 마치 갈릴레오의 용기(容器)들 사이에서처럼 이루어지는 약간의 조정들이 있는데, 나는 그것들을, 예를 들면 나는 ~을 두려워했다. 혹은 ~을 희망했다. 혹은 그것이 당신 어머니의 이름이요? 경찰서장이 말했다 등으로밖에는 표현할 수 없지만, 분명 나는 노력하면 다른 방식으로 그것들을 더 잘 표현할 수 있을 것이다. 아마도 난 언젠가 오늘보다는 노력의 공포를 덜 갖게 될 때 그렇게 해볼 것이다. 하지만 난 그렇게 생각하지 않는다. 그러니까 난 혼잣말로 이렇게 말했었다. 일이 이런 추세로 진척되어가면, 지금부터 얼마 안 가서 난 더 이상 움직일 수도 없게 될 거고, 그때 내가 어느 곳에 있게 되든지 나를 데려다줄 만큼 친절한 사람이 없는 한, 난 그 자리에 머물 수밖에 없을 거야. 왜냐하면 나의 하룻길은 점점 짧아졌고, 따라서 정지도 점점 잦아졌고, 길어졌기 때문이다. 길어졌다고 덧붙이는 이유는, 잘 생각해보면, 정지가 길다는 뜻이 반드시 하룻길이 짧다는 뜻에서 기인한 것도 아니고, 정지가 잦다는 뜻에서 기인한 것도 아니기 때문이다. 잦다는 뜻에 실제로는 없는 뜻을 부여하지 않는다면 말이다, 나는 그런 일은 절대 하고 싶지 않다. 그리고 작은 숲에 지나지 않을망정, 그게 무엇이든 간에 내가 거기서 빠져나올 가능성이 점점 더 없게 될 터이므로 더욱더 그 숲에서 가장 빨리 빠져나오는 것이 내게 바람직한 듯 보였다. 때는 겨울이었고, 분명 겨울이었을 것이다. 그래서 많은 나무가 잎사귀가 없었을 뿐만 아니라, 그 잎사귀들도 검고 폭신폭신해져서 목발이 그 속에 푹 들어갔는데, 때로는 목발이 갈라지는 데까지도 들어갔다. 주목할 만한 것은, 내가 예전보다 추위를 덜 탔다는 점이다. 때가 아마도 겨우 가을이었는지도 모른다. 그런데 나는 항상 온도의 변화에 무감각했다. 그리고 음영은, 비록 그 푸른빛이 퇴색된 것처럼 보였지만, 이전만큼 여전히 짙었다. 그 점으로 보아 나는, 음영이 푸른빛을 덜 띠는 것은 초록색이 줄었기 때문이야, 하지만 음영이 여전히 짙은 것은 납빛 겨울 하늘 때문이지, 라고 혼잣말을 하게 되었다. 그다음에는 어둠이 흘러 내려오는 검은 나뭇가지 위에 있는 어떤 것, 그런 계통의 어떤 것 때문이겠지, 라고. 검고 진창 같은 나뭇잎 더미들이 내 속도를 상당히 떨어뜨렸다. 하지만 나뭇잎이 아니었어도 나는, 사람의 걸음걸이처럼, 두 발로 서서 걷는 일을 포기했을 것이다. 그런데 나는 휴식을 취하느라 규칙을 어기고, 배를 깔고 엎드려 있다가, 갑자기 이마를 탁 치면서, 어라, 기어가는 방법이 있구나, 내가 그 생각을 못했었네, 라고 소리치던 그날을 아직도 기억한다. 하지만 내 다리와 몸통의 상태로 봐서 어떻게 한다지? 내 머리의 상태도 그렇고. 그런데 좀 더 멀리 가기 전에, 숲의 속삭임들에 대해서 한마디 하겠다. 내가 아무리 귀를 기울였지만, 그런 종류의 소리는 하나도 듣지 못했다. 그러나 더 정확하게 말하면, 아주 열심히 귀를 기울이고 약간의 상상력을 동원했더니, 드문드문 희미한 징 소리가 들렸다. 숲속에서 뿔피리 소리라면, 그것은 괜찮다, 그런 소리를 예상할 수 있다. 사냥꾼의 소리이다. 하지만 징이라! 만약의 경우에, 북소리라고 해도, 난 놀라지 않았을 것이다. 그런데 징이라! 그것은 실망스러웠다, 적어도 그 유명한 속삭임들을 듣고 싶었는데 겨우 멀리서, 드문드문 들리는 징 소리라니. 그것은 아직도 뛰고 있는 내 심장의 고동 소리였다고 난 잠시 희망을 가질 수 있었다. 하지만 잠시 뿐이었다. 왜냐하면 내 심장은 고동치지 않기 때문이며, 이 낡아빠진 펌프가 내는 소리는 오히려 수압 펌프 쪽에서나 찾아봐야 할 것이다. 나뭇잎들이 떨어지기 전에, 그것들에도 귀를 기울여 들어보았지만 허사였다. 그것들도 침묵했으며, 꼼짝도 안 하고 뻣뻣한 채로, 마치 놋쇠 같았는데, 그건 내가 이미 지적했다고 단언한다. 숲의 속삭임에 대한 이야기는 이게 전부다. 나는 가끔씩 주머니 천 사이로 나팔 경적을 작동시켜보았다. 그것은 점점 희미한 소리를 냈다. 난 그것을 내 자전거에서 떼어냈었다. 언제였더라? 잘 모르겠다. 자, 이젠 끝내기로 하자. 나는 배를 깔고 엎드려서, 목발을 갈고리 삼아 관목 속으로 앞으로 쑥 던져서, 잘 걸렸다고 느껴지면, 손목에 힘을 주어 몸을 앞으로 끌었는데, 내 손목은, 비록 아마도 일종의 변형성 관절염 때문에 몹시 붓고 뒤틀려 있었지만, 말기적 전신쇠약에도 불구하고, 다행히도 아직 꽤 억센 편이었다. 내가 어떻게 그걸 했는지에 대한 간략한 설명이다. 이런 이동 방식은 다른 방식들에 비해, 내가 실험해본 다른 방식들을 말한다, 이런 장점을 가지고 있다. 즉 쉬고 싶을 때는, 다른 과정 없이, 멈추고 쉬면 그만이라는 점. 서서는 쉴 수가 없고, 앉아서도 쉴 수 없기 때문이다. 그런데 어떤 사람들은 앉아서, 심지어 무릎을 꿇고서도, 갈고리를 이용해 오른쪽, 왼쪽, 앞으로, 뒤로, 몸을 이동하면서 움직인다. 하지만 파충류처럼 기어가는 움직임에선, 멈추는 것은 곧 휴식을 시작하는 것이고, 심지어 움직이는 것 자체도, 나를 그렇게도 피곤하게 했던 다른 동작들에 비하면, 일종의 휴식이다. 그래서 난 이런 방식으로, 느렸지만 약간 규칙적으로, 숲속에서 앞으로 나아갔고, 내 체력을 다 소모하지 않고서도 하루에 열다섯 발짝씩 나아갔다. 나는 등을 대고 누워서도 해보았는데, 내 뒤쪽으로 아무렇게나 관목 속에 목발을 내던졌고, 반쯤 감은 눈 속에 나뭇가지로 덮은 검은 하늘이 들어왔다. 나는 엄마 집에 가고 있었다. 그래서 이따금씩 나는, 엄마, 라고 말했는데, 아마도 나를 격려하기 위해서였던 것 같다. 매 순간 나는 모자를 잃어버렸다가, 모자 끈이 떨어진 것은 오래전이었다. 어느 순간, 화가 나서 머리통에 쿡 눌러썼는데, 너무도 세게 눌러서 더 이상 벗을 수가 없었다.

만일 내가 여자들을 알았다면, 그리고 그 여자들과 마주쳤다면, 난 똑바르게 인사도 못 할 뻔했다. 그런데 느리긴 했지만 여전히 기능을 하고 있던 내 머릿속에선, 항상 돌아야 할 필요성, 즉 끊임없이 돌아야 한다는 생각을 했기 때문에, 나는 서너 번째 상반신을 일으킬 때마다 방향을 바꾸어, 원은 아니더라도, 적어도 거대한 다각형 모양을 그리게 되었으며, 자기 능력껏 하는 거다, 그래서 모든 것에도 불구하고, 나는 밤낮으로, 어머니를 향해, 내 앞으로 똑바로, 직선으로 가고 있다는 희망을 갖게 되었다. 그리고 결국 숲이 끝나는 날이 왔고, 나는 평원의 빛을 보았는데, 정확히 내가 예상했던 대로였다. 그러나 그 빛은, 내가 기대했던 대로, 잘려진 그루터기 너머 멀리서 흔들리면서 보인 것이 아니라, 난 갑자기 그곳에 있었고, 눈을 떴고, 도착했다는 것을 확인했다. 아마도 그 이유는 나는 이미 꽤 오래전부터 아주 특별한 경우가 아니면 눈을 뜨지 않았다는 사실로 설명될 수 있을 것이다. 그래서 심지어 약간의 방향전환조차도 난 그것을 어둠 속에서 어림잡아 했다. 숲은 어느 도랑에서 끝이 났고, 왠지 그 이유는 모르겠다, 그 도랑 속에서 나는 내게 무슨 일이 일어났는지 알게 되었다. 내가 눈을 뜬 것은 아마도 그 속에 떨어지면서였을 것이다. 왜냐하면 그렇지 않았다면 내가 왜 눈을 떴겠는가? 나는 내 앞에서 보이지 않을 만큼 멀리까지 물결치고 있는 평원을 바라보았다. 아니다, 정확히 보이지 않을 만큼 멀리까지는 아니었다. 왜냐하면 내 눈이 빛에 적응하면서, 어느 읍의 탑들과 종탑들이 지평선에서 어렴풋이 윤곽을 드러내는 것이 보였다고 생각했기 때문인데, 물론 더 확실하게 조사하기 전에는, 그것이 우리 읍이었다고 추측할 만한 아무 근거도 없었다. 평원이 내게 익숙해 보였던 것은 사실이지만, 우리 지방에선 모든 평원이 서로 흡사해서, 하나만 알면 모두 아는 셈이었다. 그런데 그게 우리 읍이었든 아니었든, 덧없는 그 연기 속 어딘가에서 어머니가 숨을 쉬고 있었든 거기서 150킬로 떨어진 곳까지 악취로 공기를 오염시키고 있었든, 그것은, 비록 순수 지식이라는 측면에서는 부인할 수 없이 흥미로웠지만, 나 같은 상황에 있는 사람으로서는 지극히 한가로운 문제들이었다. 왜냐하면 어떻게 그 광활한 목장을 기어서 통과한단 말인가, 목발로 아무리 더듬어도 소용없을 텐데? 아마도 뒹굴어서 가겠지. 그 다음엔? 어머니 집까지 뒹굴어 가도록 사람들이 날 내버려둘까? 다행히 내가 그 모든 비참함을 깨닫지는 못했어도 어렴풋이 예상은 했었던 그 고통스런 상황 속에서도, 걱정하지 말라고, 나를 도와주러 오고 있다고, 내 안에서 말하는 소리가 들렸다. 문자 그대로였다. 이 말들은, 내가 구슬을 주워준 그 꼬마의 꽤 고마워요,라는 말처럼, 크고 분명하게 내 귀와 내 오성에 울려 퍼졌다. 과장이 아니다. 걱정하지 마, 몰로이, 우리가 오고 있어. 어쨌든, 구조 작업까지 포함해서, 아마도 모든 것을 보고 난 뒤라야 그들 세계의 자원에 대해 완벽한 그림을 볼 수 있을 것이다. 나는 도랑의 바닥까지 굴러 떨어졌다. 때는 분명 봄이었던 것 같다, 어느 봄날 아침. 새소리, 아마도 종달새 소리가 들리는 것 같았다. 나는 새소리를 듣지 않은 지 오래였다. 어떻게 해서 난 숲속에서 새소리를 듣지 못했던가? 보지도 못했고. 그때까지는 그 점이 이상하게 보이지 않았었다. 그런데 그때는 그 점이 이상하게 보였다. 내가 새소리를 바닷가에서는 들었던가? 갈매기를? 나는 기억할 수 없었다. 뜸부기 소리는 기억났다. 그 두 명의 여행자가 기억에 되살아났고, 한 사람은 곤봉을 갖고 있었다. 나는 그들을 잊고 있었다. 암양들도 다시 떠올랐다. 여하튼 이 말은 지금 하는 말이다. 나는 걱정하지 않았고, 내 삶의 다른 장면들이 내게 떠올랐다. 번갈아서 비가 왔고, 해가 떴던 것 같다. 진짜 봄 날씨였다. 난 숲 속으로 돌아가고 싶은 욕구를 느꼈다. 오, 진짜 욕구는 아니었다. 몰로이는 자신이 있던 곳에 그대로 머물 수 있었다.

✱ 제2부 ✱

자정이다. 비가 창문을 때리고 있다. 나는 평온하다. 모두가 잠들었다. 하지만 나는 일어나서 책상으로 간다. 잠이 오지 않는다. 램프는 단호하면서도 부드러운 불빛으로 나를 비춰주고 있다. 내가 그것을 손질해놓았다. 날이 샐 때까지는 꺼지지 않을 것이다. 수리부엉이의 울음소리가 들린다. 이 얼마나 끔찍한 전쟁 소리인가! 예전에는 무심코 들었는데. 내 아들 녀석은 자고 있다. 녀석이 잘 자기를 바란다. 그 녀석도 역시 잠을 못 이루고 자기 책상에 앉게 될 밤이 올 것이다. 그때 나는 잊혀지겠지.

내 보고서는 길어질 것이다. 아마 끝내지 못할 수도 있다. 내 이름은 모랑, 자크 모랑이다. 그렇게 불린다. 나는 볼 장 다 본 사람이다. 내 아들도 그렇다. 그 녀석은 분명 그걸 짐작하지 못하는 것 같다. 자신이 인생의 문턱, 진정한 인생의 문턱 앞에 와 있다고 믿고 있는 게 틀림없다. 그런데 그것은 맞는 얘기다. 아들의 이름도 나처럼 자크다. 이것이 혼동거리가 될 수는 없다.

몰로이를 맡으라는 지시를 받은 그날을 나는 기억한다. 여름의 어느 일요일이었다. 나는 우리 집 조그만 정원에서 등나무 안락의자에 앉아 있었고, 내 무릎 위에는 검은 책 한 권이 덮인 채 놓여 있었다. 틀림없이 11시경이었을 것이다. 성당에 가기엔 아직 너무 일렀다. 나는 어떤 교구들이 일요일 휴식을 강조하는 것에 대하여 한탄스럽게 생각하면서도 그것을 만끽하고 있었다. 내 생각엔, 일요일에 일하는 것, 게다가 오락을 하는 것은 반드시 비난할 만한 일은 아니었다. 모든 것은 일하는 사람이나 오락하는 사람의 정신 상태와, 그의 일이나 오락의 성격에 달려 있었다. 내 생각엔 그랬다. 나는 이 점에 대해, 즉 이런 약간 자유주의적인 시각이 성직자들 사이에서조차 점점 유력해져 가고 있다는 사실에 대해 만족스럽게 사유하고 있었는데, 그들은 미사에 참석하고 십일조를 낸 이상은, 어떤 면에서, 안식일도 다른 날과 동일하게 여겨질 수 있다고 점점 인정하는 추세였다. 그렇다고 나에게 개인적으로 달라지는 것은 없었고, 나는 항상 아무것도 하지 않는 것을 좋아했다. 그리고 형편만 된다면, 난 일할 수 있는 날에도 기꺼이 쉴 맘이 있었다. 내가 정말 게을러서 그런 것은 아니었다. 그것은 다른 것이었다. 내가 원했다면 내 자신이 훨씬 더 잘 해냈을 일, 또한 내가 마음을 먹을 때마다 잘하던 일들이 누군가에 의해 행해지는 것을 보고 있노라면, 나는 그 어떠한 활동을 통해서도 내가 도달할 수 없는 높은 직무를 수행하고 있다는 느낌이 들었다. 하지만 이런 즐거움이란 주중에는 좀처럼 빠져들 수 없는 것이었다.

날씨는 좋았다. 나는 내 벌통들을, 꿀벌들이 나오고 들어가는 것을 어렴풋이 바라보고 있었다. 자갈 위로, 뭔지는 모르지만 쫓고 쫓기는 놀이에 신이 난 아들 녀석의 성급한 발걸음 소리가 들렸다. 나는 옷을 더럽히지 말라고 녀석에게 소리쳤다. 녀석은 대답이 없었다.

모든 것이 평온했다. 바람 한 점 없었다. 이웃들의 굴뚝에서 푸른 연기가 똑바로 올라오고 있었다. 모든 휴식의 소리들이 들려왔다, 공이 타구봉에 탁 부딪히는 소리, 자갈밭을 긁는 갈퀴 소리, 멀리서 들려오는 잔디 깎는 기계 소리, 정다운 우리 성당의 종소리. 그리고 물론, 개똥쥐빠귀와 꾀꼬리를 선두로 한 새들의 소리, 더위에 지쳐, 유감스럽게도 점점 죽어가는 소리를 내며, 새들은 새벽의 높은 가지들을 떠나 관목들의 그늘 속으로 날아가고 있었다. 나는 레몬 향의 마편초가 발산하는 향기를 기쁘게 들이마시고 있었다.

이러한 배경 속에서 나의 행복과 평온함의 마지막 순간들이 흘러가고 있었다.

한 남자가 정원으로 들어오더니 내 쪽으로 성큼성큼 다가왔다. 내가 잘 아는 사람이었다. 어떤 이웃사람이 마음에 내켜서 일요일에 내게 인사를 건네려고 들어온다면 그것까지는 허락할 수 있다, 물론 난 아무도 만나지 않는 걸 더 원하지만 말이다. 하지만 문제의 그 남자는 이웃이 아니었다. 우리의 관계는 오로지 일과 관련된 것이었다. 그 사람은 멀리서 왔던 것이다, 나를 방해하기 위해서 말이다. 따라서 그를 맞이하는 나의 태도는 꽤 쌀쌀했다. 그가 감히 사과나무 밑, 내가 앉아 있던 곳까지 곧장 들어왔으니 더더욱 그랬다. 나는 이렇게 멋대로 하는 사람들에게 꽤나 악감정을 갖고 있었기 때문이다. 내게 할 말이 있으면 내 집 대문에서 초인종을 누르면 될 것이었다. 마르트가 지시사항을 알고 있었으니까. 나는 내 집으로 들어와서 정원문과 집 현관문을 잇는 짧은 길을 따라 오는 모든 사람의 시선에서 벗어나 있었다고 생각했고, 또한 실제로도 분명 그랬을 것이다. 하지만 정원문이 삐걱하는 소리에 신경이 거슬려 뒤를 돌아보니, 잔디밭을 가로질러 곧바로 내 쪽으로 돌진해 오는, 나뭇잎 사이로 희미해진 그 기다란 형체가 보였다. 나는 일어나지도 않았고 그에게 앉으라고 권하지도 않았다. 그는 내 앞에서 멈췄고 우리는 아무 말 없이 서로를 훑어보았다. 그는 무겁고 어두운 색조의 나들이옷을 거창하게 차려입었는데, 이것이 나의 불쾌감을 극도로 자극했다. 정신은 누더기를 입고 기뻐서 어쩔 줄 모르면서 외모만 조잡하게 꾸민 겉치레는 내겐 항상 혐오스러운 것으로 보였다. 나는 나의 데이지 꽃들을 짓밟은 거대한 발을 쳐다보았다. 볼기를 쳐서, 나는 기꺼이 그를 쫓아낼 수도 있었다. 불행히도 그가 온 것은 그 혼자만의 문제는 아니었다. 결국 그도 중개인으로서의 자기 직업을 수행하고 있는 것뿐이라는 생각이 들자 내 마음이 조금 누그러져, 앉으시죠, 라고 내가 말했다. 그렇다, 갑자기 그가 불쌍해 보였고, 나도 불쌍해 보였다. 그는 앉아서 이마의 땀을 닦았다. 관목 뒤에서 우리를 몰래 살피는 아들 녀석이 보였다. 그 녀석은 그때 열세 살이나 열네 살이었다. 나이에 비해서 덩치가 컸고 힘이 셌다. 지능은 때때로 평균에는 미치는 것 같았다. 결국 내 아들 아닌가, 뭐. 나는 그 녀석을 불러서 맥주를 가져오라고 시켰다. 나로 말하면, 나는 엿보는 자의 입장을 취할 수밖에 없었던 경우가 꽤 많았다. 내 아들도 본능적으로 나를 따라하고 있었다. 녀석은 잔 두 개와 1리터짜리 맥주 한 병을 들고 상당히 짧은 시간 안에 돌아왔다. 그리고 병마개를 따서 우리에게 따라주었다. 녀석은 병마개 따는 걸 무척 좋아했다. 나는 녀석에게 가서 씻고 옷매무시를 단정히 하라고, 한마디로, 사람들 앞에 나설 준비를 하라고 일렀다. 곧 미사 시간이었기 때문이다. 여기 남아 있어도 괜찮소. 게이버가 말했다. 녀석이 여기 있는 걸 내가 원치 않소. 내가 말했다. 그런 다음 녀석을 향해 돌아보며 가서 준비하라고 다시 한 번 말했다. 그 시절에 내 기분을 상하게 하는 것 한 가지가 있었다면, 그것은 정오 미사에 늦는 일이었다. 원하는 대로 하시오. 게이버가 말했다. 우리는 그동안 서로에게 말을 놓으려고 노력해보았다. 허사였다. 나로 말하면, 내가 말을 놓는 사람, 말을 놓았던 사람은 오직 두 사람밖에 없다. 자크는 입에 손가락을 넣고 투덜거리면서 멀어져갔다. 그것은 고약하고 비위생적인 버릇이긴 하지만, 여러모로 생각해보면 콧속에 손가락을 넣는 것보다는 나았다, 내 생각엔 그랬다. 만일 녀석이 손가락을 입에 넣음으로써 코나 다른 곳에 넣지 않게 된다면, 녀석이 그렇게 하는 것은 어떤 면에서 옳았다.

여기 지시사항이 있소. 게이버가 말했다. 그는 주머니에서 수첩을 꺼내 읽기 시작했다. 그는 가끔씩 조심스럽게 손가락으로 표시를 해놓고 수첩을 덮은 뒤, 나에겐 필요 없는 설명과 고려할 점들을 열렬하게 말해주었으나, 나는 내 일을 잘 알고 있었기 때문에 그것들이 필요없었다. 그가 말을 마치자, 나는 그에게, 그 일은 내게 흥미 없으며, 소장은 다른 요원에게 맡기는 편이 나을 거라고 말해주었다. 이유는 모르겠지만, 소장은 당신이 맡길 원하오. 게이버가 말했다. 아마도 그가 이유를 말했겠지요. 아부를 눈치 채고서 내가 말했다. 아부라면 나도 꽤나 좋아했다. 이 일을 할 수 있는 사람은 당신밖에 없다고 말하더군요. 게이버가 말했다. 그것이 대략 내가 듣고 싶었던 말이다. 그렇지만 이것은 어린아이도 할 수 있는 단순한 사건처럼 보이는데요. 내가 말했다. 게이버는 역정을 내며 우리의 고용주를 비난하기 시작했는데, 한밤중에, 그것도 자기 부인과 사랑을 나누려고 자세를 취하고 있던 바로 그 순간에, 그를 일어나게 만들었다는 것이다. 이런 바보 같은 짓을 위해서 말이오. 그는 덧붙여 말했다. 그런데 나밖에 믿을 사람이 없다고 소장이 말하던가요? 내가 물었다. 소장은 자기가 무슨 말을 하는지도 모르는 사람이오. 게이버가 말했다. 무슨 짓을 하는지도 모르지요. 그는 덧붙여 말했다. 그는 마치 뭔가를 찾는 듯이 자신의 중산모 속을 자세히 들여다보면서 그 안을 닦았다. 그러니까 내가 거절하기 어렵겠군요. 어떤 이유에서라도 거절은 내게 불가능하다는 것을 아주 잘 알고 있으면서도, 나는 이렇게 말했다. 거절이라니! 그렇지만 우리 다른 요원들은 우리들끼리 불평하면서, 마치 자유인인 듯한 태도를 취하는 걸 재미삼아 자주 즐겼다. 오늘 떠날 겁니다. 게이버가 말했다. 오늘이오! 아니, 소장이 정신 나간 모양이오! 내가 소리쳤다. 당신 아들이 함께 갈 겁니다. 게이버가 말했다. 나는 입을 다물었다. 일이 진지해지면 우리는 입을 다물곤 했다. 게이버는 수첩을 단추로 채워 주머니 속에 넣고, 그 주머니의 단추도 채웠다. 그는 일어나서 손을 가슴에 대고 어루만졌다. 한 잔 더 마시고 싶군요. 그가 말했다. 부엌으로 가시오. 하녀가 드릴 거요. 내가 말했다. 잘 있어요, 모랑. 그가 말했다.

미사에 가기에는 시간이 너무 늦었다. 그 사실을 확인하기 위해 시계를 볼 필요도 없었다. 나를 빼놓고 미사가 시작되었다는 것을 느낌으로 알았다. 미사에 한 번도 빠진 적이 없었던 내가, 하필 이 일요일에 빠졌다니! 꼭 필요한 때에! 일을 착수하기 위해서! 나는 오후 중에 개별 영성체를 간청해보기로 다짐했다. 점심은 거르기로 했다. 사람 좋은 앙브루아즈 신부님과는 항상 해결책이 마련되어 있었다.

나는 자크를 불렀다. 소용이 없었다. 녀석은 내가 계속 면담 중인 걸 보고서 미사에 혼자 간 거야. 나는 이렇게 혼잣말을 했다. 이 설명은 옳았던 것으로 나중에 판명되었다. 그럼에도 불구하고 떠나기 전에 녀석이 나를 보러 올 수도 있었을 텐데, 라고 나는 덧붙였다. 나는 혼자 지껄이면서 내 멋대로 추측을 하곤 했는데, 그때 내 입술은 보일 정도로 움직이곤 했다. 아마도 녀석은 나를 방해하면 꾸지람을 들을까 봐 무서웠겠지. 왜냐하면 나는 아들 녀석을 꾸짖을 때 종종 도를 넘는 경우가 있었기 때문인데, 결과적으로 그 녀석은 나를 좀 무서워했다. 나, 나의 경우는 한 번도 충분히 징계를 받은 적이 없었다. 오, 그렇다고 귀여움을 받은 것도 아니었다. 그저 난 등한시되었을 뿐이다. 그래서 결코 고칠 수도 없고 그 아무리 철저한 신앙심을 발휘해도 결코 버릴 수 없는 나쁜 버릇들이 생겼다. 이 불행한 일을 내 아들 녀석에게는 피하게 해주고 싶어서, 나는 가끔씩 녀석을 호되게 때리며, 그렇게 하는 이유를 말해주었다. 계속해서 나는 혼잣말로, 만일 녀석이 미사에 참석하지 않고서도, 거기서 오는 길이라고 감히 말할 수 있을까. 가령 도살장 뒤에서 또래 친구들과 함께 뛰어다니다가 온 것뿐인데?라고 말했다. 그리고 이 문제에 대해선 앙브루아즈 신부님을 유도신문하기로 작정했다. 내 아들 녀석이 내게 거짓말을 하고도 벌을 받지 않고 지나갈 수 있다고 상상하면 절대 안 되었기 때문이다. 그래서 만일 앙브루아즈 신부님이 내게 알려줄 수 없을 경우, 나는 성당지기에게 물어보려고 했는데, 정오 미사에 아들 녀석이 참석했다면 그가 보지 못하고 지나갈 리는 만무했기 때문이다. 내가 확실히 아는 바로는, 성당지기는 신도들의 명부를 갖고 있었고, 성수반(聖水盤) 옆에 있다가, 사죄 시간이 되면 우리를 명부에 체크했다. 주목할 것은, 앙브루아즈 신부님은 이런 술책을 하나도 모르고 있었다는 점이다. 당연히 그랬다. 사람 좋은 앙브루아즈 신부님에게는 감시에 관한 모든 것이 가증스러웠다. 만일 신부님이 성당지기가 그토록 건방질 수 있다고 의심했었다면 그를 당장 쫓아냈을 것이다. 성당지기가 그렇게도 열심히 신도의 명부를 체크했던 것은 분명 자신을 교화시키기 위한 목적에서였을 것이다. 나는 단지 정오 미사에서 어떤 식으로 일이 진행되는지만 알고 있었을 뿐이고, 그것은 누구나 아는 일이다. 다른 미사에는 한 번도 참석해보지 않아서 개인적으로 경험한 바가 없었다. 하지만 나는 다른 미사에서도, 성당지기 자신을 통해서든, 아니면 그가 아마도 다른 일로 바쁠 테니까, 그의 여러 아들 중에 하나를 통해서든, 똑같은 체크가 이루어질 것이라고 생각했다. 신도들의 영역이라기보다는 목자의 영역인 것 같은 어떤 상황에 대해서 목자보다 신도들이 더 잘 알고 있었던 이상한 교구였다.

바로 그런 것들을 생각하면서 나는 아들 녀석의 귀가와 게이버의 출발을 기다리고 있었는데, 그가 떠나는 소리를 아직 듣지 못한 터였다. 그런데 오늘 저녁에는, 내가 그때 그런 것들을 생각했다는 것이 이상하게 느껴진다. 내 아들 녀석, 내 교육의 부족, 앙브루아즈 신부님, 성당지기 졸리와 그의 명부, 하필 그런 순간에 말이다. 내가 조금 전에 들었던 소식 때문에 다른 유익한 일이 손에 잡히지 않았던 것일까? 사실인즉 나는 그 때까지도 그 사건을 진지하게 생각해보지 않았다. 그런 느긋한 태도는 내 성격에 맞지 않았기 때문에 그 점은 더더욱 놀랍게 생각된다. 아니면, 평화로운 순간을 좀 더 확보하기 위해서 내가 본능적으로 그 사건에 대해 생각하는 것을 회피하고 있었던 것일까? 비록 게이버의 보고서를 읽고 나서는 그 사건이 내가 맡을 만한 가치가 없어 보였지만, 다른 요원보다는 나 모랑이 꼭 맡아야 한다고 소장이 주장한 것과, 내 아들 녀석이 함께 가야 한다는 소식으로 보아서, 나는 그 사건이 심상치 않다는 것을 알아차렸어야 했을 것이다. 그런데 내 머리와 경험에서 그 사건으로 모든 자원을 즉시 끌어오는 대신에, 나는 내 가문의 약점과 내 주변 사람들의 특이함에 대해 생각하고 있었다. 그럼에도 불구하고 독은 내게 작용하기 시작했다, 방금 내 안에 부어진 독이 말이다. 나는 안락의자에서 손으로 얼굴을 문지르고, 다리를 꼬았다 풀었다 하는 등등, 끊임없이 몸을 움직였다. 세상의 색깔과 무게가 이미 달라지고 있었으며, 나는 내가 불안해하고 있었다는 점을 곧 고백해야만 할 것 같다.

나는 방금 마셔버린 라거 맥주가 꺼림칙한 기분으로 생각났다. 발렌

스타인 한 잔 마신 뒤에도 그리스도의 성체가 내게 주어질까? 만일 내가 아무 말도 하지 않는다면? 금식했습니까, 형제님? 아마 내게 아무것도 물어보지 않을 것이다. 하지만 하느님께서는 조만간에 아시겠지. 혹시 나를 용서하실지도 모른다. 그런데 아무리 가볍게 마셨다고 하더라도, 맥주 마신 뒤에 들어가면 영성체가 똑같은 효과를 낼 수 있을까? 어쨌든 시도는 해볼 수 있었다. 그에 대한 교회의 가르침은 무엇이었나? 내가 신성 모독죄를 범하는 것은 아닌가? 나는 신부님의 사택으로 가는 길에 민트 사탕 몇 알을 빨기로 마음먹었다.

나는 일어나서 부엌으로 갔다. 자크가 돌아왔는지 물어보았다. 보지 못했습니다. 마르트가 대답했다. 그녀는 기분이 나빠 보였다. 그럼 다른 사람은? 내가 말했다. 다른 사람 누구요? 그녀가 말했다. 맥주 한 잔 달라고 내가 보낸 사람 말이오. 내가 말했다. 제게 무엇을 달라고 온 사람은 아무도 없었어요. 마르트가 말했다. 그런데 말이오, 오늘 점심은 먹지 않겠소. 내가 침착하게 말했다. 그녀는 내게 아프냐고 물었다. 사실 나는 본래 대식가에 속하는 편이었다. 특별히 일요일 점심은 항상 무척 성대하게 먹기를 원했다. 부엌에서는 맛있는 냄새가 났다. 오늘 점심은 좀 늦게 먹으려고 하오, 그뿐이오. 내가 말했다. 마르트는 화가 나서 나를 쳐다보았다. 4시로 합시다. 내가 말했다. 그 좁고 반백이 된 이마 뒤에서 잽싸게 떠올랐을 그 모든 반발심과 분노, 나는 그것을 알고 있었다. 유감이지만, 오늘 외출은 삼가시오. 나는 차갑게 말했다. 그녀는 화가 나서 아무 말 없이 냄비들 쪽으로 후다닥 가버렸다. 최대한으로 이 모든 것을 따뜻하게 보관해주시오. 내가 말했다. 그런 다음, 그녀가 충분히 내 음식에 독을 넣을 수도 있다는 것을 알았기 때문에, 대신 괜찮다면 내일은 하루 종일 자유 시간이오, 라고 덧붙여 말했다.

제2부 145

나는 밖으로 나가서 길가로 갔다. 게이버는 그러니까 맥주를 마시지 않고 떠난 거였다. 무척 마시고 싶어 했었는데. 발렌스타인은 좋은 상품이었다. 나는 숨어서 자크가 도착하기를 기다렸다. 성당에서 온다면 내 오른쪽에서 나타날 것이고, 도살장에서 온다면 내 왼쪽에서 나타날 것이었다. 자유분방한 생각을 가진 이웃 사람 하나가 지나갔다. 어이, 오늘 예배 안 드리나? 그가 말했다. 그는 내 습관을 알고 있었다. 일요일의 습관 말이다. 모든 사람이 그것을 알고 있었고, 소장은 멀리 떨어져 있었지만 아마 그 누구보다도 그것을 더 잘 알고 있었을 것이다. 왠지 몹시 당황한 기색이군. 이웃 사람이 말했다. 자네는 볼 때마다 나를 당황시키지. 내가 말했다. 그의 마음속 흉악한 웃음을 뒤로하고, 나는 집으로 돌아왔다. 나는 그가 자기 정부에게 달려가서 이렇게 말하는 걸 훤히 볼 수 있었다. 그 불쌍한 멍청이 모양 알지? 내게 꽉 잡힌 걸 당신이 봤어야 하는 건데! 아무 말도 못하더라구! 도망치더군!

자크는 그 후 얼마 되지 않아 돌아왔다. 장난질한 흔적은 하나도 없었다. 녀석은 혼자서 성당에 있었다고 말했다. 나는 미사의 진행과 관련하여 몇 가지 적절한 질문을 해보았다. 녀석은 수긍할 수 있게 대답을 했다. 나는 녀석에게 손을 씻고 식탁에 앉으라고 말했다. 그리고 나는 다시 부엌으로 갔다. 단지 왔다 갔다만 했다. 식탁을 차려도 되오. 내가 말했다. 그녀는 울었던 모양이다. 나는 냄비들을 살짝 들여다보았다. 아이리시 스튜였다. 소화는 잘 안 되지만 영양 많고 경제적인 요리였다. 이 요리로 이름이 잘 알려진 나라에게 영광이 있으라. 나는 4시에 식사하겠소. 내가 말했다. 정각이라고 덧붙여 말할 필요는 없었다. 나는 정확한 걸 좋아해서, 내 지붕 밑에 기거하는 모든 사람 또한 그걸 좋아하지 않으면 안되었다. 나는 내 방으로 올라갔다. 거기에 가서야, 침대에 누워, 커튼을 드리우고, 나는 몰로이 사건에 관심을 가져보려고 처음으로 시도해보았다.

　나는 우선 그것과 관련해서 꼭 준비해야 할 당장의 문제들만 생각하려고 했다. 몰로이 사건의 핵심에 대해서는 여전히 생각하기를 회피했다. 아주 큰 혼란이 내게 엄습해오는 것을 느꼈다.

　모터자전거로 떠나볼까? 나는 이 문제로부터 시작했다. 나는 체계적인 정신을 갖고 있었기 때문에 최선의 출발 방법을 상세히 숙고하기 전에는 결코 임무 수행을 위해 출발하지 않았다. 그것은 매번 조사를 시작할 때마다 맨 먼저 해결해야 할 문제였고, 그 문제가 속 시원히 해결되지 않으면 난 결코 움직이지 않았다. 때로는 모터자전거로, 때로는 기차로, 때로는 장거리버스로 갔지만, 또한 걸어서, 혹은 자전거로, 밤에 조용히 출발한 적도 있었다. 왜냐하면 내가 그런 것처럼, 우리가 적들에게 둘러싸여 있을 땐, 아무리 밤에라도, 표시를 내지 않고서는 모터자전거로 출발할 수 없기 때문이다. 이것을 단순한 자전거처럼 사용하지 않는 한 말이다. 그런데 그것은 의미 없는 일이다. 비록 맨 먼저 이 민감한 교통 문제를 해결하는 것이 내 습관이었다고 할지라도, 그 전에 이 문제를 좌우하는 요인들에 대해서 심층 분석은 아니더라도, 적어도 고려해보지 않은 적은 결코 없었다. 왜냐하면 사전에 어디로 가는지, 혹은 적어도 어떤 목적으로 가는지 알지 못하면 어떻게 출발 방법을 결정하겠는가? 하지만 지금 이 경우에는 나는 게이버의 보고서에서 건성으로 얻은 정보밖에는 다른 준비 없이 교통수단의 문제로 일을 착수했다. 이 보고서의 모든 세부사항은 내가 원하는 때에 다시 생각해낼 수도 있었다. 하지만 나는 아직까지는 그 수고를 하지 않았다. 이것은 평범한 사건이야, 라고 혼잣말을 하면서 그렇게 하는 걸 회피했다. 이런 상황에서 교통 문제를 해결짓고자 하는 것은 미친 짓이었다. 그런데도 나는 그렇게 하고 있었다. 이미 나는 이성을 잃고 있었다.

나는 모터자전거로 떠나는 걸 무척 좋아했고, 이 이동수단에 애착을 가지고 있었다. 게다가 그것에 반대할 만한 이유를 모르고 있었기 때문에, 나는 모터자전거로 출발하기로 마음먹었다. 이렇게 몰로이 사건의 문턱에 서부터 그 치명적인 쾌락의 원칙이 들어가게 되었다.

햇살이 커튼 사이의 틈으로 들어와서 요란스런 먼지를 드러냈다. 그래서 나는 여전히 날씨가 좋다고 결론을 내렸고 그 점에 대해 기쁘게 생각했다. 모터자전거로 떠나려면 날씨가 좋은 편이 낫다. 나는 잘못 알고 있었던 것이다. 날씨는 더 이상 좋지 않았고, 하늘에는 구름이 끼기 시작해서 곧 비가 왔다. 하지만 그 순간으로서는 태양이 여전히 빛나고 있었다. 바로 그런 상황 위에 나는, 다른 판단 요소가 없었기 때문에, 상상할 수 없는 경박함으로 내 판단의 근거를 두었다.

그다음에 나는 내 습관대로, 아주 중요한 문제인 가져갈 의복에 대해 생각하기 시작했다. 이 문제에 대해서도 아들 녀석이 들어오지 않았더라면 완전히 무익한 결정을 내릴 뻔했는데, 녀석은 나가도 되는지 알고 싶어 했다. 나는 자제했다. 녀석은 손등으로 입을 닦았다. 그것은 보기 싫은 것 중의 하나였다. 하지만 그보다 더 보기 흉한 행동들이 있고, 나는 그것을 몇 가지 알고 있다.

나가? 어디를 가려고? 내가 말했다. 나간다니! 그런 모호한 말은 딱 질색이야. 나는 몹시 배가 고프기 시작했다. 느릅나무 공원에요. 녀석이 대답했다. 우리 지역의 작은 식물원을 그렇게 불렀다. 하지만 그곳에 느릅나무는 한 그루도 없다. 그것은 확실하게 들은 소리이다. 뭐 하려고? 내가 물었다. 식물학을 복습하려고요. 녀석이 대답했다. 아들 녀석이 엉큼하다고 의심되는 순간들이 가끔 있었다. 이것도 그런 경우였다. 차라리, 바람 좀 쐬려고요, 아니면, 여자애들을 구경하려고요, 라고 말했으면 더 나았을 것이다. 유감스럽게도 식물학에 관해서는 녀석이 나보다 훨씬 잘 알고 있었다. 그렇지만 않았다면 녀석이 돌아올 때, 나는 녀석에게 몇 가지 어려운 질문을 할 수도 있었을 것이다. 나로 말하면, 나는 아주 단순히 식물을 좋아했다. 때때로 그 안에서 사족이지만 하느님의 존재 증거를 보았다. 가거라. 하지만 4시 반까지 돌아와야 해, 네게 할 말이 있어. 내가 말했다. 알았어요, 아빠. 녀석이 말했다. 알았어요, 아빠! 야아!

나는 잠깐 잠을 잤다. 간략히 해두자. 성당 앞을 지나면서 무언가가 나를 멈추게 했다. 나는 예수회 양식으로 매우 아름다운 성당의 정문을 바라보았다. 그 문이 흥측해 보였다. 나는 서둘러 사택까지 갔다. 신부님은 주무십니다. 하녀가 말했다. 기다리겠습니다. 내가 말했다. 급하신 일인가요? 하녀가 물었다. 그렇기도 하고 아니기도 합니다. 내가 말했다. 하녀는 지독히도 장식이 없는 거실로 나를 안내했다. 앙브루아즈 신부님이 눈을 비비며 들어왔다. 방해해서 죄송합니다, 신부님. 내가 말했다. 신부님은 그렇지 않다는 표시로 입천장에 혀를 찼다. 나는 우리들의 태도, 즉 그분 고유의 특징들과 내 고유의 특징들에 관해서는 묘사하지 않겠다. 신부님은 내게 시가 한 대를 권했는데, 나는 그것을 기꺼이 받아서 주머니 속 볼펜과 샤프펜슬 사이에 꽂았다. 앙브루아즈 신부님은 자신이 처세술을 잘 안다고, 담배를 전혀 피우지 않았던 그가, 예의범절을 잘 안다고 우쭐해했다. 그리고 모든 사람은 신부님에 대해 대범한 사람이라고 말했다. 나는 정오 미사에서 아들 녀석을 보았냐고 물었다. 보다마다요, 서로 이야기도 했는걸요. 신부님이 말했다. 나는 분명 놀란 표정을 지었을 것이다. 그래요, 미사 때 맨 앞줄 자리에 형제님이 안 보이기에 편찮으신 게 아닌가 걱정을 했지요. 그래서 아드님을 불러오게 했는데, 나를 안심시켜

주더군요. 아주 때 아닌 방문을 받아서 제 시간에 빠져나올 수가 없었습니다. 내가 말했다. 아드님도 그렇게 말하더군요. 신부님이 말했다. 그리고 이렇게 덧붙였다. 자, 앉읍시다. 서두를 것 없잖습니까. 신부님은 껄껄 웃으며 무거운 신부복을 젖히면서 앉았다. 식후의 술 한잔 드릴까요? 신부님이 말했다. 나는 당황했다. 자크가 라거에 대해 누설을 했나? 충분히 그럴 수 있는 녀석이다. 부탁드릴 게 있어서 왔습니다. 내가 말했다. 말씀하십시오. 신부님이 말했다. 우리는 서로를 쳐다보았다. 실은, 내가 말했다. 영성체 없는 일요일은 저에겐 마치—. 신부님은 손을 들었다. 무엇보다도 불경한 비유는 하지 마십시오. 신부님이 말했다. 그는 혹시 콧수염 없는 키스라든가 겨자 없는 갈비구이를 생각했나 보다. 나는 누가 내 말을 가로막는 것을 싫어한다. 나는 실쭉한 태도를 보였다. 무슨 생각을 하고 계신지 다 압니다. 곧장 말씀하세요. 영성체를 원하시지요. 신부님이 말했다. 나는 고개를 숙였다. 그것은 규칙에 좀 어긋나지요. 신부님이 말했다. 나는 신부님이 식사를 했는지 궁금해졌다. 나는 그가 장기간의 금식에 대하여 열심이라고 알고 있었는데, 물론 고행의 정신에서이고, 그다음엔 의사가 그렇게 하라고 충고했기 때문이다. 이렇게 하는 것이 그에게는 일석이조였다. 아무에게도 말씀하지 마십시오. 신부님이 말했다. 이것은 우리끼리만 알고 있어야 합니다. 우리와—. 신부님은 천장을 향해 손가락과 눈을 들면서 말을 멈췄다. 아니, 저 자국은 뭐죠? 나도 천장을 쳐다보았다. 습기 자국이군요. 내가 말했다. 아이구! 심란해라. 신부님이 말했다. 아이구라는 말이 내게는 전에 들어보지 못한 최고의 발광적인 말로 들렸다. 낙심에 빠지고 싶을 때가 가끔 있지요. 신부님이 말했다. 그리고 일어났다. 제 가방을 가져오겠습니다. 신부님이 말했다. 그는 그것을 자기 가방이라고 불렀다. 나는 혼자 남아서 손가락 관절이 우두둑거릴 정도로 두 손을 꽉 끼고 주님께 도움을 청했다. 응답은 없었다. 하지만 그것만으로도 위로가 되었다. 앙브루아즈 신부님에 관해서는, 그의 가방을 가지러 달려간 걸 보면, 그가 아무것도 의심하고 있지 않다는 것이 확실해 보였다. 아니면 내가 어디까지 가나 지켜보며 재미를 느끼고 있었던가? 혹은 나를 죄악으로 이끌면서 스스로 즐기고 있었던가? 나는 그 상황을 다음과 같이 요약했다. 만일 신부님이 내가 맥주를 마셨다는 것을 알면서도 내게 영성체를 준다면, 그리고 만일 거기에 죄가 있다면, 신부님은 나와 똑같이 죄를 짓는 것이다. 그러므로 내게 위험은 별로 없었다. 신부님은 일종의 성합(聖盒) 가방을 가지고 돌아와서 그것을 열더니 한 순간도 지체하지 않고 내게 영성체를 주었다. 나는 물론 몸을 일으켜 열렬하게 감사를 표했다. 푸우, 별거 아닙니다. 신부님이 말했다. 자, 이제 얘기나 합시다.

나는 그에게 달리 할 말이 없었다. 내겐 오직 한 가지 생각밖에는 없었는데, 될 수 있는 한 빨리 집으로 돌아가서 스튜를 잔뜩 먹는 것이었다. 영혼이 충족되었으니, 이제 배가 고팠다. 하지만 내 시간표보다 약간 시간이 일렀기 때문에, 나는 포기하고 그에게 8분을 할애하기로 했다. 그것은 길게 느껴졌다. 그가 내게 알려주기를, 약사의 부인이며 그 자신도 일류 약사였던 클레망 여사가 자신의 약국 실험실 사다리 꼭대기에서 떨어져 목—. 목이 부러져요? 내가 소리쳤다. 대퇴골 목 말입니다,* 제 말을 끝내게 해주시지 않는군요. 신부님이 말했다. 그는 그런 일이 일어나게 되어 있었다고 덧붙였다. 그래서 나로서는, 이야기 빚을 갚기 위해, 나는 내 암탉들 때문에, 특히, 더 이상 알을 낳지도, 품지도 않으려고 하며, 한

---

* 대퇴골 목 col du fémur을 말하려면 프랑스어의 구조상 'col (목, 경부)'을 먼저 말하게 됨으로써 발생한 오해이다.

달 이상, 아침부터 저녁까지, 꽁지를 흙 속에 묻고 앉아만 있는 잿빛 암탉 때문에 몹시 걱정이라고 그에게 알려주었다. 마치 욥처럼 말이군요, 하하. 신부님이 말했다. 나도 하하 웃었다. 가끔씩 웃는 게 이렇게 좋군요. 신부님이 말했다. 그렇죠? 내가 말했다. 그것이 인간의 속성이지요. 신부님이 말했다. 그런 것 같습니다. 내가 말했다. 짧은 침묵이 흘렀다. 암탉에게 먹이로 무엇을 주십니까? 신부님이 말했다. 주로 옥수수입니다. 내가 말했다. 죽으로요 아니면 알갱이로요? 신부님이 물었다. 둘 다요. 내가 말했다. 암탉이 이젠 전혀 아무것도 먹지 않는다고 나는 덧붙여 말했다. 동물들은 결코 웃지 않아요. 신부님이 말했다. 그것을 우습게 생각할 수 있는 것은 우리밖에 없습니다. 내가 말했다. 뭐라고요? 신부님이 말했다. 그것을 우습게 생각할 수 있는 것은 우리밖에 없다고요. 내가 큰 소리로 말했다. 신부님은 생각에 잠겼다. 우리가 아는 한, 그리스도께서도 결코 웃지 않으셨어요. 신부님이 말했다. 그러고는 나를 쳐다보았다. 이상할 거 없죠. 내가 말했다. 물론 그렇죠. 신부님이 말했다. 우리는 서로에게 쓸쓸히 미소를 지었다. 혹시 암탉이 혓바닥 병에 걸린 것 아닐까요? 신부님이 말했다. 나는 아니라고 대답했다, 확실히 아니었다, 다른 병에다 걸렸다고 해도 혓바닥 병은 아니었다. 신부님은 곰곰이 생각했다. 중탄산소다를 먹여보셨습니까? 신부님이 말했다. 뭐라고요? 내가 말했다. 소다 말입니다, 그걸 먹여보셨나요? 신부님이 말했다. 그야, 안 먹여봤죠. 내가 말했다. 한번 먹여보세요. 즐거움으로 얼굴이 붉어지면서 신부님이 큰 소리로 말했다. 찻숟갈로 몇 번씩 떠 넣어 삼키게 하세요, 하루에 여러 차례, 몇 달 동안 계속하시면, 닭이 다시 건강해질 겁니다, 두고 보십시오. 그것은 가루입니까? 내가 말했다. 물론이지요. 신부님이 말했다. 감사합니다. 오늘부터 해보겠습니다. 내가 말했다. 예쁜 암탉이 되어서 알도 잘 낳을 겁니다. 신부님이 말했다. 아니 정확히는 내일부터 해보겠습니다. 내가 말했다. 나는 약국이 닫혔다는 것을 잊고 있었다. 물론 급한 경우를 제외하고 말이다. 자, 이젠 식후의 술 약간만 할까요? 신부님이 말했다. 나는 그것을 사양했다.

앙브루아즈 신부님과의 이 면담은 내게 고통스런 인상을 남겨주었다. 그는 여전히 정다운 바로 그 사람이었지만, 한편 그렇지 않았다. 그의 얼굴에서 뭔가가 빠진 것을, 뭐랄까, 귀품이 빠진 것을 뜻하지 않게 발견한 것 같았다. 영성체가 안 내려갔다는 것을 말할 필요가 있다. 집에 돌아오면서 내내 나는 마치, 진통제 한 알을 삼키고서도 여전히 고통스러워서, 처음에는 놀라고, 그다음에는 분개하는 사람처럼 느껴졌다. 나는 그 점에 대하여, 아침나절 나의 방탕함을 알고 내게 축성하지 않은 빵을 주었다고 앙브루아즈 신부님을 거의 의심하기에 이르렀다. 혹은 그 신비의 축사를 할 때 건성으로 대충 했다고. 퍼붓는 비를 맞으며, 나는 몹시 언짢은 기분으로 집에 돌아왔다.

스튜는 실망스러웠다. 양파는 어디 있소? 내가 소리쳤다. 졸아들었어요. 마르트가 말했다. 내가 그렇게도 양파를 좋아한다는 걸 알면서, 그녀가 일부러 빼놓았다고 의심했던 양파를 찾으러, 나는 부엌으로 급히 갔다. 나는 쓰레기통까지 뒤졌다. 아무것도 없었다. 그녀는 조소하며 나를 바라보았다.

나는 내 방으로 올라가서, 고약한 하늘을 향해 커튼을 젖히고 누웠다. 내게 무슨 일이 일어났는지 이해가 안 되었다. 그 당시에는 이해할 수 없다는 것은 내게 무척 괴로운 일이었다. 나는 정신을 차리려고 애를 썼다. 그것은 실패였다. 어쩔 수 없었다. 내 삶이 가버리고 있었으나 어디로 가는지 나는 모르고 있었다. 그럼에도 불구하고 나는 얕은 잠을 잘 수 있었는데, 고통이 확실히 규명되지 않았을 때는, 그것은 쉬운 일은 아니다. 그래서 나는 이 어스름한 잠 속에서 그래도 그렇게 잠이 들 수 있었다는 점에 대해 기쁘게 생각하던 참이었는데, 아들 녀석이 노크도 없이 들어왔다. 그런데 내가 혐오하는 한 가지가 있다면, 그것은 누가 노크 없이 내 방에 들어오는 것이다. 내가 전신 거울 앞에서 자위하는 자세를 마침 취하고 있을 수도 있지 않은가. 바지 앞은 열려 있고, 눈은 튀어나와, 침울하고 떨떠름한 쾌감을 뽑아내려고 애쓰는 아버지의 모습은 어린 아들 녀석에겐 사실 그다지 교육적인 광경이 되지 못할 것이다. 나는 예절에 대해 녀석에게 모질게 주의를 주었다. 녀석은 두 번씩이나 노크를 했다고 항의했다. 네가 백 번을 두드렸어도 들어오라고 하기 전엔 넌 들어올 권리가 없어. 내가 말했다. 하지만. 녀석이 말했다. 하지만 뭐? 내가 말했다. 저보고 아빠가 4시 반에 오라고 하셨잖아요. 녀석이 말했다. 살다 보면 시간을 정확히 지키는 것보다 더 중요한 게 있어. 내가 말했다. 바로 예의라는 거야. 따라 해. 이 경멸적인 입속에서 나오는 내 말이 내게 수치심을 주었다. 녀석은 흠뻑 젖어 있었다. 너 뭘 보고 왔니? 내가 말했다. 백합들요, 아빠! 녀석이 말했다. 내 아들 녀석은 나에게 상처를 주고 싶을 때, 매우 독특한 방식으로 아빠라는 말을 했다. 이제 내 말 잘 들어. 내가 말했다. 녀석의 얼굴이 걱정스럽게 주의를 기울이는 표정을 지었다. 오늘 저녁 우린 여행을 떠난다. 내가 요점을 말했다. 너는 교복을 입어, 초록색 옷─. 그것은 파란색이에요, 아빠. 녀석이 말했다. 파란색이든 초록색이든 그걸 입도록 해. 나는 큰 소리로 말했다. 나는 계속했다. 네 생일에 사준 작은 배낭에 세면도구와 셔츠 한 개, 팬티 일곱 개, 그리고 양말 한 켤레를 넣어, 알았어? 어떤 셔츠요, 아빠? 녀석이 말했다. 어떤 셔츠든 상관없어, 하나만 넣어! 내가 소리쳤다. 어떤 신발을 신어야 해요?

녀석이 말했다. 넌 신발이 두 켤레잖아, 일요일에 신는 것과 평상시에 신는 것, 그런데 어떤 신발을 신어야 하는지 내게 묻는 거냐? 내가 말했다. 나는 몸을 일으켰다. 너 날 우롱하고 있는 거냐? 내가 말했다.

나는 방금 아들 녀석에게 자세하게 지시했다. 하지만 그것은 올바른 지시였을까? 다시 한 번 생각해봐도 옳다고 판명될까? 겨우 얼마 안 되어서 내가 다시 그것을 철회하게 되지는 않을까? 내 아들 녀석 앞에서는 결코 말을 바꾸지 않던 내가 말이다. 모든 것이 염려스러웠다.

우리 어디로 가요, 아빠? 녀석이 물었다. 내게 질문하지 말라고 몇 번이나 녀석에게 말했던가. 그런데 사실 우리는 어디로 가려는 것이었나. 내가 말한 대로 해. 내가 말했다. 저 내일 파이 씨와 약속이 있어요. 녀석이 말했다. 다른 날 가면 돼. 내가 말했다. 하지만 저 아파요. 녀석이 말했다. 다른 치과의사들도 있어. 파이 씨는 북반구에서 유일한 치과의사가 아냐. 내가 말했다. 나는 생각 없이 이렇게 덧붙였다. 우린 사막으로 가는 거 아냐. 하지만 그분은 매우 훌륭한 치과의사예요. 녀석이 말했다. 모든 치과의사는 다 비슷해. 내가 말했다. 나는 녀석에게 치과의사 얘기 좀 집어치우라고 말할 수도 있었는데, 천만에, 나는 녀석과 함께 천천히 생각을 전개해가면서, 마치 대등한 사람에게 말하는 것처럼 녀석에게 말을 했다. 또한 나는 녀석에게 아프다는 것은 거짓말이라고 지적할 수도 있었다. 녀석은 내 생각에 작은 어금니 한 개가 아프긴 했었지만 더 이상은 아프지 않았다. 파이가 직접 내게 그것을 말해주었다. 이빨을 치료했으니, 아드님이 더 이상 아플 리는 없습니다, 라고 그가 내게 말했었다. 나는 이 대화를 선명하게 기억했다. 그 아이는 본래 이빨이 매우 나쁘지요. 파이가 말했다. 본래요? 어째서 본래라고 하십니까? 내가 말했다. 무슨 뜻으로 그런 말을 하십니까? 그 아이는 나쁜 이빨을 갖고 태어났습니다. 그래서 앞으로도 평생 나쁜 이빨을 갖고 살아야 할 겁니다. 파이가 말했다. 저는 본래 제가 할 수 있는 모든 일을 다할 것입니다. 저는 제가 할 수 있는 모든 것을 다하도록 태어났다, 이 말입니다. 저는 어쩔 수 없이 항상 제가 할 수 있는 모든 일을 다할 것입니다. 나쁜 이빨을 갖고 태어났다고! 나로 말하면, 내겐 앞니밖에는 더 이상 남아 있지 않았다, 덥석 무는 이빨 말이다.

아직도 비가 오냐? 내가 말했다. 아들 녀석은 주머니에서 작은 거울을 꺼내 손가락으로 윗입술을 쳐들고 입속을 들여다보고 있었다. 아야. 들여다보기를 멈추지 않고 아들 녀석이 소리 질렀다. 입 좀 그만 만지작거려! 내가 소리쳤다. 창가로 가서 아직도 비가 오는지 말해다오. 녀석은 창가로 가서 아직 비가 온다고 말했다. 하늘이 완전히 덮였냐? 내가 말했다. 네. 녀석이 말했다. 갠 데가 조금도 없어? 내가 말했다. 없어요. 녀석이 말했다. 커튼 닫아라. 내가 말했다. 눈이 어두움에 적응하기 전, 감미로운 순간이 왔다. 너 아직도 거기 있냐? 내가 말했다. 녀석은 아직도 거기 있었다. 나는 녀석에게 내가 말한 걸 하지 않고 뭘 꾸물거리느냐고 말했다. 녀석의 입장이었다면 나는 벌써 오래전에 나를 떠났을 것이다. 녀석은 나와 있을 만한 가치가 없었다. 바탕부터가 틀렸다. 나는 이 결론을 피할 수가 없었다. 그것은 사실 아들 녀석보다 우월하게 느끼는 가련한 보상이었지만 그 녀석을 태어나게 한 회한을 진정시키기에는 부족했다. 제 우표 수집 앨범 가져가도 돼요? 녀석이 말했다. 녀석은 두 개의 우표 수집 앨범을 가지고 있었다. 명실 공히 수집 우표가 담긴 큰 앨범 하나와, 사본이 들어 있는 작은 앨범 하나. 나는 이 작은 앨범을 가져가도록 녀석에게 허락했다. 내 원칙을 위반하지 않고 즐거움을 줄 수 있다면, 나는 기꺼이 그렇게 한다. 녀석은 방을 나갔다.

나는 일어나서 창가로 갔다. 조용히 있을 수 없었다. 나는 커튼들 사이로 머리를 내밀었다. 가랑비가 내리고, 하늘은 흐렸다. 녀석은 내게 거짓말을 하지 않았다. 8시나 8시 반쯤 날이 갤 것으로 예상되었다. 아름다운 석양과 땅거미, 그리고 밤이 올 것이다. 점점 작아지고 있던 달은 자정쯤에나 떠오를 것이다. 나는 종을 쳐서 마르트를 부르고 다시 누웠다. 저녁은 집에서 먹겠소. 내가 말했다. 그녀는 놀라서 나를 쳐다보았다. 우린 항상 집에서 저녁을 먹지 않았던가? 나는 아직 그녀에게 우리가 떠난다는 말을 하지 않았다. 그녀에게는 마지막 순간에야 말할 것이다. 흔히들 말하듯, 말의 등자(鐙子)에 발을 디뎠을 때서야.* 나는 그녀를 완전히 신뢰하지 않았다. 마지막 순간에 그녀를 불러서 말하리라. 마르트, 우리 떠나요, 하루가 될지, 이틀, 사흘, 일주일, 보름이 될지 모르오, 안녕히 계시오. 그녀의 주의를 끌어서는 안 된다. 그렇다면 내가 왜 그녀를 오게 했을까? 그녀는 어쨌거나 매일 하던 대로 오늘 저녁식사를 준비할 텐데. 내가 그녀의 입장에서 생각한 게 실수였다. 그리고 왜 그녀의 오후 시간을 없애버렸단 말인가? 그것은 그런대로 이해가 되었다. 하지만 집에서 저녁을 먹겠다고 말한 것은 얼마나 어리석은 실수인가. 왜냐하면 그녀는 이미 그것을 알고 있었고, 안다고 믿고 있었고, 사실 알고 있었다. 그런데 이 불필요한 지적으로 그녀가 이상한 걸 눈치 채고, 무슨 일인가 알아보려고 우리를 염탐할 것이다. 이것이 첫번째 실수였다. 두번째 실수는, 시간상으로는 첫번째인데, 아들 녀석에게 내가 한 말을 아무에게도 옮기지 말라고 엄명하는 것을 빠뜨린 일이다. 그렇다고 해서 달라지는 점은 분명 아무것도 없었을 것이다. 상관이야 없지만, 나는 그걸 분명히 해뒀어야 했

---

* 떠날 채비가 된 다음에서야라는 뜻이다.

다. 그랬어야 했다. 내가 한 일은 오로지 어리석은 짓밖에 없었다. 평소에는 그렇게도 영특한 내가 말이다. 평소보다 좀 늦게 먹을 거요. 9시 전에는 아니오. 나는 이렇게 말하면서 일을 만회해보려고 했다. 그녀는 이미 끓어오르는 거친 심정으로 나가려고 했다. 내 집에서 내 마음대로 할 수 있는 것 아니오. 내가 말했다. 나는 그녀가 어떻게 할지 알고 있었다, 어깨에 가방 하나 던져 메고 정원 맨 안쪽으로 쏙 들어갈 것이다. 거기서 엘스너 자매의 늙은 요리사인 한나를 불러, 철책 사이로 오랫동안 함께 속닥거릴 것이다. 한나는 한 번도 외출을 하지 않았고, 그녀는 외출을 싫어했다. 엘스너 자매는 꽤 좋은 이웃이었다. 약간 지나치게 음악 소리를 내는 것, 그것이 내가 그녀들에게서 찾을 수 있었던 유일한 흠이었다. 내 신경을 거스르는 것 한 가지가 있다면 그것은 음악이다. 내가 현재시제로 긍정하거나 부정하거나 의심하는 것은 역시 오늘도 나는 그렇게 할 수 있다는 뜻이다. 하지만 나는 무엇보다도 다양한 과거시제를 사용하려고 한다. 왜냐하면 대부분의 경우 내가 확신할 수 없고, 이제 더 이상 그렇지 않을 수도 있고, 아직 모를 수도 있고, 그냥 단순히 모를 수도 있고, 아마도 결코 앞으로도 모를 수 있기 때문이다. 나는 엘스너 자매에 대해 잠깐 생각했다. 모든 것을 계획해야 했지만, 나는 그때 엘스너 자매에 대해 생각하고 있었다. 그 자매는 줄루라고 불리는 스카치테리어 개 한 마리를 기르고 있었다. 사람들은 그 개를 줄루라고 불렀다. 가끔 내가 기분이 좋을 때, 줄루! 귀여운 줄루! 하고 부르면 나에게 와서 철책 사이로 인사를 하곤 했다. 하지만 내 기분이 좋을 때라야 했다. 나는 동물들을 좋아하지 않는다. 참 이상하게도, 나는 사람도 싫어하고 동물도 싫어한다. 하느님에 대해서는, 나는 그에게 혐오감을 갖기 시작한다. 쭈그리고 앉아서 나는 철책을 사이에 두고 달콤한 말로 줄루의 귀를 귀찮게 했다. 개는 내가 자기를 혐오한다는 것을 깨닫지 못하고 있었다. 그 개는 뒷다리를 딛고 일어서서 철책에 가슴을 갖다 대었다. 그러면 젖은 털이 가늘게 꼬여 달려 있는 검은색의 작은 페니스가 보였다. 개는 불안정하게 서서 오금을 떨며, 가느다란 다리들을 번갈아가며 디딜 자리를 모색했다. 나 역시 발뒤꿈치에 대고 앉아서 자세가 흔들렸다. 빈손으로 나는 철책을 잡고서 몸을 고정시켰다. 나 역시 개에게 혐오감을 주었는지 모른다. 나는 이런 허튼 생각들을 뿌리치기 어려웠다.

나는 반발심이 일어서, 누가 내게 이 일을 수락하도록 강요했는지 자문해보았다. 하지만 난 이미 그것을 수락했고, 다짐도 했다. 너무 늦었다. 명예가 있다. 나는 서둘러 나의 무능력을 치장했다.

하지만 우리의 출발을 다음 날로 미룰 수 없었을까? 아니면 혼자서 떠날 수는 없었을까? 쓸데없는 평계였다. 하지만 우린 마지막 순간에야, 자정이 조금 못 되어서 떠날 것이다. 이 결정은 돌이킬 수 없다고 생각했다. 그런데 달의 상태도 그걸 입증해주고 있었다.

나는 마치 잠을 이룰 수 없을 때처럼 행동했다. 머릿속으로 천천히 산보하면서, 내 정원만큼이나 낯익지만 항상 새롭고, 한껏 조용했다가 다시 이상한 만남들로 활기를 띠는 오솔길들의 미로 곳곳마다 살폈다. 멀리서 심벌즈 소리가 들려오고 있었다. 아직 시간이 있어, 아직 시간이 있어. 그러나 그렇지 않았다는 증거, 그것은 내가 멈췄고, 모든 것은 사라졌으며, 나는 다시 몰로이 사건을 생각하려고 애썼다는 것이다. 헤아릴 수 없는 머릿속은, 때로는 바닷물이 되었다가, 때로는 등대가 되었다.

우리 다른 요원들은 서면으로는 결코 아무것도 받지 않았다. 게이버는 나와 같은 의미의 요원은 아니었다. 그는 연락원이었다. 그래서 수첩을 사용할 권리가 있었다. 연락원이 되기 위해서는 특별한 자질이 요구되어서, 유능한 연락원은 유능한 요원보다 훨씬 드물었다. 유능한 요원이었던 나로 말하면, 나는 보잘것없는 연락원밖에는 되지 못했을 것이다. 그래서 자주 그 점을 유감스럽게 생각했다. 게이버는 다방면으로 보호되고 있었다. 그는 자기를 제외한 다른 사람은 알아볼 수 없는 표기법을 사용했다. 각각의 연락원은, 임명되기 전에, 자기 고유의 표기법을 상부에 제출해야 했다. 게이버는 자기가 전달하는 메시지의 내용을 전혀 이해하지 못했다. 그는 메시지를 숙고하고 나서 아연실색할 오류의 결론을 이끌어 냈다. 그렇다, 그가 메시지를 전혀 이해하지 못하는 것만으로는 충분하지 않았고, 동시에 그는 그것을 이해한다고 믿어야만 했다. 그것이 전부가 아니다. 그의 기억력은 너무나 불완전해서 자신의 메시지가 머릿속에 있지 않고 오로지 수첩에만 존재할 정도였다. 수첩만 접으면, 채 1분도 못 되어서, 그 내용을 까맣게 잊었다. 나는 그가 자신의 메시지를 숙고하고 나서 결론을 이끌어냈다고 말했는데, 그것은 우리가, 여러분과 내가, 책을 덮고 아마도 눈도 감은 채, 거기에 대해 숙고했을 것처럼 했다는 말이 아니라, 그가 조금씩 읽어 내려가면서 숙고했다는 말이다. 그리고 그가 고개를 들고 보조 설명을 열심히 할 때는 한 순간도 지체하지 않았는데, 그것은 한 순간이라도 놓쳤다가는 본문과 설명 모두를 잊어버렸을 것이기 때문이다. 이 정도까지 건망증에 걸리도록, 연락원들에게 수술적 조처가 가해지고 있었던 것이 아닌지 나는 종종 궁금해했다. 하지만 그렇게 생각하지는 않는다. 왜냐하면 메시지와 관계되지 않은 모든 것에 대해서 그들은 꽤 좋은 기억력을 갖고 있었기 때문이다. 그리고 나는 게이버가 자신의 어린시절과 가족에 대해서 무척 수긍이 가도록 이야기하는 것을 들었다. 자신이 쓴 것을 혼자서만 읽을 수 있고, 자신의 전갈 내용에 관해서는 자신도 모르게 완전히 깜깜하고, 몇 초 이상 그것을 기억할 수 없는 것,

그것은 한 개인에게서 갖추어지기 드문 자질들이다. 그럼에도 불구하고 그것은 우리 연락원들에게 요구되었던 바이다. 명석하기보다는 성실한 자질을 가진 요원들에 비해 그들이 더 높이 평가되었던 증거는, 그들은 주당 8파운드의 고정급을 받았고, 우리는 6파운드 10실링밖에 지급받지 못했다는 것인데, 이 숫자는 보너스와 이동 경비를 제외한 것이었다. 그런데 내가 요원이나 연락원을 복수로 말하지만 그것은 확실치 않다. 왜냐하면 나는 나 이외의 다른 요원과 게이버 이외의 다른 연락원을 본 적이 없었기 때문이다. 하지만 나는 우리가 혼자만은 아니라고 생각했고, 게이버도 같은 생각을 했을 것이다. 왜냐하면 우리 각자의 영역에서 단지 우리밖에 존재하지 않는다는 것, 우린 그것을 견디지 못했을 것으로 생각되기 때문이다. 그래서 우리에게는, 즉 내게는, 각 요원에게 연락원 한 명만 배당되었다는 점이, 게이버에게는, 각 연락원에게 요원 한 명만 배당되었다는 점이 분명 자연스럽게 여겨졌을 것이다. 그렇기 때문에 내가 게이버에게, 이 일을 다른 요원에게 주라고 하시오, 나는 이 일을 원치 않소, 라고 말할 수 있었고, 게이버는 내게, 그가 당신 외에 다른 요원을 원치 않소, 라고 대답할 수 있었다. 이 마지막 말은, 게이버가 일부러 나를 난처하게 만들기 위해서 꾸며대지 않았다면, 소장이 아마도 단지, 만일 그것이 환상이었다면, 우리의 환상을 유지시켜주기 위한 목적으로 말했을지도 모른다. 이 모든 것은 별로 분명하지 않다.

우리가 우리 자신을 거대한 조직의 일원으로 생각하고 있었다면, 그것 역시 역경을 나누면 줄어든다는 아주 인간적인 감정 때문이었음에 틀림없다. 하지만 적어도 이성의 날카로운 목소리에 귀를 기울일 줄 알았던 나에게는, 우리가 하는 일을 하고 있던 사람은 아마도 우리밖에 없었을 것이라는 점이 분명했다. 그렇다, 내가 명민해지는 순간에는 그것이 가능하다고 여겨졌다. 여러분에게 아무것도 숨기지 않고 말하겠는데, 이 명민함은 때때로 너무나 날카로워져서 나는 게이버 자체의 존재까지도 의심하게 되었다. 만일 내가 어둠 속으로 재빠르게 다시 잠기지 않았다면, 나는 아마도 요술을 부려서 소장을 없애버리기까지 하고, 내 불행한 존재의 책임은 오로지 내게 있다고 생각했을 것이다. 왜냐하면 나는 주당 6파운드 10실링에 보너스와 모호한 수당을 받는 내가 불행하다는 것을 알고 있었기 때문이다. 그런데 게이버와 소장(유다라고 불리는)을 없애버리고 나서는, 내가 그 즐거움을 거절할 수 있었을까, 그 즐거움—여러분은 내 말을 이해했을 것이다. 하지만 나는 전멸시키는 큰 빛을 받을 위인은 아니었고, 내겐 오로지 작은 등불 하나와, 텅 빈 어둠 속에서 그 등불을 들고 다닐 큰 인내심만이 주어졌다. 성실한 여러 사람 중에 나도 성실한 한 사람이었다.

나는 부엌으로 내려갔다. 거기서 마르트를 보리라고는 생각하지 못했는데, 나는 거기서 그녀를 보았다. 그녀는 벽난로 한쪽 구석에서 흔들의자에 앉아 있었으며, 시무룩하게 몸을 흔들고 있었다. 그녀의 말에 따르면, 그 흔들의자는 그녀가 애착을 가졌던 유일한 소유물이었으며, 한 왕국을 준다고 해도 그녀는 그것과 떨어질 수 없었다. 주목할 점은, 그녀는 그것을 자기 방에 놓지 않고, 부엌 벽난로 한쪽 구석에 놓았다는 것이다. 늦게 자고 일찍 일어났기 때문에, 그녀가 그것을 가장 잘 이용할 수 있는 곳은 부엌이었다. 많은 주인이, 나도 그중 하나인데, 일하는 장소에 안락용 가구를 놓는 것을 달갑지 않게 보았다. 하녀가 휴식을 원한다? 자기 방으로 가면 될 것이다. 부엌 안에 있는 모든 것은 하얗고 반듯한 목재여야 한다. 사실 마르트가 내 집에 고용되어 들어오기 전에, 자신의 흔들의자를 부엌에 놓도록 허락해달라고 요청했었다. 나는 분개하여 거절했었다. 그런 다음, 그녀가 굽히지 않는 것을 보고서 내가 양보했다. 나는 마음이 너무 좋았다.

매주 토요일마다 1주일 분의 라거 비축품, 즉 1리터짜리 여섯 병이 배달되었다. 다음 날까지 나는 그것에 결코 손을 대지 않는데, 왜냐하면 라거는 조금이라도 움직인 뒤에는 가만히 놔둬야 하기 때문이다. 그 여섯 병 중에서, 게이버와 나 둘이서 한 병을 비웠다. 따라서 다섯 병과, 지난주에 바닥만 남은 병 한 개가 남아 있었을 것이다. 나는 식품저장실로 갔다. 다섯 병이 마개를 따지 않고 밀봉된 채로 거기 있었고, 마개를 딴, 4분의 3이 비어 있는 병 하나가 있었다. 마르트는 시선으로 나를 좇았다. 나는 그녀에게 아무 말도 걸지 않고 나와서 위층으로 다시 올라갔다. 그저 갔다가 온 것뿐이었다. 나는 아들 녀석의 방으로 들어갔다. 녀석은 작은 책상 앞에 앉아, 큰 것과 작은 것, 두 개의 우표 앨범을 앞에 펼쳐놓고서 우표들을 감상하고 있었다. 내가 다가가자 녀석은 그것들을 잽싸게 덮었다. 나는 즉시 녀석이 어떤 음모를 꾸미고 있는지 알았다. 하지만 우선 이렇게 물었다. 네 소지품 준비했니? 녀석은 일어나 제 가방을 집어서 내게 건네주었다. 나는 안을 들여다보았다. 그 안에 손을 넣어 시선을 멀리하고 내용물을 더듬어보았다. 모두 그 안에 들어 있었다. 나는 그것을 녀석에게 돌려주었다. 너 뭐하고 있냐? 내가 말했다. 우표를 좀 보고 있었어요. 녀석이 말했다. 그게 우표를 보고 있는 거였냐? 내가 말했다. 정말이에요. 상상할 수 없을 만큼 뻔뻔스럽게 녀석이 말했다. 입 닥쳐, 거짓말쟁이야! 내가 소리쳤다. 그 녀석이 무엇을 하고 있었는지 아는가? 고작 멋진 진짜 컬렉션 앨범에서 사본 우표 앨범으로, 희귀하고 비싼 우표들, 녀석이 매일 경이로움이 가득 찬 눈으로 바라보았고, 단 며칠 동안도 떨어질 줄을 몰랐던 그 우표들을 옮겨놓고 있었다. 티모르 섬 새 우표 보여다오, 5레이스짜리 노란색 말이야. 내가 말했다. 녀석은 주저했다. 보여달란 말이야! 내가 소리쳤다. 그 우표는 내가 직접 녀석에게 준 것으로, 1플로린을 주고 샀었다. 그 당시엔 헐값이었다. 이 안에 넣었어요. 녀석은 사본 앨범을 들추며 민망스럽게 말했다. 그것이 내가 알고자 했던 전부였다, 아니 더 정확하게 말한다면, 녀석이 제 입으로 그렇게 말하는 것을 듣고 싶었다. 나는 이미 그것을 알고 있었으니까. 됐어. 내가 말했다. 나는 방문 쪽으로 갔다. 두 개의 앨범을 집에 놔둘 거야, 큰 것과 작은 것 모두. 내가 말했다. 나무라는 말 한 마디도 없이, 나는 예언적 단순미래형*을 사용했는데, 그것은 유디가 사용했던 것들을 본뜬 것이었다. 당신 아들이 함께 갈 겁니다. 나는 방을 나왔다. 하지만 거의 교태를 부리다시피, 평소처럼 내 양탄자의 폭신함에 흡족해하면서, 살살 걸음으로 내 방 쪽을 향하여 마루를 지나가고 있는 사이, 어떤 생각이 갑자기 떠올라서 나는 아들 녀석의 방으로 다시 돌아가게 되었다. 녀석은 같은 자리에 앉아 있었는데, 약간 자세가 바뀌어, 팔을 책상 위에 올려놓고 얼굴을 팔에 묻고 있었다. 이 광경은 내 가슴에 곧장 파고 들어왔지만, 그렇다고 해서 나는 내 의무를 약화시키지는 않았다. 녀석은 움직이지 않았다. 확실한 안전을 위해서, 우리가 돌아올 때까지 이 앨범들을 금고에 넣어둘 거야. 내가 말했다. 녀석은 여전히 움직이지 않았다. 너 내 말 듣고 있는 거야? 내가 말했다. 녀석은 후다닥 일어나다가 의자를 넘어뜨리더니 분노에 찬 이 말들을 퍼부었다. 마음대로 하세요! 그것들 더 이상 보고 싶지 않아요! 분노는 가라앉을 때까지 기다려야 한다, 이것이 내 생각이다. 염증이 가신 뒤에 수술을 해야 한다. 나는 앨범들을 집어 들고 한 마디도 하지 않고 방을

---

* 부드러운 명령을 표현하기 위한 동사의 미래형이다.

나왔다. 녀석은 나에 대한 존경심을 보이지 않았지만, 녀석에게 그것을 시인하도록 할 때가 아니었다. 나는 복도에 서서 움직이지 않은 채 떨어지고 부딪치는 소리들을 들었다. 나보다 자제력이 없는 사람이었다면 가서 혼냈을 것이다. 그러나 아들 녀석이 자신의 괴로움을 자유롭게 발산하도록 해주는 것이 내게는 그다지 불쾌하지 않았다. 그것은 정화를 시켜준다. 내 생각에는, 잠잠한 고통이 더 무서운 것이다.

　나는 앨범들을 팔에 끼고 내 방으로 갔다. 나는 아들 녀석에게 무서운 유혹을 당할 기회를 없애준 것이다. 여행 도중에 즐기려고, 녀석이 아주 특별히 좋아하는 우표 몇 장을 주머니에 넣는 유혹 말이다. 우표 몇 장을 몸에 지닌다는 사실 그 자체가 비난받을 만해서가 아니다. 하지만 그것은 불복종이었을 것이다. 그것들을 보려면 녀석은 아버지에게서 숨어야 했을 것이다. 그리고 그것들을 잃어버리는 경우에는, 틀림없이 그럴 것인데, 그것들이 없어진 이유를 내게 변명하기 위해, 녀석은 꼼짝없이 거짓말을 해야 했을 것이다. 그렇게는 안 된다. 만일 정말로 녀석이 좋아하는 우표들과 떨어질 수 없다면, 앨범을 몽땅 가져가는 편이 나았을 것이다. 낱장의 우표보다는 앨범이 잃어버리기 어려우니까. 하지만 녀석이 무엇을 할 수 있고 할 수 없는지에 대해선 내가 더 잘 판단했다. 왜냐하면 나는 녀석이 아직 모르는 것, 그중에서도 이번의 시련이 녀석에게는 유익하리라는 것을 알고 있었기 때문이다. 없는 대로 지내야 하느니라 Sollst entbehren, 바로 이것이 녀석이 어리고 고분고분할 때, 내가 녀석에게 불어넣어주고 싶었던 교훈이다. 내가 열다섯 살 때까지만 해도 함께 결합시킬 수 있다고는 상상조차 하지 못했던 이 마법적인 두 단어. 그래서 이러한 노력은, 비록 그것이 녀석의 눈에 나를 가증스럽게 보이게 하고, 나 자신을 넘어서, 아버지라는 개념 자체까지도 미워하게 만든다고 할지라도,

나는 내 온 힘을 다해 그 노력을 늦추지 않았다. 내가 죽은 후 녀석이 죽을 때까지, 녀석이 나를 기억하며 욕을 퍼붓기를 잠깐이라도 멈추고, 각성의 순간에, 혹시 아버지가 옳지 않았나 하고 자문할 수도 있다는 생각, 그것만으로도 내게는 충분했고, 그것은 내가 그때까지 들여왔고 앞으로도 들일 모든 수고를 보상해주는 것이었다. 녀석은 처음에는 자신에게 부정적으로 대답하고 나에 대한 증오를 계속 가질 것이다. 하지만 의혹의 씨앗은 뿌려질 것이다. 녀석은 다시 그 질문으로 돌아오리라. 나는 이런 식으로 생각했다.

저녁식사까지는 아직도 몇 시간이 남아 있었다. 나는 이 시간을 최대한으로 이용하려고 마음먹었다. 왜냐하면 저녁식사 후엔 나는 얕은 잠이 들기 때문이다. 나는 윗도리와 신발을 벗고, 바지 단추를 풀고 이불 속으로 들어갔다. 내가 외부의 거짓 풍파를 가장 잘 꿰뚫고, 거기에서 내게 의뢰된 인물을 분별해서, 내가 따라야 할 절차에 대한 직관을 갖고, 타인의 어리석은 고난 속에 내 마음을 진정시키게 되는 것은 바로 어두컴컴한 곳에, 따뜻하게 누워 있을 때이다. 세상과 멀리 떨어져서, 그 소음과 음모, 물어뜯음, 침울한 빛에서 멀리 떨어져서, 나는 세상을 심판하고, 나처럼 그 안에 구제불능으로 빠져 있는 자들을 심판하고, 나 자신도 구제할 줄 모르는 나에 의해 구조를 받아야 하는 자도 심판한다. 모든 것이 어둡지만, 그것은 대규모의 분해를 쉽게 해주는 단순한 어둠이다. 법처럼 적나라한 덩어리들이 움직이기 시작한다. 그것들이 무엇으로 만들어졌는지, 그것에 대해선 별로 관심이 없다. 인간도 역시, 거기 어디쯤인가에, 온갖 군림으로 가득 차고, 다른 덩어리들 중에 고지식하고 외로우며, 바위만큼이나 우연이 결핍된, 거대한 덩어리로 있다. 그리고 이 덩어리 안 어딘가에, 내 손님이 자신을 별도의 존재라고 여기며 파묻혀 있다. 누구라도 그 일을 해낼 것이다. 하지만 나는 찾아내는 일로 돈을 받는다. 내가 도착하면, 그는 분리되어 나온다. 일생 동안 그는 오로지 이것만을 기다려왔다, 사랑받는 자가 되는 것, 자신을 저주받은 자로, 축복받은 자로 여기는 것, 그중에서도 특히, 평범한 자로 여기는 것. 이런 것은 침묵과 온기, 미광, 그리고 내 침대의 냄새가 가끔씩 내게 미치는 효과이다. 나는 일어나서 나온다. 그러면 모든 것이 변해 있다. 내 머리는 핏기가 없어지고, 사방에서 서로 엇갈리고, 합쳐지고, 산산이 부서져 날아가는 사물의 소음들이 내게 빗발치고, 내 눈은 헛되이 닮은 것들을 찾고, 내 피부의 곳곳마다 다른 메시지를 외쳐대고, 나는 이 여러 현상의 물보라 속에 거꾸로 뒤집힌다. 바로 이러한 느낌들, 허상이라는 것을 내가 다행히도 알고 있는 이러한 느낌들 속에 사로잡혀서, 나는 살아야 하고 일해야 한다. 나에게서 하나의 의미를 발견하는 것은 이 느낌들 덕분이다. 그래서 갑작스런 고통 때문에 깨어난 사람이 된다. 굳어져서, 숨을 멈추고, 기다리며, 이건 악몽이야, 혹은, 이건 가벼운 두통이야, 이렇게 혼잣말을 하고, 숨을 쉬고, 여전히 떨면서 다시 잠을 잔다. 그렇지만 일에 착수하기에 앞서, 이 거대하고 느린 세계, 모든 것이 황소처럼 침울하고 무겁게, 태고의 길을 따라서 서서히 움직이고 있는, 또한 물론 그 어떤 조사 작업도 불가능한, 이 세계 속에 다시 푹 잠기는 것은 불쾌한 일은 아니다. 하지만 이 경우에는, 반복한다, 이 경우에는, 그렇게 하는 다른 이유가, 바라건대, 좀 더 진지하고, 유쾌함의 차원보다는 실리의 차원에 속하는 다른 이유가 있었다. 그것은 뭐랄까, 끝이 없는 종국(終局)의 분위기랄까, 왜 안 되겠는가, 이런 분위기 속에 내가 실행해야 할 임무를 옮겨놓아야만 비로소 나는 그것을 고려할 엄두를 낼 수 있었기 때문이다. 왜냐하면 몰로이가 존재할 수 없는 곳에서, 한편으로는 모랑 또한 존재할 수 없는 곳에서, 모랑은 몰로이에게 마음을 쏟을 수 있었기 때문이다. 그리고 비록 이 검토 작업으로부터 임무 실행을 위해 특별히 이득이 되거나 유용한 것이 하나도 나오지 않는다고 하더라도, 그래도 나는 반드시 허위라고는 볼 수 없는, 일종의 관계를 설정할 수 있었을 것이다. 그것은, 내가 아는 바로는, 조건의 허위가 필연적으로 관계의 허위를 포함하지는 않기 때문이다. 그리고 이뿐만 아니라, 나는 나의 대상 인물에게, 처음부터, 전설적인 존재의 모습을 부여할 수 있었을 것이고, 그것은 나중에 반드시 나에게 도움이 될 것이었으며, 그러리라는 예감이 들었다. 그러므로 나는, 내가 하는 일을 너무나도 잘 알고 있었기에, 평온한 마음으로, 윗도리와 신발을 벗고, 바지의 단추를 풀고 이불 속으로 쏙 들어갔다.

몰로이, 혹은 몰로즈는 나에게 낯선 사람이 아니었다. 만일 내게 동료들이 있었다면, 마치 조만간 우리가 몰두하게 될 어떤 사람에 대해서 이야기하듯이, 그에 대해서 내가 동료들과 함께 이야기를 나눈 적이 있었다고 의심해볼 수도 있었을 것이다. 하지만 나는 동료가 없었고, 내가 그의 존재를 어떤 상황에서 알게 되었는지도 몰랐다. 어쩌면 내가 지어냈을 수도 있다, 내 말은 순전히 내 머릿속에서 발견했을 수도 있다는 뜻이다. 우린 분명, 머릿속의 어떤 장면들 속에서 어떤 역할을 해주었기 때문에, 낯설지만 완전히 낯설지 않은 사람들을 때로 만날 수 있다. 그런 일은 내게 한 번도 일어난 적이 없었고, 그런 경험은 내 체질에 맞지 않다고 생각했으며, 이미 본 적이 있는 단순한 것조차도 내게는 무한히 미칠 수 없는 것으로 보였다. 그런데 그런 일이 그때 꼭 내게 일어난 것 같았다. 왜냐하면 나 말고 누가 나한테 몰로이에 대해 말을 했겠으며, 나 말고 누구에게 내가 그에 대해서 말을 했겠는가? 나는 찾아보았으나 허사였다. 왜냐하면 내가 사람들과 드물게 대화를 나눌 때 나는 그런 주제는 피했기 때문이다.

다른 사람이 몰로이에 대해 말했다고 할지라도 나는 그에게 입을 다물라고 부탁했을 것이고, 그 어떤 것을 준다고 해도 나는 그의 존재를 이 세상 사람 그 누구에게도 누설하지 않았을 것이다. 나에게 동료들이 있었다면 물론 달랐을 것이다. 동료들 사이에선 다른 사람들과는 하지 않는 이야기들을 한다. 하지만 내게는 동료들이 없었다. 그 점이 아마도 이 사건의 서두부터 내가 느꼈던 그 커다란 불안감을 설명해주는 것 같다. 왜냐하면 성숙하고 더 이상 놀랄 게 없다고 생각하는 사람에게 그런 치욕의 무대로서 자신을 바라본다는 것은 보통 일이 아니었기 때문이다. 바로 거기에 경각심을 가져야 할 이유가 있었다.

어머니 몰로이, 혹은 몰로즈도 역시 나에게 완전히 낯설지는 않았다, 나에겐 그렇게 보였다. 하지만 그녀는 그녀의 아들보다는 훨씬 덜 선명했는데, 그 아들도 맹세코 그런 것과는, 내 말은 선명한 것과는, 아주 거리가 멀었다. 단지 태아 막의 단편들처럼, 아들이 그 어머니의 흔적을 갖고 있다는 측면을 제외하면, 결국 나는 아마도 어머니 몰로이 혹은 몰로즈에 대해서 아무것도 모르고 있었을 수도 있다.

몰로이와 몰로즈, 이 두 이름 중에 두번째가 내게는 더 맞는 것으로 보였다. 하지만 그 차이는 약간이었다. 내게 들리기로는, 아마도 청각이 몹시도 나쁜 내 마음속에서 들리기로는, 첫번째 음절 '몰'은 무척 분명했고, 그 뒤에 곧바로 무척 희미한 두번째 음절이, 마치 첫번째 음절에 먹힌 것처럼 따라오는데, 이것은 '오이'가 될 수도 있고, '오즈'나 '오트,' 혹은 심지어 '옥'도 될 수 있었다. 내가 오즈 쪽으로 기우는 것은 아마도 내 마음이 그 끝음절에 대해 편애하기 때문인 것 같고, 반면에 다른 끝음절들은 그 어떤 공감도 주지 못했다. 하지만 게이버가 한 번도 아니고 여러 번을, 그것도 매번 똑같이 분명하게 몰로이라고 말한 이상, 나 역시 몰로이라고 말해야 할 것이며, 몰로즈라고 하면 틀린다는 것을 인정할 수밖에 없었다. 그러므로 이제부터는, 나의 기호를 잊어버리고, 게이버처럼 나도 몰로이라고 해야 할 것이다. 그것이, 하나는 나의 몰로즈, 하나는 조사 대상인 몰로이, 각각 다른 두 인물일 수도 있다는 생각은 내 머릿속에 스쳐 오지도 않았다. 만일 그랬더라면 나는, 마치 모기나 말벌을 쫓아내듯이, 그 생각을 쫓아냈을 것이다. 세상에, 인간은 어쩌면 자기 자신과도 그리 일치될 수 없는지. 균형이 잡히고, 크리스털처럼 냉정하며, 가식적 깊이가 전혀 없다고 우쭐해하던 나였는데.

그러니까 나는 몰로이에 대해 알고 있었다. 비록 그에 관해 아는 것은 별로 없었지만 말이다. 나는 조금이나마 내가 그에 대해 알고 있었던 점을 간략하게 이야기하겠다. 아울러 몰로이에 대해 내가 갖고 있던 지식 속에서 가장 두드러진 결함들도 지적하겠다.

그가 가진 공간은 아주 작았다. 시간도 역시 그에게 한정되어 있었다. 그는 절망한 듯, 지극히 가까운 목표물들을 향하여 멈추지 않고 서둘러 가고 있었다. 때로는 갇힌 자가 되어, 알 수 없는 협소한 한계들을 향해 내달았고, 때로는 쫓기는 몸이 되어, 읍내 한복판 쪽으로 몸을 피했다.

그는 헐떡였다. 그가 내 안에 나타나기만 하면, 나는 헐떡임으로 가득 찼다.

평평한 들판에서조차도 그는 길을 트기 위하여 애쓰는 것 같았다. 걷는다기보다는 돌격하고 있었다. 그럼에도 불구하고 그는 아주 천천히 나아갈 뿐이었다. 그는 곰처럼 몸을 좌우로 흔들면서 걸었다.

그는 알아들을 수 없는 말들을 하며 머리를 흔들었다.

그의 몸은 거대하고 뚱뚱했으며, 기형적이기까지 했다. 그리고 검지는 않았지만, 어두운 색깔이었다.

그는 항상 길을 가고 있었다. 한 번도 그가 쉬는 것을 보지 못했다. 그는 가끔 멈춰서 분노의 눈길로 주변을 바라보았다.

아주 드문드문, 그가 내게 찾아오는 모습은 이런 것이었다. 그럴 때면 나는 단지 소란, 무거움, 분노, 질식, 미친 듯이 헛되고 부단한 노력, 그 외에 더 이상 아무것도 아니었다. 뭐 평소의 나와는 전혀 반대였다. 이것은 나를 변화시켰다. 나는 그가 온몸으로 고함 같은 것을 지르며 사라지는 것을 거의 아쉬움으로 바라보곤 했다.

그가 목적한 바가 무엇이었는지에 대해서는, 나는 아무것도 몰랐다. 그의 나이가 몇 살이었을지 단서를 주는 것은 아무것도 없었다. 내가 그에게서 본 이런 모습, 그는 이런 모습을 오래전부터 지녔고, 끝까지, 진정한 끝까지 지닐 것이라고 나는 생각했는데, 그 끝은 내가 상상하기 어려웠다. 왜냐하면, 나는 무엇이 그를 그런 상태로 만들어놓았는지 생각할 수 없었으므로, 그가 혼자 내버려진 처지에서, 어떻게 그 상태에 끝을 낼 수 있는가 또한 생각할 수 없었기 때문이다. 자연스런 끝은, 왠지 모르지만, 가능성이 희박해 보였다. 그러나 나 자신의 자연스런 끝은, 나는 그 점에 대해서는 확고했었는데, 동시에 그 자신의 끝이 되지 않을까? 겸손하게, 나는 그 점을 확정적으로 보지 않았다. 한편, 자연스럽지 않은 끝도 존재하는가, 모든 끝은 아름다운 자연 속에 있지 않는가, 부인할 수 없을 정도로 좋은 끝과 소위 말하는 나쁜 끝 모두? 헛된 억측에 빠지지 말자.

그의 얼굴 생김새에 대해서 나는 아무런 정보도 갖고 있지 않았다. 나는 그가 수염이 덥수룩하고, 투박하며, 찌푸린 얼굴을 하고 있다고 추측했다. 아무것도 내게 그렇게 말할 권리는 주지 않았다.

나 같은 남자, 전체적으로 그렇게도 꼼꼼하고 침착하며, 그렇게도 많은 인내심을 가지고 외부 세계와 극히 사소한 악에 관심을 가지며, 자신의 가정과 정원, 보잘것없는 소유물에 착실한 사람, 혐오감을 주는 직업을 충성스럽고 능력 있게 수행하며, 계산적인 한계에 자신의 생각을 자제할 줄 알기에, 불확실에 대하여 그토록 끔찍한 공포를 갖고 있는 사람, 이렇게 만들어진 사람이, 왜냐하면 나는 만들어진 제조품이었으니까, 공상들에 빠지고 사로잡힌다는 것, 그것은 분명 내게 낯설게 보였어야 했고, 더 나아가 나 자신을 위해서 그것을 그만두도록 나를 이끌었어야 했다. 그러나 그런 일은 조금도 없었다. 나는 그것을 오로지 혼자 사는 자의 욕구로만, 그다지 추천할 만한 욕구는 분명 아니었지만, 만일 내가 혼자 사는 자로 남기를 원한다면, 반드시 충족되어야 할 욕구로만 보았고, 그래서 나는 내 암탉이나 내 신앙에 대해서만큼 작은 열정으로, 하지만 많은 통찰력을 가지고 그것에 집착했다. 게다가 그것은 나의 생이라는 이상한 목공품 안에서 거의 자리를 차지하지 않았고, 내 꿈들만큼이나 내 생을 위험에 빠뜨리지도 않았으며, 또한 금방 잊혀졌다. 대형 화재로 번지기 전에 미리 불길을 막는 것, 그것이 내겐 항상 합리적으로 보였다. 그리고 만일 나의 삶에 대해 말해야 했다고 하더라도 나는 이 환영들의 존재에 대해서 암시조차 하지 않았을 것이고, 다른 것들보다도 불운아 몰로이의 존재에 대해선 더더욱 그랬을 것이다. 사실 그보다 훨씬 더 흥미진진한 다른 존재들이 있었기 때문이다.

 하지만 이런 종류의 환영들, 의지는 그것들을 다시 생각해내되 항상 거기에 왜곡을 가한다. 거기에서 빼든지 더 추가를 한다. 그러므로 기억에 남을 만한 그 8월의 일요일에 내가 다시 띄운 그 몰로이는 내 깊은 내면에 거하던 그 몰로이가 분명 아니었는데, 그것은 아직 그가 나타날 때가 아니었기 때문이다. 하지만 본질적인 특징들에 대해서는, 나는 걱정할 것이 없었다. 서로 닮은 점이 있었으니까. 만일 틀린 점이 더 많았다고 해도 그다지 한탄할 필요는 없었다. 왜냐하면 내가 하고 있었던 일, 나는 그것을 내가 업신여기던 몰로이를 위해서 했던 것도 아니고, 내가 포기해버렸던 나 자신을 위해서 했던 것도 아니라, 어떤 임무를 위해서, 비록 완수되기 위해 우리를 필요로 했지만, 본질적으로는 익명의 성격을 지녔고, 그 일을 할 불쌍한 장인(匠人)들이 더 이상 존재하지 않게 된다면, 인간들의 머릿속에 깃들어 존속할 어떤 임무를 위해 했기 때문이다. 내가 내 일을 진지하게 여기지 않았다고 말해서는 안 된다고 생각한다. 그보다는 차라리, 연민을 가지고서 이렇게 말하라. 아! 이 그리운 장색(匠色) 친구들, 그 족속은 꺼졌고 그 주형(鑄型)은 깨졌지.

두 가지 주목할 점이 있다.

내가 이처럼 신중하게 접근해가던 그 몰로이는 분명 진짜 몰로이, 내가 아주 조만간에, 산 넘고 골짜기를 건너 추격해야 할 그 몰로이와는 오로지 아주 희미하게밖에는 닮지 않았을 것이라는 점.

나는 아마도 이미, 그것을 깨닫지 못한 채, 이렇게 내 안에 형성된 몰로이에게 게이버가 묘사한 몰로이의 요소들을 혼합하고 있었는지도 모른다는 점.

요약하면 세 명, 아니, 네 명의 몰로이가 있는 셈이었다. 내 마음속에 있던 몰로이, 그에 대하여 내가 그려가고 있던 몰로이, 게이버의 몰로이, 그리고 어디선가 나를 기다리고 있던, 피와 살을 가진 몰로이. 만일 게이버가 자신의 전갈에 관한 모든 것에 대하여 갖고 있던 천부적인 정확성이 아니었다면, 나는 거기에 유디의 몰로이도 더할 수 있었을 것이다. 이것은 잘못된 추론이다. 왜냐하면 유디가 자신의 피보호자에 대하여 아는 모든 것, 혹은 안다고 생각한 모든 것(유디에겐 둘 다 같은 소리이다)을 게이버에게 모두 숨김없이 말했다고 정말 추측할 수 있었겠는가? 확실히 그것은 아니다. 그는 자신의 명령들을 유용하고 빠르게 실행하기 위해 좋다고 판단되는 정보만 말해주었다. 그러므로 나는 다섯번째의 몰로이, 유디의 몰로이를 더하겠다. 하지만 이 다섯번째의 몰로이는 네번째, 소위 진짜 몰로이, 즉 자기 그림자를 동반하던 몰로이와 반드시 일치한다고 볼 수는 없는 것일까? 그걸 알 수 있다면, 나는 그 어떤 값이라도 지불했을 것이다. 물론 다른 몰로이들도 있었다. 하지만 괜찮다면, 여기, 우리의 작은 서클 안에 머물기로 하자. 또한 이 다섯 명의 몰로이가 어디까지가 고정된 것이며 어디까지가 변동의 대상이 되는지 알고자 참견하지 말자. 왜냐하면 유디는 무척이나 쉽게도 자신의 의견을 바꾸는 특이함을 지녔었기 때문이다.

이러다 보니 주목할 점이 세 가지가 되었다. 나는 둘밖에 예상하지 못했었는데.

이렇게 실마리가 풀렸으니, 나는 게이버의 보고서에 맞서 공식적으로 이미 알려진 사실들의 핵심으로 들어갈 수 있다고 판단했다. 조사가 드디어 시작될 것처럼 보였다.

세게 친 징 소리가 집 안을 가득 채운 것은 대략 이 순간이었다. 때는 사실 9시였다. 나는 일어나서 옷차림을 가다듬고 서둘러 내려갔다. 수프가 식탁에 있다고, 아니 내가 무슨 말을 하고 있나, 수프가 벌써 차가워지고 있다고 알리는 것, 그것은 항상 마르트에게 하나의 작은 승리였고 큰 만족이었다. 왜냐하면 보통 나는 약속된 시간 몇 분 전에 식탁에 앉아서, 냅킨을 가슴에 펼치고, 빵을 부스러뜨리며, 식기를 만지작거리고, 나이프걸이로 장난하면서, 식사가 나오기를 기다렸기 때문이다. 나는 수프로 달려들었다. 자크는 어디 있소? 내가 말했다. 그녀는 어깨를 살짝 올렸다.

밉살스런 노예의 몸짓. 녀석에게 당장 내려오라고 하시오. 내가 말했다. 내 앞의 수프는 더 이상 김이 나지 않았다. 김이 나긴 했었나? 그녀가 돌아왔다. 내려오지 않겠답니다. 그녀가 말했다. 나는 숟가락을 놓았다. 말해주시오, 마르트, 이 음식은 뭐요? 내가 말했다. 그녀는 내게 그 이름을 말해주었다. 내가 먹어본 적 있는 거요? 내가 말했다. 그녀는 그렇다고 내게 확신시켜주었다. 그러니까 자기 접시 안에 있지 않은 것은 나로군. 내가 말했다. 재치 있는 이 말은 나를 무척이나 즐겁게 해서, 하도 웃었더니 딸꾹질을 하기 시작했다. 그것은 마르트에겐 패배였고, 그녀는 얼빠진 상태로 나를 바라보고 있었다. 녀석을 내려오게 하시오. 드디어 내가 말했다. 뭐라고 하셨어요? 마르트가 말했다. 나는 내가 한 말을 반복했다. 그녀는 여전히 정말로 당황한 기색이었다. 우리는 이 작은 트리아농 궁전에 셋뿐이오. 당신, 내 아들, 그리고 나. 난 녀석이 내려와야 한다고 말했소. 내가 말했다. 하지만 아드님은 아파요. 마르트가 말했다. 죽어간다고 해도 내려와야 하오. 내가 말했다. 화가 나면 나는 가끔 말을 약간 지나치게 했다. 그것을 후회할 수는 없었다. 나에게는 모든 말이 하나의 말의 과장인 것처럼 보였다. 나는 그것을 자연스럽게 고백하고 있었다. 약간 가증스럽게 굴 필요가 있었다.

자크는 작약처럼 얼굴이 붉었다. 수프를 먹어봐, 너 정말 놀랄 거야. 내가 말했다. 저는 배가 고프지 않아요. 녀석이 말했다. 수프 먹어. 내가 말했다. 녀석이 수프를 먹지 않으리라는 것을 나는 알았다. 불만이 뭐야? 내가 말했다. 전 몸이 안 좋아요. 녀석이 말했다. 어린 것들은 너무나 지긋지긋해. 좀 더 명료하게 말해봐. 내가 말했다. 나는 일부러 아주 어린 아이가 이해하기엔 약간 어려운 이 단어를 사용했는데, 그것은 며칠 전에 그 뜻과 사용법을 녀석에게 알려주었기 때문이다. 그러므로 나는 녀석이 무슨 말인지 모르겠다고 말하리라 한껏 기대를 하고 있었다. 하지만 녀석은 나름대로 영악한 놈이었다. 마르트! 나는 고함쳤다. 그녀가 나타났다. 다음 것을 주오! 내가 말했다. 나는 창문 밖을 더 자세히 쳐다보았다. 비가 멎었을 뿐만 아니라, 그것은 내가 이미 알고 있었다. 서편에서 아롱거리는 멋진 붉은 광채의 띠들이 매 순간 점점 올라오고 있었다. 나는 그것들을 보았다기보다는 내 작은 숲을 가로질러 상상했다. 그렇게도 아름답고, 그렇게도 희망적인 광경 앞에서, 거의 과장 없이, 아주 커다란 기쁨이 홍수처럼 내게 밀려왔다. 나는 한숨을 지으며 거기서 시선을 뗴었다, 왜냐하면 아름다움이 불러일으키는 기쁨은 흔히 순수한 것이 아니기 때문이다. 그리고 내가 다음 것이라고 옳게도 잘 불렀던 그것이 내 앞에 놓여 있는 것을 보았다. 이것은 또 뭐요? 내가 말했다. 보통 일요일 저녁이면 우리는 토요일 저녁에 먹다 남은 조류 요리를 차게 먹었다. 닭고기, 오리 새끼, 거위, 칠면조, 그 밖에 또 여러 가지. 나는 칠면조를 기르는 데는 항상 성공했다. 내 생각엔 오리보다는 칠면조가 기르기에는 더 재미있다. 아마도 약간 더 까다로울지는 모르지만, 칠면조의 비위를 잘 맞추고, 그것을 조심해서 잘 다룰 줄 아는 사람, 즉 간략히 말해서 칠면조를 좋아하고, 그래서 칠면조가 자기를 좋아하게 만들 줄 아는 사람에게는 훨씬 수익성이 좋다. 그것은 목동의 요리입니다. 마르트가 말했다. 나는 큰 접시째 그것을 맛보았다. 그럼 어제 먹던 닭고기는 어떻게 했소? 내가 말했다. 마르트의 얼굴은 승리의 표정을 지었다. 그녀는 이 질문을 기다리고 있었다, 그것은 분명하다. 그녀는 그것을 기대하고 있었다. 출발하시기 전에, 따뜻하게 드시는 게 좋으리라 생각했어요. 그녀가 말했다. 그런데 내가 떠날 거라고 누가 당신에게 말했소? 내가 말했다. 그녀는 부엌문 쪽으로 갔다. 화살을 쏘려는 확실한 표시였다. 그녀는 항상 도망치면서 모욕을 주었다. 저 장님 아니에요. 그녀가 말했다. 그녀는 문을 열었다. 유감스럽게도요. 그녀가 말했다. 그녀는 문을 닫고 나가버렸다.

　나는 아들 녀석을 쳐다보았다. 녀석은 입을 벌리고 눈을 감고 있었다. 네가 누설했지? 내가 말했다. 녀석은 못 알아들은 척했다. 우리가 떠난다고 네가 마르트에게 말했냐? 내가 말했다. 녀석은 아니라고 했다. 왜 안 했냐? 내가 말했다. 마르트를 보지 못했어요. 녀석은 냉소적으로 말했다. 방금 네 방에 올라가지 않았었냐? 내가 말했다. 요리는 이미 준비되어 있었어요. 녀석이 말했다. 녀석은 때로 거의 나와 맞먹는 수준이었다. 그런데 녀석이 요리를 내세운 것은 잘못이었다. 하지만 녀석은 아직 어리고 경험이 없었기 때문에 나는 녀석을 들볶는 일은 그만두었다. 네 상태가 어떤지 좀 더 자세하게 말해보거라. 내가 말했다. 배가 아파요. 녀석이 말했다. 배가 아프다고! 열이 있냐? 내가 말했다. 잘 모르겠어요. 녀석이 말했다. 그럼 알아봐. 내가 말했다. 녀석은 점점 흐리멍덩해지는 기색이었다. 다행히도 나는 상세하고 명확히 설명하는 것을 꽤 좋아했다. 가서 분(分) 체온계를 찾아봐, 내 책상 오른쪽, 위에서 두번째 서랍에 있어, 네 체온을 재고 체온계를 나한테 가져와. 내가 말했다. 몇 분이 지난 다음, 나는 자진해서, 또박또박, 그리고 천천히, 명령어가 세 개나 들어 있었던, 꽤 길고 어려운 이 문장을 다시 한 번 반복했다. 아마도 요점을 파악한 듯 녀석이 멀어져 가자, 나는 쾌활하게 덧붙여 말했다. 어떤 입에다 그것을 넣는지 알고 있냐? 나는 아들 녀석과의 대화에서 교육의 목적으로 의심스러운 취향의 농담들을 곧잘 즐겼다. 녀석이 즉석에서는 그 짜릿한 맛을 전부 파악할 수는 없었던 농담들, 그런데 그런 농담들은 아주 많았을 것이고, 녀석은 그것들에 대해 한가할 때 깊이 생각해보거나 친구들과 함께 가장 흡사한 해석을 찾아낼 수도 있었다. 그것은 그 자체로 아주 훌름한 훈련이었다. 그러면서 동시에 나는 녀석의 어린 정신을 가장 풍요로운 쪽으로, 즉 육체와 그 기능에 대한 혐오의 궤도로 이끌었다. 그런데 내가 말을 잘못했다, 그보다는 이렇게 말했어야 했다, 넣는 곳을 틀리지 마라. 내가 이런 후회를 갖게 된 것은 목동의 요리를 자세히 관찰하면서였다. 나는 숟가락으로 껍질을 벗겨내고 그 속을 들여다보았다. 그리고 포크로 조사해보았다. 나는 마르트를 불러 그녀에게 말했다. 목동의 개가 요리를 먹지 않을 것 같소. 나는 웃으면서 내 책상을 생각했다, 서랍은 양쪽에 세 개씩, 전부 여섯 개뿐으로, 비어 있거나 내가 그 속에 다리를 집어넣곤 했다. 당신의 저녁요리를 먹을 수 없으니까, 닭고기 중 당신이 못먹고 남은 것으로 샌드위치 한 통만 만들어주면 고맙겠소. 내가 말했다. 아들 녀석이 마침내 돌아왔다. 분 체온계는 가지고 있을 필요가 있다. 녀석은 내게 그것을 건네주었다. 적어도 이걸 닦기는 했냐? 내가 말했다. 내가 눈을 비스듬히 뜨고 수은주를 쳐다보는 것을 보고 녀석이 문 쪽으로 가서 불을 켰다. 이 순간 유디는 얼마나 멀리 있었던가. 가끔 겨울에, 온종일 아무 보람 없이 일 보러 다니다가 지쳐 기진맥진해서 집에 돌아오면, 내 터키 슬리퍼가 발등을 불꽃 쪽으로 향해 난로 앞에서 말려지고 있는 걸 발견하곤 했다. 녀석은 열이 있었다. 넌 아무렇지도 않아. 내가 말했다. 올라가도 돼요? 녀석이 말했다. 뭘 하려고? 내가 말했다. 자려고요. 녀석이 말했다. 어떤 나쁜 불가항력의 경우가 전개되고 있었던 것은 아니었을까? 틀림없었지만, 나는 감히 그것을 불러일으킬 수는 없었다. 단순히 아들 녀석이 복통이 있다고 해서, 내가 맞으면 어쩌면 결코 다시는 일어나지 못할 수도 있었던 벼락을 내게 끌어들이고 싶지는 않았다. 만일 녀석이 가는 도중에 심히 아프게 되면, 그것은 또 별개의 일이었다. 내가 구약성경을 고작 헛되게 공부하지는 않았다. 애야, 너 똥 쌌냐? 내가 부드럽게 말했다. 노력은 해봤어요. 녀석이 말했다. 싸고 싶으냐? 내가 말했다. 예. 녀석이 말했다. 그런데 아무것도 안 나오는구나. 내가 말했다. 예. 녀석이 말했다. 방귀만 약간 나오냐. 내가 말했다. 예. 녀석이 말했다. 갑자기 앙브루아즈 신부님의 시가가 생각났다. 나는 그것에 불을 붙였다. 어디 한번 보자꾸나. 나는 일어나면서 말했다. 우리는 위층으로 올라갔다. 소금물을 타서 녀석에게 관장을 시켰다. 녀석은 발버둥을 쳤으나 오래가지 않았다. 나는 관장기를 뺐다. 참으려고 노력해봐. 요강에 앉아 있지 말고, 배를 대고 엎드려 있어. 내가 말했다. 우리는 욕실에 있었다. 녀석은 커다란 궁둥이를 내놓고 타일 위에 엎드렸다. 관장액이 잘 스며들게 해. 내가 말했다. 별난 하루였다. 나는 시가의 재를 쳐다보았다. 파랗고 단단했다. 나는 욕조 가에 앉았다. 사기, 유리, 크롬이 내 안에 커다란 평온을 가져다주었다. 적어도 그것들 때문이라고 나는 추측했다. 그런데 그것은 그렇게 큰 평온은 아니었다. 나는 일어나서 시가를 놓고 앞니를 닦았다. 안쪽의 잇몸, 나는 그것 역시 닦았다. 나는 가만히 있으면 입속으로 말려드는 입술을 젖히고 거울을 보았다. 내 모습이 어떤가? 나는 속으로 생각했다. 콧수염을 보니, 평소처럼 신경에 거슬렸다. 좋은 상태가 아니었다. 콧수염은 나한테 잘 어울렸고, 콧수염 없는 나를 상상하기 어려웠다. 하지만 그보다 더 잘 어울렸어야 했다. 자를 때 약간의 변화만 주면 충분할 것 같았다. 하지만 어떻게? 너무 많이 잘랐나, 아니면 너무 조금? 이제 요강에 앉아서 힘을 줘라. 나는 내 얼굴을 계속 들여다보면서 말했다. 그보다는 색깔이 안 어울렸나? 변이 나오는 소리가 내 관심을 고상하지 못한 곳으로 되돌렸다. 녀석은 몸을 덜덜 떨면서 일어났다. 우리는 요강 위에 함께 몸을 굽혔고, 한참 있다가 나는 요강의 손잡이를 잡고 그것을 좌우로 기울였다. 심줄이 있는 찌꺼기 몇 개가 누르스름한 액체 속에 떠다녔다. 뱃속에 아무것도 없는데 어떻게 똥을 싸려는 거냐. 내가 말했다. 녀석은 점심을 먹었다고 내게 지적해주었다. 너 손도 안 댔어. 내가 말했다. 녀석은 입을 다물었다. 내가 정곡을 찔렀던 것이다. 우리가 한두 시간 뒤에 떠난다는 것을 넌 잊고 있어. 내가 말했다. 전 못 떠날 것 같아요. 녀석이 말했다. 그러니까 넌 먹어야 해. 내가 계속해서 말했다. 거센 통증이 내 무릎을 관통했다. 왜 그러세요, 아빠? 녀석이 말했다. 나는 받침궤 위에 주저앉아서, 바지를 걷고 무릎을 쳐다보며 다리를 여러 번 굽혔다 폈다 했다. 빨리, 옥도정기. 내가 말했다. 아빠가 깔고 앉으셨어요. 녀석이 말했다. 내가 일어서자 바지가 다시 발목까지 흘러내려왔다. 이 사물의 관성에는 문자 그대로 사람을 미치게 하는 것이 있다. 나는 으악 소리를 질렀는데, 엘스너 자매가 분명 들었을 것이다. 그녀들은 읽는 걸 멈추고, 고개를 들어 서로 바라보며 귀를 기울인다. 아무것도 들리지 않는다. 한밤중에 비명 한 번, 그리고 또 한 번. 늙고 힘줄이 튀어나오고 반지를 낀 늙은 두 손이 서로를 찾아서 꽉 쥔다. 나는 다시 바지를 걷어, 화가 나서 허벅지까지 그것을 말아 올리고, 받침궤의 덮개를 열고 옥도정기를 꺼내서 무릎에 문질렀다. 무릎에는 움직이는 작은 뼈들이 많이 있다. 약이 잘 스며들게 하세요. 아들 녀석이 말했다. 저게, 녀석은 나중에 나에게 그 대가를 치르게 되리라. 끝을 내자, 나는 모든 것을 제자리에 놓고, 바지를 다시 내리고, 받침궤 위에 다시 앉아 귀를 기울였다. 아무 소리도 안 들렸다. 네가 진짜 구토제를 먹고 싶지 않다면 말이야. 나는 아무 일도 없었다는 듯이 말했다. 저 졸려요. 녀석이 말했다. 가서 자거라, 네가 좋아할 간식 좀 침대로 갖다주마, 잠깐 자거라, 그런 다음 우리 함께 떠나는 거다. 내가 말했다. 나는 녀석을 가슴에 끌어안았다. 어떻게 생각하냐? 내가 말했다. 예, 아빠. 녀석이 말했다. 이 순간 내가 녀석을 사랑했던 것만큼 녀석도 나를 사랑했을까? 요 엉큼한 녀석의 속은 전혀 알 길이 없었다. 얼른 가서 자거라, 잘 덮어, 곧장 갈게. 내가 말했다. 나는 부엌으로 내려가서 따뜻한 우유 한 사발과 잼을 바른 빵 한 조각을 준비해서 멋진 칠기 쟁반에 올려놓았다. 그가 보고서를 원했다. 그는 자신의 보고서를 갖게 될 거다. 마르트는 흔들의자에 빈둥거리며 앉아서 한 마디도 없이 나를 쳐다보고 있었다. 실이 떨어진 운명의 여신 파르카 같았다. 나는 내 뒤를 깨끗이 정리한 다음 문 쪽으로 향했다. 저 가서 자도 돼요? 그녀가 말했다. 그녀는 이 질문을 하기 위해, 내가 가득 찬 쟁반을 손에 들고 일어날 때까지 기다렸던 것이다. 나는 나가서 계단 밑에 있는 의자에 쟁반을 놓고 다시 부엌으로 갔다. 샌드위치 만들어놓았소? 내가 말했다. 그 사이 우유는 차가워지고 역겨운 막으로 한 꺼풀 덮여가고 있었다. 그녀는 샌드위치를 이미 만들어놓았다. 저 가서 자겠어요. 그녀가 말했다. 모두 자고 있었다. 한두 시간 후에 일어나서 문을 닫아줘야 하오. 내가 말했다. 이런 조건하에서 자는 것이 나은지는 그녀가 결정할 일이었다. 그녀는 내가 얼마 동안 출타할지 물었다. 내가 혼자 떠나지 않는다는 걸 그녀는 알고 있었을까? 아마도 그랬을 것이다. 아들 녀석에게 내려오라고 말하기 위해 올라갔을 때, 녀석이 아무 말을 안 했어도 분명 배낭을 보았을 것이다. 잘 모르오. 내가 말했다. 그런 다음 금방, 그렇게도 늙고, 아니, 늙은 것보다도 더 못하게, 늙어가고 있고, 그렇게도 외롭고, 자신의 영원한 구석에서 그렇게도 침울한 그녀를 보면서 말했다. 자 자, 그렇게 길지는 않을 거요. 그러면서 내 딴에는 따뜻한 말로, 내가 없는 동안 잘 쉬고 친구들을 방문하고 초대해서 즐겁게 지내라고 권유했다. 차도 설탕도 아끼지 마시오. 그리고 혹시나 돈이 필요하면, 사보리 변호사에게 연락하시오. 내가 말했다. 나는 이 갑작스런 친절을 밀어붙여 그녀와 악수까지 했는데, 그녀는 내 의도를 파악하자마자 얼른 그 손을 빼서 앞치마에 닦았다. 악수는 끝났는데도 나는 그 손을 빨갛고 부드러운 그 손을 놓지 않았었다. 대신에 그중 손가락 하나를 내 손 끝으로 잡아 내 쪽으로 당기고 바라보았다. 만일 쏟을 눈물이 내게 있었다면, 그때 폭포수같이, 나는 몇 시간 동안 눈물을 쏟았을 것이다. 그녀는 아마도 내가 자기에게 능욕적인 제안이라도 하지 않을까 의심했을 것이다. 나는 그녀에게 손을 돌려주고, 샌드위치를 들고 나갔다.

마르트가 내게 고용되어 들어온 지는 오래되었었다. 나는 자주 여행을 떠났다. 이런 식으로 그녀와 작별했던 적은 한 번도 없었고, 심지어 긴 출타가 걱정스러울 때에도, 이날은 그런 경우는 아니었지만 말이다. 나는 항상 거만한 태도로 떠났다. 어떤 때는 그녀에게 말 한 마디도 없이 가버리기도 했다.

나는 아들 녀석의 방에 들어가기 전에 내 방으로 들어갔다. 나는 여전히 시가를 입에 물고 있었는데 상당한 재가 이미 어딘가에 떨어졌다. 나는 이런 조심성 없음을 자책했다. 나는 우유 속에 수면제 가루약을 녹였다. 녀석에게 봐주는 일은 결코 안 하리라. 쟁반을 들고 나가려고 하는데 책상 위에 놓인 두 권의 앨범에 시선이 머물렀다. 나는 내 금지령을 취소할 수 없을까, 최소한 사본만이라도 가져가게 할까 하고 자문했다. 아까 녀석이 체온계를 찾으러 여기에 왔었다. 녀석은 오래 걸렸었다. 녀석이 그 기회를 틈타서 좋아하는 우표 몇 장을 가로챘을까? 나는 모든 것을 확인할 시간이 없었다. 나는 쟁반을 놓고 무작위로 우표 몇 장을 찾아보았다, 멋진 배가 있는 1마르크짜리 진홍색 토고 우표, 1901년도에 발행된 10레이스짜리 니아사 우표, 그리고 다른 것 몇 장. 나는 니아사 우표를 무척 좋아했다. 그것은 녹색이었고 야자수 꼭대기 잎을 뜯어 먹는 기린이 그려져 있었다. 그것들은 모두 제자리에 있었다. 그것이 증명해주는 것은 아무것도 없었다. 다만 그 우표들이 제자리에 있었다는 것만 증명해줄 뿐이었다. 나는 내 권위를 손상시키지 않고서는, 자유롭게 내려지고 분명하게 발언된 나의 결정을 취소할 수 없다고 판단했다. 그것은 내 권위가 결코 참아낼 수 없는 것이었다. 나는 그것을 유감스럽게 생각했다. 아들 녀석은 이미 잠들어 있었다. 녀석을 깨웠다. 녀석은 맛이 없어서 얼굴을 찌푸리며 마시고 먹었다. 바로 이런 식으로 녀석은 내게 감사의 표시를 했다. 나는 마지막 한 방울, 마지막 부스러기 한 점이 없어지길 기다렸다. 녀석이 벽 쪽으로 몸을 돌리자 나는 녀석의 이불깃을 매트리스 밑으로 접어 넣었다. 하마터면 녀석에게 입맞춤을 할 뻔했다. 녀석도 나도 한 마디도 하지 않았다. 그 당시로선 우리에겐 더 이상 말이 필요 없었다. 하기야 아들 녀석이 내게 먼저 말을 하는 것은 드물었다. 게다가 나, 내가 녀석에게 말을 하면, 녀석은 대부분 천천히 억지로 하는 것처럼 대답했다. 그렇지만 자기 친구들과는, 내가 멀리 있다고 생각되면, 믿기 어려울 정도로 말이 많았다. 나의 존재가 그러한 기질을 죽이는 효과가 있다는 것, 그것은 나로서는 결코 불쾌하지 않았다. 입을 다물고 듣는 것, 백에 한 사람이라도 그럴 능력이 없고, 그것이 무엇을 의미하는지조차도 알지 못한다. 하지만 그럴 때야말로 우리는, 무의미한 소란을 넘어서, 우주를 이루는 침묵을 분간할 수 있다. 나는 내 아들 녀석이 그런 특권을 갖길 바랐다. 그리고 형안(炯眼)을 갖고 있다고 자찬하는 사람들로부터 녀석이 떨어져 있기를 바랐다. 나는 내 아들 녀석도 그렇게 하라고, 투쟁하고, 고생하고, 고통을 겪어 어떤 지위를 확보하거나 아프리카의 바뱅가족(族)처럼 살지는 않았었다. 나는 까치발을 디디면서 물러났다. 나는 내 역할의 끝까지 기꺼이 갈 생각이었다.

내가 이런 식으로 할 일을 미루어왔으니, 이렇게 말한 것에 대해 내가 사과를 해야 하나? 나는 만약을 위해서 이 사과의 제안을 해둔다. 그것도 지나친 관심을 갖지 않은 채로. 왜냐하면 그날 하루를 묘사하면서 나는 또다시 그날을 겪은 사람, 오로지 마음을 딴 데로 돌리기 위해서, 그리고 해야 할 일을 하지 않기 위해서, 불안하고 하찮은 삶으로 그날을 채운 사람이 되기 때문이다. 그리고 그 당시 나의 생각이 몰로이를 거부했듯이, 오늘 밤 나의 펜도 마찬가지이다. 이미 얼마 전부터 이 사실이 나를 괴롭혀왔다. 이 사실을 고백해도 내 마음이 편하지 않다.

나는 쓰디쓴 만족을 느끼며, 만일 내 아들 녀석이 여행 도중에 죽게 된다고 하더라도, 그것을 바란 것은 내가 아니었다고 생각했다. 각자에겐 각자의 책임이 있다. 그렇다고 그 책임 때문에 잠 못 이루지는 않는다는 것을 나는 알고 있다.

이 집에는 내가 행동하지 못하게 막는 무엇인가가 있다, 라고 나는 혼잣말을 했다. 나 같은 사람은, 도피 중에도, 내가 무엇을 도피하고 있는지 그 대상을 잊을 수 없다. 나는 정원으로 내려가 거의 완벽한 어둠 속에서 거닐었다. 만일 정원이 내게 그렇게 익숙하지 않았다면, 나는 화단이나 벌통에 부딪혔을 것이다. 나의 시가는 내가 주의하지 않은 사이에 이미 꺼졌다. 나는 그것을 털어 주머니 속에 넣었다, 나중에 재떨이나 휴지통에 버릴 생각이었다. 하지만 그 다음 날, 쉬트*에서 멀리 떠나왔을 때, 나는 그것을 주머니 속에서 다시 발견했는데, 사실 반가웠다. 아직 몇 모금 빨 수 있었기 때문이다. 이빨 사이로 차디찬 시가를 다시 빨고, 그것을 뱉고, 어둠 속에서 다시 찾고, 줍고, 그렇게 하는 것이 무슨 소용이 있나

---

* 쉬트Shit. 모랑의 마을 이름이다.

자문하고, 그 재를 떨고, 주머니에 넣고, 재떨이와 휴지통을 생각하고, 이 모든 것은 적어도 15분이나 걸린 한 과정의 주요한 연속 동작이었다. 그 외에 다른 과정에 관계된 것은 개 줄루와, 비 때문에 열 배로 진해진 향기들, 그것이 어디서 나오는지 내가 머릿속으로 그리고 두 손 사이로 알아보면서 재미있어했던 향기들, 모 이웃집의 불빛, 다른 모 이웃집의 소리, 등등이었다. 내 아들 녀석의 방 창문에 희미하게 불이 켜져 있었다. 녀석은 옆에다 취침등을 켜놓고 자는 것을 좋아했다. 녀석에게 이 엉뚱한 취미를 받아준 것이 좀 후회스러웠다. 그 얼마 전부터 녀석은 곰 인형을 안아야만 잠을 잘 수 있었다. 녀석이 곰 인형(자노)을 잊어버릴 때쯤 취침등도 없애려고 한다. 그날 아들 녀석이 내 생각을 딴 데로 끌지 않았더라면 나는 무엇을 했을까? 아마도 내 할 일을 했겠지.

 정원에서도 집에서만큼이나 내 기운이 처져 있는 걸 깨닫고, 나는 둘 중 하나, 즉 내 집은 내가 그 속에서 왔다 갔다 했던 그런 무의미에 대하여 아무런 책임이 없거나, 아니면 조그만 내 소유지 전부에게 그 비난을 돌려야 하거나, 둘 중 하나라고 생각하면서 집으로 가는 길을 택했다. 나는 이 두번째 가정을 받아들여 지금까지 내가 한 일과, 미리, 앞으로 출발 때까지 내가 할 일을 용서했다. 그것은 내게 용서의 흉내와 가짜 자유의 한순간을 가져다주었다. 그래서 나는 그 가정을 채택했다.

 멀리에서는 부엌이 어둠 속에 있는 것처럼 보였다. 그리고 어떤 의미에서는 그랬다. 그러나 다른 의미에서는 그렇지 않았다. 왜냐하면 내가 유리창에 눈을 갖다 대었을 때 그 안에 불그스레한 희미한 빛이 보였기 때문인데, 그것은 오븐에서 나올 리는 없었다, 나에겐 오븐이 없었고, 간단한 가스레인지가 있었기 때문이다. 그것도 원한다면 오븐이라고 말할 수 있겠지만, 가스 오븐이었다. 다시 말하면, 부엌에는 진짜 오븐도 있었는데, 그것은 쓰지 않는 것이었다. 어쩌겠는가, 나는 가스 오븐이 없는 집에서는 편하게 느낄 수 없었을 것이다. 나는 밤에 산책하다 멈추고, 불이 켜져 있든 꺼져 있든, 창가로 다가가서 방들을 들여다보는 것을 좋아한다. 그 안에서 무슨 일이 일어나고 있는지 보기 위해서이다. 나는 두 손으로 얼굴을 가리고 손가락 사이로 들여다본다. 나는 이런 식으로 한 명 이상의 이웃을 공포에 질리게 했다. 그는 서둘러 밖으로 나오지만 아무도 발견하지 못한다. 그때에 마치 사라진 낮의 빛이 아직도 가득 찬 듯, 혹은 다소 명백한 이유로 방금 끈 전등불이 아직도 가득 찬 듯, 가장 어두운 방들이 나를 위해 어둠 속에서 나온다. 하지만 부엌의 미광은 종류가 달랐고, 그것은 부엌에 인접한 마르트의 방에서, 벽에 걸린, 나무로 조각한 작은 성모마리아 상의 발치에 언제나 켜져 있던 구(球)형의 빨간 취침등에서 나오고 있었다. 흔들의자에 싫증이 난 그녀가 자기 침대에 누우려고 부엌을 떠나면서, 집에서 나는 모든 소리를 놓치지 않으려고 방문을 열어 놓았던 것이다. 하지만 그녀는 아마도 잠이 들었던 것 같다.

 나는 위층으로 올라갔다. 아들 녀석의 방문 앞에서 멈췄다. 나는 자물쇠에 귀를 붙이고 몸을 숙였다. 다른 사람들은 자물쇠에 눈을 붙이는데 나는 귀를 붙인다. 아무 소리가 안 들려서 내겐 놀라웠다. 왜냐하면 평소에 아들 녀석은 입을 벌리고 시끄럽게 자기 때문이었다. 나는 문을 열지 않기 위해 조심했다. 그 정적 속엔 얼마 동안 내 정신을 사로잡은 그 무엇이 있었기 때문이다. 나는 내 방으로 갔다.

 전례 없던 일이 보였던 것은 바로 이때였다. 모랑이 자신이 할 일이 무엇인지도 모르면서, 지도나 일정표도 보지 않고, 가는 코스나 숙영지의 문제를 고려해보지도 않고, 날씨의 예보에도 아랑곳하지 않고, 갖춰야 할 중요한 도구나 예상되는 여행의 기간, 필요한 경비의 액수, 제공해야 할 임무, 따라서 그것을 실행할 방법에 대해서는 오로지 희미한 생각밖에는 갖고 있지 않은 채로 떠날 준비를 하고 있는 것이다. 그럼에도 불구하고 나는 아들 녀석에게 지적해준 것과 비슷한 최소한의 의복을 가죽 구럭에 쑤셔 넣으며 휘파람을 불었다. 나는 희끗희끗한 낡은 사냥복을 입고, 그것과 함께 무릎 밑에서 단추를 채우는 짧은 바지를 입고, 그에 맞는 스타킹과 목이 높이 올라오는 튼튼한 신발을 신었다. 나는 손을 엉덩이에 짚고 몸을 굽혀 다리를 쳐다보았다. 내 다리는 가느다랗고 안쪽으로 휘어서 이 괴상한 옷차림에 잘 맞지 않았고, 한편 마을 사람들은 나의 이 옷차림을 본 적이 없었다. 하지만 밤에 먼 곳으로 떠날 때는, 비록 괴상한 옷차림이었지만 내게는 편했기 때문에, 나는 곧잘 이 복장을 했다. 나비채 하나만 있으면 얼핏 요양 중인 시골 초등학교 선생님의 모습처럼 보였다. 감색의 사지 바지가 더 어울릴 듯 보였던 반짝거리는 검은색의 무거운 반장화는 이 한 벌의 복장에 결정적인 타격을 주었는데, 그것만 아니었다면, 잘 모르는 사람들에게는, 이 복장은 하나의 점잖은 악취미로 보였을 수도 있었다. 모자는, 한동안 망설인 끝에, 비에 젖어 누렇게 된 밀짚모자로 결정했다. 모자에 달려 있던 리본이 없어져서, 모자가 지나치게 높아 보였다. 후드가 달린 검은색 짧은 외투를 입을까 유혹이 되었지만, 결국 그것보다는 묵직한 손잡이가 달린 무거운 겨울 우산을 가져가기로 했다. 후드 달린 짧은 외투는 실용적인 옷으로 내게 여러 개 있다. 그것은 팔이 활동하기에 아주 자유스러우면서도 동시에 팔을 감춰주기도 한다. 그리고 때때로 그것이 이를테면 필수불가결한 경우가 있다. 하지만 우산도 역시 큰 장점들이 있다. 그래서 만일 그때가 여름이 아니라 겨울이었다면, 혹은 심지어 가을이었다고 해도, 나는 아마 두 가지 모두를 가져갔을 것이다. 내게 그런 적이 이미 있었으며, 나는 그렇게 한 것에 대해 몹시 만족스러울 뿐이었다.

이런 옷차림으로 눈에 띄지 않게 지나간다는 것은 결코 바랄 수 없었다. 나는 그것을 원치 않았다. 눈에 띄게 하는 것은 내가 하던 직업에서는 초보적인 기술이었다. 동정과 너그러움의 감정을 자아내고, 폭소와 야유를 자극시키는 것이 꼭 필요하다. 비밀의 통 속에 그렇게도 많은 배출구들이 있는 것이다. 감동받거나, 모욕하거나, 웃지 않을 수 있다는 조건 하에서 말이다. 나는 쉽게 이런 상태에 들어가곤 했다. 그다음엔 밤이 되었다.

내 아들 녀석은 내게 방해만 될 것 같았다. 녀석은 같은 또래, 같은 상황의 수많은 아이와 비슷했다. 그런데 아버지의 입장은 즉시 진지해진다. 약간 흉측스럽긴 해도 그는 어떤 존경심을 불러일으킨다. 그래서 그가 어린 아들과 함께 밖에서 거니는 걸 사람들이 보면, 그리고 아이의 얼굴이 점점 더 시무룩해지면, 그땐 더 이상 일할 방도가 없다. 사람들은 그를 홀아비로 생각한다. 가장 밝은 색깔의 복장을 해도 소용이 없다. 그것은 오래전에, 아마도 아이를 낳다가 죽었을 배우자에 대해 그에게 책임을 지우면서, 오히려 상황을 악화시킨다. 그리고 그들은 나의 괴벽스런 모습들에서 오로지 내 정신을 서서히 혼란스럽게 만들었을 홀아비 생활의 결과만을 볼 것이다. 내게 이러한 족쇄를 채우는 자에 대해 내 안에서 화가 치밀어 올랐다. 만일 그자가 내 실패를 보기 원했다면 그보다 더 좋은 방법을 생각해낼 수 없었을 것이다. 만일 내가 평소처럼 냉정하게 나에게 요구된 일을 깊이 생각할 수 있었다면, 그 일이 내 아들의 존재로 인해 괴로움을 당하기보다는 오히려 쉽게 풀릴 성질의 것이라고 판단했을 것이다. 하지만 이 문제에 대하여 재론하지 않기로 하자. 아마도 나는 녀석을 내 조수나 단순히 조카로 통하게 할 수도 있었을 것이다. 남들 앞에서 나를 아빠라고 부르거나 애정 표시를 못하도록 금하고, 그것을 어기면 녀석이 그토록 무서워하던 따귀 한 대를 맞는다는 조건을 달 수도 있었다.

그런데 이 모든 침울한 생각을 굴리면서도 내가 가끔 몇 소절씩 휘파람을 불 수 있었던 것은 내 집과, 내 정원과, 내 마을을 떠나게 된 것이 내심 기뻤기 때문이었던 듯하다, 평소에는 섭섭함을 갖고 떠났던 내가 말이다. 이유 없이 휘파람을 부는 사람들이 있다. 나는 아니다. 방 안을 정리하고, 옷장 속에 옷을 가지런히 놓고, 자유롭게 선택하려고 꺼내놓았던 모자들을 제 상자에 다시 넣고, 여러 서랍을 열쇠로 잠그며 방 안에서 왔다 갔다 하는 동안, 그렇게 하는 동안, 나는 내 고장과 아는 사람들, 그리고 내 모든 구원의 닻으로부터 멀리 떠나와서, 어둠 속 경계석 위에 다리를 꼬고 앉아, 한 손을 허벅지 위에 놓고, 그 손 위에 다른 쪽 팔꿈치를 올려놓고, 다른 손으로 턱을 괴고, 눈은 마치 장기판을 보듯 땅에 고정시키고, 냉정하게 다음 날과 그 다음 날을 위해 계획을 세우며, 다가올 시간을 만드는 내 모습을 기쁨으로 그려보고 있었다. 그런데 그때는 내 아들 녀석이 내 옆에서 돌아다니며, 불평하고, 먹을 것과 잠잘 것을 요청하며, 팬티를 더럽히고 있으리라는 것을 잊고 있었다. 나는 침대 곁에 있는 테이블의 서랍을 다시 열어 내가 가장 좋아하는 안정제 모르핀 알약이 들어 있는 튜브 하나를 통째로 꺼냈다.

내 열쇠 꾸러미는 매우 커서 무게가 1파운드가 넘는다. 내가 어디를 가든지, 나는 내 집의 문과 서랍 열쇠를 하나도 빠짐없이 가지고 간다. 나는 그것들을 바지, 이 경우에는 반바지, 오른쪽 주머니에 넣고 다닌다. 바지 멜빵에 매단 두꺼운 사슬 때문에 나는 그것들을 잃어버리지 않는다. 그 사슬은 필요 이상으로 네다섯 배나 길어서 주머니 속 열쇠 꾸러미 위에 똬리를 틀고 놓여 있다. 내가 피곤할 때나 혹은 엄청나게 힘을 써서 조절하는 것을 잊을 때는 그 무게 때문에 내 몸이 오른쪽으로 기울어진다.

　나는 마지막으로 주변을 둘러보고, 몇 가지 조심할 사항을 무시했다는 걸 깨닫고, 그것을 고치고, 가죽 구럭과, 나는 하마터면 그것을 기타라고 쓸 뻔했다, 밀짚모자, 우산을 집어 들고, 아무것도 빠뜨린 것이 없길 바란다, 불을 끄고, 마루로 나와 열쇠로 방문을 잠갔다. 그것만큼은 분명하다. 곧이어 목 조르는 소리가 들렸다. 자고 있던 아들 녀석이 내는 소리였다. 나는 녀석을 깨웠다. 우린 지체할 시간이 없어. 내가 말했다. 녀석은 필사적으로 잠에 매달렸다. 그것은 자연스러운 일이었다. 아무리 깊은 잠이라도 몇 시간으로는 겨우 막 사춘기에 접어들고 소화불량으로 고통을 겪은 신체 조직에는 충분치 않다. 그래서 내가 녀석을 흔들어 침대에서 나오도록, 처음에는 팔을 잡아당기고, 그다음에는 머리카락을 잡아당겨 도와주니까, 녀석은 화가 나서 내게서 몸을 돌려 벽 쪽을 향하고 매트리스를 손톱으로 움켜쥐었다. 녀석의 저항을 이기기 위해서 나는 온 힘을 다 써야 했다. 그런데 녀석을 침대에서 끌어내자마자 녀석은 내 손을 빠져나가 방바닥에 몸을 던져 구르면서 분노와 반항의 소리들을 질렀다. 벌써부터 시작이었다. 그 진절머리 나는 장면 앞에서 나는 두 손으로 우산 끝을 잡고 우산을 사용해야만 했다. 잊기 전에 내 밀짚모자에 대해 한마디 하겠다. 그 가장자리는 두 개의 구멍이 뚫려 있었는데, 물론 한쪽에 하나씩, 내가 나사송곳으로 직접 뚫은 것이었다. 그리고 나는 이 구멍들 속에 내 턱밑으로, 정확히 말하면 내 아래턱 밑으로, 지나갈 만큼 충분히 길지만, 또 잘 들어맞아야 하니까, 정확히 말하면 아래턱 밑으로 잘 들어맞아야 하니까, 그렇다고 너무 길지도 않은 고무줄 하나를 넣어서 양쪽 끝을 고정시켰다. 이렇게 함으로써, 내가 아무리 몸을 뒤틀어도 밀짚모자는 제자리에, 즉 내 머리 위에 그대로 있었다. 너 부끄럽지도 않니, 요 더럽고 버릇없는 녀석아! 내가 소리쳤다. 조심하지 않았다면 나는 화를 낼 뻔했다. 그런데 화를 내는 것은 내게 허용할 수 없는 하나의 사치이다. 왜냐하면 그 순간 눈앞이 캄캄해지고, 피의 장막이 눈앞에 드리워지면서, 나는 저 위대한 귀스타브처럼 중죄 재판소의 의자가 삐걱거리는 소리를 듣기 때문이다. 오, 우리가 매일, 매년, 부드럽고, 얌전하고, 합리적이고, 인내심을 가질 수 있는 것은 대가 없이 되지는 않는다. 나는 우산을 던지고 서둘러 방을 나왔다. 계단에서 나는, 헝겊 모자를 쓰지 않은 채, 흐트러진 머리칼에 단정치 않은 옷차림을 하고 올라오던 마르트를 만났다. 무슨 일인가요? 그녀가 외쳤다. 나는 그녀를 쳐다보았다. 그녀는 부엌으로 돌아갔다. 나는 몸을 떨면서 곳간으로 달려가 도끼를 집어 들고, 마당으로 나가서 소매를 짧게 걷고, 거기에 있던, 그리고 내가 겨울이면 그 위에 장작을 놓고 한가롭게 네 조각으로 쪼개곤 했던 오래된 그루터기를 찍기 시작했다. 도끼날이 그곳에 너무 깊이 박혀버려서 나는 더 이상 그것을 뺄 수가 없었다. 그것을 빼기 위해 애를 쓰다 보니 피로와 함께 평정심이 찾아왔다. 나는 위층으로 다시 올라갔다. 아들 녀석은 울면서 옷을 입고 있었다. 모두가 울고 있었다. 나는 녀석이 배낭을 메도록 도와주었다. 녀석에게 우비를 잊지 말라고 말해주었다. 녀석은 그것을 배낭 속에 넣으려고 했다. 나는 녀석에게 당분간은 그것을 팔에 들고 다니라고 말했다. 거의 자정이 되었다. 나는 우산을 집었다. 우산은 무사했다. 앞장서라. 내가 말했다. 녀석은 방을 나갔고, 나는 녀석을 뒤따르기 전에 잠깐 동안 방을 둘러보았다. 그야말로 엉망진창이었다. 내 부족한 소견으로는 밤 날씨가 좋았다. 공기는 향기로웠다. 자갈이 우리의 발밑에서 소리를 냈다. 아냐, 이쪽이야. 내가 말했다. 나는 작은 숲 속으로 들어갔다. 내 뒤에서 아들 녀석이 비틀거리며 그루터기에 부딪혔다. 녀석은 어둠 속에서는 잘 걷지 못했다. 녀석이 아직 어렸기 때문에, 비난의 말들이 내 입술에서 죽어가고 있었다. 나는 멈췄다. 내 손을 잡거라. 내가 말했다. 네 손을 줘, 라고 말할 수도 있었을 것이다. 그런데 나는 내 손을 잡으라고 말했다. 이상했다. 하지만 오솔길이 너무 좁아서 우리가 나란히 갈 수는 없었다. 그래서 나는 손을 등 뒤에 대었고, 아들 녀석은 그 손을 고마워하며 붙잡는 것 같았다. 우리는 이렇게 해서 열쇠로 잠겨 있는 쪽문 앞에까지 도착했다. 나는 문을 열고 녀석이 먼저 나갈 수 있도록 뒤로 물러났다. 나는 집 쪽을 향해 몸을 돌렸다. 나무숲이 집을 부분적으로 가리고 있었다. 톱니 모양의 지붕마루와 네 개의 연통이 달린 유일한 굴뚝이 희미한 몇몇 별이 흘러내리고 있던 하늘을 배경으로 희미하게 드러났다. 나는 내 소유였고, 누구의 간섭 없이 내 마음대로 할 수 있었던, 향기 나는 식물로 이루어진 이 거대한 검은 물체에게 내 얼굴을 보여주었다. 그 속에는 노래하는 새가 많았는데, 새들은 나를 알고 있었기 때문에, 아무것도 두려워하지 않으며 머리를 날개 밑에 묻고 있었다. 내 나무들, 내 관목들, 내 화단들, 내 작은 잔디밭들, 나는 그것들을 사랑한다고 생각했다. 내가 때때로 그 가지 하나, 꽃 하나를 잘라낸 것은 오로지 그것들을 위해서, 그것들이 더 무성하게, 더 행복하게 자라도록 하기 위해서였다. 하지만 그렇게 하는 것마저도 항상 내 가슴이 아팠다. 하기야 그것은 간단하다, 내가 그것을 직접 하지 않고 크리스티를 시켰다. 나는 야채는 가꾸지 않았다. 닭장은 멀지 않았다. 칠면조 등등을 키운다고 했을 때 나는 거짓말을 했다. 내겐 암탉 몇 마리밖에는 없었다. 재색 암탉도 거기 있었는데, 다른 닭들과 함께 횃대 위에 있지 않고, 땅바닥에 내려와서, 구석 한쪽에 있는 먼지 구덩이 속에서 쥐들에게 시달리고 있었다. 수탉은 더 이상 그 암탉을 맹렬하게 덮치려고 가지 않았다. 만일 그것이 기운을 차리지 않으면, 다른 닭들이 힘을 합해 부리와 발톱으로 쪼아서 그것을 산산조각 낼 날이 가까이 오고 있었다. 모든 것이 조용했다. 내 귀는 무척 예민하다. 하지만 나는 음악가의 자질은 전혀 없다. 나는 밤에 닭장에서 나며 동이 트기 훨씬 전에 끝이 나는 그 사랑스러운 소리, 작은 발걸음과, 불안스런 깃털 소리, 금방 억제되는 미미한 꼬꼬댁거림으로 이루어진 그 사랑스런 소리를 들었다. 얼마나 많은 밤을 나는, 내일 나는 자유롭다, 이렇게 혼자 말하면서 황홀하게 그 소리를 들어왔던가. 내 작은 소유물을 떠나기 전, 그것을 잘 보존할 수 있길 희망하면서, 이렇게 나는 마지막으로 내 소유물을 향해 돌아보았다.

　쪽문을 열쇠로 잠근 뒤 골목길로 나와서, 나는 아들 녀석에게, 왼쪽으로, 라고 말했다. 비록 가끔 마음은 간절했지만, 나는 오래전부터 아들 녀석과 함께 산책하는 것을 포기했었다. 녀석과 조금만 나가도 내게는 심한 고통이 되었다. 녀석은 방향을 너무 많이 틀렸다. 그런데 혼자서는 모든 지름길을 아는 듯했다. 식료품점이나, 클레망 여사한테나, 혹은 더 멀리 V도로까지 곡류를 사러 보내면, 녀석은 내가 직접 갔으면 걸릴 시간보다 절반은 더 빨리 돌아왔다, 그것도 달리지 않고서. 왜냐하면 나는 녀석이 몰래 만나는 그 몹쓸 놈들처럼, 녀석이 길거리에서 뛰어다니는 것을 사람들이 보는 걸 원치 않았기 때문이다. 나는 녀석이 나처럼 걷기를, 작고 빠른 걸음으로, 머리를 들고, 숨은 고르게 아껴서 쉬고, 팔을 흔들며, 좌우를 돌아보지 말고, 마치 아무것도 보지 않는 듯이, 그러나 사실은 길의 미세한 것까지도 주의를 기울이며 걷기를 원했다. 하지만 나와 함께면 녀석은 변함없이 틀린 모퉁이로 들어섰고, 십자로나 단순한 교차점만 나오면 녀석은 옳은 길, 즉 내가 선택한 길에서 벗어나기 일쑤였다. 녀석이 고의로 그렇게 했다고는 생각하지 않는다. 아무튼 나에게 의지하면서 녀석은 자신이 무엇을 하는지 주의를 기울이지 않았고, 어디로 가고 있는지 쳐다보지도 않았고, 일종의 꿈속에 푹 잠겨서 기계처럼 앞으로 나아갔다. 마치 자기를 사라지게 할 수 있는 모든 열린 구멍들 속으로 빨려 들어가게 스스로 내버려두는 것 같았다. 그 결과 우리는 각자 따로 산책하는 습관을 갖게 되었다. 그래서 우리가 유일하게 함께 정규적으로 하던 산책은 일요일에 집에서 성당까지, 그리고 미사가 끝나면, 성당에서 집까지 오는 것이었다. 그때는 성도들의 느린 물결 속에 끼어서 아들 녀석은 더 이상 나와 단둘이 아니었다. 녀석은, 다시 한 번 하느님의 은총에 감사드리고 용서와 자비를 간구하기 위해 갔다가, 그다음엔 평온해진 영혼으로, 또 다른 만족감을 향해 되돌아오는 그 온순한 양떼의 일부였다.

나는 녀석이 간 길을 되돌아오기를 기다렸다가 이 문제를 영원히 해결짓기 위해 몇 마디를 했다. 내 뒤에 서서 나를 따라오거라. 내가 말했다. 이 해결책은 여러 관점에서 좋은 것이었다. 하지만 녀석이 나를 따라올 수 있었을까? 녀석이 고개를 들고 모르는 곳에 혼자 있다는 걸 발견하게 되는 순간, 그리고 나로서는, 내 생각들을 떨쳐버리고 뒤돌아서 녀석이 사라진 것을 확인하는 순간이 불가피하게 오지 않겠는가? 나는 긴 끈을 사용하여 끈 양쪽 끝을 우리들의 허리에 감아서 녀석을 내게 붙들어 맬 생각을 잠시 장난삼아 해보았다. 스스로 눈에 띄게 하는 여러 방법이 있는데, 그중에 그것은 좋은 방법이라는 확신이 들지 않았다. 그리고 녀석은 조용히 묶은 것을 풀고 맘대로 돌아다니면서, 마치 칼레의 시민*처럼, 나 혼자 먼지 속에 긴 끈 하나만 질질 끌면서 내 길을 가도록 내버려둘 수도 있었을 것이다. 어느 순간 그 끈이 어떤 고정되어 있거나 무거운 물체

---

* 1347년 백년전쟁 당시 영국군에 포위된 칼레 시를 구하고자 속옷 차림으로 목에 밧줄을 매고 영국 왕 에드워드 3세 앞에 나아가 자청하여 교수형을 요청한 여섯 명의 용감한 시민을 기념하기 위해 만든 로댕의 조각 작품이다.

에 걸려 내 걸음을 중단시킬 때까지. 따라서 부드럽고 소리가 안 나는 끈 대신에 쇠사슬이 하나 필요했을 것인데, 그런 생각은 해서는 안 되는 것이었다. 그럼에도 불구하고 나는 그것을 생각했고, 그 생각을 하면서, 그리 나쁘지 않게 만들어진 세상 속에 있는 나를 상상하면서, 그리고 쇠고리도 목걸이 줄도 수갑도 그 어떤 종류의 쇠붙이도 없이, 단순한 사슬 하나만을 가지고, 어떻게 하면 아들 녀석을 내게 사슬로 묶어서 나를 따라오는 것처럼 더 이상 속이지 못하게 할 수 있을까 궁리해보면서, 나는 잠시 재미를 느꼈다. 그것은 단순히 올가미와 매듭의 문제였으며, 만일 필요했다면, 나는 그 문제를 해결했을 것이다. 하지만 내 뒤에서가 아니라 내 앞에서 걸어가고 있는 아들 녀석의 모습이 이미 나의 주의를 다른 곳으로 끌었다. 녀석과 이런 위치에 있으면 눈으로 녀석을 볼 수 있고, 녀석이 조금이라도 잘못 들어서면 내가 끼어들 수도 있었을 것이다. 하지만 이 조사 여행 동안, 내가 감시인이나 간병인 역할 외에 다른 역할을 해야 한다는 것 말고도, 시무룩하고 통통한 이 작은 몸뚱이를 눈앞에 두지 않고서는 한 발짝도 뗄 수 없다는 생각이 내게는 견딜 수 없었다. 이쪽으로 와! 내가 소리쳤다. 왜냐하면 내가 왼쪽으로 가야 한다고 말하는 소리를 듣고서, 마치 나를 격분시키려고 열망한 것처럼 녀석은 왼쪽으로 갔기 때문이다. 나는 우산을 짚고 털썩 주저앉아 저주받은 듯이 머리를 숙이고, 다른 손의 손가락은 쪽문의 두 널빤지 사이에 갖다 대고, 하나의 조각상처럼 더 이상 움직이지 않았다. 녀석은 따라서 두번째로 제가 간 길을 다시 돌아왔다. 나를 따라오라고 했는데 넌 나보다 앞서 가고 있잖아. 내가 말했다.

    그때는 여름방학이었다. 녀석의 학생 모자는 녹색이었고, 앞에는 학교 이름의 첫 글자들과, 사슴인지 멧돼지인지의 머리가 금색으로 수놓아져 있었다. 모자는 녀석의 커다란 금발 머리통 위에 뚜껑처럼 정확히 놓여 있었다. 녀석은 그런 식으로 쓰는 것을 좋아했다. 이렇게 정확히 똑바로 눌러쓴 모자들에는 나를 격분시키는 재주를 가진 그 무엇이 있다. 녀석의 우비에 대해 말하면, 녀석은 내가 말한 대로 그것을 접어서 팔에 걸거나 어깨 위에 걸치지 않고, 동그랗게 말아서 배에 대고 두 손으로 잡고 있었다. 녀석은 큼직한 두 발을 벌리고, 무릎은 구부정하며, 배가 나오고, 가슴은 쑥 들어가고, 턱 끝은 공중에, 입은 벌린 채, 정말로 바보 같은 자세로 내 앞에 서 있었다. 나 역시 오로지 우산 덕분에, 그리고 쪽문에 기대야만 설 수 있는 모습을 분명 하고 있었을 것이다. 나는 드디어 입을 열어 말을 할 수 있었다. 너 날 따라올 수 있는 거냐? 녀석은 대답하지 않았다. 하지만 나는 녀석이 표현한 것이나 다름없이 선명하게 녀석의 생각을 파악했다, 즉, 그럼 아빠는요, 저를 데려가실 수 있어요? 자정의 종소리가 울렸다. 정다운 우리 성당 종탑에서 울렸다. 상관없었다. 나는 이미 집에서 나온 상태였다. 내게 필요한 모든 것이 들어 있던 내 머릿속에서, 나는 어떤 귀중한 물건을 녀석이 몸에 지니고 있을까 찾아보았다. 네 보이스카우트 칼 잊지 않았겠지? 그것이 필요할 거야. 내가 말했다. 그 칼은 1차적으로 필요한 대여섯 개의 칼날을 제외하고도, 병따개, 통조림따개, 송곳, 드라이버, 집게, 그리고 더 이상 모르는 하찮은 것들이 달려 있었다. 녀석에게 그걸 준 것은 나였다. 녀석이 처음으로 역사와 지리에서 1등상을 탄 걸 기념으로 주었는데, 녀석이 다니던 학교에서는 무슨 이유에서인지 그 두 과목은 서로 통합된 과목이었다. 문학과 소위 정밀과학에 관계되는 모든 것에서는 열등생 중에 꼴찌인 녀석이, 전쟁, 혁명, 왕정복고, 그리고 빛을 향하여 천천히 상승하면서 세운 인류의 다른 공적들의 날짜들과, 국경선들이나 산봉우리의 고도에 관해서는 맞설 사람이 없었다. 그것은 캠핑 칼을 받을 만한 가치가 충분히 있었다. 집에 두고 왔다는 소릴랑 하지 마라. 내가 말했다. 당연히 아니에요. 녀석이 자기 주머니를 두드리며 자랑스럽게 만족해하며 말했다. 그렇다면 그것을 내게 다오. 내가 말했다. 녀석은 당연히 대답을 하지 않았다. 녀석은 첫번째 경고를 귀담아듣지 않는 게 습관이었다. 그 칼을 내게 줘. 내가 소리쳤다. 녀석이 그것을 내게 주었다. 아무 증인도 없이 나와 단둘이 있는 밤에, 별 수 없지 않은가? 그것은 녀석을 위해서, 녀석이 길을 잃지 않도록 하기 위해서였다. 왜냐하면 보이스카우트 칼이 있는 바로 그곳에 보이스카우트 대원의 마음도 있기 때문이다. 만일 그가 다른 칼을 살 수 있는 방법이 없다면 말이다. 그런데 내 아들 녀석은 그럴 방법이 없었다. 녀석은 필요가 없어서 현금을 결코 몸에 지니고 다니지 않았기 때문이다. 녀석은 받은 모든 동전을, 그것도 많이 받지는 않았지만, 우선 이탈리아 저금통에 넣었다가, 그다음에 저축 창구에 넣었고, 그 저축 통장은 내 이름으로 내가 간직하고 있었다. 녀석은 아마도 그 순간에 내가 그렇게도 침착하게 내 주머니에 넣어둔 바로 그 칼로 쉽게 내 목을 찌를 수도 있었을 것이다. 하지만 그 녀석, 내 아들 녀석은 아직 너무 어렸고, 그런 커다란 범죄 행위를 저지르기에는 아직도 약간 물렀다. 하지만 시간은 녀석의 편에 있었고, 비록 멍청하기 짝이 없었지만, 아마도 녀석은 그 생각으로 위안을 삼고 있었을 것이다. 어쨌든 간에, 이번만큼은 녀석이 눈물을 참아주었고, 나는 그 점에 대해 녀석에게 고마움을 느꼈다. 나는 다시 몸을 일으켜 녀석의 어깨에 손을 얹으며 말했다. 인내심을 가져, 아들아, 인내심을. 이런 종류의 일에서 나쁜 점은, 의지가 있으면 수단이 없고, 반대로, 수단이 있으면 의지가 없다는 것이다. 하지만 그것을 내 아들 녀석은 아직 상상할 수 없었다. 가련한 녀석, 녀석은 자신을 부르르 떨게 하고 얼굴을 일그러지게 하던 그 분노는, 어느 날 녀석이 그것을 고스란히 풀 수 있을 때라야만 없어지리라고 분명 믿고 있었을 것이다. 그것만이 아니다. 그렇다, 녀석은 자신이 어린 당테스Dantès*의 영혼을 지녔다고 분명 믿고 있었을 것이며, 해치트 판(版)에서 서슴지 않고 이야기하는 그런 당테스의 기괴한 짓들은 한편으론 녀석에게 낯익은 것이었다. 그러고 나서 나는 녀석의 그 무기력한 어깨를 한번 세게 치면서, 말했다. 출발. 그래서 진정으로 나도 사실상 출발을 했고, 아들 녀석은 내 뒤에서 움직이기 시작했다. 내가 받았던 지시대로, 아들 녀석을 데리고서, 나는 떠나고 있었다.

    나는 우리가 몰로이의 고장에 도착하기에 앞서, 우리들, 나와 내 아들이 함께 혹은 따로 겪었던 다양한 모험들에 관해서 이야기할 생각은 없다. 그것은 지루할 것이다. 하지만 그래서 그만두는 것은 아니다. 내게 부과된 이 이야기에는 모든 것이 지루하다. 그러나 어떤 지점까지는 그것을 내 마음대로 이끌어가려고 한다. 그래서 만일 그것이 나의 고용주에게 만족을 주지 못한다면, 만일 그와 그의 출자자들에게 불필요한 구절이 있다면, 우리 모두에게, 아니, 그들 모두에게는 안 된 일이다. 나에겐 더 이상 안 될 일이 없으니까. 다시 말해서, 내가 그런 일을 생각해보기 위해서는 내가 갖고 있는 것보다 더 큰 상상력이 필요할 것이다. 나는 그래도 예전보다는 상상력이 훨씬 많은 편이다. 그리고 이 괴로운 서기의 일은 내 영역이 아니지만, 사람들이 생각하는 식의 이유가 아닌 다른 이유에서 나는 이 일을 감수한다. 나는 말하자면 아직도 명령들에 복종하는데, 내가 그렇게 하는 것은 더 이상 두려움 때문이 아니다. 그렇다, 나는 항상 두려움을 갖고는 있으나, 이것은 그보다는 습관의 영향이다. 그리고 내가 듣는

---

* 알렉상드르 뒤마의 소설에 나오는 몽테 크리스토 백작의 본명이다.

그 목소리, 그것을 전달해주기 위해서 내겐 게이버가 필요하지 않았다. 왜냐하면 그 목소리는 내 안에 있기 때문이며, 그것은 나더러, 내 개인의 것이 아닌 어떤 명분을 위해서, 내가 항상 그랬듯이, 끝까지 충직한 종이 되라고, 나의 의지가 있었던 시절, 다른 사람이 그렇게 해주기를 내가 원했듯이, 그 마지막 고뇌와 한계까지 내 역할을 성실하게 수행하라고 권고한다. 그것도 내 주인에 대한 증오와 그의 계획에 대한 냉소를 가지고서. 보다시피, 그 목소리는 꽤 모호하고, 그 논리와 명령을 따르기란 항상 쉽지 않다. 그럼에도 불구하고 나는 그럭저럭 그 목소리를 따른다, 내가 그것을 이해한다는 그런 의미에서, 그리고 그것에 복종한다는 그런 의미에서. 그런데 우리가 이렇게 많이 이야기할 수 있는 목소리들이란 흔하지 않다고 생각한다. 그래서 그 목소리가 내게 무엇을 엄명하든, 앞으로도 나는 그것을 따를 것 같은 느낌이 든다. 그리고 그 목소리가 잠잠해져서 나를 의심과 어둠 속에 버려둘 때는, 설사 이 세상 전부가 만장일치로 한데 모아진 수많은 권력을 중개로, 어기면 말로 표현할 수 없는 학대를 전제하면서, 내게 이러저러한 것을 하라고 명령할지라도, 나는 아무것도 하지 않고서 그 목소리가 다시 돌아오길 기다리겠다. 하지만 오늘 저녁, 아니, 오늘 아침에 나는 평소보다 약간 술을 더 마셨기 때문에 내일은 생각이 바뀔 수도 있다. 내가 이제 겨우 알기 시작한 그 목소리, 그것은 또한, 끝까지 정성을 들여 수행한 이 일에 대한 기억이 자유와 방랑의 긴 고통을 견디도록 나를 도와줄 것이라고 말한다. 그 말은 내가 어느 날 내 집과 내 정원에서 쫓겨난다는, 내 나무들과 내 잔디밭들, 내가 하나하나 알고 있는 새들, 자기 나름대로 노래하고, 날고, 내 쪽으로 다가오고, 혹은 내가 다가가면 날아가고 하는 새들과 내 가정, 각자가 제자리에 있고, 내가 인간으로 존재하는 고통을 견딜 수 있도록 필요한 모든 것이 내 손 안에 있고, 내 적들이 나를 잡을 수 없는 곳, 내가 평생을 바쳐 세우고, 꾸미고, 완성하고, 보존해온, 내 가정의 모든 부조리한 안락함을 잃는다는 뜻인가? 이 모든 것을 잃기에는 나는 너무 늙었다. 다시 시작하기엔, 나는 너무 늙었어! 자, 모랑, 진정해. 제발 감정은 금물이야.

    나는 내 고장으로부터 몰로이의 고장에 이르는 도중에 있었던 모든 사건을 이야기하지 않겠다고 말했는데, 그것은 그렇게 하는 것이 내 의도 중에 없다는 단순한 이유에서이다. 그런데 이 말을 쓰면서, 그 어느 때보다도 지금, 내가 비위를 거스르지 않도록 분명 조심해야 할 사람에게 오히려 의혹을 사게 할 얼마나 큰 위험 속에 나를 빠뜨리는지 나는 알고 있다. 하지만 그래도 나는 이 말을 쓴다. 그것도 재앙처럼 냉담하게 내 페이지를 먹어버리는, 지치지 않는 베틀의 북처럼 단호한 손으로. 하지만 몇 가지에 대해선 짧게 이야기하려고 하는데, 그렇게 하는 것이 좋을 듯하기 때문이며, 내 원숙한 방법들이 어떤 것인지 보여주기 위해서이다. 하지만 그러기 전에, 그렇게도 내 고장과는 다른 몰로이의 고장에 대해, 집을 떠나면서 약간이나마 내가 알고 있었던 것을 말하겠다. 왜냐하면 이 벌과(罰課) 같은 일의 특징 중 하나는 각 과정을 건너뛰고 곧바로 문제의 핵심을 말하는 것이 내게 허용되지 않는다는 것이기 때문이다. 반면 나는 내가 더 이상 무지의 상태에 있지 않은 것에 대해서 다시 한 번 무지의 상태에 있는 것처럼 해야 되며, 집에서 출발할 때 내가 안다고 여겼던 것을 다시 한 번 안다고 여겨야 한다. 그래서 만일 내가 때때로 이 규칙을 위반한다면, 그건 단지 사소한 지엽적인 것을 말하기 위해서일 뿐이다. 그리고 전반적으로는 이 규칙에 따른다. 그것도 아주 열렬하게 따르기에 과장 없이 나는, 오늘까지도, 대부분은, 말하는 사람의 입장이라기보다는 처음 발견하는 사람의 입장에 있다. 그리고 비록 내가 내 방의 침묵 속에서, 그리고 나로서는 그 사건이 기결된 상태에서, 그 골목길에서 바보 같은 내 아들 녀석 옆에서 쪽문을 잡고 늘어졌던 그날 밤보다, 내가 어디로 가며 무엇이 나를 기다리고 있는지에 대해 더 잘 안다고 할지라도, 그것은 겨우 약간에 불과하다. 그래서 앞으로 계속 이어질 페이지에서, 내가 사건들의 엄격하고 실제적인 진행 단계에서 벗어난다고 해도, 그것은 놀랄 일이 아니다. 아무리 시시포스라고 하더라도, 요즘 유행하고 있는 어느 학설처럼, 항상 정확히 같은 자리에서 긁적이고, 신음하고, 기뻐 뛰도록 강요받을 수는 없다고 생각한다. 예정된 기간 안에 무사히 목적지에 도착한 이상은, 그가 선택한 길에 대해서 우리가 너무 구애받지 않아도 될 것이다. 그리고 그는 매번 갈 때마다 그것이 첫번째라고 믿을 수도 있지 않겠는가? 그것이 그에게 희망을 간직하게 해줄 것이다. 그렇지 않겠나. 지금까지 우리가 믿어왔던 것과는 상반되는, 진짜 지옥 같은 성질의 희망을. 한편 끊임없이 본래로 돌아가는 자신을 보는 것, 그것은 우리를 아주 편안함으로 채워준다.

몰로이의 고장이라고 할 때 내가 말하는 것은, 금지되어서 그랬는지, 원치 않아서 그랬는지, 물론 어떤 놀라운 우연의 결과로 인해서였는지, 그가 한 번도 그 행정적인 경계 밖을 넘은 적이 없었고, 앞으로도 결코 넘을 것 같지 않은 무척 한정된 범위의 지방을 뜻한다. 그 지방은 내가 살던 더 우아한 지방에 비해 북쪽에 위치해 있었는데, 어떤 이들은 읍내라고 불러주고 다른 이들은 단지 촌락으로 보았던 하나의 주거지대와 주변의 농촌들로 구성되었다. 이 읍내 혹은 이 촌락은, 곧장 말하자, 이름은 발리였고, 그 관할에 속한 영토를 합해서, 면적이 넓어야 13~16평방킬로미터였다. 선진국에서는 그것을 아마도 면이나 읍으로 부르는 것으로 생각되는데, 잘 모르겠다. 우리나라에서는 이런 세분된 영토를 지칭하는 추상적이고 총칭적인 용어가 없다. 그래서 그것을 표현하기 위해서 우리는 무척 멋지고 단순한 다른 시스템을 갖고 있는데, 발리를 의미할 때는 발리(발리에 해당되는 거니까)라고 하고, 발리와 거기 속하는 땅들을 합해서는 발리바, 발리 자체를 제외한 발리의 주변 땅들을 발리바바라고 한다. 예를 들어 나는 쉬트바의 중심지인 쉬트에 살고 있었고, 또 잘 생각해보면 아직도 그곳에서 살고 있다. 그래서 저녁에 바람을 쐬러 쉬트 밖에서 산책할 경우에, 나는 쉬트바바의 바람을 쐬었던 것이지, 다른 곳의 바람을 쐬었던 것이 아니다.

발리바바는 땅덩이는 좁았지만 어느 정도 다양성을 지니고 있었다. 소위 목장들과 약간의 토탄지, 몇몇 작은 숲, 그리고 그 경계들에 근접할수록, 하얀 물결이 이는 듯한, 그리고 마치 발리바바가 더 이상 계속되지 않는 것에 대해 만족한 듯, 거의 웃는 듯한 지형의 모습들. 그러나 그 지역의 주된 아름다움은 회색의 파도가 천천히 비우고 채우고, 비우고 채우고 했던, 목이 조여진 일종의 좁은 포구였다. 그래서 낭만을 전혀 모를 것 같은 사람들이 떼를 지어 읍내에서 나와 그 광경을 황홀하게 바라보았다. 어떤 사람들은, 살짝 물에 젖은 이 모래사장보다 더 아름다운 것은 없지, 라고 말했다. 다른 사람들은 이렇게 말한다. 발리바의 포구를 보려면 만조(滿潮) 때 와야 해. 그때 그 납빛의 물, 모르는 사람들에게는 마치 고여 있는 것처럼 보이는 그 물은 얼마나 아름다운지! 그리고 마지막으로 어떤 사람들은 그 포구가 지하의 호수와 비슷하다는 주장도 했다. 하지만 모든 사람은 이시니Isigny*의 주민들처럼, 그들의 읍내가 바다 위에 있다는 점에 대해서는 동의했다. 그래서 그들은 편지지 꼭대기에 '해상 발리'라고

---

* 프랑스 북서부의 노르망디 지방에 있는 지역으로 바다와 늪이 맞닿고 숲이 많은 지역이다.

적었다.

　발리바의 인구는 적었는데, 솔직히 그 점에 대해서 나는 미리부터 좋아했다. 그곳의 땅들은 개발하기에 적절하지 않았다. 그것은 경작지나 목장 하나의 규모가 조금만 커져도 신성한 숲이나 늪지대 때문에 실패를 보곤 했기 때문이며, 그곳에서 얻어낼 것이라고는 거의 없었고 다만 약간의 질 나쁜 토탄과 납작한 참나무 조각들뿐이었는데, 그것으로 성냥, 종이 칼, 냅킨 고리, 묵주, 스카풀라리오, 그리고 다른 하찮은 물건들을 만들었다. 예를 들어 마르트의 마리아 상도 발리바의 제품이었다. 목장들은 많은 비에도 불구하고, 토질이 무척 나쁘고 바위들이 여기저기 산재해 있었다. 그곳에서 무성하게 자라는 것은 개밀과 푸르스름하고 쓴 이상한 풀밖에 없었는데, 그 풀은 큰 짐승들에게는 먹이로 적절하지 않았으나 당나귀, 염소, 흑양에겐 그럭저럭 먹이가 되었다. 그렇다면 발리바는 어디에서 그 부요함을 얻어내고 있었을까? 그것을 말해주겠다. 아니, 난 아무것도 말하지 않겠다. 아무것도.

　이것이 바로 내가 집을 떠나면서 발리바에 대해 알고 있다고 생각했던 것의 일부이다. 내가 다른 장소와 혼동하고 있었는지는 모르겠다.

　우리 집 쪽문에서 몇십 보 떨어진 곳에서부터 골목길은 묘지의 벽을 따라 뻗기 시작한다. 골목길이 내려갈수록 묘지의 벽은 점점 높아진다. 어떤 지점을 지나면 우리는 죽은 자들보다 더 낮은 곳으로 걸어간다. 바로 그곳에 영구히 불하받은 내 묘지가 있다. 땅이 존속하는 한, 그 자리는 원칙적으로 내 것이다. 나는 가끔 그곳에 가서 내 묘를 바라보았다. 묘석은 이미 만들어져 있었다. 그것은 단순한 라틴식의 하얀 십자가였다. 나는 그 위에 '여기 고이 잠들다'라는 말과 내 생년월일과 함께 내 이름을 새겨 넣길 원했다. 그러면 내 사망 날짜만 첨가하면 되었으리라. 그러나 그것은 내게 허용되지 않았다. 때때로 나는 이미 죽은 것처럼 미소짓곤 했다.

우리는 며칠 동안 비밀의 길들을 따라서 걸었다. 나는 큰길에 나를 드러내고 싶지 않았다.

첫날 나는 앙브루아즈 신부님이 준 시가의 꽁초를 발견했다. 나는 그것을 재떨이나 휴지통에 버리지 않았을 뿐만 아니라, 옷을 갈아입으면서 주머니에 넣었던 것이다. 그것은 내가 모르는 사이에 일어난 일이었다. 난 놀라서 그것을 쳐다보았고, 불을 켜서 몇 모금 빨고 버렸다. 그것이 그 첫날 낮 동안에 일어난 두드러진 일이었다.

나는 아들 녀석에게 휴대용 나침반 사용법을 가르쳐주었다. 녀석은 그것을 무척 좋아했다. 녀석은 말을 잘 들었다. 내가 바랐던 것보다 더. 셋째 날에 나는 녀석에게 칼을 돌려주었다.

날씨는 우리 편이었다. 우리는 하루에 15킬로를 쉽게 걸었다. 잠은 한데서 잤다. 그렇게 하는 것이 신중하다고 생각했다.

나는 아들 녀석에게 나뭇가지로 어떻게 은신처를 만드는지 가르쳐주었다. 녀석은 보이스카우트에 속해 있었지만 아무것도 할 줄 몰랐다. 아니다, 캠프파이어를 피울 줄 알았다. 매번 정지할 때마다 녀석은 그 재주를 쓰게 해달라고 애원했다. 나는 그 필요성을 느끼지 못했다.

우리는 찬 음식을 먹었는데, 녀석을 마을에 보내 사오게 한 통조림들이었다. 녀석은 이런 일에 도움이 되었다. 우리는 개울물을 마셨다.

이런 모든 조심성은 분명 쓸데없는 것이었다. 어느 날 어떤 들판에서 내가 아는 농부 하나를 발견했다. 그는 우리 쪽으로 오고 있었다. 나는 얼른 뒤돌아서 아들 녀석의 팔꿈치를 잡아, 가던 길의 반대 방향으로 녀석을 끌고 갔다. 그 농부는 내가 예상했던 대로 우리를 따라잡았다. 그는 나에게 인사하며 우리가 어딜 가는지 물었다. 그 들판은 분명 그의 땅이었을 것이다. 나는 집에 간다고 대답했다. 다행히도 우린 집에서 아직 멀리 떨어져 있지 않았다. 그랬더니 그는 우리에게 어디 갔다 오느냐고 물었다. 그는 아마도 소나 돼지 한 마리를 도둑맞았었나 보다. 한 바퀴 돌았지요. 내가 대답했다. 제 차로 모셔다 드리고 싶지만, 전 밤에나 떠날 수 있습니다. 그가 말했다. 유감입니다. 내가 말했다. 만약 기다려주신다면 기꺼이 모셔다 드리죠. 그가 말했다. 나는 사양했다. 다행히도 아직 정오가 되지 않았었다. 밤까지 기다리고 싶지 않다는 것은 전혀 이상할 게 없었다. 그럼 좋습니다. 안녕히 돌아가세요. 그가 말했다. 우리는 상당히 돌아서 북쪽으로 가는 길로 다시 들어섰다.

그런 조심성들은 아무래도 과장된 것이었다. 잘하려면, 적어도 초기에는, 밤에 여행을 하고 낮에는 숨어야 했을 것이다. 하지만 날씨가 하도 좋아서 그런 결심을 할 수가 없었다. 나는 오로지 내 즐거움만을 생각한 것은 아니었지만, 그것에 대해서도 생각을 했던 것이다! 내 일을 수행하는 과정에서 그런 일은 결코 일어난 적이 없었다. 게다가 우리가 나아갔던 그 느린 속도란! 나는 목적지에 도착하는 것에 대해 조급하게 생각하지 않고 있었음에 틀림없다.

나는 끝나가는 여름의 부드러움 속에 나를 맡기며, 이따금씩 게이버의 지시사항들을 생각했다. 나는 완전히 만족스럽게 그것들을 재구성하지 못했다. 밤에, 나뭇가지 밑에서, 자연의 매력에서 벗어나, 나는 이 문제에 대해 전적으로 몰입했다. 아들 녀석이 자면서 내는 소리가 상당히 방해가 되었다. 가끔씩 나는 은신처에서 나와 이리저리 어둠 속에서 돌아다녔다. 혹은 그루터기에 등을 기대고 앉아서, 발을 내 밑으로 모으고, 팔로 다리를 감싸고, 턱 끝을 무릎 위에 얹었다. 이런 자세로도 그 문제를 선명하게 파악할 수가 없었다. 정확히 내가 찾고 있던 것은 무엇이었나? 그것은 말로 표현하기 어렵다. 나는 게이버의 보고서가 완벽하도록 하기 위해서 뭔가 빠진 것을 찾고 있었다. 일단 몰로이를 찾으면 몰로이를 어떻게 해야 한다는 것을 게이버가 나에게 분명 말했을 것으로 보였다. 내 일은 소재를 알아내는 것에서 결코 끝나지 않았다. 그랬다면 너무나 좋았을 것이다. 하지만 나는 항상 그 장본인에게 지시에 따라 어떤 방식으로든 행동을 취해야 했다. 그러한 개입은 가장 정력적인 것부터 가장 은밀한 것까지, 극히 다양한 여러 형태를 띠었다. 예르크 사건은 잘 완수하기 위해 거의 3개월이 걸렸는데, 내가 그의 넥타이핀을 빼앗아 그것을 없애버리는 데 성공했던 날에야 비로소 끝이 났다. 그와 접촉을 시작한 것, 그것은 눈곱만큼도 내 일이라고 볼 수 없었다. 나는 예르크를 사흘 만에 찾았다. 내가 성공했다는 증거를 결코 아무도 내게 요구하지 않았고, 내 말을 믿었다. 유디는 사실 검증의 방법들을 분명 갖고 있었을 것이다. 때때로 나는 보고서를 요구받기도 했다.

한번은 당사자를 어떤 시간에 어떤 장소로 데려오는 것이 나의 임무였다. 그것은 가장 까다로운 일이었는데, 왜냐하면 그것은 그 관계된 사람이 여자가 아니었기 때문이다. 나는 단 한 번도 여자를 맡을 필요가 없었다. 그것을 유감스럽게 생각한다. 유디가 거기에 별로 관심이 없었다고 생각한다. 나는 그 점에 대해서 여자들의 영혼에 관한 오래된 농담 하나를 기억한다. 질문, 여자들에게 영혼이 있는가? 답, 있다. 질문, 그 이유는? 답, 지옥에 떨어지기 위해서. 무척 재미있다. 다행히도 날짜에 대해서는 내 멋대로 할 수 있는 자유가 허용되었었다. 중요한 것은 시간이지 날짜가 아니었다. 일단 그를 약속 장소에 데려다 놓고, 나는 그 어떤 변명을 대어서 그를 떠나왔다. 꽤 침울하고 과묵한 착한 남자였다. 내가 어느 여자의 이야기를 꾸며댄 것이 어렴풋이 기억난다. 잠깐만, 이제 기억난다. 그렇다, 내가 그에게 말하기를, 그녀가 6개월 전부터 그와 사랑에 빠져 어떤 외딴 장소에서 그를 만나기를 간절히 바란다고 했다. 나는 그 여자에게 이름도 붙여주었다. 그녀는 꽤 잘 알려진 여자 배우였다. 그녀가 지정한 그 장소까지 그를 데려간 뒤, 내가 살며시 빠져나오는 것은 따라서 자연스러웠다. 멀어져 가는 나를 바라보는 그의 모습이 아직도 눈에 선하다. 그는 나를 친구로 삼고 싶었을 것이라고 생각된다. 그에게 무슨 일이 일어났는지는 모른다. 일단 중재 역할이 끝나면, 나는 당사자들에 대해 관심을 접었다. 그 후로 그들 중 한 사람도 다시 본 적이 없다고까지도 말할 수 있다. 나는 아무 저의 없이 그렇게 말한다. 오, 내 마음이 평안하다면, 여러 가지 이야기도 해줄 수 있다. 내 머릿속에 있는 이 오합지졸은 무엇이며, 기진맥진한 자들의 이 행렬은 무엇인가. 머피, 와트, 예르크, 메르시에, 그 밖에 다른 많은 사람. 나는 결코 믿지 못했을 것이다— 아니, 난 기꺼이 그것을 믿는다. 이야기들, 이야기들 말이다. 나는 그 이야기들을 말할 수 없었다. 이 이야기도 말할 수 없을 것이다.

    나는 그래서 일단 몰로이를 찾으면, 그에 대하여 어떤 방식으로 행동을 취할 것인가를 알아내지 못했다. 게이버가 이 문제에 관해서 분명 주었을 단서들은 내 머릿속에서 완전히 사라졌다. 그 일요일 온 하루를 바보같이 지낸 결과가 바로 그거였다. 자, 보통 내게 요구하는 것이 무엇이더라. 이렇게 혼자서 말해봤자 소용없었다. 내 지시사항들은 관례적인 것이 하나도 없었다. 물론 가끔씩 반복되는 어떤 특별한 작전도 있긴 했지만, 우연히도 내가 찾고 있던 것과 일치될 만큼 그렇게 자주 있는 것은 아니었다. 설령 여느 때와는 다른 것이 단 한 번만 내게 요구되었다고 할지라도, 그 단 한 번은 나를 속수무책으로 만드는 데 충분했을 것이다. 그 정도로 나는 세심했다.

　나는 그것에 대해 더 이상 생각하지 않는 게 좋을 거라고, 일단 몰로이를 찾으면 된다고, 나중에 생각해보겠다고, 그때까지 시간이 있다고, 뜻밖의 순간에 그것이 생각날 거라고, 만일 몰로이를 찾고 나서도 무엇을 해야 할지 여전히 모르겠으면, 유디가 모르게 게이버와 연락을 취할 수 있을 거라고 생각하곤 했다. 그가 내 주소를 알고 있듯이 나도 그의 주소를 알고 있었다. 그에게 전보를 보낼 것이다. M을 어떻게 할까요? 그는 필요상 모호하게나마 분명한 말로 내게 답변해줄 수 있을 것이다. 하지만 발리바에 전신기가 있을까? 또한 나도 인간인지라, 몰로이를 늦게 찾을수록 그에게 무엇을 해야 할지 기억해낼 기회가 많을 거라고 생각하기도 했다. 그리고 다음의 사건만 없었다면, 우리는 느긋하게 걸어서 계속 전진했을 것이다.

　어느 날 밤, 나는 평소처럼 아들 녀석 옆에서 잠이 들었었는데, 마치 누군가가 방금 나를 세게 때린 것 같은 느낌을 갖고, 깜짝 놀라 잠에서 깼다. 걱정하지 말라. 나는 엄밀한 의미의 꿈 얘기를 할 줄 모른다. 가장 짙은 어둠이 은신처를 덮고 있었다. 나는 움직이지 않고 주의 깊게 귀를 기울였다. 아들 녀석의 코고는 소리와 헐떡거리는 소리밖에 아무것도 들리지 않았다. 나는 평소처럼 그것은 악몽에 불과하다고 결론지으려고 했는데, 그때 갑작스런 통증이 내 무릎을 관통했다. 따라서 이것으로 내가 갑자기 깨어난 이유가 설명되는 셈이다. 그것은 사실 한 대 때리는 것, 내 생각엔 마치 말이 발길질을 하는 것과 비슷했다. 나는 부동자세로 숨을 거의 쉬지 않은 채, 그리고 물론 땀에 젖은 채, 걱정스럽게 그것이 다시 오길 기다렸다. 나는 요컨대 그런 상황에서 사람들이 할 법하다고 생각되는 바로 그대로 했다. 그리고 사실 몇 분 지나서 통증이 다시 왔지만 처음보다는, 아니 더 정확하게 말해서 두번째보다는 심하지 않았다. 혹은 단지 내가 예상했었기 때문에 덜 심하게 여겨졌던 것일까? 아니면 내가 이미 거기에 익숙해지기 시작했기 때문이었나? 그렇게 생각하진 않는다. 왜냐하면 통증은 여러 번 반복되었고, 매번 전번보다 덜하다가 마침내 완전히 누그러져서, 그 결과 나는 그런대로 평온을 되찾고 다시 잠이 들었기 때문이다. 하지만 다시 잠들기 전에 이 문제의 통증이 완전히 새로운 것이 아니라는 걸 기억할 시간이 있었다. 그것은 우리 집 욕실에서 아들 녀석에게 관장을 시킬 때 이미 그 통증을 느꼈었기 때문이다. 그런데 그때는 그것이 단 한 번만 나를 엄습했고 그 뒤로 다시 오지 않았었다. 그리고 잠을 청하기 위해, 그때도 방금 나를 그토록 아프게 했던 그 다리였는지 아니면 다른 쪽이었는지 궁금해하면서, 나는 다시 잠이 들었다. 그런데 그것은 내가 결코 알아낼 수 없는 것이었다. 아들 녀석도 마찬가지로, 그 문제에 대해 질문을 받고는, 우리가 출발하던 저녁, 옥도정기로 녀석 앞에서 내가 문질렀던 무릎이 어떤 쪽이었다고 말을 못했다. 이것은 오랜 도보 여행과 차갑고 습한 밤들로 인해 생긴 약간의 신경통이야, 라고 혼잣말을 하면서, 그리고 기회가 닿는 대로, 예쁜 악마가 그려 있는 약솜 한 상자를 사겠다고 다짐하면서, 나는 좀 안심을 하고 다시 잠이 들었다. 생각의 속도는 이렇게 빠르다. 하지만 일은 끝나지 않았다. 왜냐하면 동틀 무렵 다시 깨어났을 때, 이번에는 자연스런 욕구 때문이었는데, 좀 더 사실감을 주자면, 내 음경이 약간 일어선 상태로, 나는 일어날 수가 없었다. 즉 일어나야 했기 때문에 결국에는 일어났는데, 얼마나 엄청난 노력의 대가를 치렀던가! 무엇을 할 수 없다는 것, 그것은 쉽게 말해지고, 쉽게 쓰이지만, 반면 사실은 그보다 더 어려운 것은 없다. 그것은 아마 의지 때문일 텐데, 그 의지는 최소한의 저지에도 격발되는 것 같다. 이렇게 나는 처음엔 내 다리를 굽힐 수 없다고 생각했으나 악착같이 노력해서 다리를 약간 굽힐 수 있었다. 완전한 관절 경직은 아니었다. 나는 여전히 내 무릎에 대해 말하고 있는 것이다. 그런데 그 무릎은 초저녁에 나를 깨운 그 무릎이었나? 나는 그것을 판단할 수 없었을 것이다. 통증은 없었다. 단지 굽혀지지 않는 것뿐이었다. 통증은 여러 번 나에게 헛되이 경고를 하더니 잠잠해졌다. 내가 보는 상황은 그러했었다. 예를 들어 내가 무릎을 꿇는 것은 불가능했을 텐데, 왜냐하면 우리가 어떻게 무릎을 꿇든, 솔직히 말해서 괴상하고 또 몇 초 이상 지탱하기 불가능한 자세를 취하지 않는 한, 내 말은 코카시안 무용수들처럼 아픈 다리를 앞으로 쭉 뻗지 않는 한, 항상 두 무릎을 굽혀야 하기 때문이다. 나는 전등불에 아픈 무릎을 비추고 쳐다보았다. 무릎은 붉지도 붓지도 않았다. 나는 슬개골을 만지작거렸다. 마치 클리토리스 같았다. 그 시간 내내 아들 녀석은 바다표범처럼 숨을 내쉬었다. 녀석은 인생이 어떤 것일지 짐작을 하지 못했다. 나 역시도 순진했다. 그렇지만 나는 그것은 알고 있었다.

    하늘엔 일출 직전의 그 무시무시한 빛이 서려 있었다. 사물들은 엉큼하게 낮의 위치로 돌아와 제자리를 잡고 죽은 척 꼼짝하지 않는다. 나는 조심스럽게 땅바닥에 앉았는데 약간의 호기심을 갖고 앉았다고 말해야겠다. 다른 사람들 같았으면 평소처럼 즉 아무렇게나 제멋대로의 동작으로 앉으려고 했을 것이다. 나는 아니었다. 그 새 십자가는 아주 새로웠지만 나는 곧 그것을 지고 갈 최선의 방법을 발견했다. 아무튼 우리가 땅바닥에 앉을 때는 책상다리를 하거나 혹은 태아의 자세로 앉아야 하고, 그것이 이를테면 초보자들에겐 유일하게 가능한 자세들이다. 그런데 나는 주저하지 않고 등을 대고 누워버렸다. 또한 내가 알고 있는 모든 지식에 이 점도 주저하지 않고 추가했다. 즉 정상적인 사람이 생각 없이 취하는 모든 자세 중에서 우리가 취할 수 있는 자세가 두세 가지밖에 남아 있지 않을 때, 그 자세들은 훨씬 풍부해진다는 것. 만일 내가 그것을 겪어보지 않았더라면, 나는 오히려 그 반대를 완강히 주장했을 것이다. 그렇다, 우리가 편하게 서 있을 수도, 앉아 있을 수도 없는 상태에서는, 마치 어머니의 무릎에 누워 있는 아이처럼 여러 가지 수평적인 자세에서 위안을 구한다. 전례 없이 그 자세들을 자꾸 개발하고 거기에서 상상하지 않았던 환희를 발견한다. 간단히 말해서 그 자세들은 무한해진다. 그럼에도 불구하고 만일 결국에 가서 그런 자세들에 싫증이 나게 되면 얼마 동안 서 있으면 그만이며, 게다가 아주 단순히 바닥에서 벌떡 일어나 앉으면 그만이다. 그것이 바로 통증 없는 국부적 마비 상태의 장점이다. 그리고 일반적인 심한 마비 상태도 이와 비슷하거나 심지어 그보다 더 기막힌 만족감을 지니더라도 내게는 놀랍지 않을 것이다. 마침내 움직이는 것이 정말 불가능한 상태에 있게 되는 것, 그것은 틀림없이 대단할 텐데! 그것을 생각하면 정신이 녹아 없어진다. 그리고 그와 함께 완전 실어증이 온다! 그리고 어쩌면 완전한 귀먹음까지도! 그리고 누가 알겠는가, 망막의 마비가 오는지도! 그리고 거의 확실하게 기억상실증도! 환호할 수 있을 만큼의 손상되지 않은 뇌만 남고! 그리고 죽음을 재생처럼 두려워할 만큼의 뇌만 남고. 나는 내 다리가 더 좋아지지 않거나 악화될 경우에 어떻게 해야 할지에 대해 곰곰이 생각했다. 나뭇가지들 사이로 하늘이 낮아지는 것을 바라보았다. 아침에는 하늘이 낮아지는데, 이 현상은 아직까지 충분히 관찰되지 않았다. 하늘이 마치 가까이 보려는 듯 다가온다. 출발하기 전에 허락을 받으려고 지구가 위로 올라가는 것이 아니라면 말이다.

 내 생각의 과정은 말하지 않겠다. 그렇게 하는 것은 한편 아주 쉬울 것이다. 그 결론은 다음 구절의 작문을 가능하게 해주었다.

잘 잤냐? 아들 녀석이 눈을 뜨자마자 내가 말했다. 녀석을 깨울 수도 있었으나, 천만에, 스스로 깨어나도록 내버려두었다. 드디어 녀석은 몸이 좋지 않다고 내게 말했다. 그 녀석, 내 아들 녀석은 흔히 동문서답을 했다. 우리가 있는 곳이 어디냐, 그리고 가장 가까운 마을이 어디냐? 내가 물었다. 녀석이 마을 이름을 댔다. 나도 그 이름을 알고 있었고, 전에 거기에 가본 적이 있었으며, 그것은 큰 읍이었고, 우리는 운이 좋았다. 그 주민들 중에 몇몇 아는 사람도 있었다. 오늘이 며칠이냐? 내가 물었다. 녀석은 조금도 망설이지 않고 날짜를 내게 말해주었다. 그것도 방금 전에야 정신을 차렸는데 말이다! 녀석은 역사와 지리에 명수라고 내가 말하지 않았던가. 콘돔에 베즈 강이 흐른다는 것도 녀석에게 배웠다.* 좋아, 곧장 홀Hole로 가거라, 거기까지—나는 계산했다—최대한 세 시간이면 된다. 내가 말했다. 녀석은 놀라서 나를 쳐다보았다. 거기서 네 키에 맞는 자전거 한 대를 사거라. 가능한 한 중고품으로. 5파운드까지 쓸 수 있어. 나는 녀석에게 10실링짜리 잔돈으로 5파운드를 주었다. 짐받이가 튼튼해야 해, 별로 튼튼하지 않거든 아주 튼튼한 걸로 바꿔라. 내가 말했다. 나는 분명하게 하려고 노력했다. 나는 녀석에게 좋으냐고 물었다. 녀석은 좋은 기색이 없었다. 나는 이 지시사항을 한 번 반복한 뒤 녀석에게 좋으냐고 다시 한 번 물었다. 녀석은 오히려 어리둥절한 표정이었다. 아마도 몹시 기쁜 나머지 그런 것 같았다. 아마 제 귀를 의심했나 보다. 적어도 이해는 했냐? 내가 말했다. 가끔씩 약간의 진정한 대화는 얼마나 좋은가. 네가 해야 할 일이 무엇인지 말해보거라. 내가 말했다. 그것은 녀석이 이해했는지 알아보기 위한 유일한 방법이었다. 홀에 가야 해요, 여기서 24

---

* 고유명사 베즈Baïse는 프랑스어의 키스baise의 철자와 흡사하기 때문에 두 지명을 넣어 유머러스하게 표현했다.

킬로예요. 녀석이 말했다. 24킬로? 내가 말했다. 예. 녀석이 말했다. 좋아, 계속해봐. 내가 말했다. 자전거 한 대를 사야 해요. 녀석이 말했다. 나는 기다렸다. 더 이상 아무 말도 없었다. 자전거라니! 내가 소리쳤다. 홀에는 자전거가 수백만 대 있어! 어떤 종류의 자전거지? 녀석은 곰곰이 생각했다. 중고품요. 녀석이 용기를 내어 말했다. 중고품이 없으면? 내가 말했다. 중고품이라고 말씀하셨잖아요. 녀석이 말했다. 나는 꽤 오랫동안 입을 다물었다. 만약 중고품을 못 살 경우에 어떻게 할 거냐? 내가 드디어 말했다. 아빠가 말씀을 안 해주셨는데요. 녀석이 말했다. 가끔씩 약간의 대화는 얼마나 편한가. 내가 너한테 돈 얼마를 줬지? 내가 말했다. 녀석은 잔돈을 세었다. 4파운드 10요. 녀석이 말했다. 다시 세어봐, 내가 말했다. 녀석은 다시 세었다. 4파운드 10인데요. 녀석이 말했다. 이리 줘봐. 내가 말했다. 녀석이 잔돈을 건네주었고, 나는 그것을 세었다. 4파운드 10. 내가 너한테 5파운드를 줬잖아. 내가 말했다. 녀석은 대답을 안 하고, 숫자가 대신 그것을 말하게 했다. 녀석이 10실링을 빼서 몸에 감추었나? 주머니 꺼내봐. 내가 말했다. 녀석은 주머니를 비우기 시작했다. 나는 여전히 누워 있었는데, 그것을 잊지 말자. 녀석은 내가 아픈지 모르고 있었다. 하기야 나는 아프지 않았다. 나는 녀석이 내 앞에 펼쳐놓은 물건들을 어렴풋이 쳐다보았다. 녀석은 그것들을 주머니에서 하나씩 꺼내 엄지와 검지로 살짝 집어서 공중에 들고 내게 여러 면을 보여준 후 마지막으로 내 옆 바닥에 놓았다. 주머니 하나가 비워지면 녀석은 주머니 안감을 꺼내 흔들었다. 그러면 조그만 먼지구름이 일었다. 이 어리석은 확인 작업은 곧 나를 지치게 만들었다. 나는 녀석에게 그만 하라고 말했다. 10실링을 아마도 녀석의 소매나 입속에 숨겼을 것이다. 내가 일어나서 녀석을 샅샅이 뒤져야 할 것 같았다. 하지만 그러면 녀석은 내가 아프다는 사실을 알게 되었을 것이다. 내가 정확히 아팠다는 것이 아니다. 그런데 나는 왜 내가 아픈 걸 녀석이 모르길 원했나? 나는 내게 남은 돈을 세어볼 수도 있었다. 그렇다고 그게 무슨 소용이 있었겠는가? 나는 집에서 얼마를 가져왔는지나 알고 있었는가? 아니었다. 내게도 역시 나는 기꺼이 소크라테스의 방법론을 적용했다. 나는 얼마를 썼는지 알고 있었는가? 아니었다. 평소에 나는 출장 회계를 무척 엄격히 기록하여 내가 쓴 이동 경비의 마지막 한 푼까지도 증거를 남겼다. 이번에는 아니었다. 유람 여행이었다고 해도 그렇게 대책 없이 돈을 물 쓰듯 하진 않았을 것이다. 내가 틀렸다고 치자. 내가 말했다. 녀석은 땅을 덮고 있던 물건들을 침착하게 주워서 다시 주머니 속에 넣었다. 어떻게 녀석을 이해시킬 수 있을까? 이 일은 그만두고 내 말 잘 듣거라. 내가 말했다. 나는 녀석에게 동전들을 건네주었다. 세어봐. 내가 말했다. 녀석은 동전을 세었다. 얼마지? 내가 물었다. 4파운드 10요. 녀석이 말했다. 10이라니? 내가 말했다. 10실링요. 녀석이 말했다. 넌 4파운드 10실링을 갖고 있어. 내가 말했다. 예. 녀석이 말했다. 난 너에게 4파운드 10실링을 줬어. 내가 말했다. 예. 녀석이 말했다. 그것은 사실이 아니었다. 내가 녀석에게 5파운드를 주었었다. 너도 동의하지? 내가 말했다. 예. 녀석이 말했다. 그럼 내가 왜 이렇게 많은 돈을 네게 주었다고 생각하냐? 내가 말했다. 왜 이렇게 많은 돈을요? 녀석이 말했다. 녀석의 얼굴이 환해졌다. 자전거 한 대 사라고요. 녀석이 말했다. 어떤 종류의 자전거냐? 내가 말했다. 중고품요. 녀석이 잽싸게 말했다. 너는 중고 자전거 한 대에 4파운드 10실링이 들 거라고 생각하냐? 내가 말했다. 모르겠어요. 녀석이 말했다. 나 역시, 나도 그것을 몰랐다. 하지만 문제는 그게 아니었다. 내가 정확히 너에게 뭐라고 말했지? 내가 말했다. 우리는 서로 골똘히 생각했다. 가능한 한 중고품이라고 말했어. 그

214

게 바로 내가 네게 한 말이야. 마침내 내가 말했다. 아아. 녀석이 말했다. 둘이 나눈 그 대화, 나는 그것을 자세히 말하지 않고 다만 핵심만 지적한다. 난 중고품이라고 하지 않았어. 가능한 한 중고품이라고 했지. 내가 말했다. 녀석은 짐을 챙기기 시작했다. 그냥 놔두고 내가 하는 말 잘 들어. 내가 소리쳤다. 녀석은 복잡하게 얽힌 큰 실뭉치 하나를 보란 듯이 떨어뜨렸다. 그 10실링이 어쩌면 그 속에 들어 있을 수도 있었다. 넌 말이야, 넌 중고품과 가능한 한 중고품의 차이도 모르냐? 내가 말했다. 나는 시계를 들여다보았다. 10시였다. 나는 우리의 생각에 혼란만 더하고 있었다. 더 이상 알 필요 없다. 하지만 이제부터 내가 하는 말 잘 들을거라. 두 번 다시 말 안 할 테니까. 내가 말했다. 녀석은 내게 가까이 다가와서 무릎을 꿇었다. 마치 내가 죽으려는 것 같았다. 너 새 자전거가 뭔지 아냐? 내가 말했다. 예, 아빠. 녀석이 말했다. 그러면 좋다. 내가 말했다. 만약 중고 자전거를 못 찾으면 새 자전거를 사거라, 반복한다. 나는 반복했다. 반복하지 않겠다고 말했던 내가 말이다. 이제 네가 할 일이 뭔지 말해보거라. 내가 말했다. 네 얼굴 좀 치워, 입 냄새가 나. 나는 덧붙여 말했다. 넌 이도 안 닦으면서 곪는다고 불평하냐. 이 말도 할 뻔했으나 나는 제때에 자제했다. 다른 주제를 끌어올 때가 아니었다. 네가 해야 할 일이 뭐냐? 나는 반복해서 물었다. 녀석은 생각을 가다듬었다. 홀에 가는 거요. 녀석이 말했다. 여기서 24킬로—. 몇 킬로미터인지는 신경 쓰지 마. 내가 말했다. 너는 홀에 있어. 무얼 하려고지? 아니다, 그럴 수 없다. 녀석은 결국은 이해했다. 그 자전거는 누굴 위해 사는 거지, 괴링을 위해서냐? 내가 말했다. 녀석은 아직도 자기를 위해 자전거를 산다는 것을 알지 못하고 있었다. 녀석은 그 당시에 나보다 결코 키가 작지 않았다는 것이 사실이다. 짐받이에 대해서는, 마치 내가 아무 말도 안 했던 것처럼 되었다. 하지만 녀석은 결국 모든 걸 알아차렸다. 돈이 충분하지 않으면 어떻게 해야 하느냐고 내게 묻기까지 했다. 여기로 다시 오거라, 잘 생각해보자꾸나. 내가 말했다. 나는 물론 녀석이 깨어나기 전 이 모든 문제를 곰곰이 생각하면서, 사람들이 녀석에게 어려움을 끼칠 수도 있다는 것과, 녀석이 어린아이인 걸 보고서, 그 많은 돈이 어디서 났느냐고 물을 수도 있다는 것을 예상했다. 그럴 경우, 녀석이 어떻게 해야 할지 나는 알고 있었다. 즉 가서 수사반장 폴을 찾거나, 그에게 데려다 달라고 부탁하고, 이름을 댄 다음, 마치 나는 쉬트에 남아 있는 것처럼 생각하게 하면서, 나 자크 모랑이 자전거를 한 대 사러 녀석을 홀에 보냈다고 말하는 것이었다. 거기에는 분명 뚜렷이 다른 두 가지의 작업이 관련되어 있었는데, 먼저 그런 경우를 예상하는 작업과 (아들 녀석이 깨어나기 전에), 그다음에는 그것을 받아넘길 방법을 찾는 작업이었다(홀이 가장 가까운 마을이라는 소식을 듣고서). 하지만 나는 녀석에게 그렇게까지 까다로운 지시사항을 전달하는 것을 단념했다. 걱정하지 마라, 넌 멋진 자전거를 살 만큼 충분한 돈을 갖고 있어, 한 순간도 지체하지 말고 그것을 여기로 가져오너라. 내가 말했다. 아들 녀석과는 모든 걸 예상해야 했다. 녀석은 일단 자전거를 사고 나면 그것을 어떻게 해야 할지 전혀 모를 수도 있었다. 새 지시사항을 기다리며, 아무도 알 수 없는 상황 속에서 홀에 남을 수도 있는 녀석이었다. 녀석은 어디 아프냐고 내게 물었다. 내가 얼굴을 찡그렸음에 틀림없다. 널 보는 게 지겨워. 내가 말했다. 그러고는 녀석에게 뭘 꾸물대느냐고 물었다. 저 몸이 안 좋아요. 녀석이 말했다. 녀석이 몸이 어떠냐고 물었던 나, 나는 아무 말도 안 했는데, 녀석에겐 아무도 묻지 않았는데도, 녀석은 몸이 좋지 않다고 말했다. 넌 번쩍거리는 새 자전거를 혼자서 독차지하게 되었는데도 기쁘지 않나? 내가 말했다. 나는 녀석이 기쁘다고 말하는 걸

들으려고 정말 많이 집착하고 있었다. 하지만 나는 내가 한 말을 후회했다. 그것은 녀석에게 혼돈만 더해줄 뿐이었다. 아무튼 그 가족 대화는 이것으로 거의 충분하다. 녀석은 은신처를 떠났고 녀석이 충분히 멀리 갔다고 판단되었을 때 나도 간신히 그곳에서 나왔다. 녀석은 약 스무 발짝쯤 갔다. 나는 경쾌한 태도를 취하며 나무줄기에 등을 단단히 기대고 멀쩡한 다리를 다른 쪽 다리 앞으로 과감히 굽혔다. 나는 녀석을 소리쳐 불렀다. 녀석이 뒤돌아보았다. 나는 손을 흔들었다. 녀석은 나를 잠시 바라보더니 등을 돌리고 다시 제 길을 갔다. 나는 녀석의 이름을 불렀다. 녀석은 다시 뒤돌아보았다. 라이트! 내가 소리쳤다. 좋은 라이트로! 녀석은 알아듣지 못했다. 한 발짝만 떨어져도 아무것도 못 알아듣는 녀석이 스무 발짝이나 떨어져서 어떻게 알아들을 수 있었겠는가. 녀석은 내 쪽으로 왔다. 나는, 가! 어서 가!라고 소리치며 녀석에게 멀어지라는 신호를 보냈다. 녀석은 발길을 멈추고, 아마 완전히 어리둥절해서, 앵무새처럼 고개를 갸우뚱하고 나를 쳐다보았다. 나는 돌이나 나뭇조각, 혹은 흙덩이 등 아무거나 던질 만한 것을 줍기 위해서 생각 없이 몸을 굽히는 동작을 했다가 넘어질 뻔했다. 나는 머리 위에 있는 산 나뭇가지 하나를 꺾어서 녀석 쪽으로 세게 내던졌다. 녀석은 다시 돌아서서 뛰기 시작했다. 녀석을 전혀 이해하지 못할 때가 정말 여러 번 있었다. 아무리 좋은 돌을 가지고도 내가 녀석을 못 맞힐 줄 알았을 텐데도, 녀석은 부리나케 달아났다. 아마도 내가 쫓아가지나 않을까 겁이 났었나 보다. 사실, 내가 달리는 방식에는 뭔가 겁에 질리게 하는 면이 있는데, 머리는 뒤로 젖히고, 이를 악물고, 팔꿈치는 최대한으로 굽히고, 무릎은 거의 얼굴을 때릴 정도로 올라온다. 그런데 나는 이런 식으로 달려서 나보다 훨씬 빠른 사람들을 자주 따라잡았다. 그들은 자신들의 뒤를 쫓아오는 그렇게도 끔찍한 광란을 연장시키느니, 차라리 멈춰서 나를 기다렸다. 라이트에 대해서는, 우리에겐 라이트가 필요 없었다. 나중에 아들 녀석의 삶 속에, 심부름과 순진한 장난을 위해 돌아다니는 녀석의 삶 속에 자전거가 자리를 잡게 된다면, 그때 녀석의 밤길을 비춰줄 라이트가 하나 필요할 것이다. 내가 라이트를 생각하고 녀석에게 좋은 걸로 사라고 소리쳤던 것은 아마도, 나중에 녀석의 오가는 길이 밝고 위험하지 않도록, 그 행복한 미래에 대비한 것이었으리라. 또한 벨을 조심해서 보라고, 작은 뚜껑을 풀고 열어서 그 안을 자세히 살펴보고, 거래를 마치기에 앞서, 소리가 잘 나는지, 상태는 좋은지 확인하고, 어떤 소리가 나는지 들어보게 울려보라고 녀석에게 말할 수도 있었다. 하지만 우린 나중에 이 모든 것을 살펴볼 시간이 있을 것이다. 때가 되면, 아들 녀석의 자전거에 이 세상에서 최고의 라이트를 앞뒤로 달고, 최고의 벨과 최고의 브레이크를 달도록 기쁘게 도와주리라.

하루가 길게 느껴졌다. 아들 녀석이 보고 싶어지다니! 나는 최선을 다해 바쁘게 지냈다. 음식을 여러 번 먹었다. 하느님 외에 다른 보는 사람이 없이, 마침내 혼자 있는 시간을 이용하여 자위를 했다. 아들 녀석도 분명 똑같은 생각을 하고, 멈춰서 자위를 했을 것이다. 그 즐거움이 나보다는 녀석에게 더 컸기를 바란다. 나는 무릎에 좋은 운동이 될 거라 생각하며 은신처를 몇 바퀴씩 돌았다. 꽤 빨리, 별로 통증 없이 걸었으나 금방 피곤해졌다. 열두어 발짝 가고 나면 심한 피로가, 아니, 더 정확히 말해서 무거운 느낌이 다리에 엄습하곤 해서 나는 멈춰야 했다. 그것은 곧 지나갔으며 나는 다시 출발할 수 있었다. 나는 약간의 모르핀을 복용했다. 몇 가지 질문을 내게 던지기도 했다. 왜 나는 아들 녀석에게 내 다리를 치료할 약을 사오라고 말하지 않았는가? 왜 녀석에게 내가 아픈 것을 숨겼는가? 나는, 어쩌면 낫지 않기를 바랄 정도로, 내게 닥친 일에 대해 내심 기뺐던 것인가? 나는 꽤 오랫동안 그 장소의 아름다움에 흠뻑 빠졌으며, 나무들과 들판, 하늘, 새들을 오랫동안 바라보았고, 가까이에서 혹은 멀리서 들려오는 소리들에 가만히 귀를 기울였다. 어느 순간 이미 앞에서 문제가 되었다고 생각되는 그 침묵을 느낀 것 같기도 했다. 나는 은신처에 누워서 내가 투입된 임무에 대해 생각했다. 몰로이를 찾으면 어떻게 해야 할지 다시 한 번 기억해보려고 애썼다. 나는 개울까지 어슬렁거렸다. 얼굴과 손을 씻기 전에, 엎드려서 거기에 나를 비춰보았다. 내 모습이 제대로 떠오르길 기다렸다가, 그것이 떨리면서도 점점 나를 닮아가는 것을 바라보았다. 가끔씩 내 얼굴에서 떨어지는 물방울이 다시 그것을 흐려놓았다. 나는 하루 종일 아무도 보지 못했다. 그런데 저녁 무렵 은신처 주변을 맴도는 발자국 소리가 들렸다. 나는 움직이지 않았다. 발자국은 멀어져 갔다. 그런데 무슨 목적이었는지는 모르지만 조금 뒤에 은신처에서 나왔을 때, 나는 내게서 몇 발짝 떨어진 곳에 꼼짝도 하지 않고 서 있는 어떤 남자를 보았다. 그는 나를 등지고 있었다. 그는 계절에 비해서 무거운 외투를 입고 있었으며 상당히 묵직한 지팡이를 짚고 있었는데, 그것은 위쪽보다 아래쪽이 훨씬 더 굵어서 마치 곤봉 같았다. 그가 몸을 돌렸고, 우린 꽤 오랫동안 말없이 서로를 바라보았다. 즉 나로서는 내가 항상 하듯이, 내가 겁내지 않는다는 것을 보여주기 위해서 그를 뚫어지게 응시했고, 반면에 그는 가끔씩 나를 슬쩍 바라보고는 시선을 땅에 떨어뜨렸는데, 그것은 아마 수줍어서라기보다는 방금 본 것에 대해 다른 모습들이 추가되기 전에 조용히 숙고하기 위해서인 것 같았다. 왜냐하면 그 눈길은 차갑고 강력한 힘을 지니고 있었기 때문이다. 얼굴은 창백했고 잘생겼으며, 그 정도라면 나는 만족했을 것이다. 그가 모자를 벗어 손에 잠시 들고 있다가 다시 머리에 썼을 때 쉰다섯 살쯤 되어 보였다. 그 동작은 우리가 모자를 벗어 인사한다고 말하는 것과는 전혀 달랐다. 하지만 나는 고개를 숙이는 것이 좋겠다고 생각했다. 그의 모자는 모양과 색깔이 정말 특이했다. 나는 그것을 묘사하려고 하진 않겠다. 그것은 내가 알고 있었던 그 어떤 종류에도 속하지 않았다. 그의 머리카락은 지저분했지만 백발을 드러내 보였으며, 숱이 많고 부풀어 있었다. 그가 모자 속으로 머리카락을 다시 눌러 넣기 전에, 나는 그것이 머리통에서 천천히 일어서는 것을 바라볼 시간이 있었다. 얼굴은 더럽고 털이 많았다. 그렇다, 그는 창백하고, 잘생겼고, 더럽고, 털이 많았다. 그의 움직임은 이상했는데, 마치 암탉이 깃털을 부풀린 다음 천천히 오므려서 전보다 작아지는 것 같았다. 나는 그가 내게 말을 걸지 않고 떠나가려는 줄 알았다. 그런데 갑자기 빵 한 조각만 달라고 내게 요청했다. 그 굴욕적인 부탁에 그의 이글거리는 눈길이 동반되었다. 억양은 이방인의 억양이거나 말하는 습관을 잃은 사람의 억양이었다. 사실 나는 그의 뒷모습만을 보고서 안도의 숨을 쉬며, 저 사람은 이방인이야, 라고 혼잣말을 했었다. 정어리 한 통 드릴까요? 내가 말했다. 그는 내게 빵을 요청했는데 나는 그에게 생선을 제안했다. 나의 모든 성격이 여기에 나타난다. 빵요. 그가 말했다. 나는 은신처에 들어가서 아들 녀석을 위해 남겨둔 빵 조각을 가져왔다. 녀석이 돌아오면 분명 배가 고플 것이었다. 나는 빵을 그에게 주었다. 나는 그가 그것을 그 자리에서 게걸스럽게 먹을 거라고 기대했다. 그런데 그는 그것을 두 쪽으로 자르더니 외투의 양쪽 주머니에 넣었다. 당신의 지팡이 좀 살펴봐도 되겠습니까? 내가 말했다. 나는 손을 내밀었다. 그는 움직이지 않았다. 나는 그의 손 아래쪽으로 지팡이에 손을 대었다. 잡은 것을 천천히 놓아주는 그의 손가락을 느꼈다. 이제 그 지팡이를 잡은 것은 나였다. 나는 그 가벼움에 놀랐다. 나는 그것을 그의 손에 다시 쥐어주었다. 그는 내게 마지막 시선을 던지고는 가벼렸다. 거의 밤이 되었다. 그는 빠르고 불확실한 걸음으로 걸어갔으며, 지팡이를 짚는다기보다는 끌면서 자주 방향을 바꾸었다. 나는 기꺼이 오랫동안 시선으로 그를 따라갔을 것이다. 내가 한낮에 사막의 한복판에 있었다면, 그가 지평선 끝에서 작은 점 하나로 될 때까지 내 눈으로 그를 따라갔을 것이다. 나는 한참 동안 밖에 더 남아 있었다. 가끔씩 귀를 기울여보았다. 그러나 아들 녀석은 도착하지 않고 있었다. 나는 추위를 느끼기 시작하자 은신처 안에 들어가서 아들 녀석의 우비를 덮고 누웠다. 하지만 졸음이 나를 엄습해오는 것을 느끼고 다시 밖으로 나와서 큰 장작불을 지펴 아들이 내 쪽으로 오도록 안내했다. 불길이 피어오르자, 이제 몸을 녹일 수 있겠구나! 하고 나는 혼잣말을 했다. 나는 두 손을 불에 쬔 후, 또다시 불에 쬐기 전에 서로 비비면서, 또 불 쪽으로 등을 돌리면서, 또 웃옷자락을 쳐들면서, 또 꼬치에 꽂은 것처럼 빙빙 돌면서 몸을 녹였다. 그리고 결국에는 열기와 피곤을 더 이상 견디다 못해 불 가까이 땅바닥에 누워 잠이 들었다, 어쩌면 불똥이 내 옷에 튀어서 나는 산 횃불이 되어 깨어날지도 모른다고 생각하면서, 또한 여러 가지 다른 것들, 분명 겉으로 보기에는 연관성이 없는 서로 다른 일련의 것들에 대해서도 생각하면서. 그런데 내가 깨어났을 때는 다시 낮이었고 불은 꺼져 있었다. 그러나 그 숯불은 아직도 뜨거웠다. 내 무릎은 더 좋아지지도 더 나빠지지도 않았다. 즉 어쩌면 무릎이 약간 더 나빠졌으나, 그것에 대해 생긴 점점 관대해진 습관 때문에, 나는 그것을 감지하지 못하는 상태였는지도 모른다. 하지만 그렇게 생각하진 않는다. 왜냐하면 내 무릎에 귀를 기울이고 여러 가지 시련을 주면서, 나는 그 습관을 경계했고 그것을 없애려고 노력했기 때문이다. 그래서 오히려, 아무 변화가 없어, 모랑, 아무 변화가 없어, 라고 말하던 것은 내 독자적인 감각의 비밀 속에 들어온 다른 사람이었다. 이것은 불가능하게 보일 수도 있다. 나는 지팡이 하나를 만들려고 숲으로 갔다. 그런데 마침내 내게 맞는 나뭇가지 하나를 발견했을 때 칼이 없다는 것이 생각났다. 나는 아들 녀석이 땅에 놓고서 다시 주워 담지 않았던 물건들 중에 녀석의 칼이 있기를 바라면서 은신처로 돌아왔다. 칼은 그곳에 없었다. 반면에 내 시선이 우산으로 향했고, 나는 우산이 있는데 지팡이를 깎는 것이 무슨 소용이 있어, 라고 혼잣말을 했다. 그래서 우산을 짚고 걷는 것을 연습했다. 그런 식으로 하면 비록 더 빨리, 덜 고통스럽게 나아갈 수는 없었지만, 적어도 더 쉽게 피곤해지지는 않았다. 그리고 쉬기 위해서 열 발짝마다 멈춰야 하는 대신에, 멈출 수밖에 없을 때까지 쉽게 열다섯 발짝을 갔다. 게다가 쉬는 동안에도 역시 우산이 도움이 되었다. 왜냐하면 그것을 짚었을 때는 아마도 혈액순환의 부족으로 인해 오는 것 같은 다리의 무거움이 오로지 내 근육과 내 생명나무에 의지하고 서 있을 때보다 훨씬 빨리 사라진다는 것을 확인했기 때문이다. 그런데 이렇게 장비가 갖춰지자 나는 전날 했던 것처럼 은신처 주변만 맴도는 것으로는 결코 만족하지 않고 그곳을 중심으로 사방으로 돌아다녔다. 그래서 심지어는 어느 순간에라도 아들 녀석이 나타날 수 있는 평원이 전부 내려다보이는 조그만 언덕에까지 이르렀다. 나는 가끔씩 상상 속에서 핸들에 몸을 굽히거나 페달을 딛고 선 채로 점점 가까이 다가오는 녀석을 보았고, 녀석이 헐떡거리는 소리도 들었으며, 그 포동포동한 얼굴에 마침내 돌아온 기쁨의 색조도 보았다. 그러나 동시에 나는 은신처도 감시했는데, 은신처는 이상하게도 나의 관심을 끌어서, 한번 나갈 때의 마지막 지점에서 다음 번 나갈 때의 마지막 지점으로 곧바로 간다면 편리했을 텐데도, 나는 그렇게 할 수 없었다. 나는 나갈 때마다 매번 반대 방향으로 은신처까지 돌아와서, 그 안의 모든 것이 제자리에 있는지 확인하고, 그런 다음 다시 나가야 했다. 그래서 나는 이 두번째 날을 대부분 이런 감시와 상상들 속에서 헛되이 왔다 갔다 하면서 보냈지만, 온종일 그렇게 보낸 것은 아니었다. 왜냐하면 가끔씩 나는 내게 작은 집이 되어버린 은신처에 누워서 가만히 몇 가지 것들에 대해 생각해보았기 때문인데, 그것은 특히 먹을 필수품들에 관한 것이었고, 그것들은 어찌나 빨리 바닥이 나는지 5시에 한번 진탕 먹고 났더니 정어리 통조림 두 통과 비스킷 한 줌, 사과 몇 개밖에 남지 않을 정도였다. 하지만 나는 또한 몰로이를 일단 찾으면 그를 어떻게 해야 할지에 대해서도 기억해내려고 애를 썼다. 그리고 내 자신에 대해서도 역시, 얼마 전부터 내 안에서 변한 게 무엇이었는지에 대하여 검토했다. 그런데 나는 하루살이의 속도로 늙어가는 내 자신을 보는 것 같았다. 그러나 그때 내게 일어났던 생각은 정확하게 노화에 대한 생각은 아니었다. 내가 본 것은 오히려 하나의 무너짐, 오래전부터 내게 운명 지어진 나의 모든 것으로부터 항상 나를 오래전부터 보호해주었던 모든 것의 맹렬한 붕괴에 가까웠다. 혹은 한때 알았다가 저버린 어느 빛과 어느 얼굴을 향해서인지는 모르지만, 나는 점점 더 빨라져 가는 일종의 구멍 뚫기를 지켜보고 있었다. 하지만 어둡고 육중한 것이 돌을 가는 듯 삐걱거리다가 갑자기 액체가 되던 그 느낌을 어떻게 묘사해야 할까. 바로 그때 나는 잔잔한 바다를 뚫고 심연으로부터 천천히 올라오는 작은 공을 보곤 했는데, 그것은 처음에는 매끈해서 그것을 호위하는 소용돌이들보다 그다지 선명하지 않다가, 조금씩 눈과 입의 구멍들과 다른 상처 자국들이 있는 얼굴이 되었다. 그것이 여자의 얼굴인지 남자의 얼굴인지, 젊은이의 얼굴인지 늙은이의 얼굴인지도 알 수 없고, 그 평온함도 역시 그것과 빛 사이에 있는 물의 효과 때문이 아니었나 그것도 알 수 없다. 그러나 나는 그 가엾은 얼굴들을 건성으로만 지켜보았다는 것을 말해야 한다. 그 얼굴들 속에서 아마도 내 와해의 느낌은 스스로를 억누르려고 애쓰고 있었는 지도 모른다. 그리고 내가 거기에 더 이상 깊은 관심을 기울이지 않았다는 사실은 벌써 내가 얼마나 변했으며, 나를 자제하는 것에 대해 내가 얼마나 무관심해지고 있었는지를 또한 나타내고 있었다. 그런데 만일 내가 계속했더라면 나에 관하여 아마 여러 가지 발견을 하게 되었을 것이다. 하지만 거기에서, 내 말은 나를 엄습하던 그 알 수 없는 불안 속에서, 어떤 형체나 어떤 판단의 도움으로 약간의 빛이 뻗어 나오게 하기 시작한 것만으로도, 내가 다른 걱정거리로 뛰어들기에 충분했다. 그리고 조금 뒤에 가면 모든 것을 다시 시작해야 했다. 그래서 이렇게 하는 방식에서 나 또한 나 자신을 알아보기 어려웠다. 왜냐하면 여러 계략을 동시에 강구하는 것은 내 천성 속에 있지 않았고, 내 말은 내 습관 속에 있지 않았고, 대신에 나는 그것들을 따로따로 분리시켜서 차례로 최대한으로 밀고 가곤 했기 때문이다. 게다가 몰로이에 대하여 내게 부족했던 단서들조차도 내 기억의 깊숙한 곳에서 들썩거리는 것을 느끼자, 나는 갑자기 그것들로부터 돌아서서 또 다른 미지의 것들로 향했다. 그리고 보름 전만 해도 어쩌면 비타민과 칼로리의 문제까지 동원시켜 내게 남아 있는 음식으로 얼마나 버틸 수 있을지 즐겁게 계산하면서 점차적으로 식량이 없어질 때까지 일련의 식단을 머릿속에 짰을 내가, 그날은 만일 식량을 채워놓지 못하면 나는 영양실조로 죽을 거라고 힘없이 인정하는 데 그쳤다. 이렇게 그 두번째 날이 지나갔다. 그런데 다음 날로 넘어가기 전에 주목해야 할 한 가지 사건이 남아 있다.

　나는 방금 불을 지피고 불길이 올라오는 걸 지켜보고 있었는데 그때 나를 부르는 소리를 들었다. 그 목소리는 너무 가까워서 내가 소스라치게 놀랐는데, 남자의 목소리였다. 소스라치게 놀란 뒤 나는 다시 침착해져서 마치 아무 일도 없었던 것처럼 나뭇가지 하나를 가지고 뒤적이며 불을 계속 돌보았으며, 그 나뭇가지는 내가 바로 그 전에 그럴 용도로 꺾었던 것으로, 나는 그 잔가지들과 잎사귀들과 심지어 그 껍질의 일부도 내 손톱 하나로 제거했었다. 나는 항상 나뭇가지들의 껍질을 벗겨 그 하얗고 매끄러운 예쁜 속 줄기를 드러내기를 좋아했다. 하지만 대부분의 경우 나무를 향한 알 수 없는 애정과 연민의 감정이 그렇게 하지 못하게 했다. 그런데 나는 낙뢰를 맞아 500세에 죽은 테네리프 섬의 용혈수 나무를 내 가까운 친구들 중의 하나로 꼽고 있었다. 그것은 장수의 표본이었다. 이 나뭇가지는 수액이 많은 통통한 가지라서 내가 불 속에서 쑤셔도 불이 붙지 않았다. 나는 그것의 가는 끄트머리를 잡았다. 불의 탁탁 소리 때문에, 아니 더 정확히 말하면 그 속에서 뒤틀리는 나무의 탁탁 소리 때문에, 왜냐하면 의기양양하게 타오르는 불은 탁탁거리지 않고 전혀 다른 소리를 내기 때문에, 그 남자는 나도 모르는 사이에 내게 바로 가까이 다가올 수 있었다. 내 신경을 건드리는 것이 한 가지 있다면, 그것은 내 자신이 불시에 일을 당하는 것이다. 그래서 겁에 질린 내 동작에도 불구하고, 또한 그것이 눈에 띄지 않기를 바라면서, 나는 마치 나 혼자인 것처럼 계속 불을 쑤셔 일으켰다. 그런데 내 어깨를 두드리는 그의 손이 닿자 나는 내 입장에 있는 다른 사람들이 취했을 행동을 할 수밖에 없었는데, 그것은 바라건대 잘 꾸며진 두려움과 분노의 동작으로 재빨리 돌아서는 것이었다. 이제 나는 한 남자와 얼굴을 마주하고 서 있게 되었고, 나는 어둠 때문에 우선 그의 신체를, 그다음엔 그의 얼굴을 잘 분간할 수가 없었다. 친구여 안녕. 그가 말했다. 하지만 차츰 나는 그가 어떤 타입의 작자인지를 파악하게 되었다. 그런데 정말이지 그의 신체의 여러 부분부분 사이에는 굉장한 일치와 굉장한 조화가 있어서, 우리는 그에 대하여, 몸은 그의 얼굴에 어울리고, 또 반대로, 얼굴은 그의 몸에 어울린다고 말할 수 있을 것 같았다. 만약 내가 그의 엉덩이를 볼 수 있었다면, 그것도 나머지 다른 부분과 어울릴 것은 의심할 여지가 없었다. 이 벽촌에서 누군가를 만나리라고는 기대하지 않았소, 내가 운이 좋군. 그가 말했다. 그런데 내가 불길이 작열하기 시작하던 불에서 비켜서면서, 내가 더 이상 가리지 않자 그 빛은 침입자를 비추었는데, 그때 나는 내가 틀리지 않았다는 것과 그는 내가 얼핏 본 바로 그런 유의 귀찮은 놈이라는 것을 깨달을 수 있었다. 말해줄 수 있겠소. 그가 말했다. 비록 내 원칙에 위배되지만, 나는 간결하게 그를 묘사해야 할 것 같다. 그는 작은 편이었으나 딱 바라져 있었다. 그는 재단이 엉망인 짙은 감색의 두꺼운 양복(상의가 더블로 된)을 입었고, 통이 무척이나 넓고 발끝이 발등보다 더 높이 올라오는 검은색 구두를 신고 있었다. 이런 흉측한 모양은 검은 구두의 독점인 것 같다. 모르시오. 그가 말했다. 끝에 수술이 달린 검은색 목도리는 길이가 적어도 2미터는 되었는데, 그의 목에 여러 번 감겨서 그 끝이 등 뒤로 내려왔다. 그는 챙이 좁은 진한 청색의 펠트 모자를 쓰고 있었는데, 그 리본 속에 모조품의 파리 한 마리가 달린 낚시 갈고리를 꽂아서 상당히 스포츠맨의 분위기를 주었다. 내 말 들리시오? 그가 말했다. 하지만 이 모든 것은, 말하기가 유감스럽지만, 내 얼굴과 어렴풋이 닮은 그의 얼굴에 비하면 아무것도 아니었다. 물론 나보다는 갸름하진 않았지만, 실패한 작은 콧수염도 같고, 작은 족제비눈도 같고, 코 측면이 말려 있는 것도 같고, 입술은 얇고 마치 몹시 말을 많이 하고 싶어서 충혈된 것처럼 붉었다. 이봐요! 그가 말했다. 나는 불 쪽으로 다시 갔다. 불은 잘 타고 있었다. 나는 그 위에 나뭇조각을 던졌다. 당신에게 말을 건 지 5분이나 되었소. 그가 말했다. 나는 은신처 쪽으로 갔으나 그가 길을 막았다. 내가 다리를 절뚝거리는 걸 보고서 그는 대담해졌다. 대답하는 게 좋을 거요. 그가 말했다. 나는 댁을 모르오. 내가 말했다. 그리고 웃었다. 사실 그것은 선의의 웃음이었다. 내 신분증을 보고 싶소. 선생? 그가 말했다. 봐도 소용없을 거요. 내가 말했다. 그는 내 쪽으로 더 바짝 다가왔다. 비켜주시오. 내가 말했다. 이번에는 그가 웃었다. 대답 안 할 거요? 그가 말했다. 나는 꾹 참았다. 뭘 알고 싶으시오? 내가 말했다. 그는 내가 호탕한 본심으로 돌아온 줄로 생각했던 모양이다. 그렇게 나와야지. 그가 말했다. 나는 금방이라도 도착할 수 있는 아들 녀석의 모습을 떠올리며 구조를 바랐다. 이미 말했잖소. 그가 말했다. 나는 떨렸다. 다시 한 번만 말해주시기 바라오. 내가 말했다. 간략하게 말하자. 그는 지팡이를 든 노인이 지나가는 걸 보았느냐고 내게 물었다. 그는 그 노인의 용모를 묘사했다. 서툴렀다. 목소리가 멀리서 들려오는 듯했다. 아니오. 내가 말했다. 아니라뇨? 그가 말했다. 난 아무도 못 보았소. 내가 말했다. 그렇지만 그 노인은 이쪽으로 지나갔소. 그가 말했다. 나는 입을 다물었다. 여기엔 언제부터 계셨소? 그가 말했다. 마치 그가 분리되는 것처럼 그의 몸의 형체도 흐려졌다. 당신 여기서 뭐 하시오? 그가 말했다. 댁은 이 지역의 감시를 맡고 계시오? 내가 말했다. 그는 한 손을 내 쪽으로 내밀었다. 나는 거기서 비키라고 그에게 다시 한 번 말했던 것으로 생각된다. 아직도 쥐었다 폈다 하며 내 쪽으로 다가오던 하얀 그 손이 생각난다. 마치 손이 저절로 움직이는 것 같았다. 나는 그때 무슨 일이 일어났는지 모른다. 하지만 조금 뒤에, 아마도 훨씬 뒤에, 나는 머리가 짓이겨진 채로 땅바닥에 누워 있는 그를 발견했다. 어떻게 해서 그런 결과가 나왔는지 더 분명하게 가르쳐줄 수 없어서 유감이다. 그것은 아주 흥미로운 대목이 되었을 텐데. 하지만 내 이야기가 여기까지 이르렀는데 이제 와서 문학적으로 빠질 생각은 없다. 나 자신은 아무 데도 다친 곳이 없었다, 아니, 있었다, 몇 군데 할퀸 상처가 있었는데 그 다음 날 발견했다. 나는 그에게 몸을 굽혔다. 그렇게 하면서 다시 내 다리가 굽혀지는 것을 알게 되었다. 그는 더 이상 나와 비슷해 보이지 않았다. 나는 그의 발목을 잡고 뒷걸음질을 쳐서 은신처 안으로 끌고 갔다. 그의 구두는 두껍게 바른 기름 묻은 왁스로 번쩍였다. 양말은 갈매기 무늬가 그려져 있었다. 바지가 올라가서 하얗고 털이 없는 다리의 살을 드러냈다. 그의 발목은 나처럼 가늘고 뼈가 앙상했다. 거의 내 손가락으로 쥐어질 정도였다. 그는 양말대님을 하고 있었는데 한쪽은 풀어져서 늘어져 있었다. 이 모습을 보자 측은한 생각이 들었다. 나는 다시 불 가까이로 갔다. 벌써 내 무릎은 또다시 뻣뻣해져 갔다. 더 이상 굽힐 필요가 없었다. 나는 다시 은신처로 돌아와서 아들 녀석의 우비를 집어 들었다. 다시 불 곁으로 가서 우비를 덮고 누웠다. 나는 한 숨도 안 잤지만 조금은 잤다. 올빼미들 소리가 들렸다. 부엉이는 아니었다. 그것은 기차의 기적 소리와 같은 울음소리를 냈다. 꾀꼬리 소리도 들었다. 멀리서 뜸부기들 소리도 들려왔다. 만일 내가 밤에 울며 노래하는 다른 새들에 대해 말하는 것을 들은 적이 있었다면, 그것들도 들었을 것이다. 나는 두 손을 펴고 포개서 그 위에 뺨을 얹은 채 불이 꺼져 가는 것을 지켜보았다. 새벽을 기다렸다. 동이 트자마자 나는 일어나서 은신처로 갔다. 그의 양쪽 무릎도 역시 웬만큼 굳어져 있었다. 하지만 허리 관절들은 아직도 다행히 움직였다. 나는 그를 숲으로 끌고 갔는데, 쉬기 위해서 자주 멈췄지만, 그를 다시 끌기 위해 몸을 굽힐 필요가 없도록 다리는 놓지 않았다. 그런 다음 은신처를 해체시키고 그렇게 해서 생긴 나뭇가지들을 시체 위에 던졌다. 나는 짐을 싸서 두 개의 가방을 어깨에 메고 우비와 우산을 들었다. 뭐, 한마디로 캠프를 철수한 거였다. 하지만 떠나기 전에 나는 아무것도 잊은 게 없도록 생각을 가다듬었는데, 내 머리만을 믿지는 않았다, 주머니를 더듬어보고 주위를 둘러보았으니까. 그런데 바로 주머니를 더듬다가 나는 열쇠들이 없다는 것을 확인했고, 그 없어진 사실을 내 머리는 내게 알려주지 못했다. 나는 곧 고리가 부러져서 땅바닥에 여기저기 흩어져 있는 열쇠들을 다시 찾아냈다. 사실대로 말하면, 먼저 쇠줄을 찾았고, 그다음엔 열쇠들, 마지막으로 두 동강이 난 고리를 찾았다. 우산을 짚는다고 하더라도 열쇠 한 개를 줍기 위해 매번 몸을 굽힌다는 것은 말도 안 되었으므로, 나는 가방과 우산을 내려놓고 열쇠들 사이로 납작 엎드려서 꽤 쉽게 그것들을 주울 수 있었다. 그리고 내가 닿지 않는 곳에 열쇠 하나가 있으면 나는 두 손으로 풀을 거머쥐고 거기까지 몸을 질질 끌며 갔다. 그리고 각각의 열쇠는, 나는 그것을 주머니에 넣기 전에 물기가 있든 없든 풀로 닦았다. 그리고 가끔 나는 손을 짚고 몸을 일으켜 주변을 잘 둘러보았다. 이렇게 해서 꽤 멀리 떨어진 곳에 발견된 여러 개의 열쇠가 있는 데까지는 커다란 실린더처럼 데굴데굴 뒹굴어서 도달했다. 열쇠가 더 이상 보이지 않자 나는, 그것들을 세어볼 필요가 없어, 원래 몇 개였는지 모르니까, 라고 혼잣말을 했다. 그런 다음 눈으로 다시 한 번 찾아보기 시작했다. 하지만 결국엔, 할 수 없지, 갖고 있는 걸로 만족해야겠어, 라고 말했다. 그런데 이렇게 열쇠를 찾다가 내가 숲에 버렸던 귀마개 한쪽을 발견했다. 게다가 더 이상한 것은, 머리에 쓰고 있었다고 생각했던 내 밀짚모자를 발견했다는 사실! 고무줄이 통과했던 두 구멍 중 하나는, 감히 이런 표현을 써본다면, 모자챙의 챙끝까지 넓혀져 있었기 때문에, 더 이상 구멍이 아니라 아귀같이 벌어져 있었다. 하지만 다른 쪽 구멍은 괜찮았고 고무줄도 여전히 끼워져 있었다. 그리고 나는 마침내, 이제 일어나서 위에서 내려다보며 마지막으로 지면을 살펴봐야지, 라고 혼잣말을 했다. 나는 그렇게 했다. 바로 그때 나는 고리를 찾았는데, 처음에는 한쪽을, 그다음에는 다른 쪽을 찾았다. 그런 다음, 내 것이든 아들 녀석의 것이든 더 이상 아무것도 눈에 띄지 않자, 나는 가방들을 다시 메고, 머리에 밀짚모자를 푹 눌러쓰고, 아들 녀석의 우비를 팔에 포개어 걸치고, 우산을 집어 들고 떠났다. 하지만 나는 멀리 가지 않았다. 그것은 곧 어느 언덕 꼭대기에서 발길을 멈췄기 때문이며, 그곳에서 나는 피곤하지 않게 캠프 자리와 주변의 들판을 감시할 수 있었다. 그리고 나는 이런 이상한 점을 발견했는데, 그것은 그 장소의 지형이, 그리고 하늘의 구름들까지도, 마치 대가의 그림에서처럼, 시선을 천천히 캠프 쪽으로 이끌어가도록 배치되어 있었다는 것이다. 나는 가능한 한 아주 편안하게 자리를 잡았다. 여러 가지 짐을 내려놓고 정어리 통조림 한 통 전부와 사과 한 개를 먹었다. 나는 아들 녀석의 우비를 깔고 그 위에 엎드려 누웠다. 팔꿈치를 땅에 대고 두 손으로 턱을 떠받치기도 하고, 그러면 내 시선이 지평선으로 향했다. 땅에다가도 내 두 손으로 쿠션을 만들어서 그 위에 뺨을 뉘고, 한쪽 뺨 5분, 다른 쪽 뺨 5분씩 엎드리기도 했다. 두 개의 가방으로 베개를 만들 수도 있었을 텐데 나는 그렇게 하지 않았다. 그것은 생각지도 못했다. 그날은 그 어떤 사건도 없이 조용히 흘러갔다. 오직 개 한 마리가 나에게 이 셋째 날의 단조로움을 깨뜨려주었는데, 처음에는 내가 불 피웠던 자리의 잔해 주변을 돌더니, 그다음에는 숲으로 들어갔다. 그런데 나는 그것이 거기서 나오는 것은 보지 못했다. 내 주의가 다른 데로 향해 있었거나, 어떤 면에서 개는 단지 숲을 가로질러 다른 쪽으로 빠져나갔기 때문이다. 나는 모자를 고쳤는데, 정어리 통조림 따개를 사용하여 예전의 구멍 옆에 새로 구멍 하나를 만들어서 다시 거기에 고무줄을 고정시켰다. 고리도 두 조각을 서로 꼬아서 거기에 열쇠들을 끼우고 긴 쇠줄을 다시 달아서 고쳤다. 그리고 시간이 좀 짧게 느껴지도록 하기 위해 몇 가지 질문을 던지고 거기에 답변을 하려고 노력했다. 그 중에 몇 가지는 이렇다.

질문 그 청색의 펠트 모자는 어떻게 되었나?

답

질문 지팡이를 든 그 노인이 혐의를 받지 않을까?

답 그럴 가능성이 크다.

질문 그가 무죄로 드러날 가능성은 어떠했나?

답 희박했다.

질문 아들 녀석에게 무슨 일이 일어났었는지 알려주어야 할까?

답 아니다. 그러면 녀석은 나를 고발할 의무를 지게 될 테니까.

질문 녀석이 나를 고발할까?

답

질문 내 기분은 어땠나?

답 거의 평상시와 비슷했다.

질문 그렇지만 나는 변했고 여전히 변하고 있었나?

답 그렇다.

질문 그런데도 내 기분은 거의 평상시와 비슷했나?

답 그렇다.

질문 어떻게 그럴 수 있었지?

답

이 질문들과 또 다른 질문들 사이사이뿐 아니라 질문과 그에 해당하는 답 사이에도 다소 긴 시간의 간격이 있었다. 그리고 답들도 항상 질문의 순서대로 되었던 것은 아니다. 하지만 주어진 질문에 대한 하나의 답이나 여러 답을 모색하는 중에도, 나는 답을 몰랐다는 차원에서 헛되이 앞서 이미 던졌던 질문에 대한 답을 또는 답들을 발견하거나, 혹은 즉각 답이 요구되는 다른 질문 또는 다른 질문들을 발견하기도 했다.

이제 상상 속에서 나를 현재 시점과 결부시켜볼 때, 나는 위의 모든 구절을 단호하고, 심지어 만족스럽게, 그리고 그 전보다 훨씬 침착한 마음으로 썼다는 것을 단언한다. 왜냐하면 이 글들이 읽혀지기 전에 나는 멀리, 그리고 아무도 나를 찾아올 생각을 하지 못할 곳에 가 있을 것이기 때문이다. 그리고 유디가 나를 돌봐줄 것이고, 임무를 수행하는 동안 저질러진 잘못 때문에 내가 처벌을 받도록 내버려두지는 않을 것이다. 또한 내 아들 녀석한테는 아무도 무슨 일을 하지 못할 것이고, 오히려 그런 아버지를 두었다고 사람들은 녀석을 동정할 것이며, 사방에서 원조 제의와 존중을 보장하는 표현들이 녀석에게 넘쳐 들어올 것이다.

그렇게 그 셋째 날이 흘러갔다. 그리고 나는 5시경에 마지막 정어리 통조림과 비스킷 몇 개를 맛있게 먹었다. 그래서 내게 남은 것은 사과 몇 개와 비스킷 몇 개뿐이었다. 그런데 7시경 태양이 이미 낮게 내려가 있을 때 아들 녀석이 도착했다. 내가 잠깐 졸았었나 보다. 왜냐하면 내가 예상했던 대로, 녀석이 먼저 지평선에 나타나서 매 순간마다 점점 커지는 것을 나는 전혀 보지 못했기 때문이다. 반면 내가 녀석을 보았을 때는, 녀석은 이미 캠프와 나 사이에 있었으며, 캠프 쪽으로 가고 있었다. 심한 노여움이 홍수처럼 밀려와서 나는 벌떡 일어나 우산을 마구 흔들어대며 고함치기 시작했다. 녀석이 뒤를 돌아보자 나는 마치 손잡이로 뭔가를 걸어서 잡아당기려는 듯 녀석에게 다가오라는 신호를 보냈다. 나는 순간적으로 녀석이 나를 무시하고 캠프까지, 아니 더 이상 캠프는 없었으니까, 더 정확히 말하면 캠프가 있었던 자리까지, 가던 길을 계속 가리라고 생각했다. 그런데 끝내는 내 쪽으로 왔다. 녀석은 자전거 한 대를 밀고 왔는데 나를 만나자 더 이상 못하겠다는 몸짓으로 그것을 넘어뜨렸다. 일으켜 세워라, 한번 봐야겠다. 내가 말했다. 사실 꽤 좋은 자전거였던 것 같다. 나는 기꺼이 그것을 묘사할 수도 있고, 그것에 대해서 쉽게 4천 단어를 쓸 수도 있을 것이다. 네 자전거가 그거냐? 내가 말했다. 녀석이 대답을 하리라고는 반밖에 기대하지 않으면서 나는 계속 자전거를 들여다보았다. 그런데 녀석의 침묵 속에 뭔지 모르는 심상찮은 점이 있어서 녀석 쪽으로 시선을 돌렸다. 녀석의 눈이 머리통에서 툭 튀어나와 있었다. 무슨 일이냐, 내 바지 단추가 열리기라도 했단 말이냐? 내가 말했다. 녀석이 다시 자전거를 놓아버렸다. 다시 세워라. 내가 말했다. 녀석은 자전거를 다시 세웠다. 무슨 일이 있었어요? 녀석이 말했다. 넘어졌어. 내가 말했다. 넘어졌다고요? 녀석이 말했다. 그래, 넘어졌어, 넌 말이지, 넌 한 번도 넘어진 적이 없냐? 내가 소리쳤다. 나는 교수형에 처해진 사람들의 사정(射精)으로 생겨나서 꺾으려고 하면 소리를 지르는 식물의 이름을 기억해내려고 했다. 얼마를 지불했냐? 내가 말했다. 4파운드요. 녀석이 말했다. 4파운드나! 내가 소리쳤다. 만일 녀석이 2파운드나 심지어 30실링이라고 말했어도 나는 똑같이 소리쳤을 것이다. 4파운드 5실링을 달라고 했어요. 녀석이 말했다. 영수증 받았냐? 내가 말했다. 녀석은 영수증이 무엇인지 알지 못했다. 나는 녀석에게 그것을 설명해주었다. 내 아들 녀석의 교육비로 지출했던 돈이 얼만데 간단한 영수증 하나가 뭔지도 모르다니. 하지만 녀석도 그것을 나만큼 잘 알고 있었다고 생각한다. 왜냐하면 내가 녀석에게 자, 영수증이 무엇인지 말해봐, 하고 말했을 때, 녀석은 썩 잘 대답을 했기 때문이다. 녀석이 실제 자전거 값보다 서너 배를 더 지불했든, 자전거를 사라고 준 돈 중에서 일부를 가로챘든, 사실 그것은 내게 아무런 상관이 없었다. 내 주머니에서 나가는 것이 아니었으니까. 나머지 10실링 내놔. 내가 말했다. 다 썼어요. 녀석이 말했다. 됐다, 됐어. 녀석은 내게 설명하기 시작했다. 첫째 날은 가게들 문이 닫혔고, 둘째 날은——. 충분해, 됐다니까. 내가 말했다. 나는 짐받이를 살펴보았다. 그 자전거에서는 그것이 가장 튼튼했다. 공기 넣는 펌프와 함께. 최소한 굴러 가기는 하냐? 내가 말했다. 홀에서 3킬로미터를 왔는데 펑크가 났어요, 나머지 길은 걸어왔어요. 녀석이 말했다. 나는 녀석의 신발을 쳐다보았다. 바람을 다시 넣어라. 내가 말했다. 나는 자전거를 붙잡았다. 어떤 바퀴였는지 더 이상 알 수 없다. 거의 비슷하게 생긴 물건이 두 개만 있으면 나는 뭐가 뭔지 알 수 없게 된다. 녀석은 속이고 있었다. 녀석이 일부러 나사를 꽉 잠그지 않아서 바람이 튜브와 밸브 사이로 빠져나가고 있었다. 자전거를 붙들어라, 그리고 펌프를 이리 줘. 내가 말했다. 타이어는 금방 단단해졌다. 나는 아들 녀석을 쳐다보았다. 녀석은 항의하기 시작했다. 나는 녀석의 입을 다물게 했다. 5분 후에 타이어를 만져보았다. 단단함이 그대로 있었다. 고약한 놈. 내가 말했다. 녀석은 주머니에서 초콜릿 한 개를 꺼내 내게 내밀었다. 나는 그것을 받았다. 그런데 먹고 싶었지만, 그리고 비록 낭비를 싫어했지만, 나는 그것을 먹는 대신에, 잠시 망설인 후 그것을 내게서 멀리 던져버렸다. 하지만 그 망설였던 순간을 아들 녀석이 눈치 채지 못했길 바랐다. 그만두자. 우리는 도로로 내려왔다. 그것은 오솔길에 더 가까웠다. 나는 짐받이에 앉아보려고 했다. 뻣뻣한 다리의 발이 자꾸 땅속으로, 무덤 속으로 들어가려고 했다. 나는 배낭을 깔고 내 몸을 높였다. 잘 잡아라. 내가 말했다. 그것으로는 충분하지 못했다. 나는 가죽 구럭을 포갰다. 그 툭 튀어나온 것들이 자꾸 내 궁둥이를 찔렀다. 뭔가가 내게 저항하면 할수록 나는 더욱 맹렬해진다. 시간이 흐르면서, 손톱과 이빨만으로, 나는 땅속을 뚫고 땅거죽까지 기어 올라갈 것이다. 그렇게 해서 내가 얻을 게 아무것도 없다는 사실을 아주 잘 알면서도 말이다. 그리고 더 이상 손톱도 이빨도 없으면 내 뼈로 바위를 긁을 것이다. 여기 내가 찾은 해결책을 몇 마디로 소개하겠다. 우선 가죽 구럭, 그다음엔 배낭, 그다음엔 네 겹으로 접은 아들 녀석의 우비, 이 모든 것을 아들 녀석의 끈으로 짐받이와 안장 기둥에 꽁꽁 묶었다. 우산은, 난 그것을 목에 걸었는데, 자유로운 두 손으로 아들 녀석의 허리를, 아니 더 정확히 말해서, 결국엔 내가 아들 녀석보다 높이 앉아 있었으니까, 겨드랑이 밑을 잡기 위해서였다. 달려. 내가 말했다. 녀석은 필사적으로 노력했다. 그렇게 믿고 싶다. 우린 넘어졌다. 정강이에 심한 통증이 느껴졌다. 나는 뒷바퀴에 끼어 꼼짝 못했다. 도와줘! 내가 소리쳤다. 아들 녀석이 내가 일어나도록 도와주었다. 내 스타킹이 찢어져 다리에서 피가 나고 있었다. 그것은 다행히도 아픈 다리였다. 두 다리가 고장 나면 나는 어떻게 했겠는가? 방법을 강구했겠지. 심지어 그것은 어쩌면 새옹지마일 수도 있었다. 나는 물론 사혈(瀉血)을 생각하고 있었다. 안 다쳤냐? 내가 말했다. 아뇨. 녀석이 말했다. 아무렴. 나는 우산으로 녀석의 오금을 세게 찔렀다. 반바지와 스타킹 사이에 살이 빛나고 있던 자리였다. 녀석이 소리를 질렀다. 너 우리를 죽이려고 그러냐? 내가 말했다. 힘이 없어요, 힘이 없다고요. 녀석이 말했다. 자전거는 겉으로 보기에 아무렇지도 않았는데, 아마 뒷바퀴가 약간 휘어졌던 것 같다. 나는 즉시 내가 저지른 잘못을 깨달았다. 그것은 출발하기 전에, 두 다리를 쳐들고, 내 자리에 완전히 앉았다는 것. 나는 곰곰이 생각했다. 다시 한 번 해보자. 내가 말했다. 전 못해요. 녀석이 말했다. 날 화나게 만들지 마라. 내가 말했다. 녀석은 자전거 대에 다리를 걸쳤다. 내가 신호하면 천천히 출발해. 내가 말했다. 나는 뒷자리에 올라탔다. 앉아 보니 발이 땅에 닿지 않았다. 그래야 했다. 신호를 기다려라. 내가 말했다. 나는 한쪽으로 약간 미끄러져서 성한 다리의 발이 땅에 닿게 했다. 기어가 달린 바퀴에는 고통스럽게 쳐들고 벌린 아픈 다리의 무게만 실었다. 나는 아들 녀석의 윗도리에 손가락을 쑤셔 넣었다. 천천히 앞으로 가. 내가 말했다. 바퀴들이 돌기 시작했다. 나는 절반은 끌려서, 절반은 깡충깡충 짚으며 따라갔다. 좀 흔들리는 내 고환들이 걱정되었다. 더 빨리 가! 내가 소리쳤다. 녀석은 페달을 밟았다. 나는 펄쩍 뛰어서 내 자리에 앉았다. 자전거가 흔들렸다가 다시 중심을 잡았고 속도를 냈다. 잘했어! 기뻐서 어쩔 줄 모르며 내가 소리쳤다. 만세! 아들 녀석이 소리쳤다. 내가 얼마나 그 감탄사를 싫어하는지! 나는 그것을 적지도 못할 뻔했다. 녀석도 나만큼 기뻤다고 생각한다. 녀석의 심장이 내 손 밑에서 뛰고 있었다. 그런데 내 손은 녀석의 심장에서 멀리 있었다. 다행히도 내 모자를 고쳤으니 망정이지, 그렇지 않았더라면 바람에 날려갔을 것이다. 더군다나 날씨가 좋았고 나는 더 이상 혼자가 아니었다. 다행히도, 아주 다행스럽게도.

이렇게 해서 우리는 발리바에 도착했다. 우리가 극복해야 했던 장애물들, 따돌려야 했던 악당들, 아들의 빗나간 행동들, 아버지의 좌절감들에 대해서는 말하지 않겠다. 나는 이 모든 것을 이야기할 의도를 갖고 있었고, 거의 하고 싶은 욕구도 있었으며, 그렇게 할 수 있는 순간이 오리라는 생각으로 기뻐했다. 이제는 더 이상 그럴 생각이 없고, 그 순간은 왔으나 그 욕구는 사라졌다. 내 무릎은 좋아지지 않았다. 더 나빠지지도 않았다. 정강이의 상처는 아물었다. 나 혼자서는 결코 도착하지 못했을 것이다. 아들 녀석이 도와준 덕분이다. 뭐가? 도착한 것 말이다. 녀석은 건강과 배, 이빨에 대해 자주 불평했다. 나는 녀석에게 모르핀을 주었다. 녀석의 안색이 점점 더 나빠졌다. 어디가 아프냐고 물어보면 녀석은 대답을 하지 못했다. 자전거도 말썽을 부렸다. 하지만 잘 수습했다. 아들 녀석이 아니었다면 나는 도착하지 못했을 것이다. 도착하는 데 오랜 시간이 걸렸다. 몇 주가 걸렸다. 하도 길을 잘못 들고 서두르지도 않았기 때문이다. 나는 여전히 몰로이를 찾으면 어떻게 해야 할지 몰랐다. 나는 그것에 대해 더 이상 생각하지 않았다. 나는 나 자신에 대해 생각을 많이 했다, 가는 동안에는 아들 녀석 뒤에 앉아 녀석의 머리 너머를 바라보면서, 그리고 녀석이 왔다 갔다 하는 동안이나 없는 동안에는 캠프지에서. 녀석은 무엇을 알아보러 가거나 먹을 것을 사러 가서 자주 없었기 때문이다. 나는 이를테면 아무것도 하는 게 없었다. 녀석은 나를 잘 보살폈고, 나는 그걸 인정해야 한다. 녀석은 서투르고, 미련하고, 느리고, 더럽고, 거짓말하고, 씀씀이가 헤프고, 엉큼하고, 다정하지도 않았지만 나를 버리지는 않았다. 나는 나에 대해서 생각을 많이 했다. 즉 자주 내 자신에 대해서 대충 훑어보고, 눈을 감아버렸다가 잊어버리고, 다시 또 그것을 시작했다. 우리는 발리바에 도착하는 데 오래 걸렸고, 거기에 도착한지도 모른 채 도착했다. 멈춰라, 나는 어느 날 아들 녀석에게 말했다. 방금 목동 하나가 눈에 띄었는데 그 모습이 내 맘에 들었다. 그는 땅바닥에 앉아서 개를 쓰다듬고 있었다. 털이 거의 없는 검은 양들이 걱정 없이 그 둘의 주변을 돌아다녔다. 세상에, 얼마나 목가적인 고장인가. 나는 아들 녀석을 길가에 놔두고 작은 목장을 지나 그들 쪽으로 갔다. 나는 자주 멈춰서 우산을 짚고 쉬었다. 목동은 일어나지 않은 채 내가 오는 것을 바라보았다. 개도 짖지 않고 바라보았다. 양들도 역시. 그렇다, 천천히, 하나씩 하나씩, 양들은 나를 향해 돌아서서, 나를 마주하고, 내가 오는 것을 바라보았다. 가느다란 다리로 땅을 치며 뒤로 짧게 물러나는 몇몇 움직임만이 그것들의 불안을 나타내었다. 양들 치고는 겁이 많지 않은 것 같았다. 또한 내 아들 녀석도 물론 내가 멀어져 가는 것을 지켜보았고, 등 뒤로 녀석의 시선이 느껴졌다. 침묵은 완전했다. 여하튼 깊었다. 모든 것을 고려해볼 때 그것은 엄숙한 순간이었다. 날씨는 찬란했다. 저녁이 오고 있었다. 나는 멈출 때마다 주변을 둘러보았다. 목동과 양들, 개, 그리고 하늘까지도 쳐다보았다. 그러나 걸어갈 때는 땅과 내 발의 움직임만 보였는데, 성한 쪽 발은 먼저 내달아 멈추고 땅에 디딘 다음, 다른 쪽이 와서 합류하길 기다렸다. 나는 마침내 목동에게서 열 발짝쯤 떨어진 곳에서 멈췄다. 더 멀리 갈 필요는 없었다. 그에 대해서 상세히 이야기할 수 있다면 참으로 기쁠 것이다. 그의 개는 그를 좋아했고, 그의 양들은 그를 두려워하지 않았다. 그는 이슬이 내리는 것을 느끼며 곧 일어나리라. 양들의 우리는 멀고멀었다. 그는 멀리 자기 집의 불빛을 보리라. 나는 이제 양들의 가운데에 있었고, 양들은 나를 둘러싸고 시선을 내 쪽으로 집중시켰다. 나는 어쩌면 양을 고르려고 온 정육점 주인 같았다. 나는 모자를 들었다. 개의 시선이 내 손의 움직임을 따라가는 것을 보았다. 나는 아무 말도 하지 못하고 다시 한 번 주변을 둘러보았다. 그 침묵을 어떻게 깨야 할지를 몰랐다. 아무 말도 하지 않은 채 거기서 돌아설 뻔했다. 나는 드디어 질문으로 들리길 바라는 어조로, 발리바요, 라고 말했다. 목동은 입에서 담뱃대를 빼 그것으로 땅 쪽을 가리켰다. 나는 그에게, 나를 함께 데려가주시오, 재워주고 먹여주기만 한다면 충성을 다해 모시겠습니다, 라고 말하고 싶었다. 나는 이해를 했는데 아마도 그런 표정을 짓지 않았나 보다, 왜냐하면 그는 담뱃대를 땅에 치면서 같은 동작을 여러 번 되풀이했기 때문이다. 발리요. 내가 말했다. 그는 손을 들었고, 그 손은 마치 지도 위에서처럼 잠시 머뭇거리다가 고정되었다. 담뱃대에서는 아직 연기가 희미하게 났고, 연기는 잠시 공기를 푸르스름하게 하더니 사라졌다. 나는 가리켜진 방향을 바라보았다. 개 역시 바라보았다. 우리 셋 모두는 북쪽을 향해 바라보았다. 양들은 내게서 관심을 돌리기 시작했다. 아마 그것들도 이해했나 보다. 다시 풀을 뜯어 먹으며 돌아다니는 소리가 들렸다. 나는 마침내 평원의 끝에서, 수많은 각각의 불빛이 거리 때문에 뒤섞여서 모여진, 희미한 불그스름한 빛을 보았다. 그것은 은하수와 비슷했다. 마치 곧고 어두운 지평선의 아름다운 선 속에서 살짝 깨어진 틈처럼 보였다. 나는 빛들을 보게 해주는, 하늘의 별들과 땅 위에 있는 사람들의 순박한 작은 불빛들을 보게 해주는 저녁에게 고마워했다. 낮이었다면 하늘과 땅이 맞닿는 선명하고 밝은 긴 지평선을 향하여 목동이 담뱃대를 쳐든 것은 허사였을 것이다. 그런데 이제 나는 다시 내 쪽으로 돌아보는 목동과 개를 느꼈고, 전자는 담뱃대가 꺼지지 않았기를 바라면서 그것을 다시 빨아대기 시작했다. 그래서 나는 그 희미한 빛을 바라보는 건 나 혼자뿐이라는 것을 알았고, 그 빛은 점점 활기 있게, 활기 있게 타오르다가 순식간에 꺼져버리리라는 것도 알고 있었다. 이렇게 매혹되어 있는 것이 나 혼자라는 사실, 어쩌면 내 아들 녀석도 함께, 아니다, 나 혼자다, 그것이 맘에 걸렸다. 그래서 내가 어떻게 하면 그다지 내 자신을 혐오하지 않고 그다지 마음 아프지 않게 거기서 돌아설 수 있을까 생각하고 있을 때, 내 바로 주위에서 들려온 일종의 커다란 탄식 소리가, 떠나는 것은 내가 아니라 양떼라고 알려주었다. 나는 그들이 목동을 선두로, 그다음에는 조밀조밀 머리를 숙인 양들이 서로 밀치고 가끔씩 종종걸음을 치면서, 또 멈추지 않은 채 마치 장님처럼 땅에서 마지막 한 입을 뜯으면서, 그리고 맨 끝엔 개가 기우뚱거리며 검고 털이 복슬거리는 큰 꼬리를 흔들면서, 만일 만족해서 그런 것이었다면, 자기의 만족을 봐줄 사람이 아무도 없었는데도 꼬리를 흔들면서 멀어져 가는 것을 바라보았다. 그 작은 양떼는 주인이 소리를 지를 것도 없고, 개가 끼어들 것도 없이, 그렇게 질서정연하게 가고 있었다. 그리고 아마도 우리나 울 안까지 그렇게 갈 것이다. 거기서 목동은 한쪽으로 비켜서서 자기 양들을 지나가게 하고, 양들이 자기 앞으로 일렬로 지나가는 동안 마음이 놓이도록 그것들을 센다. 그런 다음 그는 자신의 집을 향해 간다, 부엌문은 열려 있고, 등불이 타고 있으며, 그는 들어가서 모자를 벗지 않은 채로 식탁 앞에 앉는다. 하지만 개는 들어가도 되는지, 아니면 밖에 있어야 하는지 잘 알 수 없어서 문지방에서 멈춘다.

그날 밤 나는 아들 녀석과 함께 꽤 격렬하게 한바탕 싸웠다. 무슨 일 때문이었는지는 기억할 수 없다. 잠깐만, 어쩌면 그것은 중요한 문제일 수도 있다.

아니다, 잘 모르겠다. 나는 아들 녀석과 수없이 싸웠다. 그 당시엔 분명 다른 때와 비슷한 싸움으로 보였을 것이고, 그것이 내가 아는 전부이다. 나는 분명 어떤 확실한 테크닉에 따라서 잘 싸웠을 것이고, 녀석의 잘못이 얼마나 큰지 훌륭하게 보여주었을 것이다. 그런데 그 다음 날 나는 내가 틀렸다는 것을 알아차렸다. 왜냐하면 일찍 일어났는데 은신처에 나 혼자라는 것을 발견했기 때문이다. 항상 내가 먼저 일어났었는데 말이다. 나는 내가 혼자 남은 지 오래되었다는 것을, 내 지시에 따라서 아들 녀석이 만든 그 조그만 은신처 안에서, 녀석의 숨결이 더 이상 내 숨결과 뒤섞이지 않은 지 오래되었다는 것을 본능적으로 알았다. 그런데 밤사이에 혹은 첫새벽에 수치심을 느껴서 녀석이 자전거를 갖고 떠났다는 사실 그 자체로서는 심히 걱정할 게 하나도 없었다. 만일 그렇기만 했다면 나는 그것에 대한 훌륭하고 명예스런 해명을 찾아낼 수 있었을 것이다. 유감스럽게도 녀석은 제 가방과 우비까지 가져갔다. 그리고 은신처 안팎에는 녀석의 물건이 하나도 남아 있지 않았다, 단 한 개도. 그것뿐만 아니라, 가끔씩 이탈리아 저금통에 넣을 몇몇 펜스밖에는 만질 수 없었던 녀석이 상당한 액수의 돈도 가져갔다. 왜냐하면 물론 내 지시하에서였지만, 녀석이 모든 것, 특히 물건 사는 일을 도맡은 이후로 어느 정도까지는 돈에 관하여 내가 녀석을 믿었기 때문이다. 그래서 녀석은 꼭 필요한 것보다 훨씬 많은 액수를 항상 몸에 지니고 있었다. 그 점에 좀 더 사실성을 부여하기 위해 다음을 덧붙이겠다.

1. 나는 녀석이 이중으로 부기 장부를 기록하는 법을 배우기를 원하면서 녀석에게 그 기초를 몸에 배도록 가르쳤다.

2. 나는 한때 나의 즐거움이었던 이 귀찮은 일을 맡을 용기를 더 이상 느끼지 못했다.

3. 나는 녀석에게 돌아다니는 동안에 눈을 크게 뜨고 가볍고 싼 두번째 자전거를 봐두라고 말했다. 왜냐하면 나는 짐받이에 이골이 났고, 게다가 아들 녀석에게 두 사람을 위해서 페달을 밟을 힘이 더 이상 없게 될 날이 다가오는 걸 보았기 때문이다. 그리고 조금만 연습하면 나도 한 발로 페달을 밟을 수 있다는 것을 믿었다, 아니, 내가 무슨 말을 하고 있나, 알고 있었다. 그러면 나는 내게 마땅한 자리를, 내 말은 앞자리를 차지할 수 있을 것이다. 그리고 아들 녀석은 뒤에서 나를 따라올 것이다. 그러면 그런 언어도단의 짓, 즉 아들 녀석이 내 지시를 무시하고 오른쪽으로 가라면 왼쪽으로 가고, 왼쪽으로 가라면 오른쪽으로 가거나, 오른쪽이나 왼쪽으로 가라면 곧장 앞으로 가버리는 짓은 다시는 발생하지 않을 것이다. 참으로 그런 일은 최근에 점점 더 빈번히 일어나고 있었다.

이것이 내가 덧붙이고 싶었던 전부이다.

그런데 나는 지갑을 들여다보고는 15실링밖에 들어 있지 않다는 것을 확인했고, 그것으로 보아 아들 녀석이 이미 갖고 있던 돈에 만족하지 않고, 떠나기 전, 내가 자는 동안에 내 주머니를 몽땅 털었다고 생각하게 되었다. 그런데 나의 첫번째 감정은, 마음이란 얼마나 이상한가, 구조대가 도착할 때까지 나를 구해줄 만큼은 충분했던 그 적은 액수를 남겨준 데 대해 녀석에게 고마워한 것이었고, 게다가 나는 거기서 일종의 세심한 배려를 보았다니!

그러니까 나는 내 가죽 구럭과, 녀석이 함께 가져갈 수도 있었던 우산, 그리고 15실링과 함께 홀로 남았고, 차갑게 고의로 그리고 아마도 계획적으로 이를테면 발리바에 버려졌다는 것을 알게 되었다. 내가 실제로 거기 있었다면 말이다. 그러나 발리에서는 아직도 멀리 떨어져 있었다. 그래서 나는 며칠 동안, 며칠인지는 모르겠지만, 아들 녀석이 나를 버리고 간 바로 그 장소에 마지막 남은 식량을 먹으며(녀석은 그것도 쉽게 가져갈 수 있었다), 산 사람은 하나도 보지 못한 채, 움직일 능력도 없이, 혹은 어쩌면 드디어 더 이상 움직이지 않을 만큼 굳세게 남아 있었다. 그것은 내가 평온했기 때문인데, 나는 모든 게 끝나리라는 것, 혹은 다시 시작되리라는 것을 알고 있었으며, 그 어느 쪽이든 그것은 중요하지 않았고 그 방법도 중요하지 않았으며, 나는 오직 기다리면 될 뿐이었다. 그래서 나는 심지어 내 안에 간혹 어린아이 같은 희망들이 자라게 한 뒤, 그것들을 깡그리 터뜨리면서 재미를 느끼기도 했는데, 예를 들면 내 아들 녀석이 분노가 가라앉은 다음 나를 불쌍하게 생각하고 다시 내 쪽으로 오리라는 것! 혹은 그것은 몰로이의 고장이었기에, 그에게 갈 방법을 모르는 내가 있는 곳까지 그가 오리라는 것, 그러면 나는 그를 친구로, 아버지로 삼을 것이며, 그는 유디가 나에게 화를 내지 않고 처벌하지 않도록 내가 해야 할 일을 도와주리라는 것! 그렇다, 나는 그 희망들을 내 안에서 점점 자라나서 뭉게뭉게 일어나 반짝이고 매혹적인 수많은 장식으로 꾸며지게 놔두었다가, 그다음에 혐오의 빗자루를 크게 휘둘러 쓸어버리고 내 안을 깨끗이 청소한 다음, 그것들이 더럽히려고 했던 그 빈 공간을 만족스럽게 바라보았다. 그리고 저녁에는 발리의 불빛 쪽으로 몸을 돌려 그 불빛들이 점점 더 밝게 빛나다가 거의 동시에 꺼져버리는 것을 바라보았다. 공포에 떠는 인간들의 점멸하는 더러운 작은 불빛들이 꺼져버리는 것을. 그리고 나는, 이 불행이 닥치지 않았다면, 어쩌면 나도 저곳에 있을 뻔했다니! 라고 혼자서 말하곤 했다. 그런데 내가 이야기할 뻔했고, 그렇게도 가까이서 보고 싶어 했던 그 오비딜*에 대해선, 글쎄, 나는 가까이서건 멀리서건 결코 그를 보지 못했고, 그가 존재하지 않았다고 해도 나는 그다지 놀라지 않았을 것이다. 그리고 유디가 나에게 가할 수 있는 징계들을 생각하자 너무 웃겨서 온몸이 흔들렸는데, 아주 작은 소리도 나지 않았고 내 얼굴엔 슬픔과 평온 이외의 다른 표정이 나타나지도 않았다. 그러나 그 웃음 때문에 내 온몸이 흔들렸고, 다리까지도 흔들려서, 서 있을 때 이런 일이 일어나면, 나는 우산만으로는 나를 균형 있게 지탱할 수 없었기 때문에 나무나 관목에 기대어야 했다. 참으로 이상한, 잘 생각해보면, 아마 내가 게을러서 혹은 몰라서 이렇게 부르는 이상한 웃음이었다. 그리고 그 변함없는 소일거리였던 나에 대해서는, 나는 그것에 대하여 더 이상 생각하지 않았다는 것을 말해야겠다. 하지만 때때로 내가 그것에서 그렇게 멀리 떨어져 있지 않고, 마치 높이 올라왔다가 하얗게 부서지는 파도를 향하는 모래톱처럼 그것을 향해 다가가고 있는 것같이 보였는데, 이 비유는 내 상황에 별로 맞지 않는다는 것을 인정해야겠다. 내 생황은 그보다는 물로 씻겨 내리기를 기다리는 똥의 이미지였다. 나는 언젠가 나의 집에서 파리 한 마리가 내 재떨이 위를 낮게 날다가 날개로 바람을 일으켜 약간의

---

* 몰로이를 가리키며, 오비딜Obidil은 리비도libido의 철자를 바꾼 것으로 추정되기도 한다.

담뱃재를 일으켰을 때 느꼈던 내 가슴의 작은 고동을 여기에 적는다. 나는 점점 더 쇠약해져 갔으나 만족스러웠다. 며칠 전부터 아무것도 먹지 않았다. 뽕나무 열매나 버섯을 찾아 먹을 수도 있었겠지만, 나는 그것에 흥미가 없었다. 나는 하루 종일 아들 녀석의 우비를 아련히 그리워하면서 은신처에 누워 있었고, 저녁에는 밖으로 나와서 발리의 불빛들 앞에서 한바탕 웃어젖혔다. 그리고 약간의 위경련과 부기로 고통스러워하면서도 나는 굉장히 만족을, 내 자신에 대해 거의 열광에 가까울 만큼 만족을 느꼈고, 나라는 인물에 대해 매혹되었다. 그리고 나는 곧 의식을 완전히 잃게 되겠지, 그것은 시간문제일 뿐이야, 라고 혼잣말을 하곤 했다. 하지만 게이버의 도착으로 이 심심풀이 오락이 끝이 났다.

어느 날 저녁이었다. 나는 실없이 웃기 위해 그리고 내 연약함을 더 잘 음미하기 위해 은신처 밖에서 어슬렁거리고 난 뒤였다. 그가 거기에 와 있은 지 이미 꽤 오래되었다. 그는 반쯤 졸린 상태로 그루터기에 앉아 있었다. 안녕하시오, 모랑. 그가 말했다. 날 알아보겠소? 내가 말했다. 그는 수첩을 꺼내 열고, 손가락에 침을 묻혀 페이지를 넘기고, 해당되는 쪽을 찾아서 눈에 가까이 가져가며 동시에 눈을 그쪽으로 내리떴다. 아무것도 안 보이는군. 그가 말했다. 그의 옷차림은 지난번과 같았다. 따라서 그의 일요일 성장(盛裝)에 대해서 나쁘게 생각했던 것은 나의 잘못이었다. 만일 그날도 일요일이 아니었다면 말이다. 그런데 나는 항상 그가 그렇게 입은 것을 보지 않았던가? 성냥 갖고 계시오? 그가 말했다. 나는 멀리서 들려오는 그 목소리로는 그를 알아보기 어려웠다. 아니면 손전등이라도. 그가 말했다. 그는 분명 내 얼굴 표정에서 내가 비출 만한 아무것도 갖고 있지 않다는 것을 알아차렸던 듯하다. 그는 자신의 주머니에서 조그만 전등을 꺼내 페이지를 비췄다. 그는 읽었다. 자크 모랑, 만사를 제쳐놓고 집으로 돌아올 것. 그는 전등을 끄더니 손가락을 끼워놓은 채 수첩을 닫고 나를 바라보았다. 난 걸을 수 없소. 내가 말했다. 뭐라고요? 그가 말했다. 난 아프오, 움직일 수 없소. 내가 말했다. 당신이 하는 말 한 마디도 이해할 수 없소. 그가 말했다. 나는 그에게 몸을 움직일 수 없다고, 아프다고, 나를 실어가야 할 거라고, 내 아들 녀석이 나를 버렸다고, 이젠 지긋지긋하다고 소리쳤다. 그는 애를 쓰며 나를 머리에서 발끝까지 살펴보았다. 나는 내가 걷지 못한다는 것을 그에게 보여주기 위해서 우산을 짚고 몇 발짝을 떼었다. 그는 수첩을 다시 열어 그 페이지를 다시 비추고 천천히 살핀 다음 말했다. 모랑은 만사를 제쳐놓고 집으로 돌아갈 것. 그는 수첩을 닫아서 주머니에 넣고, 전등도 주머니에 넣은 다음, 일어나서 손으로 가슴을 어루만지며 목이 말라 죽겠다고 말했다. 내 몰골에 대해선 한 마디도 없었다. 그런데 나는 아들 녀석이 홀에서 자전거를 가져온 날부터 면도도 안 했고, 머리도 안 빗었고, 씻지도 않았었다. 온갖 종류의 결핍과 커다란 내적 변화들은 말할 것도 없이 말이다. 나를 알아보시겠소? 내가 소리쳤다. 당신을 알아보겠냐고요? 그가 말했다. 그는 곰곰이 생각했다. 나는 그가 무슨 생각을 하는지 알고 있었다. 그는 나에게 상처를 줄 수 있는 가장 좋은 말을 찾고 있었던 것이다. 대단한 모랑! 그가 말했다. 나는 힘이 없어 넘어지려고 했다. 내가 그의 발아래 쓰러져 죽을지라도 그는 아, 정다운 모랑, 항상 여전하군요, 이렇게 말했을 것이다. 점점 어두워져 갔다. 나는 그가 정말 게이버인지 의아해졌다. 소장이 나한테 화가 나 있소? 내가 말했다. 혹시 맥주 한 병 있소? 그가 말했다. 그가 화났는지 묻고 있소. 내가 소리쳤다. 화났다니, 재미있는 일이군요. 그는 아침부터 저녁까지 손을 비비고 있소, 그 소리가 대기실에서도 들리지요. 게이버가 말했다. 그건 아무 의미가 없는 소리요. 내가 말했다. 그는 혼자서 킥킥 웃고 있소. 게이버가 말했다. 그는 분명 나한테 화가 나 있소. 내가 말했다. 저번에 그가 나한테 뭐라고 말했는지 아시오? 게이버가 말했다. 그가 변했소? 내가 말했다. 뭐라고요? 게이버가 말했다. 그가 변했느냐고요? 내가 소리쳤다. 변하다니, 천만에, 안 변했소, 왜 변하겠소, 세상 사람들처럼 늙어가는 거지, 그것뿐이오. 게이버가 말했다. 오늘 저녁에 당신 목소리가 아주 이상하오. 내가 말했다. 그가 내 말을 들었다고 생각하지 않는다. 좋소. 그는 손을 가슴에 대고 위에서 아래로 쓸어내리며 말했다. 난 가겠소, 당신은 나에게 아무것도 줄 게 없잖소. 그는 나에게 작별 인사도 없이 멀어졌다. 하지만 그가 주는 혐오감에도 불구하고, 내 허약함과 아픈 다리에도 불구하고, 나는 그를 따라잡아 그의 소매를 붙들었다. 그가 당신에게 뭐라고 말했소? 내가 말했다. 그는 멈춰 섰다. 모랑, 당신은 날 정말 짜증나게 만들려고 하오. 그가 말했다. 부탁이오, 그가 뭐라고 말했는지 말해주시오. 내가 말했다. 그는 나를 밀었다. 나는 넘어졌다. 그가 고의로 나를 넘어뜨린 것은 아니었다. 그는 내가 어떤 상태에 있었는지 몰랐으며, 다만 나를 떼어놓고 싶었던 것이다. 나는 일어나려고 하지 않았다. 나는 소리를 버럭 질렀다. 그가 다가와서 내 위로 몸을 굽혔다. 그는 갈리아풍의 커다란 밤색 팔자 콧수염을 하고 있었다. 그것이 움직이며 입술이 열리는 게 보였고, 속삭이듯 곧장 배려의 말들이 들렸다. 게이버 그 사람은 거칠지 않았다, 나는 그를 잘 알고 있었다. 게이버, 나는 당신에게 대단한 걸 요구하지 않소. 내가 말했다. 나는 이 장면을 잘 기억한다. 그는 내가 일어나도록 도와주려고 했다. 나는 그를 밀어냈다. 내가 있던 그대로가 괜찮았다. 그가 당신에게 뭐라고 말했소? 내가 말했다. 이해할 수가 없소. 게이버가 말했다. 방금 전에 그가 뭔가 말했다고 말하려고 했는데 내가 끊었잖소. 내가 말했다. 끊어요? 게이버가 말했다. 저번에 그가 나한테 뭐라고 말했는지 아시오, 이렇게 당신이 직접 말했잖소. 내가 말했다. 그의 얼굴이 밝아졌다. 그 뚱보 게이버, 그는 거의 내 아들 녀석만큼이나 이해가 빨랐다. 그가 나한테 말했소. 게이버가 말했다. 나한테ㅡ. 더 크게 말하시오! 내가 소리쳤다. 그가 나한테 말했소, 게이버, 삶은 아주 아름다운 것이오, 게이버, 놀라운 것이오, 라고 그가 나한테 말했소. 게이버가 말했다. 그는 내 쪽으로 얼굴을 들이댔다. 놀라운 것. 그는 미소를 지었다. 나는 눈을 감았다. 미소들은 무척 예쁘고 무척 용기를 주는 반면에 약간의 감상 거리가 필요하다. 그가 인간의 삶에 대해 말했다고 생각하시오? 내가 말했다. 나는 귀를 기울였다. 그가 인간의 삶에 대해 말한 것인지 말이오. 내가 말했다. 나는 다시 눈을 떴다. 나는 혼자였다. 내 손에는 나도 모르게 쥐어뜯었고 여전히 쥐어뜯고 있던 풀과 흙이 가득했다. 나는 문자 그대로 뿌리째 뽑고 있었다. 내가 무엇을 했으며 무엇을 하고 있었는지 깨달은 순간, 나는 그러기를 멈췄다, 그렇다, 너무도 잔인한 짓, 나는 그 짓을 끝내버리고 손을 폈으며, 손은 곧 비워졌다.

그날 밤 나는 귀갓길에 올랐다. 멀리 가지는 못했다. 하지만 그것은 작은 시작이었다. 중요한 것은 첫발이다. 두번째는 그보다 약간 더 갔다. 이 문장은 분명치 않아서 내가 바라던 바를 의미하지 않는다. 나는 처음에는 열 발짝씩 계산했다. 더 이상 걸을 수 없을 때는 멈추고 이렇게 혼잣말을 했다. 잘했어, 열 발짝씩 여러 번 했어, 어제보다 그만큼 많이 왔어. 그다음에는 열다섯, 스물, 그리고 마침내는 쉰 보씩 계산했다. 그렇다, 마침내는 내 충직한 우산을 짚고 쉬려고 멈춰서기 전에 쉰 보를 걸었다. 나는 처음에 발리바에서 약간 헤맸던 것이 분명하다, 정말로 내가 거기에 있었다면 말이다. 그다음부터는 대략 우리가 왔던 길들을 따라갔다. 하지만 반대 방향으로 다시 갈 때는 길의 모습이 바뀐다. 나는 이성의 목소리를 따라서 모든 자연과 숲과 들판과 물이 내게 먹을 것으로 제공해주는 모든 것을 먹었다. 모르핀은 다 썼다.

내가 돌아오라는 명령을 받은 것은 8월, 늦어도 9월이었다. 우리 집에는 봄에 도착했는데, 더 이상 자세히 말하지는 않겠다. 그러니까 나는 겨울 내내 걸었던 것이다.

나를 제외한 다른 모든 사람은 다시는 일어날 수 없다고 체념하고 눈 속에 누워버렸을 것이다. 나는 아니다. 예전에 나는 사람들이 나를 이길 수 없을 거라고 생각했다. 아직도 나는 내 자신이 자연의 사물들보다 더 영악하다고 생각한다. 사람들과 사물들이 있는데, 동물들에 대해서는 나에게 말하지 말라. 하느님에 대해서도. 나에게 저항하는 어떤 사물이 있다면, 비록 그게 나를 위한 것일지라도 그 저항은 오래가지 못한다. 그 눈을 예로 들어보자. 사실 그 눈은 나에게 저항했다기보다는 나를 끌었다. 하지만 어떤 면에서는 나에게 저항했다. 그것으로 충분했다. 나는 기뻐서 이를 갈며 그것을 정복했다, 우리는 앞니도 충분히 갈 수 있다. 나는 눈을 헤치고, 만일 내게 아직도 잃을 것이 남아 있었는지 생각해낼 수 있었다면 나의 상실이라고 불렀을 것을 향해 길을 텄다. 어쩌면 나는 그 이후로 그것을 생각해냈을 수도 있고, 어쩌면 아직도 생각해내지 못했을 수도 있지만, 시간이 흐르면 우리는 꼭 생각해내게 마련이므로, 나도 그럴 것이다. 하지만 그 여행 중에는, 내가 사람들과 사물들의 간교함의 대상이 되었고 또 내 육체의 쇠약의 대상이 되었기 때문에, 나는 그것을 생각해 내지 못했다. 그때 내 무릎은 습관에 길들여진 것을 제외하고는 첫날보다 더도 덜도 아프지 않았다. 아픈 것은 그 무엇이든 간에 진전되지 않았다. 그런 일이 설명 가능할까? 그런데 파리 이야기로 되돌아와서, 어떤 것들은 실내에서 이른 겨울에 알을 까고 나와서 얼마 안 있다가 죽는 것들이 있는 것 같다. 아주 작은 것들이 따뜻한 구석에서 천천히 활기 없이 소리도 내지 않고 날아다니는 것을 볼 수 있다. 즉 가끔 한 마리씩 보인다는 뜻이다. 그 파리들은 알도 못 낳고 어려서 죽는 모양이다. 우리는 그것들을 쓸어낸다, 알지 못한 채 빗자루로 쓰레받기 속에 밀어붙인다. 그것은 이상한 종류의 파리들이다. 그런데 나는 다른 병(病)들의 먹이가 되었다. 병은 정확한 단어가 아니고, 대부분 장(腸)의 문제였다. 유감스럽지만, 나는 그 문제들을 더 이상 말하고 싶지 않다. 그것은 흥미로운 대목이 되었을 텐데. 다만 내가 아닌 다른 사람이었다면 도움을 받지 않고는 그것들을 이겨낼 수 없었을 거라는 말만 하겠다. 하지만 나는! 몸을 절반 구부리고 빈손으로 배를 꽉 움켜쥔 채, 나는 가끔씩 고통과 승리의 소리를 지르며 앞으로 나아갔다. 내가 먹은 어떤 종류의 이끼들과 관련이 있었던 것 같다. 나로 말하면, 만일 내가 사형장에 정각에 출석해야 한다고 결심하면, 피똥을 싸는 이질이라도 나를 막지 못했을 것이므로, 나는 심하게 토하면서 그리고 저주의 말들을 읊어대며 네 발로 기면서 나아갔다. 전에도 말했지만, 나를 이길 자들은 내 동포들이다.

나는 이 귀가의 여정에 대해, 그때의 분노와 배반에 대해 별로 말하지 않겠다. 그리고 유디의 명령에 따라 내가 집에 돌아오는 것을 막으려고 했던 악당들과 유령들에 대해선 침묵으로 지나가려고 한다. 그렇지만 나 자신을 교화시키고 끝마무리를 할 수 있는 마음을 갖기 위해, 거기에 대하여 몇 마디를 하겠다. 우선 흔하지 않은 나의 생각들로 시작한다.

어떤 신학적인 문제들이 이상하게도 내 마음을 사로잡았다. 여기 그중 몇 가지가 있다.

1. 이브가 아담의 갈비뼈에서가 아니라 장딴지(엉덩이?)의 종기에서

나왔다는 이론에 부여되는 가치는 무엇인가?

2. 뱀은 기어다녔는가, 아니면 코메스터가 주장하듯, 서서 걸어다녔는가?

3. 성(聖)아우구스티누스와 아도바르드가 주장하듯, 마리아는 귀로 수태를 했는가?

4. 적(敵)그리스도는 아직도 얼마 동안이나 우리를 지치도록 기다리게 할 것인가?

5. 어느 쪽 손으로 항문을 씻느냐는 정말 중요한 것인가?

6. 아일랜드 사람들이 오른손은 성인(聖人)들의 성유골에, 왼손은 음경에 대고 맹세하는 것에 대해 어떻게 생각할 것인가?

7. 자연은 안식일을 지키는가?

8. 마귀들이 지옥의 고통을 전혀 느끼지 않는다는 것이 사실일까?

9. 크레이그Craig의 대수신학(代數神學)에 대해 어떻게 생각해야 하나?

10. 성 로크가 아기였을 때 수요일과 금요일에 젖 빨기를 거부했다는 것이 사실일까?

11. 16세기에 이(蝨)를 출교(出敎)시킨 것에 대해 어떻게 생각할 것인가?

12. 자신을 거세함으로써 십자가를 진 이탈리아의 구두 수선공 로바트의 행위를 인정해야 하는가?

13. 창조 전에 하느님은 무엇을 하고 있었나?

14. 천상에서의 지복직관(至福直觀)은 결국에는 권태의 근원이 되지 않을까?

15. 유다의 형벌이 토요일에 유보되는 것은 맞는가?

16. 죽은 자들을 위한 위령미사를 산 자들을 위해 올린다면?

그러고서 나는 그 재미있는 정적주의(靜寂主義)식의 주기도문을 외웠다. 하늘에도 땅에도 지옥에도 계시지 않는 우리 아버지여, 당신의 이름이 거룩히 여겨짐을 나는 원치도 바라지도 않나이다. 당신께 적합한 것은 당신께서 모두 아시나이다. 등등. 그 중간과 마지막은 무척 재미있다.

내 잔이 넘치게 될 때, 나는 경박하고 매혹적인 이 세상 속에 내 몸을 감추나이다.

하지만 나는 어쩌면 나와 더욱 밀접한 관계가 있을 다른 질문들도 제기했다. 여기 그중 몇 가지가 있다.

1. 왜 게이버에게서 몇 실링을 빌리지 않았던가?
2. 왜 귀가하라는 명령을 복종했던가?
3. 몰로이는 어떻게 되었는가?
4. 나에 대해서도 같은 질문.
5. 나는 어떻게 될 것인가?
6. 내 아들 녀석에 대해서도 같은 질문.
7. 녀석의 어머니는 하늘나라에 있나?
8. 내 어머니에 대해서도 같은 질문.
9. 나는 하늘로 갈 것인가?
10. 언젠가 우리는 모두 하늘에서 만날 것인가, 나, 어머니, 아들 녀석, 그 아이 어머니, 유디, 게이버, 몰로이, 그의 어머니, 예르크, 머피, 와트, 카미에, 그리고 그 밖의 다른 사람들?
11. 내 암탉들과 꿀벌들은 어떻게 되었을까? 재색 암탉은 아직도 살아 있을까?
12. 줄루와 엘스너 자매는 아직도 살아 있을까?

13. 유디의 사무실은 여전히 같은 장소에 있나, 아카시아 광장 8번지? 그에게 편지를 쓰면 어떨까? 그를 만나러 가면 어떨까? 나는 그에게 설명을 해주리라. 무엇을 설명해줄까? 그에게 용서를 구하리라. 무엇에 대한 용서를?

14. 겨울은 이례적으로 혹독하지 않았는가?

15. 내가 고해성사도 안 하고 영성체도 모시지 않은 지 얼마나 되었나?

16. 감옥에 갇혀 쇠사슬에 묶인 채, 이(蝨)와 상처로 뒤덮여서 움직이지 못하는 상태로, 자기의 배 위에 축성하고 스스로 사면(赦免)을 주었던 순교자의 이름은 무엇이었나?

17. 나는 죽을 때까지 무엇을 할 것인가? 죄에 빠지지 않고서 나의 죽음을 촉진시킬 방법이 없을까?

하지만 얼어붙었다가 녹아서 진흙투성이가 된 그 외딴곳들을 가로질러 내 몸 자체를 움직이기 전에, 나는 내 꿀벌들에 대해 암탉들보다도 더 생각을 많이 했다는 것을 말하고 싶다. 내가 암탉들에 대해 생각을 했는지는 하느님만이 아신다. 나는 특히 꿀벌들의 춤에 대해서 생각했는데, 왜냐하면 내 꿀벌들은 춤을 추었기 때문이다. 오, 사람들이 즐기기 위해서 춤추듯 하는 것이 아니라 다른 방법으로였다. 그것을 아는 사람은 이 세상에 나밖에 없다고 믿었다. 나는 그것에 관하여 무척 깊은 연구를 한 적이 있다. 그 춤은 특히 다소의 꽃꿀을 빨아 먹고 벌통으로 돌아오는 꿀벌들에게서 볼 수 있었는데, 그 형태와 리듬이 무척 다양했다. 거기에서 나는 결국 하나의 신호 체계를 발견했는데, 그것으로써 수확에 만족한 혹은 만족하지 않은 꿀벌들이 일하러 나가는 꿀벌들에게 어느 쪽으로 가야 하는지 혹은 가지 말아야 하는지를 알려주었다. 그런데 일하러 나가는 꿀벌들도 역시 춤을 추었다. 그것은 아마도, 알았어, 혹은, 내 걱정하지 마,

라고 그들 나름대로 말하는 방식이었을 것이다. 하지만 꿀벌들이 벌통에서 멀리 떨어져 한창 일을 할 때는 춤을 추지 않는다. 여기서의 암호는, 만일 꿀벌들도 이런 개념을 가질 수 있다고 전제한다면, '각자 자기 일에 전념하기'인 것처럼 보였다. 그 춤은 특히 비상하면서 만들어지는 아주 복잡한 형태와 곡선으로 이루어져 있었고, 나는 그것들을 그 추정되는 의미와 함께 여러 종류로 분류했다. 하지만 또한 윙윙 소리의 문제도 있었는데, 벌통에 다가올 때나 벌통을 떠날 때의 그 음색의 다양함이 우연의 결과라고 보기에는 어려웠다. 나는 우선 각 형태는 그에 따른 고유의 윙윙 소리로 보강되었다는 결론을 내렸다. 그러나 나는 마음에 드는 그 의견을 버려야 했다. 왜냐하면 같은 형태(하여간 나는 같은 형태라고 이름을 붙였다)라도 매우 다양한 윙윙 소리를 동반했기 때문이다. 그래서 나는, 윙윙 소리는 결코 춤을 돋보이게 하는 데 쓰이는 것이 아니라, 반대로 그것에 변화를 주는 데 쓰인다, 라고 혼잣말을 했다. 그러므로 정확하게 같은 형태도 그에 동반되는 윙윙 소리에 따라서 그 의미가 달라진다. 또한 나는 이 주제에 관해서 많은 관찰로 정보를 수집하고 분류했으며, 그 성과도 없지 않았다. 그런데 단지 형태나 윙윙 소리만이 아니라, 그 형태가 이루어지는 높이도 관계가 있었다. 그래서 같은 윙윙 소리를 동반하는 같은 형태라도 지상 4미터에서와 2미터에서의 의미는 전혀 다르다는 확신을 가졌다. 왜냐하면 꿀벌들은 무턱대고 아무 높이에서나 춤을 추는 것이 아니라, 꿀벌들이 춤을 추는 서너 곳의 항상 같은 높이가 있기 때문이다. 만일 내가 그 높이들은 얼마나 되며, 높이와 높이 사이의 관계가 무엇인지 말한다면, 왜냐하면 나는 그것들을 정성들여 재어보았으니까, 여러분은 나를 믿지 않을 것이다. 한편 지금은 의심 많은 사람들의 관심을 끌어들일 때가 아니다. 가끔씩 나는 대중을 위하여 글을 쓰고 있는 것 같다. 그런데 내가 이 문제들에 쏟은 모든 노력에도 불구하고, 나는 그때 셀 수 없이 많은 그 춤의 복잡함에 대해 그 어느 때보다도 더욱 얼떨떨해졌다. 거기에는 분명 내가 전혀 알지 못하는 다른 결정 인자들이 가세하고 있었다. 그래서 나는 황홀해하면서, 이것은 평생 연구해도 결코 알 수 없겠구나, 라고 혼잣말을 했다. 그리고 돌아오는 여정 동안에, 내게 다가올 작은 기쁨이 없을까 하고 자문했을 때, 내가 거의 위안을 얻은 것은 내 꿀벌들과 그들의 춤을 생각하면서였다. 나는 가끔씩 찾아오는 작은 기쁨을 항상 소중히 여겼던 것이다! 그런데 그 춤이 사실 경박하고 무의미한 서양식의 춤에 불과할 수도 있었다는 것, 나는 그 가능성도 주저 없이 받아들였다. 하지만 햇빛을 흠뻑 받고 있는 내 벌통들 옆에 앉아 있는 나로서는, 그것은 항상 바라보기에 아름다운 것이었으며, 부득이한 나 같은 인간의 이론으로써는 결코 더럽혀질 수 없는 영역에 있었다. 그리고 나는 내 분노와 걱정, 욕망 그리고 내 육체까지도 하느님의 탓으로 돌리는 걸 배워왔었는데, 내가 내 하느님께 저지른 그 잘못을 내 꿀벌들에게는 저지를 수 없었다.

나에게 지시를 주는, 아니 그보다는 충고를 주는 어떤 목소리에 대해 내가 말한 적이 있다. 내가 그 목소리를 처음으로 들은 것은 그때 돌아오는 동안이었다. 나는 그것에 주의를 기울이지 않았다.

나는 이제 육체적인 측면에서 급속도로 알아볼 수 없게 되어가고 있는 것 같았다. 익숙한 동작으로, 그리고 이제는 그 어느 때보다도 눈감아 줄 만한 동작으로, 내가 손으로 얼굴을 문질러보았을 때, 그것은 내 손이 느끼던 그 동일한 얼굴이 아니었고, 내 얼굴이 느끼던 그 동일한 손이 더 이상 아니었다. 그럼에도 불구하고 그 느낌의 본질은 내가 면도를 잘하고, 향수를 뿌리고, 부드럽고 하얀 지식인의 손을 가졌을 때와 똑같았다. 그리고 어떤 직관의 덕분이었는지는 모르지만, 내가 알아볼 수 없었던 내

배도 여전히 나의 그 정다운 배였다. 그리고 사실을 말하면, 나는 나 자신을 계속 알아보게 되었고, 심지어 나의 정체성에 관해서는, 그 은밀한 상처들과 뒤덮인 상흔들에도 불구하고, 이전보다 더욱 선명하고 생생한 의미를 갖게 되었다. 그런데 이 관점에서 나는 나의 다른 지식들과 비교하여 확실히 열등한 상태에 있었다. 이 마지막 문장이 더 적절하게 표현되지 못해서 유감이다. 이 문장은, 누가 알겠는가, 모호하지 않게 표현될 가치가 있었다.

한편 옷들 중에는 몸에 아주 잘 맞아서 이를테면 평상시에는 몸에서 뗄 수 없는 옷들이 있다. 그렇다, 나는 절대로 세련된 멋쟁이는 아니었지만 항상 옷에 무척 민감했다. 견고하고 재단이 잘 된 내 옷에 대해서는 불평할 것이 없었다. 나는 물론 충분히 옷을 입고 있지 않았지만, 누구를 탓하겠는가? 나는 겨울을 견디기에는 적합하지 않았던 내 밀짚모자와 헤어져야 했고, 또 추위와 습기와 오랜 행군 때문에 그리고 내가 있었던 곳에서 적당히 빨 수 없었기 때문에, 얼마 안 가 다 떨어져서 문자 그대로 아무것도 남지 않은 스타킹(두 켤레)과도 헤어져야 했다. 하지만 나는 멜빵을 최대로 늘렸더니 원래 무척 홀렁홀렁한 반바지가 장딴지까지 내려왔다. 내 반바지와 신발 목 사이의 푸르스름한 살을 보면서, 나는 가끔씩 아들 녀석이 생각났고, 녀석을 때린 것도 생각났는데, 그토록 정신은 조그만 유사점에도 자극을 받는다. 내 신발은 손질을 안 해서 뻣뻣해졌다. 죽어 부드럽게 무두질한 가죽은 그런 식으로 스스로를 보호한다. 바람은 신발 속으로 자유롭게 통해서 아마도 발이 동상에 걸리는 걸 막아준 것 같다. 유감스럽게도 나는 내 팬티(두 개)와도 헤어져야 했다. 소변이 닿은 자리가 썩었던 것이다. 그래서 내 반바지의 밑은, 그것도 빨리 닳아버렸는데, 꽁무니뼈에서 음낭까지의 갈라진 선을 따라 나에게 톱질을 해댔다. 또 내가 버려야 했던 것이 무엇인가? 내 셔츠? 아, 천만에. 나는 자주 그것을 안팎을 뒤집거나 앞뒤를 거꾸로 입었다. 어디 보자. 나는 셔츠를 네 가지 방법으로 입었다. 앞뒤 안팎 제대로, 앞뒤 제대로 안팎 뒤집어서, 앞뒤 거꾸로 안팎 제대로, 앞뒤 거꾸로 안팎 뒤집어서. 그런 다음 다섯째 날엔 처음부터 다시 시작했다. 그것을 좀 더 오래가게 하려는 바람에서였다. 그렇게 해서 그것이 오래갔는가? 잘 모르겠다. 오래는 갔다. 작은 일에 노력을 기울이면, 시간이 지나면, 큰 일에 이르게 된다. 그런데 내가 또 버려야 했던 것이 무엇인가? 뗐다 붙였다 하는 칼라들, 그렇다, 그것들은 모조리 버렸다. 그것도 완전히 닳기도 전에. 하지만 넥타이는 간직했고 심지어 그것을 목에 묶어서 매기도 했는데, 아마도 허풍으로 그랬을 것이다. 그것은 물방울 무늬였고, 무슨 색깔인지는 잊어버렸다.

　비가 오거나 눈이 오거나 우박이 내릴 때, 그때 나는 다음과 같은 딜레마에 빠졌다. 우산을 짚고 계속 전진해서 흠뻑 젖을 것인가, 아니면 멈춰서 우산을 펴고 그 밑에 몸을 피할 것인가. 다른 많은 딜레마가 그렇듯이, 그것은 거짓 딜레마였다. 왜냐하면 우산 지붕에는 우산대 주변으로 펄럭이는 몇 개의 천 조각밖에는 남아 있지 않았지만, 나는 우산을 지팡이가 아니라 은신처로 사용해서 매우 천천히 계속 전진할 수도 있었기 때문이다. 그런데 나는 한편으로 내 우산의 완전한 방수성에 무척이나 익숙해져 있었고, 다른 한편으로는 그것을 짚지 않고서는 더 이상 걸을 수가 없었기 때문에, 그 딜레마는 나에게 고스란히 남아 있었다. 물론 나뭇가지로 지팡이를 하나 만들어서 그것을 짚고 우산은 내 위로 펴서 비나 눈, 우박 속에서도 계속 전진할 수도 있었다. 그런데 무슨 이유에서인지 나는 그렇게 하지 않았다. 대신 비가 떨어지거나 다른 것들이 하늘에서 떨어지면, 나는 어떤 때는 우산을 짚고 흠뻑 젖으며 계속 전진했지만, 대부분의 경우에는 꼼짝 않고 서서 내 위로 우산을 펴고 그것이 그치기를 기다렸다. 그때도 마찬가지로 나는 흠뻑 젖었다. 그러나 그것은 문제가 되지 않았다. 만약 만나가 떨어지기 시작했더라도 나는 우산 밑에 꼼짝 않고 서서 그것이 그치기를 기다렸다가 주워 먹었을 것이다. 그리고 우산을 공중에 들고 있느라 팔이 아프면, 그때 나는 다른 손으로 우산을 붙잡았다. 그러면서 빈손으로는 닿을 수 있는 데까지 몸의 이곳저곳을 때리거나 비벼서 혈액 순환이 잘 되게 유지하거나 내 특유의 동작으로 얼굴을 쓰다듬었다. 내 우산의 뾰족한 긴 끝은 마치 손가락 같았다. 이렇게 서 있는 동안에 가장 훌륭한 생각들이 떠올랐다. 그러나 비 등등이 낮 동안에 혹은 밤까지 그치지 않으리라는 것이 명백해질 때, 그때는 체념하고 진짜 은신처를 만들었다. 하지만 나는 나뭇가지로 만든 은신처가 이젠 싫었다. 왜냐하면 얼마 안 가서 나뭇잎은 더 이상 없게 되었고 침엽수들의 바늘잎들만 약간 남았기 때문이다. 하지만 그것은 내가 진짜 은신처를 싫어하게 된 이유가 아니다, 그건 아니다. 그 속에 있으면 끊임없이 내 아들 녀석의 우비가 생각나서였는데, 문자 그대로 그것(우비)이 보였고, 그것만 보여서 그것이 공간을 가득 채웠다. 사실 그 우비는 우리 영국 친구들이 트렌치코트라고 부르는 것으로, 일반적으로 트렌치코트는 고무로 된 것은 아니지만, 나는 그 고무가 느껴졌다. 그래서 나는 가능한 한 나뭇가지로 만든 진짜 은신처 사용을 피했고, 그것보다는 내 충직한 우산이나 나무, 울타리, 관목, 폐가를 선호했다. 한길로 나가서 차로 실려가는 것에 대해서는, 이 생각은 내 머릿속에 떠오르지도 않았다.

 마을 농가에서 구조를 받는 것에 대해서는, 만일 이 생각이 떠올랐다면 내 기분이 상했을 것이다.

 나는 15실링을 그대로 가지고 집에 돌아왔다. 아니다, 거기서 2실링을 썼다. 어떤 상황에서였는지 말하겠다.

나는 이것 외에도 많은 괴롭힘과 기분 상하는 일들을 견뎌야 했지만 그것들을 이야기하지 않겠다. 그것들에 대해선 대표적인 사례로 만족하자. 앞으로도 나는 아마 그와 같은 경우들을 견뎌야 할지도 모르는데, 그것은 확실하지 않다. 어떤 경우들이 될지는 우리가 결코 알 수 없을 것이다, 그것은 확실하다.

어느 저녁이었다. 나는 우산을 쓰고 날이 개기를 조용히 기다리고 있었는데, 별안간 뒤에서 내게 말을 걸었다. 아무 소리도 들리지 않았었다. 그 장소에는 나 혼자밖에 없었다. 한 손이 나를 뒤로 돌렸다. 얼굴이 빨간 뚱뚱한 농부였다. 그는 방수복을 입고 중산모를 쓰고 장화를 신고 있었다. 튀어나온 뺨에 물이 줄줄 흘러내렸고, 숱이 많은 콧수염에서 물방울이 뚝뚝 떨어졌다. 그런데 이런 것들을 지적해서 무슨 소용이람. 우리는 증오심을 갖고 서로를 바라보았다. 그자는 어쩌면 전에 내 아들 녀석과 나를 자기 차에 태워주겠다고 아주 점잖게 제안했던 사람과 동일한 인물이었는지도 모른다. 그렇게 생각하지는 않는다. 그런데도 그의 얼굴은 낯이 익었다. 얼굴만이 아니었다. 그는 손에 전등 하나를 들고 있었다. 불은 켜있지 않았다. 하지만 그는 조만간에 불을 켤 수도 있었다. 다른 손에는 삽을 들고 있었다. 그것으로 나를 땅에 묻으려고. 그는 내 양복 옷깃을 붙잡았다. 아직 정확히 나를 흔들어댄 것은 아니었지만, 그가 좋다고 판단될 때에라야 그는 나를 흔들기 시작했을 것이다. 그는 나에게 욕만 퍼부었다. 그를 그런 상태로 만들도록 내가 무슨 잘못을 했나 찾아보았다. 내가 눈썹을 치켜세웠음에 틀림없다. 그런데 나는 항상 눈썹을 치켜세운다. 내 눈썹은 거의 머리털에 덮여 있고, 이마는 겹겹으로 주름이 져 있을 뿐이다. 나는 결국 내가 우리 고장에 있지 않다는 것을 알아차렸다. 나는 그자의 땅을 밟고 있었다. 나는 그자의 땅에서 무엇을 하고 있었나? 내가 두려워하는 질문, 결코 만족스런 답을 줄 수 없었던 질문이 하나 있다면, 바로 그것이다. 게다가 남의 땅에서! 그것도 밤에! 개도 원치 않을 날씨에! 하지만 난 냉정을 잃지 않았다. 서원하러 갑니다. 내가 말했다. 나는 내가 원할 때는 꽤 점잖은 목소리를 낸다. 내 목소리가 그에게 깊은 인상을 주었나 보다. 그는 나를 놓아주었다. 순례 길이지요. 내게 유리하게 되자 나는 이렇게 말했다. 그는 어디로 가느냐고 물었다. 게임은 이미 이겼다. 쉬트의 성모마리아에게로 갑니다. 내가 말했다. 쉬트의 마리아라고? 마치 쉬트를 샅샅이 알고 있고, 그곳엔 마리아 상이 전혀 없다는 걸 알고 있는 것처럼 그가 말했다. 그런데 마리아 상이 없는 곳이 어디 있겠는가? 그렇습니다. 내가 말했다. 검은 마리아요? 나를 시험해보려고 그가 말했다. 제가 알기에는 검지 않습니다. 내가 말했다. 다른 사람 같으면 당황했을 것이다. 하지만 나는 아니다. 나는 그것을 알고 있었다. 우리네 시골사람들의 약점을 말이다. 결코 찾지 못할 거요. 그가 말했다. 제가 아들을 잃고 대신 그 어미를 살릴 수 있었던 것은 그 마리아 덕분입니다. 내가 말했다. 이런 감정은 젖소를 기르는 농부를 오직 기쁘게 할 뿐이었다. 그가 그걸 알고 있었다면! 나는 아아, 일어나지도 않았던 일을 그에게 천천히 설명해주었다. 니네트가 그리워서가 아니었다. 그런데 그녀는 그리워할까, 어쩌면, 여하튼 그럴 거다. 애석하지만, 하여간. 그것은 여자들의 마리아죠, 임신한 여자들, 결혼하여 임신한 여자들, 그래서 나의 감사함을 표하기 위하여 이렇게 비참하게 질질 끌면서 그 마리아 상까지 가기로 맹세했지요. 내가 말했다. 이 사건은 그 당시에도 여전했던 나의 수완을 감탄하게 만들 것이다. 그러나 그의 시선이 다시 나빠졌던 것으로 보아 내가 약간 지나쳤다. 부탁 하나 드려도 될까요, 하느님이 은혜를 갚아주실 겁니다. 내가 말했다. 그러고는 오늘 하느님께서 당신을 저에게 보내주셨습니다, 라고 덧붙였다. 우리를 곧 쓰러뜨리려고 하는 사람들에게 겸손하게 부탁을 하는 것은 때때로 좋은 결과를 가져온다. 기운 좀 차리게 따끈한 차 좀 주십시오, 설탕도 우유도 넣지 말고. 나는 애원했다. 녹초가 된 순례자에게 이 같은 부탁을 들어주는 것은 솔직히 물리치기 어려웠다고 여러분도 인정할 것이다. 좋소, 집으로 오시오, 몸도 말릴 수 있을 거요. 그가 말했다. 그럴 수 없습니다, 그럴 수 없어요, 곧장 가겠다고 맹세했습니다. 내가 소리쳤다. 그리고 이 말이 주었을 나쁜 인상을 지우기 위해서 주머니에서 1플로린을 꺼내 그에게 주었다. 자선함에 넣어주세요. 내가 말했다. 그리고 어두웠기 때문에 덧붙였다. 1플로린입니다, 자선함에 넣어주세요. 여기서 먼 곳이오. 그가 말했다. 하느님이 당신과 함께하실 겁니다. 내가 말했다. 그는 곰곰이 생각했다. 그것은 당연했다. 무엇보다도 먹을 것은 절대 안 됩니다, 정말 안 돼요, 하나라도 먹어서는 안 돼요. 내가 말했다. 아아, 뱀같이 교활한 이 변함없는 모랑. 나는 물론 강력한 방법을 선호했겠지만 그렇게 감히 모험을 걸 수는 없었다. 그는 마침내 기다리라고 말하고서는 멀어져 갔다. 그의 의도가 무엇이었는지는 모른다. 그가 충분히 멀어졌다고 판단했을 때, 나는 우산을 접고서 쏟아지는 비를 맞으며, 가야 할 방향과 정반대되는 방향으로 출발했다. 그렇게 해서 나는 1플로린을 썼다.

　이제 나는 끝을 맺을 수 있을 것이다.

　나는 묘지를 따라갔다. 밤이었다. 아마 자정이었을 것이다. 오르막길이어서 힘이 들었다. 희미하게 밝혀진 하늘을 가로지르며 미풍이 구름을 쫓아내고 있었다. 영구히 불하받은 묘지가 있다는 것은 좋은 일이다. 그것은 정말로 좋은 일이다. 만일 그런 영구성만 존재한다면 얼마나 좋을까.

나는 쪽문 앞에 이르렀다. 그것은 열쇠로 잠겨 있었다. 아주 꽉 잠겨 있었다. 그런데 나는 그것을 열 수가 없었다. 열쇠가 열쇠 구멍으로 들어가긴 했는데 돌아가지는 않았다. 오랫동안 쓰지 않아서였나? 자물쇠를 새로 만들었나? 나는 문을 부수었다. 골목 반대편까지 뒤로 물러났다가 문에 달려들었다. 나는 유디가 내게 명령한 대로 내 집에 돌아왔다. 드디어 나는 몸을 일으켰다. 무슨 향기가 그리도 좋았을까? 라일락? 아마도 앵초꽃이었을 수도 있다. 나는 벌통들 쪽으로 갔다. 내가 걱정했던 대로 벌통들은 그 자리에 있었다. 그중 하나의 뚜껑을 열어서 땅바닥에 놓았다. 그것은 용마루가 뾰족하고 급경사가 진 조그만 지붕이었다. 나는 벌통에 손을 넣고 빈 받침대들을 거쳐서 밑바닥까지 더듬었다. 한쪽 구석에서 마르고 구멍이 많은 둥그런 것이 만져졌다. 내 손가락이 닿자 그것은 부스러졌다. 꿀벌들은 조금이나마 몸을 따뜻하게 하고 잠을 청하려고 밀집해서 모여 있었던 것이다. 나는 거기서 한 줌을 꺼냈다. 너무 어두워서 보이지 않았는데, 나는 그것을 주머니에 넣었다. 아무런 무게도 느껴지지 않았다. 꿀벌들을 겨울 내내 밖에 놔두었던 것이다. 꿀은 제거했고, 벌들에게 설탕은 주지 않았다. 그렇다, 나는 이제 끝낼 수 있다. 나는 닭장에는 가지 않았다. 내 암탉들도 죽어 있었다, 나는 그것을 알고 있었다. 그렇지만 그것들은 다른 방법으로 죽었다. 아마 재색 암탉만 빼고는. 내 꿀벌들과 암탉들, 나는 그것들을 버렸다. 나는 집 쪽으로 갔다. 그것은 어둠 속에 있었다. 현관문이 열쇠로 잠겨 있었다. 나는 그것을 부수었다. 아마 열쇠로 열 수도 있었을 텐데. 나는 스위치를 돌렸다. 불이 안 켜졌다. 나는 부엌으로 갔고 마르트의 방으로도 갔다. 아무도 없었다. 하지만 그것으로 충분하다. 집은 버려진 상태였다. 전기회사에서 전기를 끊어놓았다. 그들은 나에게 다시 전기를 공급해주려고 했다. 그러나 내가 원치 않았다. 나는 이

제2부 261

렇게 되었다. 나는 정원으로 다시 갔다. 다음 날 그 한 줌의 꿀벌을 쳐다 보았다. 날개와 작은 고리들의 가루밖에 없었다. 계단 밑 우편함에서 우편물도 찾았다. 사보리한테서 온 편지 한 장이 있었다. 내 아들 녀석은 잘 지내고 있었다. 물론이지. 그 녀석에 대해서 더 이상 말하지 말자. 녀석은 돌아왔다. 지금 자고 있다. 보고서를 요청하는, 3인칭으로 씌어진 유디의 편지가 있었다. 그는 그의 보고서를 갖게 되리라. 지금은 다시 여름이다. 나는 1년 전 이맘 때 출발했었다. 나는 떠날 것이다. 어느 날 나는 게이버의 방문을 받았다. 그는 보고서를 원했다. 저런, 나는 우리가 만나고 이야기하는 것이 모두 끝난 줄 알았소, 다시 와주시오. 내가 말했다. 어느 날엔 앙브루아즈 신부님의 방문을 받았다. 이런 일도 있나요! 그는 나를 보며 말했다. 그는 자기 방식으로 나를 정말 좋아하고 있는 것 같다. 나는 그에게 나를 더 이상 믿지 말라고 말했다. 그는 수다를 떨기 시작했다. 그는 옳았다. 누가 옳지 않겠는가? 나는 그를 떠났다. 나는 떠날 것이다. 어쩌면 나는 몰로이를 만날지도 모른다. 내 다리는 좋아지지 않았다. 더 나빠지지도 않았다. 이제 나는 목발을 짚는다. 모든 것이 빨라질 것이며, 행복한 시절이 될 것이다. 난 알게 될 것이다. 팔 것은 모두 팔았다. 하지만 내겐 무거운 빚이 있었다. 나는 더 이상 인간으로 존재하는 것을 견디지 못할 것이다. 더 이상의 노력도 하지 않을 것이다. 이 등불도 더 이상 켜지 않을 것이다. 나는 그것을 불어 끄고 정원으로 가려고 한다. 정원에서 살았던 5월과 6월의 긴 날들이 생각난다. 어느 날 나는 한나와 이야기를 했다. 그녀는 줄루와 엘스너 자매의 소식을 전해주었다. 그녀는 내가 누구인지 알고 있었고, 나를 두려워하지 않았다. 그녀는 외출을 전혀 하지 않았으며, 외출하는 것을 좋아하지 않았다. 그녀는 자신의 창문에서 내게 말을 했다. 소식은 나빴지만 전부 그런 것은 아니었다. 그 안에도 좋은 소식이 있었다. 아름다운 날들이었다. 지난겨울은 유난히도 혹독했었다. 모든 사람이 그렇게 말했다. 그래서 우리는 이 찬란한 여름을 즐길 권리가 있었다. 그럴 권리가 우리에게 있었는지는 모르겠다. 내 새들은 잡혀 죽지는 않았다. 그것들은 들새들이었다. 그렇지만 꽤 사람을 신뢰하는 편이었다. 나는 새들을 알아보았고, 새들도 나를 알아보는 것 같았다. 물론 모를 일이다. 새들 중에는 없어진 것들도 있었고, 새로 나타난 것들도 있었다. 나는 새들의 언어를 더 잘 알아들으려고 애썼다. 내 언어에 의거하지 않고서 그 자체로 말이다. 1년 중 가장 길고, 가장 아름다운 날들이었다. 나는 정원에서 살았다. 나는 나에게 이것을 하라, 저것을 하라고 말하던 한 목소리에 대해서 이야기한 적이 있다. 나는 이 시기에 그 목소리와 조금씩 일치하기 시작했고, 그것이 원하는 바가 무엇인지 이해하기 시작했다. 그 목소리는 어린 모랑이 배웠고, 또 차례로 그 자신이 그의 어린 아들에게 가르쳤던 말들을 사용하지 않았다. 그래서 나는 처음에는 그 목소리가 무엇을 의미하는지 이해하지 못했다. 하지만 결국 그 언어를 이해하게 되었다. 나는 그것을 이해했고, 또 이해한다. 아마도 잘못 이해하고 있는지는 모르지만. 그것은 중요하지 않다. 내게 보고서를 쓰라고 말한 것도 그 목소리이다. 이는 내가 지금은 더 자유롭다는 것을 의미하는가? 잘 모르겠다. 난 알게 될 것이다. 그래서 나는 집 안으로 들어와서 이렇게 썼다. 자정이다. 비가 창문을 때리고 있다. 그때는 자정이 아니었다. 비가 오고 있지 않았다.

옮긴이 해설

베케트와 실패의 문학

1. 『몰로이』의 문학적 의의

사뮈엘 베케트(Samuel Beckett, 1906~1989)의 소설 『몰로이 *Molloy*』(1951)는 프랑스 문학사에서 소설 작법의 새로운 지평을 열어준 메타소설로서 누보 로망의 선구적인 작품이다. 『몰로이』에는 베케트의 관심사인 인간 삶의 부조리함, 자아 탐구, 언어의 한계성, 글쓰기 자체의 문제들, 작가의 죽음 등이 모두 결집되어 있다. 그 뒤를 이어 출판된 『말론 죽다 *Malone meurt*』(1951)와 『이름 붙일 수 없는 자 *L'innommable*』(1953)는 『몰로이』와 함께 베케트의 3부작으로 간주되는데, 이 3부작은 현대문학에서 가장 어려우면서도 읽을 가치가 있는 책들로 평가받고 있다.

그럼에도 불구하고 이 소설들이 우리 독자들에게 잘 알려지지 않은 이유는 무엇일까? 그것은 아마도 베케트가 소설가로서보다는 극작가로서 우리에게 너무나 잘 알려져 있기 때문일 것이다. 그의 히트 작품 『고도를 기다리며 *En attendant Godot*』(1952)는 그에게 부조리 연극의 선구자로서 자리매김을 해주면서 1969년 노벨문학상을 안겨주었다. 1947년에 집필되어 1951년 파리의 미뉘 출판사를 통해 출판된 『몰로이』는 그 당시 프랑스 비평가들로부터 실존주의 문학의 대표작으로 꼽히는 사르트르의 『구토 La nausée』(1938) 이후 가장 유망한 책이라는 호평을 받았다. 이때 베케트의 이름이 프랑스 독자들에게 처음으로 알려지는데, 여기서 주목할 점은 『몰로이』가 영어가 아닌 프랑스어로 씌어졌다는 점이다.

베케트는 제2차 세계대전 이전까지 영국계 아일랜드인 작가로서 어느 정도 명성을 누리고 있었지만, 마르셀 프루스트 계열의 불온적 취향의 글을 쓴다는 이유로 고국에서 그의 책들은 금지된다. 아울러 영어를 가장 궤변적인 언어, 너무 추상적이어서 죽은 것이나 다름없는 언어로 보았던 그는 프랑스어를 은유나 허식으로 채워지지 않은 언어로서, 기교를 부리지 않고 더욱 쉽게 쓸 수 있는 말로 간주하기에 이른다. 출판의 어려움과 모국어에 대한 회의 그리고 제2의 고국으로 택한 프랑스와 프랑스 말에 대한 애정은 그가 집필 언어를 프랑스어로 바꿔 작가로서의 새로운 커리어를 시작하는 동인이 되어준다. 그렇게 해서 그는 1946~1951년에 걸쳐 『몰로이』를 비롯한 많은 작품을 저술한다.

베케트의 작품들이 크게 주목을 받은 이유는 그 당시 지식인들 사이에 만연해 있던 실존주의적 풍토 속에서 특히 작가들이 의식하고 있었던 언어의 한계성을 다루고 그것을 극복하기 위한 새로운 시도를 했다는 점이다. 그의 반(反)소설적·반(反)연극적 작품들은 그의 끊임없는 실험 정신과 다른 작가들과는 차별화된 자신의 문학 세계를 찾고자 하는 그의 집념의 산물이라고 볼 수 있다. 특히 그의 소설에서는 그동안 고려되지 않았던 작가 위치의 실상을 부각시켰는데, 진실을 재현하기에 부족한 언어로 작업을 해야 하는 작가의 창작 과정을 부각시킨 점이다. 그래서 그의 소설들은 전통적인 소설 속의 이야기 전개 대신에, 이야기하는 방식과 글이 씌어지는 과정을 적나라하게 드러내는 메타픽션metafiction적 경향을 띤다. 이런 경향은 1950년대 프랑스의 문학 세계에 중대한 영향을 끼치며 누보 로망(nouveau roman, 새 소설)이라는 독특한 현상을 탄생시킨다. 누보 로망은 전통적인 소설 형식을 깨는 반소설적이고 실험적인 형식의 소설로서, 인간 의식의 흐름들을 자연발생적인 상태 그대로 묘사하기 위해 새로운 이야기의 구조와 표현 양식들을 탐구한다. 한계 상황 속에 내던져진 고립된 인간의 내면적 의식을 다룬 베케트의 작품 경향은 조이스J. Joyce나 카프카F. Kafka와 비교될 수 있으나, '실패'를 지향하는 그의 독자적인 문학 세계는 그를 반문학적 전통의 중요한 작가로서 평가받게 한다.

2. 소설의 패러디로서의 『몰로이』

『몰로이』는 소설 자체에 대한 하나의 패러디이다. 자아 탐구라는 플롯은 있지만 그동안 답습되어왔던 전통적인 소설에서와 같은 심도 깊은 성격 묘사, 확실한 시공간, 논리적인 순서에 따른 일직선적인 이야기 전개, 훌륭한 수사학적 언어 구사 등은 없다. 사건의 실질적 전개 없이 이야기는 수없는 우회를 반복하며 제자리를 맴돌고, 주인공 몰로이의 정체는 아주 불분명하며, 그의 이름마저도 어머니의 이름과 혼동되어 쓰인다. 시간과 공간은 우연에 내맡겨진 채로 무질서하게 제각기 떠다니는 듯하다. 실제적 사건들은 환상적으로 처리되거나 생략되어 있어서 무슨 일이 일어났는지 주인공 자신도 모른다. 기교를 부리지 않은 일상적인 언어 사용은 때때로 거칠고 저속한 단어들을 허용한다.

『몰로이』의 플롯은 실패를 위한 플롯이다. 제1부에서 몰로이는 어머니의 집을 찾아가는 데 실패할 뿐만 아니라 목적지를 눈앞에 두고 그 목적을 포기한다. 그는 어머니가 살고 있는 읍내의 이름을 모르고 그곳에 가는 이유를 생각해낼 수가 없다. 따라서 그의 과정은 방황이며 그 결과는 실패이다. 제2부는 탐정소설의 플롯을 가지고 있다. 그러나 그 '몰로이 사건'은 실패한다. 모랑은 몰로이를 찾은 다음 수행해야 할 임무를 알지 못한다. 그의 조사 여정은 방황과 신체적·심리적·사회적 붕괴의 시련이 되고, 찾고자 했던 몰로이(오비딜)는 만나지도 못하고, 그의 마을을 눈앞에 두고 돌아오라는 명령을 받는다.

한편 몰로이와 모랑은 자신들의 실패의 경험들을 아이러니하게도 원형적 형식으로 쓰고 있다. 이야기의 끝이 처음으로 돌아오는 원형적 형식은 완결을 지향하는 형식이다. 삶의 경험들을 처음과 끝이 있는 아름다운 문학적 형식 속에 담아서 거리감을 두고 감상할 수 있는 대상으로 만드는 것이다. 그러나 베케트는 원형적 형식을 패러디화함으로써, 현실은 그렇게 단어와 사물 사이의 추상적인 관계 위에 세워진 언어로써 담아질 수 없으며, 소설처럼 처음과 끝이 있는 질서정연한 것이 아닌, 결론지을 수 없고 끝나지 않는 문제라는 것을 상기시킨다. 1인칭 회상의 기법으로 씌어진 전통적인 원형적 형식의 소설에서는 확실한 앎의 세계가 지배하는 반면, 『몰로이』의 세계는 불확실과 불가지(不可知)의 세계이다. 제1부의 첫 부분에서 몰로이는 그의 목적지인 어머니 방에 와 있으며 그의 여행은 끝난 것처럼 보인다. 그러나 실제적으로 그는 자신의 여행에 대해서 거의 아무것도 기억하지 못한다. 그는 처음부터 아는 게 별로 없다고 고백한다. 그는 불가지와 익명의 베일 속에서 꿈을 꾸듯이 죽음과 삶의 경계선을 넘나들고 있다. 인생의 의미를 찾기 위해서 이미 의사소통이 불가능한 어머니를 찾아나서는 몰로이의 이야기는 자신의 정체성을 추구하고자 하는 인간이 마주하는 불가능과 절망의 실존적 경험을 드러낸다. 그가 똑바로 가기 위해서 숲 속에서 그리는 원은 끝과 끝이 영원히 비켜가는 부러진 원이다. 이것은 그의 여행의 끝나지 않는 성격, 즉 자아 탐구의 여행은 종결될 수 없고, '이번에는 잘 해야지'라는 각오에도 불구하고 항상 실패하고 마는 열린 원처럼 계속되는 성격을 암시한다. 제2부의 끝은 문자 그대로 이야기의 처음으로 돌아오는 것처럼 보인다. 오비딜Obidil과 리비도libido 사이의 철자 바꿈이 암시하듯, 그리고 모랑이 몰로이를 닮아가는 과정에서 보여주듯, 모랑의 몰로이 추적은 자신의 내부에 억눌린 자아를 찾아가는 내적 여행으로 드러난다. 모랑은 자아 속에 있는 억눌린 몰로이를 목격하는 공포와 절망의 경험에 대하여 거기서 얻은 교훈을 가지고 편안하게 보고서를 쓰라는 '목소리'의 권고를 받는다. "그래서 나는 집 안으로 들어와서 이렇게 썼다. 자정이다. 비가 창문을 때리고 있다. 그때는 자정이 아니었다. 비가 오고 있지 않았다." 이 마지막의 두 문장은 목소리의 권고를 받아 지금까지 씌어진 모랑의 내러티브(이야기)가 완전히 거짓이라는 것을 독자에게 인식시킨다. 이것은 완결을 뒤집고 지금까지 경험한 절망의 경험이 끝나지 않았다는 것을 알린다. 한편 모랑은 그의 이야기 끝에서 목발을 짚고 다시 몰로이를 찾아 나서려고 구상한다. 이때의 모랑은 초기의 몰로이를 보는 듯하여 모랑의 이야기가 소설의 처음으로 돌아가는 인상을 준다. 그런데 그의 이야기의 끝은 그의 내러티브 전체를 부정할 뿐만 아니라 소설의 처음으로 돌아가서 계속될 몰로이의 여행까지도 거짓임을 인식시키며 이 소설 전체의 내러티브를 부정한다.

이렇게 베케트는 소설 전체의 내러티브 자체를 부정함으로써, 그들의 경험은 거짓말이며 단지 그들의 머릿속에서 상상된 허구임을 드러낸다. 마치 꿈을 꾸는 듯한 사건들의 환상적 처리, 특히 숲 속에서 일어나는 두 건의 살인 사건을 다루는 방식은 그것이 실제 경험이 아니라 실체가 없는 언어로 행한 단순한 상상적 게임임을 암시한다. 거기에는 아무런 느낌도 아무런 고통도 따르지 않는다. 이처럼 베케트는 몰로이와 모랑의 존재론적 자아 발견의 과정을 원형적 형식의 패러디로 만듦으로써, 서구의 미학적 의식에서 비롯된 현대소설의 목적론적 내러티브의 형식을 전복시키려는 해체 의지를 보여준다.

3. 자아 탐구와 상호 주체성

자아 탐구의 주제는 상호 주체성intersubjectivité의 주제와 맞물려 있다. 상호 주체성은 소설 전반에 걸쳐 깊이 자리하고 있으며 인물들 사이의 상호 주체적 혼란을 야기한다. 상호 주체성은 서로 다른 두 주체가 각각 분리된 주체로서 독자적으로 존재하는 것이 아니라 서로 얽히고설킨 관계를 말한다. 주체는 이미 그 내부에 자신이 기억할 수 없는 외부적 존재와의 관련을 갖고 태어나기 때문에 상호 주체적이다. 이 점은 인간 주체성의 문제에서 현상학적 실존주의자들과는 달리, '분리'가 아닌 '차이' 개념을 염두에 둔 베케트의 사색에서 비롯된다. 그의 중심 주제인 자아 탐구라는 주제는 이러한 상호 주체성에 기초하고 있으며, 그의 작품들은 상호 주체적 타자를 찾는 시도로 간주될 수 있다.

『몰로이』는 제1부와 제2부로 나누어진 이중 구조로서 서로 거울 이미지의 역할을 하는 대칭 구성으로 되어 있다. 제1부와 제2부는 분리된 텍스트이면서도 반복, 이중적인 이미지가 만연하다. 몰로이와 모랑 사이의 혼란은 상호 주체적 혼란이다. 몰로이는 모랑의 기억할 수 없는 타자이며, 모랑의 정체는 몰로이로 되어가는 과정 속에 있는 타자의 반복에 불과하다. 인물들 사이의 여러 가지 변형 이미지들의 반복은 소설의 불확실함을 한층 강화한다. 어느 날 저녁 몰로이가 언덕 위에서 바라본 A와 B의 에피소드는 이미 상호 주체적 혼란의 요소를 가지고 소설의 이중 구조를 알리는 서곡의 역할을 한다. A와 B는 한 읍에서 나온 사람들로 서로 닮았고 다른 사람들과도 구분이 잘 가지 않는 인물들이다. A와 B는 각각 몰로이와 모랑이라는 전혀 다르면서도 동일한 두 인물 안에 반영된다. 몰로이는 어둠 속에서 불확실한 여정을 가고 있는 B에게 자신의 불안을 주입시키며 그의 뾰족한 모자와 자신의 고무줄 끈 달린 모자를 비교하면서 그에게 자신의 모습을 반영시킨다. 몰로이는 A에 관해 쫓아가서 알고자 하는 호기심도 갖는다. 그의 시가와 그를 따르는 변비에 걸린 포메라니안은 모랑의 시가와 배앓이를 하는 그의 아들을 연상케 한다. A와 B는 또한 숲 속에서 지팡이를 든 늙은 남자와 그를 추적하는 남자 속에 다시 투영된다. A와 B의 에피소드는 『몰로이』뿐만 아니라 3부작 전체를 통해 반복되는 이중 구조의 내러티브의 전형이 되며, 전혀 다른 자아의 모습들이 서로 합해지고 분산되어 제3의 다른 자아의 모습으로, 즉 '말론'으로, 또다시 '이름 붙일 수 없는 자'로 다시 나타나는 형식을 취한다. 이렇게 두 주체 사이의 혼란과 충돌은 제3의 주체를 탄생시키는데, 이는 분리의 언어로써는 적당히 이름 붙일 수 없는 자가 된다.

 서술자 자신 안에서도 이러한 상호 주체적 혼란이 일어난다. 몰로이의 이야기에는 두서없이 본론에서 벗어난 사변적 표현들이 끼어 있고 서술자가 누구인지 혼동을 주는 방백들이 끼어 있다. 서술자는 1인칭으로 서술하고 있으나 때로는 3인칭으로 묘사되기도 한다. 즉 서술자를 관찰하는 또 다른 시선이 존재한다. 이 (작가의) 시선은 때때로 서술자(주인공)의 발언에 참견하고 빈정댄다. "우리는 깨어나는 순간에는 우리가 어떤 사람인지 즉시 기억하지 못한다. 〔……〕 고민하지 마, 몰로이" 등. 또한 서술자는 작가의 의도에 불일치를 보이기도 한다. "수고란, 고맙게도, 내가 할 것이 아니다. 〔……〕 그런데 난 그 큰길이 지겹고" 등의 표현들은 주인공이 작가로부터 거리감을 두고 작가에게 모든 책임을 떠넘기려는 의도임을 암시한다. 표면상으로는 주인공이 이야기를 전개하지만 그가 겪는 그 모든 불안과 고통들은 작가 자신의 것이라는 걸 암시한다. 이렇게 서술의 주체에 대한 혼선은 베케트가 고안한 '서술자이면서 동시에 서술의 대상이 되는 인물the narrator/narrated'이라는 기법의 효과로 볼 수 있다. 서술의 주체와 객체 사이의 혼란과 충돌, 저항은 3부작을 통해 면면히 이어지는 작가 자신의 고민이기도 하다. 서술의 주체인 '나'와 씌어진 '나' 사이, 즉 '나'와 내가 묘사하는 '나' 사이의 관계는 상호 주체적인 관계이다. 씌어진 '나'는 나 자신이라기보다는 나의 일부이며, 또한 쓰는 주체도 나 자신의 일부이다. '나'는 '나'의 일부들로밖에 표현될 수 없고, 그것들은 나 자신의 상호 주체적인 타자들이다. 따라서 나의 주체(자아)에 대한 탐구는 나 자신의 상호 주체적인 타자를 찾는 시도이다.

4. 무(無)를 창조하는 글쓰기

『몰로이』는 소설에 관하여 말하는 소설(메타소설)이다. 이 점은 『몰로이』의 가장 독창적인 측면이라고 볼 수 있다. 우리는 자신의 과거 경험을 쓰도록 요구를 받아 무척 괴롭게 글을 써가고 있는 두 작가로서의 몰로이와 모랑을 본다. 그들에게 글쓰기는 형벌과도 같다. 그들이 자신들의 실제적 경험에 대해서 쓰는 것은 무엇인가? 아무것도 없다. 200여 페이지를 메우기 위한 그들의 노력은 아무것도 쓰지 않기 위한 투쟁이었다고도 말할 수 있다. 마치 루스의 정원에서 아무런 변화가 없도록 유지하기 위하여 이루어지는 공사처럼, 베케트는 『몰로이』 속에서 아무런 일이 일어나지 않도록 모든 수단을 강구한다. 그의 작문의 원칙은 "말하길 원치 않는 것, 무슨 말을 하고 싶은지 알지 못하는 것, 말하고자 하는 바라고 믿는 바를 말할 수 없는 것, 그리고 항상 말하는 것, 혹은 거의 항상 말하는 것"이다. 아무것도 말하지 않는다는 원칙하에 『몰로이』의 페이지들은 채워져 간다. 그래서 지면을 채운 내용이 아무 의미도 없는 것이라는 사실이 드러나게 한다. 그런 다음 끝에 가서 그동안 써진 모든 것을 지워버린다. 지금까지 쓴 것은 모두 거짓말이며, 지어낸 것은 아무것도 아닌 무의미에 불과하다는 것을 보여준다. 말해진 것은 정확하게 말하고자 하는 의미를 전달하지 못하고 너무 적게 혹은 너무 많이 말한 결과를 낳고, 써진 것보다 안 써진 것이 더 많고, 쓴다고 해도 약속된 관행에 따라 쓰는 언어의 형식에는 진실이 아닌 거짓이 들어 있고, 우리가 알고 있는 세계는 죽은 언어와 죽은 사물이 가르쳐준 것뿐이며 그런 세계는 이미 죽었다는 것이다. 몰로이의 이런 언어관과 세계관은 단정적인 의미와 담론을 거부한다. 언어는 더 이상 진실을 재현시키기에 부족하고, 그 언어에 바탕을 둔 이성의 활동 역시 절대적인 진실로 안내해주기엔 부족하며, 진실이라고 여겨졌던 것들은 가설을 바꾸면 달라질 수도 있다는 것이다.

　　베케트는 『몰로이』에서 텍스트의 무의미를 드러내고 무의 공간을 창조하기 위한 독특한 표현 기법을 시도했다. 그것은 한 번 말해진 선언을 곧이어 약화시키거나 반박하거나 취소시키는 형식이다. 『몰로이』의 글쓰기는 이러한 선언과 부정의 연속으로 구성되어 있다. 몰로이는 우리의 눈앞에서 씌어진 문장들을 고치고 사색의 결과들을 무효화시키며, 한 사건에 대해 가설들을 바꿈으로써 사실이 달라지는 과정을 보여준다. 이러한 선언과 부정의 표현 기법은 하나의 유희처럼 텍스트에 역동적인 움직임을 부여해주는데, 사실 불확실과 방황의 안개 사이로 이러한 게임적 요소를 발견한다면, 『몰로이』의 독서는 한층 경쾌하고 희극적이 될 것이다. 시간과 공간, 그 구성 요소들의 끊임없는 해체와 재구성, 가정들의 끊임없는 교체, 행동과 의지, 말해진 것의 끊임없는 취소, 사실적 사건들에 대한 생략, 일관된 설명의 거부, 자신에 대해 아무것도 말하지 않는다는 규칙, 이런 것은 일종의 게임과도 같다. 그리고 베케트는 이러한 게임에 독자들도 참여하도록 초청한다. "계속하자, 마치 모든 것이 한결같은 권태에서 솟아난 것처럼 해보자, 채워보자, 계속 채워보자, 완전히 까맣게 될 때까지." 그 목적은 그런 행위의 결과가 '무의미'라는 것을 드러내기 위한 것이다. 그 대표적인 사례로, 10여 페이지의 지면을 까맣게 채운 '돌 빨기'의 에피소드를 들 수 있다. 숨 막힐 듯 치열하게 전개되던 이성적 사고의 결과가 돌을 던지듯 공중에 내던져짐으로써 무효화된다. 텍스트 전체를 통하여 흐르는 이러한 선언과 부정의 물결은 모랑의 내러티브 끝에서 그 절정을 이루며 『몰로이』의 내러티브 전체를 쓸어가버린다. 그런데 소설의 내러티브는 부정되었지만 쓰인 흔적은 남아 있다. 그 흔적은 부정의 공간이며 무를 창조하는 공간이다.

5. 베케트와 실패의 문학

예술가가 된다는 것은 실패하는 것이다. 다른 사람은 감히 실패하려고 하지 않기 때문에, 그 실패는 예술가의 세계요, 실패로부터 움츠리는 것은 유기이다. (조르주 뒤튀이와의 대화 중에서)

베케트의 이러한 예술적 신조는 예술가의 절대적 영역을 인정하고 전지전능함과 충만을 추구하는 전통적인 사상들과는 거리가 멀다. 아는 만큼 더 큰 힘을 발휘한다고 생각하는 작가들과는 달리, 베케트는 세상에 대한 자신의 무지를 고백한다. 우리는 아는 것만을 말할 수 있는데, 생각할 수도 없고 말할 수도 없는 것을 표현하는 일은 불가능하므로 그것은 실패할 수밖에 없다. 우리가 아는 것은 오직 자기 자신이며 자기 자신에 대해서만 말할 수 있기 때문에, 우리가 쓰는 글은 자아 탐구의 글로 귀착되어야 한다. 그런데 임의적 약속에 불과한 언어로 재현할 수 있는 것은 기껏해야 진실의 근사치일 뿐이므로 참된 자아를 표현하는 것 또한 실패할 수밖에 없다. 이러한 불가능과 무지에도 불구하고 예술가는 끊임없이 자신의 예술 행위를 해야 한다.

베케트의 이러한 견해는 19세기 말부터 서구 사회 전반에 걸쳐 느껴진 언어의 위기의식과 관계가 있다. 전통적인 언어 중심주의가 무너지고 당면한 세계의 불확실성 속에서 개인은 무지와 불능으로 당혹케 된다. 모든 것은 이미 희미하게 사라지고, 이름 없는 사물들 속에 이름 없는 사물로서 존재하는 인간은 말하는 것이 불가능하게 되었다. 말하는 것은 더 이상 아무것도 새롭게 지어낼 수가 없다. 문학은 더 이상 언어의 집이 아니라 죽은 단어들과 죽은 사물들로 잘 구성된 긴 시체들의 소나타와 같은 감옥에 불과하다. 이런 세상에 살고 있는 현대 예술가들은 '표현할 대상도, 표현할 수단도, 표현할 능력도, 표현할 욕구도 없고, 다만 표현할 의무'만 갖고 있는 존재로서 갈등한다.

베케트에게 삶과 글쓰기는 형벌로 인식된다. 아무런 이유 없이 이 세상에 태어난 죄로 살아가야 하는 삶의 감옥과 왜 쓰는지 무엇을 어떻게 써야 하는지도 모르고 써야 하는 지루한 벌과도 같은 글쓰기의 감옥에서 빠져나오기 위해 그는 말로써 지면을 공백 없이 꽉 채워버리는 쪽을 택한다. 아무것도 창조하지 않기 위한 그의 필사적인 노력은 3부작에 걸쳐 영웅적인 투쟁으로 계속되며 말의 홍수를 이루어낸다. 끝없는 연옥의 과정과도 같은 삶을 마치고 드디어 침묵할 수 있기 위해 자기 자신의 이야기를 마쳐야만 하는 3부작의 주인공/작가들은 자신의 캐릭터를 창조하기 위해 끊임없이 말의 그물을 짜내지만, 자신의 캐릭터는 또한 남(작가)의 말을 사용하여 언어로 만들어진 것에 불과한 자신이 창조되기를 끊임없이 저항한다. 결국 그들 자신의 캐릭터('나')는 창조되지 않고, 창조되기를 거부하는 자아, 즉 표현되지 않고 침묵 속에 남기를 원하는 자아('그')가 진정한 자아로 떠오른다. 따라서 자기 자신에 대한 이야기를 통해서 그들 자신의 정체성을 찾고자 하는 그들의 탐구 노력은 실패로 돌아간다.

베케트는 『몰로이』에서 서구 픽션의 폐쇄된 형식을 깨고, 심지어 그동안 인간 실존 경험의 심미적인 대표자로서 확고한 지위를 누려왔던 작가의 위치마저 철폐시킴으로써 그의 해체 의지를 보여주었다. 우리는 독자로서 전통적인 문학 작품을 대할 때와는 달리 편안한 감상의 특권을 빼앗기고 주인공의 불합리와 무의미의 경험 속에 자신을 던져야 하기에 『몰로이』의 텍스트 앞에서 고역스럽게 느끼지 않을 수 없다. 이 점이 소설 『몰로이』가 읽히기 어렵고 재미없는 책으로 인식되기 쉬운 구실을 준다. 그러나 상상적인 것을 재현시키길 거부하는 글쓰기, 모든 합리적인 이해를 거절하고 텍스트를 활짝 공개해서 결국 그 텍스트가 보이도록 하는 베케트의 글쓰기는 먼 거리를 두고 상징과 의미 해석에 익숙해져 있는 독자의 비평 정신과는 차이를 두고 평가되어야 할 것이다.

작가 연보

1906 아일랜드 더블린 근교 폭스로크에서 빌과 메이 베케트 사이에서 둘째 아들로 출생.

1920 영국계 중산층을 위한 포토라 왕립 기숙학교 입학.

1923 더블린 트리니티 대학에 입학하여 프랑스어와 이탈리아어를 전공, 학사학위 받음.

1928 프랑스 파리 고등사범학교에 교환교수로 부임. 망명 작가 제임스 조이스와 만나 그로부터 압도적인 영향을 받음.

1929 최초 단편소설 「가정Assumption」을 잡지 『변천Transition』에 발표.

1930 모교 트리니티 대학에 프랑스어 보조 강사로 취임. 최초의 단행본 시집 『호로스코프Whoroscope』 출판.

1931 비평서 『프루스트Proust』 발표.

1934 런던으로 이주, 단편집 『차는 것보다 찌르는 게 낫다More Pricks than Kicks』 발표.

1936 소설 『머피Murphy』 집필(1938년 출판).

1937 파리에 정착하여 프랑스어로도 글을 쓰기 시작.

1938 파리에서 한 청년의 칼에 가슴을 찔림. 병원에서 치료받던 중 장차 부인이자 후원자가 될 피아니스트 쉬잔 뒤메닐의 방문을 받음.

1941 레지스탕스에 가담 이후, 게슈타포에 발각되어 쉬잔과 함께 프랑스 남부

의 루시용으로 피신. 전쟁이 끝날 때까지 농장 일꾼으로 생계를 유지하며 마지막 영어 소설 『와트Watt』 집필(1953년 출판).

1945 레지스탕스 활동의 공로를 인정받아 '전쟁의 십자가' 메달을 받음.

1946~50 집필 언어를 영어에서 프랑스어로 바꾸어 창작 활동에 몰두하기 시작. 프랑스어로 쓴 첫 소설「메르시에와 카미에Mercier et Camier」집필. 그 후로 주요 작품들인 「몰로이Molloy」「말론 죽다Malone meurt」「고도를 기다리며En attendant Godot」「이름 붙일 수 없는 자L'innommable」「무(無)를 위한 텍스트Nouvelles et Textes pour rien」 등을 집필했으나 출판사를 찾지 못해 출간하지 않음.

1951 쉬잔의 도움으로 소설 『몰로이』가 프랑스어 소설로서는 처음으로 출판되어 호평을 받음. 이어서 『말론 죽다』 출판.

1952 『고도를 기다리며』를 미뉘 출판사에서 출판.

1953 1월 몽파르나스 바빌론 소극장에서 「고도를 기다리며」 첫 상연. 『이름 붙일 수 없는 자』 출판.

1955 『몰로이』 영어판 파리에서 출판. 「고도를 기다리며」 영어판 런던에서 초연.

1957 희곡 단막극 「승부의 끝Fin de partie」 런던에서 초연. 최초의 라디오 드라마 「쓰러지는 모든 것Tous ceux qui tombent」 BBC 제3방송을 통해 방송.

1958 단막극 「크라프의 마지막 테이프Krapp's Last Tape」 런던에서 초연.

1959 라디오 드라마 「타다 남은 장작Embers」 BBC 방송.

1961 영국에서 쉬잔과 결혼. 희곡 「오, 아름다운 날들Oh! Les beaux jours」 뉴욕에서 초연. 소설 『그건 어때Comment c'est』 출판. 프랑스 라디오 드라마 「카스캉도Cascando」 집필.

1962 희곡 「연극Comédie」 집필.

1964 영화 「영화Film」의 시나리오 집필. 이 영화로 뉴욕, 런던을 비롯한 세계

	여러 영화제에서 수상함.
1965	첫 TV 드라마 스크립트 「에이 조 Eh Joe」 집필.
1966	단막극 「왕래 Va et vient」 집필.
1969	노벨문학상 수상. 스톡홀름 시상식에 참여하지 않음.
1972	「내가 아니야 Pas moi」 뉴욕에서 초연.
1973	소설 「첫사랑 Premier amour」, 작품집 『숨소리와 다른 짧은 글들 Breath and Other Shorts』 런던에서 출판.
1976	「그때 Cette fois」 「발소리 Footfalls」 런던에서 초연. 산문 『쉿소리 Fizzels』, 작품집 『잡동사니 Ends and Odds』 출판. TV 스크립트 「유령 트리오 Ghost Trio」 집필.
1981	베케트의 75회 생일 기념으로 「자장가 Rockaby」 「오하이오 즉흥극 Ohio Impromptu」 미국에서 초연.
1982	「카타스트로피 Catastrophe」 초연.
1989	7월 부인 쉬잔 사망. 12월 22일 베케트 사망. 파리 몽파르나스 묘지에 함께 묻힘.

기획의 말

'대산세계문학총서'를 펴내며

　근대 문학 100년을 넘어 새로운 세기가 펼쳐지고 있지만, 이 땅의 '세계 문학'은 아직 너무도 초라하다. 몇몇 의미 있었던 시도에도 불구하고, 전체적으로는 나태하고 편협한 지적 풍토와 빈곤한 번역 소개 여건 및 출간 역량으로 인해, 늘 읽어온 '간판' 작품들이 쓸데없이 중간되거나 천박한 '상업주의적' 작품들만이 신간되는 등, 세계 문학의 수용이 답보 상태에 머물러 있었음을 부인하기 힘들다. 분명한 자각과 사명감이 절실한 단계에 이른 것이다.

　세계 문학의 수용 문제는, 그 올바른 이해와 향유 없이, 다시 말해 세계 문학과의 참다운 교류 없이 한국 문학의 세계 시민화가 불가능하다는 의미에서, 보다 근본적으로, 우리의 문화적 시야 및 터전의 확대와 그 질적 성숙에 관련되어 있다. 요컨대 이것은, 후미에 갇힌 우리의 좁은 인식론적 전망의 틀을 깨고 세계 전체를 통찰하는 눈으로 진정한 '문화적 이종 교배'의 토양을 가꾸는 작업이며, 그럼으로써 인간 그 자체를 더 깊게 탐색하기 위해 '미로의 실타래'를 풀며 존재의 심연으로 침잠하는 작업이라 할 수 있다.

우리의 현실을 둘러볼 때, 그 실천을 위한 인문학적 토대는 어느 정도 갖추어진 듯이 보인다. 다양한 언어권의 다양한 영역에서 문학 전공자들이 고루 등장하여 굳은 전통이나 헛된 유행에 기대지 않고 나름의 가치 있는 작가와 작품을 파고들고 있으며, 독자들 또한 진부한 도식을 벗어나 풍요로운 문학적 체험을 원하고 있다. 새롭게 변화한 한국어의 질감 속에서 그 체험이 이루어지기를 바라는 요청 역시 크다. 그러므로 필요한 것은 어쩌면 물적 토대뿐일지도 모른다는 판단이 우리를 안타깝게 해왔다.

이러한 시점에서, 대산문화재단의 과감한 지원 사업과 문학과지성사의 신뢰성 높은 출간을 통해 그 현실화의 첫발을 내딛게 된 것은 우리 문화계의 큰 즐거움이 아닐 수 없다. 오늘의 문학적 지성에 주어진 이 과제가 충실한 결실을 맺을 수 있도록, 우리는 모든 성실을 기울일 것이다.

'대산세계문학총서' 기획위원회

대 산 세 계 문 학 총 서

001-002 소설	**트리스트럼 섄디** (전 2권)	로렌스 스턴 지음 ㅣ 홍경숙 옮김
003 시	**노래의 책**	하인리히 하이네 지음 ㅣ 김재혁 옮김
004-005 소설	**페리키요 사르니엔토** (전 2권)	
	호세 호아킨 페르난데스 데 리사르디 지음 ㅣ 김현철 옮김	
006 시	**알코올**	기욤 아폴리네르 지음 ㅣ 이규현 옮김
007 소설	**그들의 눈은 신을 보고 있었다**	조라 닐 허스턴 지음 ㅣ 이시영 옮김
008 소설	**행인**	나쓰메 소세키 지음 ㅣ 유숙자 옮김
009 희곡	**타오르는 어둠 속에서/어느 계단의 이야기**	
	안토니오 부에로 바예호 지음 ㅣ 김보영 옮김	
010-011 소설	**오블로모프** (전 2권)	I. A. 곤차로프 지음 ㅣ 최윤락 옮김
012-013 소설	**코린나: 이탈리아 이야기** (전 2권)	마담 드 스탈 지음 ㅣ 권유현 옮김
014 희곡	**탬벌레인 대왕/몰타의 유대인/파우스투스 박사**	
	크리스토퍼 말로 지음 ㅣ 강석주 옮김	
015 소설	**러시아 인형**	아돌포 비오이 까사레스 지음 ㅣ 안영옥 옮김
016 소설	**문장**	요코미쓰 리이치 지음 ㅣ 이양 옮김
017 소설	**안톤 라이저**	칼 필립 모리츠 지음 ㅣ 장희권 옮김
018 시	**악의 꽃**	샤를 보들레르 지음 ㅣ 윤영애 옮김
019 시	**로만체로**	하인리히 하이네 지음 ㅣ 김재혁 옮김
020 소설	**사랑과 교육**	미겔 데 우나무노 지음 ㅣ 남진희 옮김
021-030 소설	**서유기** (전 10권)	오승은 지음 ㅣ 임홍빈 옮김
031 소설	**변경**	미셸 뷔토르 지음 ㅣ 권은미 옮김
032-033 소설	**약혼자들** (전 2권)	알레산드로 만초니 지음 ㅣ 김효정 옮김
034 소설	**보헤미아의 숲/숲 속의 오솔길**	아달베르트 슈티프터 지음 ㅣ 권영경 옮김
035 소설	**가르강튀아/팡타그뤼엘**	프랑수아 라블레 지음 ㅣ 유석호 옮김

| 036 소설 | **사탄의 태양 아래** 조르주 베르나노스 지음 | 윤진 옮김
| 037 시 | **시집** 스테판 말라르메 지음 | 황현산 옮김
| 038 시 | **도연명 전집** 도연명 지음 | 이치수 역주
| 039 소설 | **드리나 강의 다리** 이보 안드리치 지음 | 김지향 옮김
| 040 시 | **한밤의 가수** 베이다오 지음 | 배도임 옮김
| 041 소설 | **독사를 죽였어야 했는데** 야샤르 케말 지음 | 오은경 옮김
| 042 희곡 | **볼포네, 또는 여우** 벤 존슨 지음 | 임이연 옮김
| 043 소설 | **백마의 기사** 테오도어 슈토름 지음 | 박경희 옮김
| 044 소설 | **경성지련** 장아이링 지음 | 김순진 옮김
| 045 소설 | **첫번째 향로** 장아이링 지음 | 김순진 옮김
| 046 소설 | **끄르일로프 우화집** 이반 끄르일로프 지음 | 정막래 옮김
| 047 시 | **이백 오칠언절구** 이백 지음 | 황선재 역주
| 048 소설 | **페테르부르크** 안드레이 벨르이 지음 | 이현숙 옮김
| 049 소설 | **발칸의 전설** 요르단 욥코프 지음 | 신윤곤 옮김
| 050 소설 | **블라이드데일 로맨스** 나사니엘 호손 지음 | 김지원 · 한혜경 옮김
| 051 희곡 | **보헤미아의 빛** 라몬 델 바예-인클란 지음 | 김선욱 옮김
| 052 시 | **서동 시집** 요한 볼프강 폰 괴테 지음 | 안문영 외 옮김
| 053 소설 | **비밀요원** 조지프 콘래드 지음 | 왕은철 옮김
| 054-055 소설 | **헤이케 이야기** (전 2권) 오찬욱 옮김
| 056 소설 | **몽골의 설화** 데. 체렌소드놈 편저 | 이안나 옮김
| 057 소설 | **암초** 이디스 워튼 지음 | 손영미 옮김
| 058 소설 | **수전노** 알 자히드 지음 | 김정아 옮김
| 059 소설 | **거꾸로** 조리스-카를 위스망스 지음 | 유진현 옮김
| 060 소설 | **페피타 히메네스** 후안 발레라 지음 | 박종욱 옮김
| 061 시 | **납** 제오르제 바코비아 지음 | 김정환 옮김
| 062 시 | **끝과 시작** 비스와바 쉼보르스카 지음 | 최성은 옮김
| 063 소설 | **과학의 나무** 피오 바로하 지음 | 조구호 옮김
| 064 소설 | **밀회의 집** 알랭 로브-그리예 지음 | 임혜숙 옮김
| 065 소설 | **홍까오량 가족** 모옌 지음 | 박명애 옮김
| 066 소설 | **아서의 섬** 엘사 모란테 지음 | 천지은 옮김
| 067 시 | **소동파 사선** 소동파 지음 | 조규백 옮김
| 068 소설 | **위험한 관계** 쇼데를로 드 라클로 지음 | 윤진 옮김

069 소설	거장과 마르가리타	미하일 불가코프 지음	김혜란 옮김
070 소설	우게쓰 이야기	우에다 아키나리 지음	이한창 옮김
071 소설	별과 사랑	엘레나 포니아토프스카 지음	추인숙 옮김
072-073 소설	불의 산(전 2권)	쓰시마 유코 지음	이송희 옮김
074 소설	인생의 첫출발	오노레 드 발자크 지음	선영아 옮김
075 소설	몰로이	사뮈엘 베케트 지음	김경의 옮김
076 시	미오 시드의 노래	지은이 미상	정동섭 옮김
077 희곡	셰익스피어 로맨스 희곡 전집	윌리엄 셰익스피어 지음	이상섭 옮김
078 희곡	돈 카를로스	프리드리히 폰 실러 지음	장상용 옮김
079-080 소설	파멜라(전 2권)	새뮤얼 리처드슨 지음	장은명 옮김
081 시	이십억 광년의 고독	다니카와 슌타로 지음	김응교 옮김
082 소설	잔지바르 또는 마지막 이유	알프레트 안더쉬 지음	강여규 옮김
083 소설	에피 브리스트	테오도르 폰타네 지음	김영주 옮김
084 소설	악에 관한 세 편의 대화	블라디미르 솔로비요프 지음	박종소 옮김
085-086 소설	새로운 인생(전 2권)	잉고 슐체 지음	노선정 옮김
087 소설	그것이 어떻게 빛나는지	토마스 브루시히 지음	문항심 옮김
088-089 산문	한유문집-창려문초(전 2권)	한유 지음	이주해 옮김
090 시	서곡	윌리엄 워즈워스 지음	김숭희 옮김
091 소설	어떤 여자	아리시마 다케오 지음	김옥희 옮김
092 시	가윈 경과 녹색기사	지은이 미상	이동일 옮김
093 산문	어린 시절	나탈리 사로트 지음	권수경 옮김
094 소설	골로블료프가의 사람들	미하일 살티코프 셰드린 지음	김원한 옮김
095 소설	결투	알렉산드르 쿠프린 지음	이기주 옮김
096 소설	결혼식 전날 생긴 일	네우송 호드리게스 지음	오진영 옮김
097 소설	장벽을 뛰어넘는 사람	페터 슈나이더	김연신 옮김
098 소설	에두아르트의 귀향	페터 슈나이더	김연신 옮김
099 소설	옛날 옛적에 한 나라가 있었지	두샨 코바체비치	김상헌 옮김
100 소설	나는 고故 마티아 파스칼이오	루이지 피란델로	이윤희 옮김